Scritt
52

MATTEO NUCCI

È GIUSTO OBBEDIRE ALLA NOTTE

PONTE ALLE GRAZIE

ISBN: 978-88-6833-666-0

In copertina: Mario Sironi, *Il pescivendolo* (1927)

Art direction: ushadesign

Redazione e impaginazione: Scribedit - Servizi per l'editoria

Ponte alle Grazie è un marchio
di Adriano Salani Editore s.u.r.l.
Gruppo editoriale Mauri Spagnol

Il nostro indirizzo Internet è: www.ponteallegrazie.it
Per essere informato sulle novità
del Gruppo editoriale Mauri Spagnol visita:
www.illibraio.it

È giusto obbedire alla notte

Attilio Giordano, mio maestro

Mettiamo fine ormai alla battaglia e alla lotta
per oggi; poi combatteremo ancora, finché un dio
ci divida e conceda agli uni o agli altri vittoria;
ormai scende la notte; è giusto obbedire alla notte.

ILIADE, VII, 290-293

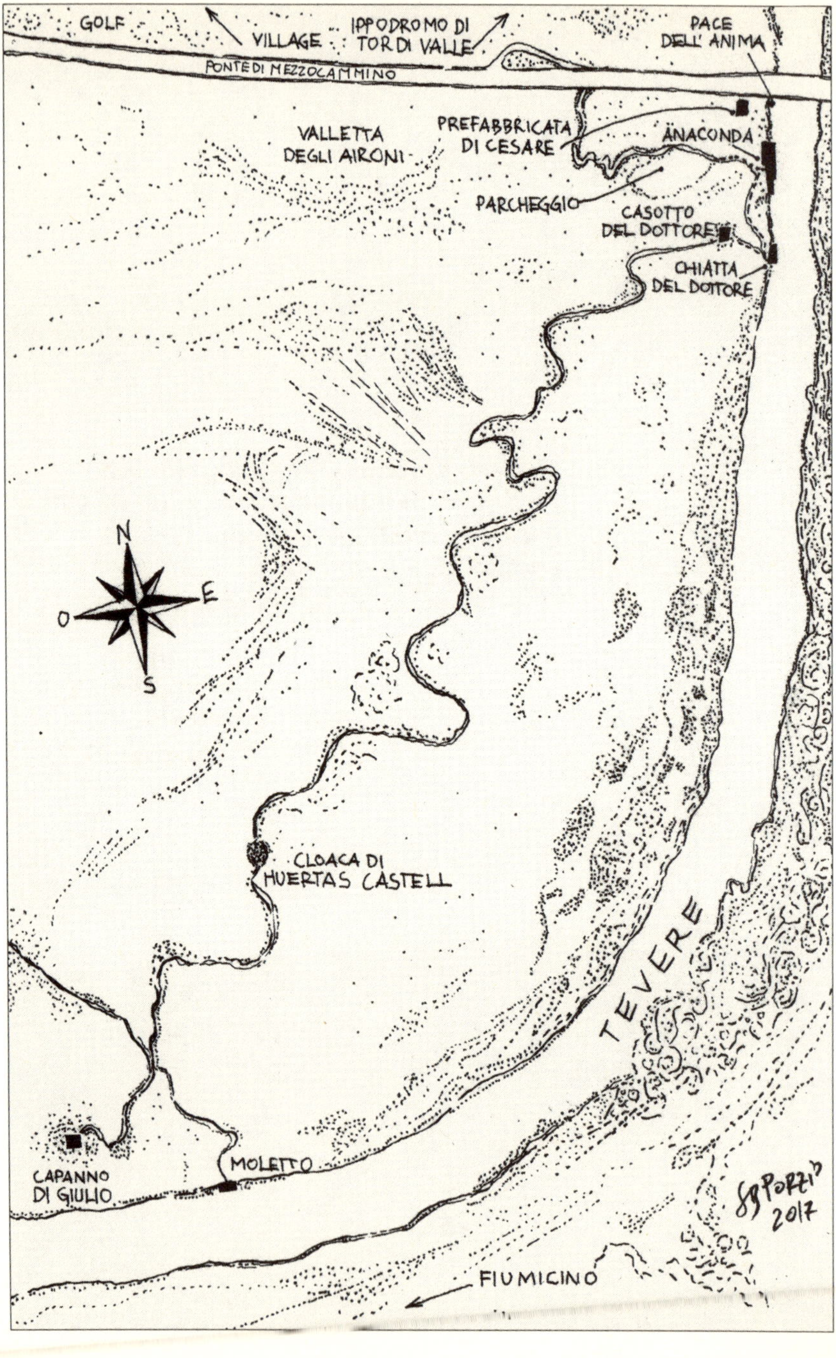
GOLF
VILLAGE
IPPODROMO DI
TOR DI VALLE
PACE
DELL' ANIMA
PONTE DI MEZZOCAMMINO
VALLETTA
DEGLI AIRONI
PREFABBRICATA
DI CESARE
ANACONDA
PARCHEGGIO
CASOTTO
DEL DOTTORE
CHIATTA
DEL DOTTORE
N
E
O
S
CLOACA DI
HUERTAS CASTELL
TEVERE
CAPANNO
DI GIULIO
MOLETTO
FIUMICINO
2017

Parte prima

Fiume

Gloria di Dio è nascondere le cose
Gloria dei re investigarle

Proverbi, 25, 2

Uno

29 novembre 2015

«Meglio cagna che apertura. Meglio cagna che apertura. Meglio cagna che apertura». Il vecchio lo ripeteva sottovoce, come un ritornello. Teneva il remo sotto il braccio. Il lieve angusto ronzio della fabbrica ormai lontana era un rumore di sottofondo dimenticato. Rimase immobile a guardare di fronte a sé in silenzio. Poi, le mani chiuse tra le ginocchia si liberarono come ali mentre si alzava in piedi, afferrava il pezzo di legno e sputava. «Meglio cagna che apertura. Cagna, cagna, ecco, meglio che apertura. No? Non pensate? Zitti, loro. Manco sanno niente, 'sti due. So' venuti solo a pescà. Eh? Ah, sì sì. Zitti e buoni. Ma meglio cagna, al limite. Al limite cagna, ecco». Il vecchio ripeteva le parole spingendo sul remo. Nessuno gli rispondeva più.

Si era aperto il cielo all'improvviso. All'inizio una massa di luce azzurra aveva rotto l'uniformità buia dell'orizzonte, lingue argentate opalescenti si erano mosse sulla superficie nera del fiume, e il fruscio del vento leggero costante ritmico si era materializzato nei canneti smossi a ondate sulle rive. Per una decina di minuti avevano visto scoprirsi file di pini lontani, macchie di rovi indistinti, macchie scure attorno a canne solitarie mentre pennacchi smorti e penzolanti, a tratti spinti da un soffio o uno sbuffo di brezza rimbalzata sul letto del fiume, prendevano vita, s'innalzavano, s'irrobustivano e parevano scintillare nel cielo torbido. Avevano smesso di parlare da un pezzo, da quando il vecchio aveva spento il motore. «Mo' fa giorno». La voce roca era diventata un sibilo: «Là, guarda la luce, appena appena». Si erano voltati tutti verso la riva meridionale cercando il bagliore. «Zitti. Ora niente più rumore. Zitti». Per minuti lunghissimi si era sentito solo il lento risveglio della natura. Qualche schiocco, battiti d'ali, fughe tra i cespugli e il tintinnio dell'acqua che si arrampicava sul bordo dello scafo e ricadeva giù, mentre la barca seguiva la corrente. Ma non si vedeva nulla, non si vedeva ancora nulla e i due clienti a prua scrutavano davanti a sé rinsaccati dentro le palandrane ammuffite che avevano raccolto nella cassapanca sul molo. Poi la luce aveva come ispessito il cielo. Il nero notturno grondante del giallo innaturale e moribondo delle luci elettriche che la città spargeva massivamente dal suo centro per chilometri e chilometri si era trasformato. Ogni cosa aveva preso consistenza. Gocce di freddo si erano materializzate sulle giacche impermeabili, sui mantelli in cui si erano avvolti, accucciati sulle assi di legno, le mani protette da guanti che stringevano le protezioni di una cordicella umida, dalla consistenza legnosa. Allora a poppa, il vecchio si era rivoltato e aveva preso a dire: «Non è mio fratello, non può essere mio fratello. Uno che dice apertura. Cazzo sei? Un filosofo? Apertura, apertura? Chiamala col nome suo, no? Stronzo».

«Sss, Cesare» gli aveva risposto il fratello, ritto accanto a lui sulla spalletta di legno, le braccia lungo i fianchi in una posa dura, innaturale.

«Mio fratello tu? No. No. E no».

«Sss, Cesare, parla piano se devi parlare».

«E perché, sor Giulio? Spiegami perché».

«L'hai detto tu che dobbiamo stare zitti, no? Direi che è giusto. Proprio così. Giusto. È il momento del silenzio».

«Uh! Il momento del silenzio. Il momento delle chiacchiere. Sa tutto lui. Uh! Apertura. Ma vedi che stronzo. Apertura» disse sottovoce. «Ah, sì sì, la donna è un'apertura. Ma che cazzo. Ma come parli?» Si era voltato, guardandolo. «Una volta me lo ricordo io com'eri. Una volta. E che fai ora? Ridi?»

«Come puoi pensarlo?»

«Ride lui. Sor Giulietto ride. Un'apertura. Ma va'. Al limite è una cagna, una cagna, la donna, solo una cagna».

«Ma è il dottore, mica io. È il dottore che la chiama apertura. Apertura lo dice lui».

«Ah sì? Il dottore lo dice? Lo dice il dottore? Sicuro?» gridò il vecchio.

«Sssss, Cesare, parla piano» gli aveva detto ancora il fratello.

«Piano un cazzo, piano un cazzo».

«Non c'è nessun bisogno».

«Il bisogno lo so io».

I due ospiti a prua si voltavano e tentavano sorrisi. Il vecchio aveva rallentato ulteriormente la barca. «Vuoi davvero scendere adesso, Giulio? Vai via?»

«Certo, non avrai bisogno di me, oggi, no? I signori qui hanno superato i quaranta mi pare. Imparano in fretta».

«E certo, perché di solito portamo i bambini a pescà? Questo è matto».

Il remo aveva rotto l'uniformità del fiume. I due clienti a prua guardavano davanti a sé. Seguivano lo scintillio dell'acqua nerastra dai risvolti marroni che si frangeva sotto il remo mentre il traliccio di legni cominciava a definirsi sul fianco destro del fiume.

«Lì è buio. Ancora buio. E lì è luce. L'apertura è nel buio o nella luce?»

«Giulio hai rotto il cazzo. Mica ce so' abituati loro. Stanno qua a imparà, a pescà, a vedé le anguille. Mica a sentì le cazzate tue» ringhiava il vecchio.

«Non vi abituerete?» disse lui.

I due uomini a prua fecero un cenno sospeso senza dire nulla e Cesare spinse il remo a fondo ripetendo: «Meglio cagna che apertura. Al limite cagna. Ma anche apertura? Così dice il dottore? Bah! Il dottore. Lo vedrete chi è, il dottore».

Il cielo si schiarì. Il nero della notte divenne un duro dorso plumbeo e il molo si intravide come offuscato nella nebbiolina, dove il canneto si apriva in una breve radura. C'erano pali infilati giù sulla riva, le tavole di legno strette da legacci e due boe galleggianti sui lati, due palloni rossi ormai scoloriti eppoi anneriti dal petrolio invisibile galleggiante sul filo dell'acqua. Cime sbrindellate calavano giù nell'acqua in abbandono. Si sentì un rumore improvviso. Tra il molo e la rientranza della riva che formava un minuscolo golfo sul fiume si vide l'acqua rigata da una traiettoria rettilinea eppoi un muso nero che apparve e scomparve.

«Che cos'è? Cesare, guardi» disse uno dei due uomini a prua ritraendosi in un movimento secco, sbalordito.

«Nutria» disse il vecchio. «E basta co' sto lei, lei, lei, io so' tu, capito?»

«D'accordo, Cesare, scusi, cioè scusa. È l'abitudine».

«Una nutria? Cioè?» chiese l'altro uomo.

«Una nutria» disse Cesare.

«Di che si tratta?»

«Un animale buono, ve lo spiega Giulio».

«Non vi spiega nulla, Giulio. Giulio scende» disse l'altro appoggiandosi sulla spalla del fratello.

«Giulio è offeso, mo'. S'è offeso per la cagna».

«Giulio scende e basta. Le nutrie sono quel che sono e non c'è nulla di più da dire. Esistono da che tempo è tempo. Sono gentili, intelligenti, ci capiscono, ci capiscono molto più di quanto io capisca voi e di quanto Cesare capisca me. Sono eleganti e dignitose. Meglio delle lontre. Sono intelligenti. Hanno consapevolezza del loro destino».

«Aridaje. Sentilo. Uh!» fece il vecchio stringendosi il cappello sulle tempie mentre teneva stretto il timone sotto l'ascella.

«Sanno il nostro destino, oggi. Un destino funereo. Pioverà, pioverà moltissimo. Verso mezzogiorno, se vedo bene. Ma loro, le nutrie, lo sanno sicuramente. La natura ha un battito uniforme che noi non cogliamo».

«Sentilo» ringhiò il vecchio. «Ehi tu, prendi quella cima lì» disse all'uomo sulla destra della prua, «me so' già dimenticato i nomi vostri».

«Lorenzo e Marco» fece l'uomo a destra indicando se stesso e l'amico.

«Lorenzo e Marco» ripeté Cesare. I due sorrisero, alzarono la testa verso Giulio che si muoveva come un gatto sul barchino: passò tra di loro, ne sfiorò le spalle, bloccandoli. «La prendo io». Si chinò leggero, con la punta delle dita afferrò l'estremità sbrindellata della cima, la passò fra le mani come fosse uno strumento da far suonare, la trasse a sé, lasciò che nell'aria rimbalzasse e si scrollasse l'acqua di cui era zuppa da un'eternità. Fece un movimento duro e inaspettato, la cima si tese, la barchetta fece resistenza sull'acqua, le filagne immerse nel nero si avvicinarono impetuosamente, con una gamba Giulio fissò il punto quasi dovesse indicarlo con le dita del piede. Per qualche attimo assomigliò a un fenicottero, poi ritornò felino. La gamba toccò la filagna nera e ammortizzò il colpo e quasi agguantò la presa, mentre le braccia tendevano la cima. La barchetta ondeggiò eppoi si fermò subito, Giulio raccolse la corda, la tenne attorno al gomito, si abbassò, si slanciò, saltò sul molo senza che lo scafo risentisse del balzo, si voltò, alzò la mano. «La donna è un'apertura. Come tutto. Tutto questo è un'apertura». Fece un segno verso il viottolo che si allontanava dal molo. «Un'apertura nella luce o nel buio? Luce o buio? Questo è il dilemma». Indicò di nuovo la radura che si apriva e si restringeva tra macchie secche e nere di rovi, sorrise, fece un gesto aprendo le braccia, scomparve.

«Maledetto» disse Cesare, spingendo di nuovo sul remo.

Li guardava senza dire nulla, Cesare, ora che era solo a poppa chino sul motore. Il cappellaccio di lana calzato fino alle rughe dure del collo. Ogni tanto abbassava le estremità del risvolto rosso sulle orecchie. Lo zuccotto giallo si tendeva e sembrava aprirsi, ma non si sarebbe mai spaccato, così diceva, mai mai e mai, e lui non lo avrebbe cambiato mai, perché non c'era più sua moglie a farne un altro eppoi la lana buona, vecchia, calda non si ritroverà più, ecco, questo diceva ogni volta. «Pure voi? Me la chiedete pure voi 'sta cosa? Eddai. Lavorate. Su, su, lavorate. Volete imparà o no come se pesca 'n'anguilla? Siete qui per questo, sì, pagate pure, oh, pagano loro, pagano bene la gita sul Tevere, eppoi nun vojono imparà?» Le sopracciglia erano folte come siepi selvatiche: peli lunghi bianchi, argentei, grigi, sfrecciavano verso le estremità esterne del volto. Attorno agli occhi, la pelle era segnata in una miriade di increspature e cadeva sottile e macilenta sugli zigomi, scolorita come quella di un pugile, sottile come quella di un uomo martirizzato dal fuoco. Il naso accartocciato e le narici scure e i peli lunghi arricciati e folti e la barba mal rasata da una macchinetta elettrica che non riusciva a infilarsi fino ai bordi delle narici gonfie. Restava concentrato a guardarli, Cesare. Seguiva i movimenti delle mani, dava piccoli ordini, come se stesse pensando a altro.

«Muovi piano lì, tu, come ti chiami?»

«Lorenzo».

«Ecco, Lorenzo, lì, falla scivolare, attento adesso, bene».

Teneva poggiato il mento sulla mano trasformata in un pezzo di legno, le dita scheggiate, torturate, ritorte in ganci solidi a cui avresti appeso un catenaccio. Ricurvo nella cerata gialla ancora bagnata dalla notte, sembrava un manichino o uno spaventapasseri, ma appena muoveva le braccia sulle cime guizzanti nel fondo dello scafo allagato di acqua salmastra o traeva a sé un galleggiante sollevando la cima legata al martavello che affondava per metri sotto l'acqua, avevi l'impressione che avrebbe potuto reggere qualsiasi peso.

«Aiutalo, tu».

«Marco».

«Certo, Marco, e grazie che me prendi pe' cojone. Se lui è Lorenzo tu sei Marco».

L'uomo sorrise.

«Ridi ridi, ma attenti lì, se quello adesso vi scivola, anche lei se ne torna via nel fiume, guardala che bella è, sai i figli che farà, questa?»

«Quanti figli?»

«E che ne so? Quanto vivrà non dipende da me».

«Perché? La vendete subito?»

«Certo che la vendiamo, e che dovremmo fare?» Cesare si voltò a destra e sinistra aprendo le braccia nel vuoto.

«E allora che figli? Perché figli?»

«Ah ecco, ho capito, proprio a caro amico stamo». Scoppiò in una risata: «Perché nun je lo chiedi a Giulio? Alla sua baracca se n'è ito. La baracca del filosofo. Be' filosofo. Filosofo il cazzo. Siccome ha letto la Bibbia, sì. Lui se ne va lì. Era una baracca di cacciatori, una volta. Se l'è risistemata. Va lì a contemplare – così dice lui, hai capito sì? Vedi che te risponne si je chiedi 'sta cazzata» guardò l'uomo negli occhi. «Sì, sì, va bene. Nun te la pijà, dai. Va all'allevamento capito? L'allevano. Noi la vendiamo e gli altri la allevano. E dove finisce l'anguilletta? Viene un camion, su alla chiatta. Una volta al mese. Comacchio. Vanno a Comacchio. Ce voi annà pure tu? Io cor cacchio che vado a Comacchio, ah! Cor cacchio a Comacchio». Accennò un passo di danza. «Er cacchio de Comacchio, ah ah! Attento, attento lì, che te faccio ride, oh! Ragazzi, allora. Allora. Me dovete sta' a sentì oh!» Si alzò di scatto, spostò il martavello con un piede, spinse sul fondo della barca l'altra estremità della rete concava, prese il braccio dell'uomo in piedi, lo sollevò in alto, il martavello si tese come una fisarmonica allungata nella sua massima estensione e l'anguilla scivolò lungo la parte inferiore, passò nell'ultima camera, sobbalzò sul grande anello d'acciaio e infine guizzò nel secchio blu. «Ecco, così si fa. Ma sempre restando molto concentrati» disse e si rimise a sedere. «Sempre concentrati, molto molto. Finché non diventa un'abitudine. Concentrazione. Piegala tu, Marco, ce ne mancano parecchie ancora eh!» L'uomo si sedette accanto all'amico e fece combaciare con precisione gli anelli in cui si incuneavano i doppi strati di rete.

«Se proprio vuoi esse bravo bravo, devi pure controllà se ha fatto buchi. Il martavello bucato è la fine».

L'uomo fece per sollevare di nuovo l'estremità della rete e Cesare lo bloccò con la mano tesa davanti a sé. «Fermo. Dopo. L'ho vista io. Sta bene». Si voltò verso il motore, infilò l'indice ricurvo nell'anellino di plastica, tirò il laccetto che pareva non avesse neppure mosso il dito. Il motore si accese scoppiettante e il barchino seguì il lato destro del fiume verso il mare. La testa di Cesare si sollevò verso il cielo. Aveva occhi verdi, ma una densa acquosa patina ne copriva il colore e la pupilla era come trasformata nella punta metallica di un ago emersa su una superficie liquida immobile e plumbea. «Pioverà a ora di pranzo» disse. «Giulio aveva ragione».

Canticchiava, Giulio. Senza curarsi delle pozzanghere che si aprivano sul sentiero, tirava dritto dondolando sulle gambe. Aveva una voce morbida, improvvisamente femminea. «Ma solo al buio tu poi mi chiamerai. La la la la la la». Gli scarponi sguazzavano nell'acqua nerastra e schizzi salivano sulle gambe ancora coperte dalla grande busta nera di immondizia con cui si erano trasformati in larve prima di abbandonare la chiatta e infilarsi nella lancia con i due turisti. «E accanto a me tu resterai ai iaiaiai». Allargava le braccia come un piccolo aereo e ondeggiava sull'erba alta ai lati del sentiero e stringeva le dita sui fili più lunghi, li spezzava, li portava con sé. Chiuse gli occhi mormorando la cantilena, incespicando su parole sorde eppoi quasi gridava. «Ti voglio tenere tenere, legata come un raggio di sole di sole, così col suo calore, la nebbia svanirà, e il tuo cuore riscaldarsi potrà, e mai più freddo sentirà, la la la la la la». Abbassò la voce, allentò le braccia e si fermò sulle punte. Un rombo percorse il cielo verso il mare, ma lui tenne gli occhi fissi in terra, si chinò, raccolse un tappo nero dominato da una stella rossa, e rialzandosi lo tirò in cielo spingendo il pollice sotto l'indice come per una scommessa. «Testa o croce» disse. Chiuse gli occhi. Il tappo gli ricadde sul palmo aperto. «Croce» mormorò. Riprese a camminare. «La la la la la la la. E nella notte ti perderai. E sola sola, sola nel buio mi cercherai». Zompettò in una specie di balletto, volteggiando. «La la la la la. E sola sola nel buio mi chiamerai». Poi come un automa improvvisamente spento, fu immobile.

Davanti alla baracchina di legno la sagoma scura era un salsicciotto di coperte scolorite. Non si sentiva nulla, non si vedevano movimenti. Nel cielo cupo gabbiani latrarono. La tromba di un'imbarcazione suonò lontanissima. Avanzò a piccoli passi. «Croce» disse sottovoce. Ancora altri due lunghi passi e fece un risolino. La testa sbucava dalle coperte, nera, quasi interamente coperta dai capelli arruffati e da un lembo di giacca. Giulio si chinò. Prese un bastoncino, lo infilò lentamente nell'orecchio e il corpo fu percorso da una piccola scarica, un rutto lacerò l'aria, la testa si mosse e si ribaltò. Rise di nuovo. «Croce». Alzandosi lasciò cadere il tappo in terra accanto alla mano gonfia che sbucava dalla coperta. «Neppure sei arrivato a coprirti, povero inabile». Saltellò. Avanzò verso l'eucalipto contro cui era costruito l'antico capanno, sbirciò fra le feritoie, tastò la maniglia. Guardò di nuovo il salsicciotto di coperte e riprese a canticchiare: «Ai iaiaiaiai. Ai ai ai ai ai. Ai ai ai ai ai. Legandoti a un granello di sabbia na na na». Infilò una mano in tasca, tirò fuori l'enorme mazzo di chiavi, lasciò che la più lunga gli ricadesse tra i polpastrelli. «La la la la la la la. E sola sola, sola nel buio». Infilò la chiave nella toppa, abbassò la maniglia. «Sveglia» gridò con una ferma metallica voce distorta. «È arrivato l'arrotino. L'arrotino. Donne. L'arrotino, l'ombrellaio. Sveglia, sveglia». Vide il corpo sussultare contorcersi e ricadere nell'immobilità. Entrò nel buio del capanno. «Luce o buio. Luce o buio» mormorò. «L'apertura di qua, l'apertura di là», poi riprese a gridare: «Donne. Donne. È arrivato l'arrotino, l'ombrellaio. Arrota coltelli, forbici, forbicine, forbici da seta, coltelli da prosciutto. L'ombrellaio. Ripariamo cucine a gas. Abbiamo tutti i pezzi di ricambio per le cucine a gas». Uscì di nuovo con una bottiglia, la stappò, l'avvicinò al naso dell'uomo in terra. «Luce o buio, luce o buio. La la la la la la. E sola sola, sola nel buio mi chiamerai». Vide una palpebra che si alzava. «Sveglia» gridò. La palpebra si richiuse. «Donne, donne. Se avete perdite di gas noi le aggiustiamo. Se la vostra cucina fa fumo, noi togliamo il fumo dalla vostra cucina a gas. Forbici, forbicine e coltelli da prosciutto. Venite giù. Aprite le vostre porte. Scendete in strada. Donne. Donne» gridò ancora eppoi scoppiò a ridere e rise, rise, rise a tal punto che dovette sedersi in terra. E mentre rideva gli occhi sbarrati lo guardavano senza vederlo.

Trascinò il corpo dell'uomo dentro il baracchino. Il volto tumefatto e sporco si contorceva in spasmi improvvisi e negli occhi chiari baluginavano sforzi che non avevano nulla a che fare con un movimento volontario. «Buio o luce, buio o luce» mormorava, osservandolo. Poggiò il palmo della mano sulla fronte, infilò un dito sul collo, sotto il mento a cercare la carotide nascosta da una cascata di carne avvizzita nell'innaturale dimagrimento dell'adipe. «Ah, mio piccolo inabile inetto mostro terreno. Il giudizio rimanda. L'ora non giunge. Per quanti sforzi tu faccia, la fine è lontana». Lo liberò dalla coperta ormai bagnata che lo immobilizzava in un sacco come una camicia di forza. «Bastava tu rotolassi un po' sul fianco, mio vecchio scarto animale. Ecco. Si sarebbe liberato il lembo che ti costringe in questo fetore». Distese le braccia lungo il corpo e scostò i capelli zuppi dalla fronte. «Ci vorrebbe il dottore, per te. Il dottore sarebbe la miglior cosa, lurido verme. Ma tu vuoi me. Se lo andassi a chiamare, il dottore, col tempo che ci metteremmo, tu saresti già morto. Eppoi quante me ne direbbe. Uh, se il dottore si accorgesse. No, tu hai bisogno di lui ma è me che vuoi. Ecco. E anche io qualcosa posso fare». Si allontanò verso l'angolo più buio del capanno, chinandosi su un mobiletto di formica chiuso da un antico chiavistello. Arraffò lì accanto una lampada, allungò lo stoppino con cura, fece su e giù perché s'imbevesse eppoi sfregò un cerino sul bordo screpolato del pacchetto, infilò il dito rapidamente e la luce si allargò sulle tavole di legno polverose. Aprì il mobiletto, estrasse la confezione di naloxone. Alzò la fiamma, spostò una poltroncina addossata alla parete e sollevò la moquette che sembrava ormai integrata nella terra, individuò l'anello, lo tirò su, aprì la piccola botola e avvicinò la lampada. Un grugnito lo interruppe. Si voltò. L'uomo si dibatté un istante, poi rimase fermo. Non poteva vederlo. Tornò a guardare fra le bottiglie assestate sotto terra, c'era odore di umido e di alcol, infilò una mano, tirò su una bottiglietta e un astuccio di tabacco in pelle. Lo aprì, passò le dita leggermente, avvicinò il naso, lo posò sul tavolino di pallets. Infilò una mano in tasca, estrasse il pacchetto, poggiò la lampada, guardò che ci fosse tutto, raccolse ciò che aveva estratto dal mobiletto e tirò un sospiro. «Buio o luce, buio o luce. Tu uomo non conosci più l'apertura, né la cagna, né il sentimento che un tempo ti fu nemico». Ridacchiò. Si accucciò ancora una volta sul corpo e lo scosse e tornò a guardare la pupilla chiusa in una specie di capocchia di nulla. «Ti voglio tenere tenere legata come un raggio di sole di sole, così col suo calore, la nebbia svanirà e il tuo cuore riscaldarsi potrà, e mai più freddo sentirà, la la la la la la». Ruppe il pacchettino in plastica, tirò via il cappuccetto, disinfettò. «Se ci fosse il dottore, amico mio, non potrebbe fare meglio».

Quando arrivarono al canale che tagliava l'ansa del fiume verso l'antico porto romano, Cesare indicò il primo martavello da recuperare sull'altro lato del Tevere, voltò la prua dell'imbarcazione e cominciarono a risalire. Era mattina, ormai, ma il cielo su Fiumicino era più scuro di quando avevano mollato gli ormeggi nel buio notturno. Si addensava sul mare una specie di compatto ondeggiante gonfio strato nero. L'acqua sembrava liquido stagnante, denso e putrido e i due uomini non parlavano più. Cesare li osservava. Dava indicazioni con le dita artritiche e sgranava gli occhi quando un'anguilla sembrava sul punto di guizzare fuori dai secchi ormai quasi pieni. Ma gli uomini avevano imparato in fretta il linguaggio dei suoi gesti, lo vedevano, si ritraevano in sforzi immediati, veloci, come se avessero fatto quello da una vita. Le buste nere dell'immondizia con cui erano stati vestiti prima di imbarcarsi raccoglievano l'acqua del fiume in grumi di fanghiglia. Le mani intirizzite continuavano a muoversi in gesti a cui si stavano abituando. Erano quasi le otto di mattina. «Tra due ore potrete scaldarvi» mormorò Cesare. «Ammesso che Giulio, quello stronzo de fratello che me ritrovo, arriva in tempo, sennò poi se n'annamo».

«Là, là, dritto, a destra» disse Marco eccitato e quasi gridando.

«Calmo oh!»

«Sì sì certo, ha ragione, hai ragione, scusa, volevo dire, cioè» fece quello. «Là là verso le canne, Cesare. Là davanti».

«Ahó! Ahó!» Cesare alzò il braccio e fece un cenno perentorio. La barchetta sobbalzò mentre a prua i due uomini si rimettevano seduti. «Non cambia niente se corriamo, ormai. Calmi, state calmi». Manovrò sul timone, regolò la levetta e lasciò che il motore sbuffasse portandoli verso la riva opposta. Una luce diafana ruppe l'ispessimento plumbeo del cielo e l'acqua verdastra e lucida per qualche secondo brillò, poi tornò subito più scura, densa, oleosa. La macchia nera galleggiava gonfia e immobile, impigliata fra i rovi scuri che si aggrovigliavano sulla riva come filo spinato a protezione di un muro di cinta militarizzato.

«Un cazzo è».

«Dici di no, Cesare? Sembra davvero. La forma».

«Ne avessi visti pochi. Questo no».

«Sembra un corpo però. Ha la forma di un corpo».

«L'ultimo è caduto dal viadotto di notte, poveretto. Quando l'hanno tirato fuori non assomigliava a un corpo. Ve lo dico io».

Si avvicinarono lentamente e Cesare voltò la prua verso il centro del fiume lasciando che la corrente li spingesse di fianco. Le braccia ondeggiavano nell'acqua come abbandonate. La camicia era appesa perfettamente, sollevata all'altezza delle spalle, con precisione simmetrica. Sembrava un manichino, uno spaventapasseri, un condannato a morte appeso per le spalle a due ganci. Ma sotto la camicia non c'era che acqua e la camicia aveva preso un'altra consistenza, imbevuta di liquido denso, sembrava che pesasse troppo rispetto al giorno in cui era comparsa sulle scansie di qualche mercato in vendita.

«Che vi ho detto?»

«Ma sicuro? Io non vedo».

Cesare agguantò il remo e si spostò sul fianco e immerse il remo sotto al lembo nero che si muoveva sulla superficie dell'acqua. Lo sollevò. Era strappato alle estremità.

I due uomini a prua si sedettero e risero. Uno dei due si voltò verso poppa.

«Ma forse il corpo è scivolato via, Cesare, non può essere?»

«Macché. Questo non è un cazzo, non è un cazzo. Il fiume è pieno di merda».

«Però sembra che lo abbiano messo così apposta, Cesare».

«No».

«Ma è pazzesco no?»

«No».

«Non ci sono altre barche che passano di qua? Altri pescatori oltre a voi?»

«No» disse Cesare mentre accelerava.

«Nessuno?»

«No. Annamo a vedé se Giulio è al molo».

Un rigagnolo rosso risalì come un serpentello nel tubicino. Lo guardò ridacchiando. «Bello mio, bello mio, qui sarà la tua rinascita. Luce o buio, luce o buio. Luce, luce, luce». Fece pressione lievemente con il pollice e lo stantuffo bianco si mosse impercettibilmente. «Ah! Eccoci, eccoci per bene. Luce». Guardò il liquido giallognolo che defluiva. «Ti voglio portare portare». Sentì il tonfo, tese la mano sulla caviglia. «No, cazzo, fermo stronzo». Spostò un ginocchio sul costato dell'uomo e lo puntellò. «Porca puttana, idiota coglione». Il corpo sussultò percorso da una specie di scarica elettrica. Poi in uno spasmo tornò leggero. «Guarda che hai fatto, imbelle, idiota, inconsapevole». Si chinò tenendolo fermo. Prese dell'ovatta e pulì la pelle attorno alla caviglia, controllò che l'ago della farfallina non avesse perso la presa. Tornò a premere sullo stantuffo bianco. «Ah, ecco, così. Guarda qui». Con l'ovatta coprì, tirò via, chiuse con il cappuccetto. Lasciò l'ovatta sotto il calzino sbrindellato, infilò il resto in una bustina di plastica che chiuse in due nodi. Tornò verso l'uomo steso e si avvicinò al suo volto che riprendeva colore. «Ti voglio tenere tenere, legata come un raggio di sole di sole, così col suo calore, la nebbia svanirà, e il tuo cuore riscaldarsi potrà, e mai più freddo sentirà, la la la la la la». Mentre cantava guardò gli occhi che prendevano forma. «Mi vedi? Mi riesci a vedere, piccolo scarto umano? Ehi. Ehi». La sua voce si era fatta sottile, cantilenante. «Tutto torna al suo posto amico?» Con il pollice e l'indice sollevò le palpebre e vide la patina acquosa sulla pupilla calda e lo sguardo dell'uomo che tentava di mettere a fuoco. «Puoi liberarti, ora» disse. Si alzò in piedi, andò verso la botola, sistemò le cose che aveva rimosso, chiuse con cura, ricoprì tutto con la lastra di pietra. «Giulio, Giulio» sentì ripetere, si voltò e lo guardò e gli sorrise facendogli l'occhiolino. Tornò al centro della baracca. «Ti preparo un tè adesso. L'hai fatta grossa, eh! Oggi non era previsto che io venissi qui. Oggi è domenica, piccolo scarto umano. Oggi è domenica. Il giorno del Signore. Te n'eri dimenticato?»

Ombre di vapore scendevano da est seguendo la corrente. La radura era deserta e Cesare sedeva sul molo intento al suo lavoro. I due uomini riordinavano nella lancia seguendo pedissequamente i comandi. «Così no, eh» diceva Cesare ogni tanto senza guardarli, gli occhi bassi sulle corde sfilacciate che tagliava alle estremità con un coltellaccio. Quando ebbe finito si tirò su stiracchiandosi. «Mi sa che quer cojone non viene» decretò.

«Non possiamo andare a cercarlo noi?»

«Scherzate? La sua solitudine è sacra».

«Ma non hai detto che era un baracchino di cacciatori?»

«E allora? L'hai visto o no che tipo è Giulio? Eppoi che t'ho detto? T'ho detto che lui contempla. Lo capisci? Contempla, lui. No. Lì sta solo». Cesare strinse le dita come artigli sul cappelletto di lana, lo calcò sulle orecchie, s'infilò le mani in tasca e tirò fuori un orologio argentato legato ai calzoni con una sottile catena di ferro. Con il pollice ricurvo fece come per stapparlo e il coperchio si sollevò in uno schiocco. «Altri dieci minuti e annamo. Volete magnà o no? Avete pagato pure er pranzo, eh! C'è tanto da fare su. La brace, preparare tutto. Se non è qui per le nove vor dì che viene da solo». Si avvicinò all'estremità della lancia e con un piede trasse a sé la poppa che ondeggiava verso il centro del fiume. Raccolse un remo e puntellandolo sul fondo del barchino si rimise in piedi. «Mo' ve faccio vedé» disse.

Sbatté il remo in acqua, contro la filagna che sosteneva uno degli angoli del molo. Fece un fischio prolungato. Batté di nuovo. Tossì piegandosi in due, avvicinò le dita alla bocca come un uncino e tirò un altro fischio. Stavolta il suono era stridulo e i due uomini risero. «Che ve ridete. Là, ora» indicò il fiume, batté di nuovo col remo e si vide una specie di linea che solcava l'acqua melmosa eppoi si apriva in centri concentrici e il muso di una nutria apparve accanto al molo. «Eccola bella, eccola. Dammi là, ehi, Lorenzo, la sacchetta». Aprì la busta, tirò fuori un tozzo di pane e lo alzò sul muso della nutria che fece un movimento sinuoso. «Meglio del circo qui. Manco il circo, manco lo zoo». Mentre l'animale si sollevava su se stesso emergendo dal fiume nerastro, Cesare lasciò cadere il tozzo di pane e la nutria si avventò e se lo portò via. «Semo amici» disse lui. «Amici». Col remo batté e subito fischiò un'altra volta e ora comparvero due teste ondeggianti. Cesare ripeté il gioco con due pezzi di pane.

«Davvero sembra il circo. Avete lavorato in un circo?»

«Ma che stai a di', a' Marco?» scoppiò in una risata selvaggia mentre le nutrie s'immergevano nel fiume scuro.

I due uomini si allungarono sul bordo della lancia inseguendo le sagome che si dissolvevano come ombre. «Sembra veramente che tu le abbia addomesticate».

«Solo al circo» disse ancora l'altro.

«Ragazzi, oh» Cesare si voltò verso di loro e li guardò con occhi vitrei spalancati immobili. «Non parlate di circo col dottore».

«Che?»

«Il dottore, ve l'ho detto».

«Non sappiamo. Chi? Tu lo sai?» fece Lorenzo rivolto all'amico.

«Allora siete sordi? Il dottore. Lo incontrerete fra poco. È un uomo importante per noi».

«Chi è?»

«Non importa chi è. Sta qui con noi da qualche anno. Cura chi sta male. Ha portato un po' di pace. Ecco. Prima certe cose finivano sempre male. Ora no. Però guai a voi se parlate di nutrie addomesticate. Non parlate mai di questo. Non parlate di circo col dottore. Se lo fate diventa una belva».

«Perché?»

«Nessun perché. Che ne so io poi? Io nun so un cazzo di quello che faceva prima. Qui la regola, per me, è che ognuno si fa li cazzi sua, chiaro? Io nun chiedo e lui nun chiede e nessuno chiede. Undicesimo comandamento».

«Cioè?»

«Cioè fatti li cazzi tua». Si voltò verso il timone, armeggiò senza guardarli, accese di nuovo il motore in uno scoppio fragoroso. Tenne in folle, osservò tra le canne, si sporse eppoi si rimise a sedere. Diede una bottarella e la lancia disegnò una curva sul fiume melmoso.

***

Chiuse l'anta del mobiletto bianco.

Dottore, disse guardandosi allo specchio. Dottore sei sempre più vecchio. Qualche stagione e fai cinquant'anni, dottore, ma nessuno lo sa più. Uscì dal bagnetto. Ripose il volume ippocratico su cui aveva studiato al risveglio. Salì velocemente per le scale, sbatté lo sportello della sua piccola chiatta, serrò il lucchetto e senza guardarsi alle spalle scese giù per il sentiero. Sull'acqua livida galleggiavano ombre di vapore. La corrente era regolare. Il cielo bianco. Verso il ponte non si vedeva quasi nulla e il bianco del cielo si mescolava al grigio del vapore e al metallo del fiume. Controllò le cime spingendo col piede sul bordo della chiatta. Avanzò fra l'erba alta, fradicia dell'umidità notturna, sentì abbaiare dall'altra parte del fiume, s'infilò fra i cespugli di cisto verso il casotto che aveva ricavato da una baracca di lamiera in abbandono. Controllò il lucchetto chiuso sull'ingresso, poggiò le dita sulla catenella bagnata facendo pressione. Sono solo sogni e ossessioni, disse. Solo sogni e ossessioni, caro mio. Ma deve cambiare, deve assolutamente cambiare, questa storia. Sorrise e si voltò e tornò indietro.

Lungo il viottolo che costeggiava il fiume, regnava un silenzio ovattato. Camminò velocemente finché la grande chiatta emerse nella nebbiolina. «Anaconda» – era scritto a grandi lettere sull'ingresso. Luci erano accese dietro le finestre più vicine al ponte che ora s'innalzava mastodontico. Si sentì un motore che perdeva colpi come se stesse per spegnersi. Era il rintocco di un pistone solitario e la carcassa di un'automobile che sobbalzava sulle buche della sterrata. Vide la macchina avvicinarsi al piazzale che veniva usato come parcheggio, poco più in alto del livello del fiume, accanto alla casetta prefabbricata di Cesare, finché fu nascosta dalla siepe. Rimase fermo immobile. Attese. Sentì il rumore della portiera che sbatteva, una voce sottile, il motore che ripartiva. L'automobile riemerse caracollante sulla salita sotto il ponte, poi scomparve oltre la curva.

«Buongiorno dottore».

Era vestita di bianco. L'aspettò mentre scendeva i gradini di terra zuppa per l'umidità notturna.

«Ciao, Helena. Solo ora?»

«E tu? Fatto presto?» disse lei senza guardarlo. Teneva gli occhi puntati sui pezzi di legno infissi nell'erba per contenere i gradini terrosi. Aveva gambe lunghissime. Sembrava uno strano animale curvo su se stesso, spaurito.

«È domenica, no?»

«Appunto» mormorò la ragazza, e fece una smorfia. Si passò una mano sulla giacca stretta. «Non riposi un po' almeno di domenica?»

«Ho riposato parecchio. Mi sono svegliato presto, ho studiato. E tu? Torni solo ora?» La baciò. Sentì il profumo forte misto all'odore di tabacco.

«Tutto bene, io, certo».

«Però non riposi».

«Ho riposato tanto anch'io, dottore».

«Ah, Helena» le sorrise. «Tu non hai riposato mai. Vieni, prego». Le fece spazio perché entrasse per prima nella grande chiatta.

«Grazie dottore. È bello che ci siano uomini galanti come te». Gli fece l'occhiolino. «Io vado di qua. Buona colazione».

«Buonanotte». La vide scomparire nella torretta che si ergeva su un fianco dell'Anaconda e sentì il suono dei tacchi veloci su per la scala a chiocciola. Lui spinse sulla porticina opposta. La sala era buia. Le sedie accatastate sui tavoli. Il pavimento di legno pulito. I posacenere svuotati. Ogni cosa in ordine. Arrivò in fondo. Salì i tre gradini, smosse il tavolo all'angolo, lo liberò dalle seggiole, si mise sulla seduta laterale, la panca di legno sotto gli oblò. Guardò fuori. Il Tevere sembrava immobile. Le correnti lo percorrevano sotto il filo della superficie opaca. A tratti comparivano i rigurgiti biancastri dell'impianto di depurazione che era stato rimontato sotto al ponte. Dietro le fronde dei pioppi bianchi la casa prefabbricata era immobile in un silenzio compatto e non si vedeva vita intorno. Nessun pranzo domenicale. Nessun invitato. Nessun amico previsto. Forse è presto, disse. Forse ti svegli troppo presto. Ha ragione Helena: dovresti riposare. Sentì un tonfo dalla cucina, una specie di gridolino. Si alzò. Voltò oltre il séparé di legno su cui erano affissi gli avvisi, bussò, poi spinse sulla porta.

«Dottore, già qui?»

«Sì, Victoria, ma non si preoccupi».

«Faccio subito caffè?»

«Quando vuole. Volevo solo vedere che succedeva. Ho sentito un rumore, ecco, mi preoccupavo. Ma non ho fretta».

«Ah, muy bien. No se preocupe». Gli venne incontro, sbattendo le mani sui fianchi in nuvole bianche di farina. «È caduta, la teglia, però milagro, tutto bene» indicò dietro di sé, sul tavolo.

«È per pranzo?»

«Sì».

«Per chi?»

«Cesare. Saliti presto, la mattina».

«Ah! Credevo dormissero, figurati».

«No, no, a pescar. Due clienti, due signori giovani».

«Bene» disse lui.

«Però clienti speciali, eh! Vedi?»

«Perché?»

«No lo so, Cesare ha detto che fanno pure pranzo. Dice che pagano tanto. C'è bere, mangiare. Molto».

«Dove?»

«Tutto lì, su, da Cesare, sotto tettoia con la parrilla».

«Ah, ho capito».

«Se piove la parrilla sta lì».

«Certo. Cesare è il re della brace. Farà la brace sotto la tettoia della sua prefabbricata. Dico bene?»

«Faccio caffè, dottore?» Gli sorrise e allargò un po' le braccia.

«Quando vuole, Victoria, ma avrà molto da fare. Ci sarà gente a pranzo anche qui oggi no?»

«Ah sì sì che sono molti, eh! Ragazzi giovani, giovani, una fiesta, credo».

«Bene, allora non la disturbo». Indietreggiò sorridendo. La porta lentamente si richiuse.

Fece due passi verso il salottino e si chinò. Estrasse il grande libro. Si sedette di nuovo a quello che tutti ormai chiamavano il tavolo del dottore. Aprì il volume stiracchiando la fettuccia segnapagina. Guardò le immagini. Erano fotografie che sembravano disegnare confini geografici di pianeti sanguinanti. Placenta previa accreta. Il nuovo metodo con cui ginecologi americani avevano provato a salvare l'utero nonostante l'inserzione della placenta, a prescindere dal grado di inserzione. Un sistema di palloncini gonfiati apriva scenari folli in immagini disegnate.

«Ecco». L'odore accompagnò la mano della donna mentre posava sul tavolo la tazza di caffè con un piatto di pane bruscato e del burro.

«Grazie Victoria».

«De nada» disse lei chinando la testa su un fianco.

«Mi scusi, Victoria. Una domanda».

«Digame».

«Volevo sapere. Lei ha sentito qualcosa stanotte? È venuto qualcuno?»

«No lo so. Dormiva, dormiva io. Stanchissima ero. Nemmeno mi svegliava per Cesare stamattina. Eva c'era. La chiamo? Chiamo Eva?»

«Ieva. Così deve dire, Victoria. Si pronuncia così».

«Sì».

«Dopo glielo chiediamo».

«Che successo, dottore?»

«Non so cosa sia successo. Qualcosa, però. Mi sono svegliato improvvisamente. Erano le tre, credo. Mi sembrava ci fosse qualcuno su al mio capanno. Ho sentito un rumore metallico, era un rumore metallico, di sicuro. Pensavo fosse la porta del capanno. Mi sono tirato su, ho cercato di guardare ma era buio e luci non se ne vedevano. Forse un animale, un gatto, un cane. Non volevo uscire. Faceva freddo. Non si sentiva più niente. Sono rimasto in attesa. Poi mi è parso di sentire dei gridolini, un mormorio».

«Cosa?»

«Un mormorio, un mormorio di bambini».

«Mormorio? Mormorio cos'è, dottore?»

«Quando uno parla a bassa voce, Victoria. Ma era un suono come una specie di filastrocca o una ninnananna».

«Che?»

«Una nana, dite voi. Una ninnananna».

«Ah, e però donde los chiquitos?»

«No. Non c'erano bambini, Victoria, no, non sono matto. Anch'io mi sono chiesto se non stessi sognando. Ma non sognavo. Era come se parlassero in un'altra lingua. Era una voce sempre più lontana. Poi non ho sentito più nulla. Mi sono riaddormentato».

«Pues, era un sueño».

«Ma no, che sogno? Le ho detto, Victoria, ero sveglio, davvero».

«Chissà sembrava, no? Como una favola».

«Ma non sono favole, Victoria. È un modo per dire altro. Intonazione, cadenza, capisce? Niente bambini, non si preoccupi».

«No».

«Cosa no, Victoria?»

«No me preocupo, dottore. Però io no, no ho sentito nulla. Nulla proprio nulla. Io dormiva, dormiva benissimo».

«Grazie, grazie lo stesso, Victoria, poi chiedo a Ieva».

«Ieva».

«Brava, così si dice, brava».

La donna si allontanò. Lui spostò il libro e toccò il pane con le dita, era ancora caldo, immerse il coltello nel burro morbido e lo spalmò. Bevve il caffè tenendo gli occhi sul piatto. Osservò la fettina sottile di burro che si assottigliava, si liquefaceva, cambiava colore, poi si addensava tra le escrescenze annerite del pane, un rigagnolo giallo in cui galleggiavano microscopici serpentelli bianchi.

Fuori, l'aria era più tiepida. Il cielo aveva perso il suo ispessimento e lame di luce attraversavano la patina plumbea. Seduto all'ingresso dell'Anaconda, mescolava con le dita nella busta di tabacco e guardava oltre la riva. Si sentivano le risate delle donne e i panni sbattevano nell'aria appesi alle lunghe corde che aveva rimesso a posto la settimana prima. «Dottó, vieni» gridò Ieva. «Callate, callate, por favor» le diceva Victoria. Si alzò in piedi e fece un gesto. Ieva era piegata in due e muoveva le mani. Nella giacca a vento sembrava più grassa. Il colletto di pelliccia si univa sotto il mento rotondo e l'estremità della giacca le arrivava fino quasi alle ginocchia. Victoria invece era tesa, in piedi, piccola anche lei ma magra e quasi lunga nel cappotto nero, la sciarpa rossa e un cappellino di lana. «Dottó, dottó». Sentì Ieva che gridava mentre Victoria scuoteva il capo. Arrotolò la cartina, accese la sigaretta, si mosse.

«Sempre a fumare, dottó» fece Ieva. «E ti fai gli incubi con le canzoni».

«Ma quali canzoni».

«Callate, por favor» fece Victoria.

«Hai fatto i sogni brutti, l'ha detto lei, con le canzoni».

«Ah, stanotte. Certo. Ma non erano sogni e non erano canzoni» disse lui. «Ho sentito qualcosa. Non credo fossero animali. Sembrava una nenia, a un certo punto. Tu non hai sentito nulla?»

«No, dottó, niente, non è successo niente».

«Lo so. L'ho visto che non è successo niente. Ho girato attorno alla baracca, sui sentieri qui, ma nulla. Volevo soltanto sapere. Ma non importa».

«Non fumà troppo, dottó. I dottori non fumano».

«Ah, sì sì, Ieva, i dottori fumano eccome. Dovresti vederli tutti fuori dall'ospedale con le loro sigarette e le mani nervose e i camici bianchi, bianchissimi. Fumano eccome».

«Piove?» domandò Victoria.

«Adesso no, non credo. Adesso è più bello, sembra anche più tiepido ma l'aria è secca, lo sentite? Meno umidità. Bisogna chiedere a Giulio o a Cesare. Quando tornano?»

Le donne si guardarono.

«Che ore sono adesso?» fece lui.

Ieva tirò fuori il telefono. «Le dieci».

«Ancora tempo. Sì sì, bastante» fece Victoria.

«Volete che vi aiuti?»

«No, grazie» disse Victoria. «Quasi finito qui. Cucina ora, solo cucina».

«Ma ci sono molte prenotazioni, dunque?»

«Un tavolo solo, dottó» fece Ieva, «però grande, quasi tutta la sala. So' ragazzi, mi sa».

«Helena dormirà. Non avrete bisogno?»

«Macché, dottó, ma te pare? Helena poi ha detto che viene. Ti preoccupi per lei?»

«No, solo che è tornata da poco. Bene, comunque. Ci vediamo dopo. Se serve chiamatemi».

Victoria abbassò la testa mentre Ieva guardava ancora il telefono e salutava.

Le vide prendere un lenzuolo e ridere mentre si confondevano gli angoli da afferrare. Passò oltre la siepe e voltò verso la prefabbricata di Cesare. C'era la sua macchina parcheggiata, un'altra a fianco e un vecchio motorino, poi il cancelletto sgangherato e le scale che salivano su. La casa sembrava costruita su palafitte. Erano le colonne che un tempo servivano nel fiume e che Cesare aveva ritirato fuori e su cui aveva costruito il basamento per la prefabbricata. Su un lato, la tettoia era lunga e spioveva verso il grande orto. I tavolacci di legno erano scomposti e posati di traverso, le seggiole ammonticchiate da una parte assieme a cavalletti e due barbecue anneriti. Un tavolo era stato aperto e cassette della frutta erano disposte con cura. C'erano dentro bottiglie di vino bianco e rosso eppoi carbonella, sottili tronchetti di legno e una scatola di diavolina e barattoli di pomodoro.

Diede un'occhiata all'orto, si chinò sulla terra e la toccò. Era smossa, bagnata. Guardò in alto il ponte di Mezzocammino. Si sentiva il traffico che cominciava a scorrere sotto il cielo che a nord era più buio. Voltò dietro la casa tra l'erba alta e scolorita, fradicia. Attraversò il piazzale del parcheggio, scese le scalette di terra, si infilò sul sentierino e tornò verso casa.

***

Si lasciò cadere contro il fianco di legno e si coprì le gambe mentre Giulio chiudeva la porta.

«Copri bene le zampacce, verme» gli disse.

«Grazie, Giulio».

«Altri sono i santi inesistenti da ringraziare, amico mio. Ti ha salvato la capacità di osare».

L'uomo rise, il doppio mento avvizzito rimbalzò sui bordi della giacca chiusa vibrando.

«Ora considera la tua sorte e calcola approssimativamente i tuoi passi. Tra massimo due ore pioverà. Se avessi bisogno di un dottore però non cercare più me e prendi il sentiero verso nord-est. Quello che prendo io ma non assieme a me. Non ho tempo di aspettarti. Se dovessi farlo, il sentiero arriva a un trivio. A destra vai al fiume, a sinistra verso la civiltà. Dritto è dove devi andare. Arriverai prima alla cloaca dove vive un uomo malato, più avanti, per una ventina di minuti, se tieni un ritmo appena più dignitoso della tua apparenza, alla grande chiatta dell'Anaconda. Lì potrai domandare del dottore e ci sarà un uomo pronto a aiutarti. Non credo che ti servirà, ma se dovessi andare fin lì e dovessi incontrarmi, io per te non sono nessuno, non devi conoscermi, non devi avere nello sguardo nulla se non indifferenza. Sono stato chiaro?» Si chinò sulle gambe, gli diede un colpetto sulla spalla, lo guardò fisso negli occhi lacrimosi. Scosse il capo. «Fai pena» mormorò e scomparve dietro la casupola.

«Ti voglio tenere tenere, legata come un raggio di sole di sole, così col suo calore, la nebbia svanirà, e il tuo cuore riscaldarsi potrà, e mai più freddo sentirà, la la la la la la». Saltellava sul bordo del viottolo. Scansava i fili alti e umidi del campo. L'ombra plumbea proveniente dal mare era immobile alle sue spalle e leggere scariche elettriche sembravano disegnare il percorso, aprendo il cielo verso la città invisibile. Camminò una decina di minuti finché il sentiero non prese a scendere ripido verso un rigagnolo acquitrinoso. «Eccoci eccoci, Huertas Castell, ti raggiungo in men che non si dica». Zompettò tra l'erba per evitare il pantano, si sporse a osservare le tavole che affondavano nell'acqua, ne sollevò una e la mise sull'altra, poggiò il piede, tastò la consistenza dell'appoggio, poi partì con due passi veloci e saltò dall'altra parte. Il viottolo risaliva zigzagando. S'intravidero a ovest le bocche argentee e scintillanti della centrale elettrica. «Arrivo, Luis, mi senti?» Ridacchiava e camminava chino sulle gambe piegate come a preparare un assalto. Attese l'ultimo rettilineo coperto dalle fronde, poi spiccò un salto verso la radura in cui l'immenso camminamento del canale di scolo mai utilizzato era abbandonato nella solitudine domenicale.

«Luis» gridò. «Luis». Nessuno rispose.

Si guardò attorno. Cercò di individuare fili di fumo nel cielo biancastro. Gridò di nuovo «Huertas, Huertas». Poi con un saltello penetrò nell'andito della cloaca ben ripulito e protetto da una plastica fissata a due pali e tirata a terra con cime sottili innestate in picchetti di legno. I barattoli erano accatastati sui lati in ordine meticoloso. Tutto quel che si poteva esporre alle intemperie era lì. Giulio osservò la scena con un sorriso di ammirazione. Poi si chinò verso l'apertura del grande tubo di cemento. Aspettò che gli occhi si abituassero all'oscurità. Sull'ingresso il legno smussato ad arte dagli arnesi di Huertas seguendo le curvature della bocca cementificata ostruiva il passaggio, ma più in là si vedevano bene e in perfetto ordine tutte le cianfrusaglie di Luis e i suoi vestiti stipati in una specie di cassettiera di plastica bianca. Il materasso di gommapiuma, le tele per contrastare il freddo e l'umidità. «Che nobile castello spagnolo, Huertas Castell, un portone che è tutto il tuo nome, amico caro». Tornò indietro. Aprì la seggiola pieghevole, si sedette, attese chiudendo gli occhi. L'aria era fredda, ma la giornata sembrava improvvisamente trasformata. «Un mutamento temporaneo, illusorio, da sogno» disse ridendo.

Il motore della lancia era come un sibilo, all'inizio. In giornate senza vento si sentiva così fin dal canale. Poi diventava una specie di zanzara. In pochi minuti sarebbe diventato un rantolo appena singhiozzante per spegnersi poco più in là. Il dottore si affacciò alla porta di lamiera del capanno che aveva messo in piedi poco sopra la riva sporgendosi verso la sua piccola chiatta per osservare il fiume. Vide passare Cesare e due persone con lui. Uomini grossi, palandrane scure e buste dell'immondizia aperte sulle ginocchia come gonne. Accovacciato sul timone, Cesare tirava dritto chiuso nel suo cappellaccio di lana. Aveva una smorfia cupa e la coperta sulle ginocchia. Si fece spazio e lanciò un grido aprendo le braccia: «Cesare!» «Dottore!» Cesare rispose al saluto. «Ci raggiungi a casa? Brace mo'. Sto alla brace. 'Sti due vogliono magnà. Stanno a morì». Lui fece un cenno di assenso, Cesare lo guardò, i due uomini alzarono la mano con deferenza. Erano quasi le undici. Il dottore salutò. Continuò a lavorare nel capanno per una mezzora. Sulla superficie che aveva cementato, dispose in ordine gli attrezzi su un lato, per liberare spazio e destinarlo a una brandina e a una stufa. «Tutto pronto per l'agguato a chi mi perseguita di notte. Ci siamo quasi. Domani finisco il lavoro» disse scrollandosi la polvere di dosso, poi chiuse il lucchetto, discese verso il fiume e rientrò nella chiatta. Faceva freddo. Si sciacquò. Si rivestì. Si coprì con un altro maglione, un golf rosso antico, fatto a mano, lana grossa, pesante, i fili intrecciati da anni, ormai quasi compatti. Quando uscì, sentì che l'odore di legna bruciata già impregnava l'aria del fiume. Il tempo era cambiato di nuovo. Da sud salivano nuvole spesse. Il fiume portava il crepitare della brace e le chiacchiere degli uomini. Poi apparve la sagoma dell'Anaconda. Le finestrelle erano accese nella sala grande e si sentiva una musica orientaleggiante che gracidava da qualche radiolina. Vide sulla sua sinistra, in alto, il fumo che usciva dalla tettoia del prefabbricato. Risate, chiacchiericcio, la voce di Cesare. Ignorò la passerella fissata a terra come un ponte levatoio per accedere alla grande chiatta. Tirò dritto. Una nutria apparve accanto al pontile. Fece su e giù con il muso, emettendo una specie di fischio. «Non ho nulla da darti, bella» disse e continuò a seguire il fiume. Sentiva le voci e l'odore forte di brace. Si tenne sulla sponda per non farsi vedere da Cesare e i suoi due clienti. Andò dritto tra l'erba, si arrampicò leggero su una roccia, ridiscese, riprese il viottolino e sbucò sulla piazzola che aveva creato Giulio molti anni prima. Tra due eucalipti erano legate filagne e di traverso a queste stavano inchiodate tavole ormai lisce. Si sedette. Osservò l'amaca appena rimessa a nuovo, ma di corda ora, non più di nylon come era stato un tempo. In alto dondolava tra i rami la sezione di un tronco in cui stava inciso in caratteri sbilenchi «La Pace dell'Anima». Tirò fuori la sacchetta di tabacco. Fumò. Il Tevere era buio e torbido e portava rami fradici e bollicine giallastre gorgogliavano attorno a stracci e cartacce e buste di plastica intrecciate in una specie di mélange. Lì non si sentiva più nulla. Né le macchine sul ponte, né le risate dalla prefabbricata, né la musica dell'Anaconda. Gettò il mozzicone nel fiume, scivolò giù dalla panca e prese a risalire dietro agli alberi, sulla scala traballante che portava al giardino di Cesare. Quando comparve in cima, anche la luce pareva più chiara. Aprì le braccia verso la casa e camminò come un Cristo sbucato dall'oltretomba.

«Eccolo» gridò Cesare. «Ecco il dottore. Signori, ecco l'uomo di cui vi ho tanto parlato».

I due amici alzarono le teste verso di lui.

«Presentatevi. Fate voi». Cesare versò del vino in un bicchiere di carta.

«Piacere» disse lui, alzando la mano verso l'uomo che era in piedi davanti al barbecue.

«Marco».

«Lorenzo» disse l'altro.

«Salve. Andata bene stamattina?» fece mentre annusava il vino.

«E bevi, dottó». Cesare si avvicinava alla brace e imprecava. «Mo' nun me di' che è presto oh! È quasi mezzogiorno».

«Presto, Cesare, è presto. Solo un goccio per brindare con voi. Lo sai, devo bere poco. A che ora arrivano giù, invece? Verso le due?»

«I ragazzi che hanno prenotato all'Anaconda dici? E che ne so io?»

«Tutto è quasi pronto» disse ai due amici. «Ci sono ragazzi che festeggiano oggi. Parecchi».

«Noi festeggiamo qui. Nun se movemo. Stai con noi, dottó?»

«No, ora no, faccio due passi prima che piova. Passo da Huertas Castell. Gli porto qualcosa per pranzo. Pioverà vero? Sembrava secco ma non è così».

«Credo di sì. Giulio diceva di sì stamattina e lui ce pija».

«Giulio?»

«Eh. Giulio, Giulio. L'abbiamo lasciato al moletto. Sarà al capanno suo, ancora, o sta tornando indietro o si è fermato da Huertas».

«Magari lo incontro» disse e alzò di nuovo il bicchiere, sfiorò le labbra, le passò sul vino rosso. I due uomini brindarono ancora e bevvero e lo salutarono.

«Che v'avevo detto?» fece Cesare. «Meglio lui di Giulio, no? Quello mica me lo so' scelto. I fratelli li sceglie qualcun altro. Questo invece no. Se lo semo scelto noi. Cioè, no, è arrivato lui, ma noi abbiamo scelto di tenerlo qui. Una cosa rara. Ma un giorno è arrivato che pareva un matto in fuga. Se fuggi, puzza. Se fuggi roba marcia qui nun sei bene accetto eh! I guai nun li volemo e qui di guai ce ne so' ovunque. Ma io e Giulio lo abbiamo capito subito che non fuggiva merda. C'ha qualcosa il dottore. Qualcosa che non racconta a nessuno. Vallo a sapé».

Dietro il canneto della cloaca saliva fumo nero a nuvole spesse. Gli venne da ridere e si affrettò. Allungò il passo, estrasse la sacchetta dalla tasca del giaccone. Gli stivali erano inzaccherati fino al polpaccio. Tirando dritto lungo il fiume non si poteva evitare la melma. Risalì l'ultima collinetta e gettò una voce, poi apparve dalla cima della grande tubatura di cemento in abbandono, tra le canne che frusciavano.

«Ti aspettavamo, dottore» disse Giulio. «Una domenica senza pasticcini è come un giorno buttato via».

«E io che c'entro? Io porto il pranzo, mica il dolce. I pasticcini poi».

«Ci ha pensato Luis, è andato lui a comprarli, lo avresti mai immaginato?»

Il dottore girò attorno alla plasticaccia tesa all'ingresso della cloaca, sbucò dalla radura e si chinò su Luis.

«Stai bene?»

«Ho passeggiato» disse quello tenendo le mani basse sulla teglia di alluminio zeppa di braci già pronte per essere coperte da una graticola e cucinarci su.

«Fa bene passeggiare, no, dottore? Il nostro Huertas Castell applica alla perfezione la vostra ricetta preferita».

«La nostra di chi?» fece il dottore.

«Cosa c'è di meglio che una buona passeggiata tonificante?» Giulio lanciava le braccia in aria e ridacchiava.

«Niente profeti oggi, Giulio?» disse e si sedette accanto a loro. Consegnò a Luis il pacchetto, lui lo aprì, srotolò la cartata, annusò le salsicce, sorrise.

«Grazie» disse, «le taglio a metà così facciamo prima. Un po' di pane?»

Non rispose. Aprì la busta del tabacco e si arrotolò una sigaretta.

Il grasso delle salsicce colò dalla graticola e un nero fumo infestante si allargò tra le braccia di cemento della cloaca.

«Pioverà?» chiese il dottore.

«In questi anni non ci sarà né rugiada né pioggia, se non sarò io a dirlo». Giulio si stese chiudendo gli occhi.

«Elia» disse lui.

«Chi Elia?» fece Luis.

«Il profeta che gli mancava. Lascia stare, Luis. Invece, dimmi: hai sentito qualcosa stanotte, da queste parti?»

«Che cosa dovrei sentire?»

«Credo ci sia in giro qualcuno» blaterò.

«Chi sarebbe?»

«Non ne ho idea».

Luis lo guardò, guardò Giulio e aprì le mani sulla brace.

«Qualcuno è passato lungo il fiume stanotte. Parlavano, canticchiavano. Forse dei ragazzini, sembravano bambini, forse gli zingari su al campo, dovrei chiederlo a Milan».

«Milan» rise Giulio.

«Milan» disse lui. «Non ti piace? Lo conosci?»

«I tuoi bambini dottore sono qui» fece Giulio toccandosi la tempia.

Luis alimentò il fuoco e con un mestolo d'acciaio spostò le braci nella teglia. Si alzò, aprì un contenitore di plastica, tirò fuori tre piatti, tagliò del pomodoro, lo sparse in pezzi sulle fette di pane.

«I due ragazzoni erano soddisfatti?» domandò Giulio.

Nessuno rispose.

«I due ragazzoni, li hai visti, dottore?»

«Chi? I vostri due clienti?»

«Certo».

«I due che sono venuti a pesca con voi?»

«Mangiavano già?» fece Giulio.

«Preparavano. Tutti preparavano. Cesare su alla prefabbricata e le ragazze giù: l'Anaconda è piena oggi. La prossima volta vieni tu, Luis, per favore».

Luis rise.

«Il motivo per cui non vuoi venire neppure lì, Luis. Vieni, santiddio, vieni. Oggi stavano preparando cose buone. Victoria non sentiva nulla. Era presa dalla sua magia. Dovresti venire».

«Lascialo stare, dottore» fece Giulio. «Lo capisci che è stato in città? Altro che la chiatta dell'Anaconda. Huertas Castell in città. Un evento».

Tacquero.

Il dorso delle salsicce si era annerito in grinze di pelle abbrustolite. Luis picchiettò con la forchetta, aspettò qualche secondo e le tirò via e subito distese sulla graticola rondelle di melanzana.

«Fra mezzora piove» disse Giulio.

«Torni su con me?» gli chiese il dottore.

«No, me ne vado alla baracca. Mi riposo lì. Torno più tardi».

Mentre Giulio scompariva lungo il sentiero, canticchiando, il dottore si alzò.

«Mi spiace Huertas» disse. «Sarei rimasto di più ma la pioggia...»

«Scherzi, dottore? Ma invece non vuoi portarti via due pasticcini?»

«Ecco la medicina, Luis. Devi prenderla. Pasticcini, no, grazie, non voglio nemmeno vederli. Della città, della domenica in città, i pasticcini no. Eppoi ora torno da Cesare. Mangio lì. Non ne ho bisogno. Tienili per te. Piuttosto dovrai tu raccontarmi della città» disse lui.

«Quando vuoi. Non mi muovo di qui».

«Se senti qualcosa, mi raccomando».

«Dottore» disse Luis guardandolo fisso. «Ti ho raccontato molte volte delle persone che passano qui intorno. Anche stanotte è arrivato qualcuno a cercare Giulio. Gridava il suo nome. Sembrava matto e io me ne sono fregato perché so bene che è gente sua e che io non devo aver nulla a che fare con loro. Lo capisci?»

«Quindi c'è qualcuno in giro?»

«Sì, ma ehi! Lo sai cosa fanno qui. I traffici con il deposito dell'Eni. L'oro nero. La gentaglia che Giulio si diverte a accompagnare sul fiume. Be' insomma, dottore, quelli non vengono da voi. Non sono bambini. Non si divertono. Non cantano. Fidati. Prima non ho detto nulla. Lo sai com'è Giulio, no?»

«Certo».

«Be', ma insomma, sì, qualcuno qui c'è stato, però io sono sicuro che non è la gente che cerchi tu. Questi scendono dal sentiero che arriva alla strada. Lo sai benissimo, dottore. Questi da voi non vorrebbero passare mai. Eppoi Giulio ha vietato loro di spostarsi oltre e sai che lo rispettano. Sarà per scherzo o per convenienza però lo rispettano».

«Hai ragione».

«Quindi cerca altrove. Forse Milan, sì, forse Milan potrebbe aiutarti».

«Grazie Luis. Devo correre. Guarda là», indicò il cielo nero che scendeva dalla città. «Ci vediamo presto. Domani sono qui. Devi raccontarmi tutto».

«Ciao doc. Grazie per le salsicce».

Saltò su tra l'erba alta senza voltarsi. Si videro le canne muoversi sulla collinetta che copriva la cloaca abbandonata. Huertas Castell afferrò un cannolo alla crema e ci guardò dentro come fosse un piccolo binocolo giocattolo otturato da sempre.

***

Si sentì un clacson e motori che inserivano marce basse. Tre automobili venivano giù dalla curva del ponte, sulla sterrata. Passavano tra le pozzanghere accanto al pilone terminale del ponte, poi sbucavano sulla discesa. Si fermarono nel piazzale al di là dell'orto e dei recinti in cui Cesare aveva stipato per anni decine di galline. Scesero ragazzi e ragazze ben vestiti. Ridevano, si gridavano qualcosa, si prendevano in giro. Tre di loro si avvicinarono alla prefabbricata e Cesare fece un gestaccio. «Qui no» gridò. «Giù di là». I ragazzi alzarono le braccia in un saluto e una scusa eppoi si ritrassero. Marco e Lorenzo sorrisero e guardarono il dottore.

«Ce manca che me vengono a rompe er cazzo, mo'. Sta baracca mica l'ho messa su per loro» mugugnò Cesare. Si rimise a sedere.

I due clienti aprirono un'altra bottiglia. Avevano visi rossi e occhi illanguiditi dal vino. Si dicevano cose sottovoce e seguivano la brace e veneravano Cesare. Spiegavano i loro mestieri e raccontarono al dottore come avessero scoperto l'Anaconda, un pomeriggio a Monte Cucco. Dissero che da bambini erano stati grandi amici e che poi per storie di tradimenti e gelosie si erano allontanati per molti anni. Poi si erano ritrovati. Ma lontano da dove avevano abitato da ragazzi, fra Porta Maggiore e Centocelle. Cercavano altro, adesso. E un giorno Marco aveva portato Lorenzo a conoscere Monte Cucco. Proprio dietro via Giovanni Porzio, sul dirupo del monte che si affacciava verso il comprensorio di San Raffaele era rimasto l'ultimo spicchio delle baracche che una volta dominavano la zona. I vecchi che si prendevano cura dei porci e delle galline che ancora si vedono scorrazzare sulla terra scoscesa fin dalla via del Trullo, avevano resistito a ogni tentativo di evacuarli e si erano fatti benvolere dai vicini e assieme ai pensionati dei dintorni avevano messo a posto la rete e il cancello d'ingresso e avevano sostituito le lamiere di eternit trasformando quell'angolo di campagna in una specie di dopolavoro. C'era una grande tv ora, e divani, scacchi, carte, un bancone che pareva un bar. Dissero che mancavano soltanto le bocce per farne un posto come tutti gli altri. Loro stessi infatti erano spesso lì per aiutare i vecchi e era stato in uno di quei giorni che avevano sentito parlare di Cesare e Giulio, ma ci erano voluti mesi poi perché scendessero giù al fiume e domandassero quando si sarebbe potuto venire, un weekend.

Cesare non diceva nulla. Non seguiva i racconti. Si passava la mano sotto le sopracciglia folte e mangiava sovrappensiero. Il dottore ascoltava. Gli uomini gli riempivano il bicchiere.

Voci e grida e risate salivano dall'Anaconda. Le finestrelle illuminate si erano fatte opache. Ogni tanto qualche figura colorata usciva nell'aria grigia, sul ballatoio d'ingresso della chiatta, a coppie, sigarette, telefoni, abbracci. Qualcuno si sedeva sul corrimano della passerella e cercava nel fiume, chiamava le nutrie che uscivano a mangiare quel che i ragazzi lanciavano in acqua. L'aria era diventata ancora più pesante e il cielo si era improvvisamente addensato in un colore livido. I due clienti continuavano a parlare e Cesare li guardava soltanto e faceva segni di assenso con gli occhi. Il fumo della brace piroettava verso nord, a tratti si addensava sotto la tettoia per allargarsi verso il muro e Cesare, seduto lì come un re, muoveva le braccia, sbuffava, si tappava il naso e gli occhi, dava grida di comando esasperate e inutili. Poi, quando finalmente presero a mangiare il pollo, tutti seduti attorno al tavolaccio, nei piatti di carta bianchi, cominciò il ticchettare sulla tettoia, sembrava un avvertimento, ma non durò neppure il tempo di guardarsi attorno. Si sentì come la secchiata di uno scroscio mentre il cielo si apriva in un varco di luce e rimbombava. Prese a piovere fitto. Cesare bestemmiò. «Pensaci tu, dottó» disse e subito si alzò e aprì un tavolo e lo poggiò sul sostegno esterno della palafitta per evitare che l'acqua seguisse il lato del muro, poi accostarono il barbecue dove la tettoia scendeva, per salvarsi dal fumo. Tornarono a tavola e si chiusero nelle giacche anche se dove sedevano non arrivavano che schizzi leggeri. Fuori, piovevano gocce che erano schiaffi. Già erano pozzanghere tutt'intorno e scendevano rigagnoli e torrentelli sotto la tettoia. Bevvero tre bicchieri di filato, brindarono, perché Cesare sosteneva che era la preghiera migliore, ma il cielo si era rotto in una deflagrazione. I fulmini disegnavano figure impossibili sulla superficie violacea del cielo oltre il ponte di Mezzocammino e sembrava che andassero a spaccarsi in mezzo alla strada e che potessero portar via pezzi d'asfalto, sradicando le spallette di cemento del ponte. I tuoni seguivano dopo pochi secondi in scrosci mostruosi e la pioggia era sempre più fitta, sembrava una baraonda di acqua compatta, quasi non si vedevano gocce né diluvio e dalle estremità della tettoia scendeva una patina liquida densa, una sorta di cascata di cui era impossibile conoscere la fine.

«Prendiamo tutto e andiamo dentro, non c'è altro da fare» disse Cesare sbattendo un pugno sul tavolo.

«Lei porta la carne?» fece Lorenzo rivolto al dottore.

«Lei chi?» gridò Cesare. «Qui piove e loro si danno del lei?»

Lorenzo si strinse nelle spalle.

«Lui è il dottore. Il suo nome è Ippolito ma non gli piace essere chiamato così. Prendi la carne dottó. Muoviamoci».

Salirono correndo. La scala era coperta ma la pioggia tagliava sul fianco e in pochi passi erano quasi zuppi. Si strizzarono l'estremità dei calzoni sull'ingresso. Posarono tutto sul tavolinetto. Cesare chiuse la porta, tirò fuori tre sedie pieghevoli, versò il vino, poi cambiò idea e prese tre bicchierini minuscoli da caffè e una bottiglia di vetro stretta e affilata. «Questo è il centerbe di Giulio. Questo uccide. Ci fa bene. Alcol puro. Dottó tu lo sai meglio, spiegaglielo». Versò appena un goccio per ciascuno. Brindarono.

«Basta andare piano» disse lui. «Sennò si brucia l'esofago».

Tirarono giù il dito di alcol tutti insieme e lo tennero in bocca finché il palato non si sentiva più, finché la lingua si anestetizzò, poi fecero scendere lentamente il liquido. Cesare si alzò e andò a tirar su il letto sfatto dalla notte, la cuccetta che si richiudeva sul fianco del muro. «Meglio così» biascicò. «Sennò sembra 'na baracca». Prese la salsiccia e ne staccò metà con un morso. «Al culo 'sto tempo demmerda» fece. Mangiarono in silenzio. Fuori era una specie di catastrofe. Il dottore riempiva bicchieri di vino rosso e Cesare gli disse qualcosa sulle braciole crude che erano rimaste sotto alla tettoia, allora poggiò subito il bicchiere in tavola, si alzò e corse. Lo guardarono stupiti. Tornò su scrollandosi l'acqua dai pantaloni.

«Piove di meno» mormorò. «Posso, Cesare?»

Il vecchio alzò il volto che era una maschera di rughe e i denti bianchissimi scintillarono. Lo guardò con gli occhi stralunati e ne seguì i movimenti mentre accendeva la fiamma azzurra del fornello e tirava fuori una padella bruciacchiata.

«Puoi che?» gli fece.

«Le cuocio qui» disse lui. Mosse la padella nell'aria e la cosparse di olio, la poggiò sul fornello, aspettò che l'olio sfrigolasse, poi ci buttò dentro le braciole. «Amavo molto Borgata Petrelli» disse nel silenzio. «Voi che andate a Monte Cucco la conoscete Borgata Petrelli, no?»

I due uomini non risposero. Videro Cesare che osservava il dottore con un'espressione di meraviglia improvvisa. Intanto, la pioggia stava diminuendo sensibilmente e anche fuori sembrava si fosse calmata la tempesta e forse attraverso il coperchio nero del cielo passava più luce.

«Sono andato parecchie volte a mangiare da Nicola. Il nostro tavolo preferito era sotto alla testa del cinghiale. Raccontavo storie di cani e di caccia. Ci mettevamo sempre lì».

Fece girare le braciole nella padella accompagnandole perché l'olio non schizzasse mentre una nuvola di fumo si alzava. I due uomini lo guardavano. Cesare cominciò a battere le mani picchiettando il bordo del tavolo con un ritmo esasperante. Nessuno parlò.

***

«Fammi bere un goccio, Ieva. Questi coglioni mi fanno tremare le mani».

«Dottó, hai già bevuto tanto» disse lei. «Stai tranquillo. Che ti hanno fatto?»

Victoria si avvicinò al frigorifero. «Blanco, dottore?»

«No, grazie, Victoria, non c'è rosso?»

«Che t'hanno fatto?» ripeté Ieva.

Helena rientrò con una pila di piatti. Lui tenne socchiusa la porta. Guardò giù la tavolata in subbuglio.

«Ti danno fastidio?» le domandò.

«No» disse Helena.

Prese il bicchiere e uscì dalla cucina. Si andò a sedere sulla sua panca e aprì il grande libro. All'estremità opposta della sala, tre ragazze parlavano fitto e controllavano di continuo i telefoni.

Sul lato lungo della tavolata un gruppetto di ragazzi si accalcava, bevevano, gridavano, cantavano. Altri fumavano e chiacchieravano con ragazze, una di loro era seduta sulle gambe dell'amico e lo baciava sul collo e lui le teneva una mano sulla schiena e la carezzava. Nessuno vide il dottore che si era seduto con le gambe larghe, come su un trono. Bevve lentamente. Poi si alzò, entrò in cucina, si riempì il bicchiere e andò a sedersi di nuovo lì, portandosi appresso la bottiglia.

Per qualche minuto una musica lieve prese il sopravvento sul vociare convulso. Poi Ieva e Helena uscirono dalla cucina portando piattini piccoli colorati e crostate e dal tavolo si levò un ululato. Mani afferrarono fette e s'intrecciarono voci. Erano parole di dolcezza femminea e richieste mezze ubriache e grida. Dal fondo della sala, oltre i tre gradini, dove era il dottore, si poteva sentire ogni cosa. Anche i bisbiglii di chi chiedeva fette più grosse. «Calmi, piano, eh, ahó, che so' 'ste cose, un attimo» disse Ieva che distribuiva i piatti. Due ragazzi alzarono gli occhi su di lei, poi si voltarono verso le donne e scoppiarono a ridere. Commentavano e ripetevano qualcosa, una smorfia, una parola. Poi un braccio si alzò in un movimento inequivocabile ma già Helena e Ieva tornavano indietro. Il dottore si sporse sul tavolo. Vide il ragazzo che seguiva il suo braccio e si alzava in piedi. La seggiola rotolava in terra. Attorno ridevano e lui trascinava i piedi sul pavimento e gridava «Ehi, ehi, un attimo». Apriva le braccia, il bicchiere schizzò vino nell'aria e lui ripeteva a voce alta «Signore, no, che dico, voi, eh, signorine». Le ragazze sedute si voltarono e alzarono gli occhi verso l'amico che barcollava in mezzo alla sala. «Ehi tu» disse ancora il ragazzo. Ieva si voltò. «Tu, ecco, scusa, ehi bella». Ieva rimase immobile guardandolo con una pila di piatti sporchi in braccio. Il ragazzo si avvicinava. Il dottore bevve lentamente dal suo bicchiere senza smettere di seguire la scena. «Che c'è?» fece Ieva.

«Le candeline?» disse il ragazzo.

«Quali candeline?»

«Mica è nulla, qui, sai, bella. È una festa. Le candeline non le portiamo?»

«Non sapevo della festa».

«Ah no? Non lo sapevi?»

«No, amore. Nessuno lo ha detto».

«Amore? Ma è così. È la mia festa».

«Tu sapevi che era una festa?» disse Ieva a Helena. Helena era ormai sugli scalini, vicino al dottore che aveva poggiato il bicchiere sul tavolo. «Lascia stare» le rispose «è ubriaco».

«Cosa?» fece il ragazzo. «Che hai detto? Non vuoi festeggiare?»

«No» disse Helena e si voltò e tirò dritto verso la cucina.

Il ragazzo gridò «Ehi tu, bella».

Dal tavolo si fece silenzio, qualcuno mugugnò e si sentì una specie di lamento e il tipo che era abbracciato alla ragazza alzò la mano e fece. «Siediti, Tom, smettila, sei ubriaco». Ma l'altro lo ignorò. Passò accanto a Ieva e salì sugli scalini verso la cucina.

«Che cerca?» chiese il dottore.

Il ragazzo lo guardò sorpreso. Aveva capelli già un po' diradati sulle tempie, la camicia bianca fuori dai jeans, macchiata di vino rosso e di unto. Pupille strettissime che sembravano affondare nella sclera bianca.

«Che sta cercando?» ripeté il dottore.

«Non parlavo con te».

«Con lei. Mi dia del lei».

«Ehi barba, per favore» disse il ragazzo e tirò dritto verso la cucina.

«Non si può entrare lì, ragazzo, torni al suo tavolo» disse lui senza voltarsi, le braccia aperte sul tavolo, in una posa innaturale e trionfante.

Ieva salì i gradini, prese il ragazzo per un braccio e gli disse qualcosa all'orecchio e quello gridò che aveva chiesto le candeline.

«Non gridi» disse lui. «Torni a sedersi».

Il ragazzo gli si avvicinò alzando il pugno. Il dottore non si mosse. Prese la bottiglia e versò e si sentì il liquido che tintinnava nel bicchiere tanto era il silenzio attorno. Poggiò con calma la bottiglia, prese il bicchiere e bevve e guardò il tavolo e la propria mano sul bicchiere e le vene che percorrevano la mano fino alle nocche e la pelle sottile e rugosa. Poi alzò gli occhi sul ragazzo che era lì fermo con il braccio alzato e il pugno chiuso. Dalla sala si avvicinarono in tre. Ieva s'infilò in cucina. Helena si affacciò e restò sull'uscio con le mani dietro la schiena. I tre ragazzi salirono le scale e uno di loro ripeteva «basta, Tom, per favore». Ma quello rimaneva in piedi e il dottore lo guardava sorridendo.

«La prego» mormorò. «Torni a sedersi».

Il ragazzo tentennò e il pugno in aria si muoveva rabbioso in un impercettibile vortice.

«Va bene così» disse il dottore. «Torni pure a festeggiare».

Il più basso passò davanti al tavolo e di spalle al dottore prese il braccio dell'amico e lo spinse a fare dietrofront. Gli altri due guardarono il dottore lì seduto sulla panca con la mano sul bicchiere e l'altra aperta sulla gamba. Non dissero nulla. Tutti e quattro scesero di nuovo nel salone. Helena gli si avvicinò, si mise a sedere, gli riempì ancora il bicchiere. «Quindi non ti tremavano le mani» disse in un risolino. Lui sorrise. «Bevi un goccio anche tu, Helena» le disse. «Non posso, però grazie, dottore. Grazie davvero per quel che hai fatto. Lo so sempre che ci tieni ma mi fa piacere quando lo fai anche vedere». In quel momento si sentì la porta a vetri che sbatteva. Nell'ombra dell'ingresso comparve Cesare che avanzava lentamente, claudicante, un po' ingobbito, seguito dai due clienti. I ragazzi seduti guardarono gli uomini che attraversavano la sala senza dire nulla. Le giacche scure e bagnate sgocciolavano in terra. I calzoni e gli scarponcini alti infangati. Sembravano tornati dalla caccia. «Qualcuno festeggia o state tutti zitti?» fece Cesare in una specie di risata alzando la bottiglia di centerbe.

Le dita si storcevano verso l'esterno. Solo leggermente la falange media, ma la falange distale sembrava l'estremità di un ramo secco e ritorto. La penna tra le articolazioni artritiche s'infilava nella sua posizione naturale e scivolava sul foglietto della ricevuta seguendo numeri difformi. «Ecco qua tutto il vino» fece Cesare in un mormorio, e ripeteva il calcolo premendo sui tasti di una vecchia calcolatrice. Lorenzo e Marco scuotevano il capo e sorseggiavano il centerbe. Erano ubriachi marci, ormai, e si muovevano a scatti come se da un momento all'altro potessero cadere stecchiti. Il dottore, di fianco a Cesare, seguiva i calcoli e non diceva nulla. «Ecco l'acqua, bene qui». Passò due dita sulla lingua, le posò sul foglietto e lo sollevò dal blocco, strappandolo. «I caffè li regaliamo noi. Gli amari, invece, no. Gli amari no». Voltò il foglio un'altra volta e rifece tutto il calcolo, poi segnò il numero finale calcando sulla carta esile della ricevuta e alzò gli occhi sul tavolo e si guardò intorno. I ragazzi erano in parte fuori. «Ieva» gridò Cesare. «Ieva, chiamali». Dalla cucina si sentì la voce di Victoria, una risata, poi sotto le scale comparve il ragazzo più basso che era venuto a portar via l'amico. «Chiama me? Posso pagare?»

«Chiama chi? Chi chiama?» fece Cesare.

«Lei. Dico: ha il conto per noi?»

«Ah, lei io» rise. «Vieni, vieni, ecco qui».

Il ragazzo salì i tre scalini e prese la ricevuta.

«Il prezzo eravate d'accordo, no? Qui c'è quello che avete bevuto e non i caffè. Le bottiglie sono tutte lì. Anche l'acqua».

«Certo» fece il ragazzo mentre l'indice di Cesare ricurvo come un uncino indicava l'angolo opposto dove erano stipate cassette di plastica colorate piene di bottiglie vuote.

«Non le conti?»

«Cioè?»

«Non vuoi controllà, eh?»

«Ma no. Ecco. Mi scusi. Invece posso?» fece il ragazzo, alzando la mano sulla calcolatrice. Cesare fece un gesto e quello girò la macchinetta verso di sé e velocemente spinse sui tasti, poi alzò una mano, un'amica si avvicinò, confabularono, si passarono del denaro e il ragazzo tornò da Cesare e glielo consegnò contando le banconote una a una.

«Ecco, bene, mo' te do il resto».

«No, va bene così, davvero. Grazie. Tutto magnifico. Mi spiace solo per prima».

«Cioè?»

«Dico il nostro amico, Tommaso. È ubriaco».

«Io non l'ho visto 'sto Tommaso» fece Cesare.

«Meglio» disse il ragazzo e sorrise al dottore e reclinò un po' la testa sporgendosi col busto sul tavolo. «Grazie davvero» disse ancora e alzò il braccio. Strinse la mano di Cesare, quella del dottore, poi si sporse verso Lorenzo e Marco. «E complimenti alla cuoca».

«Faglieli tu, no?» disse Cesare. «Victoria» gridò. Ieva si affacciò sulla porta. «Chiama Victoria». La donna apparve con una grande pentola in mano. «Ti vogliono fare i complimenti».

«Sì, signora, grazie davvero moltissimo» disse il ragazzo. Victoria sorrise.

«Vuoi un goccio di questo?» fece Lorenzo al ragazzo mostrandogli la bottiglia «Alcol puro, eh! Centerbe. Lo fa il fratello di Cesare. Noi l'abbiamo provato oggi. È un miracolo, un'esperienza, dovete farla».

«No, grazie, abbiamo già bevuto tanto».

«Sicuro?» disse Marco. «Sei sicuro? Guarda che è un'esperienza. Per noi è stata una rivelazione. Solo un goccio. Ne basta uno. Sono tutte le erbe qui del Tevere, le raccoglie il fratello di Cesare, un uomo che dovreste conoscere, le raccoglie una per una, eppoi fa questa bomba, una bomba, ti si addormenta il palato con un solo sorso. Alla fine va giù, quando si è mescolata alla saliva. Sennò brucia tutto. Spiegaglielo dottore, spiegaglielo tu».

Il ragazzo alzò le mani: «Dobbiamo guidare. Davvero, vi ringrazio. Un'altra volta. Ora dobbiamo tornare a Roma».

«A Roma?» gridò stralunato Cesare ridendo. «Come a Roma?»

«Sì, in macchina, adesso».

«Ma Roma è qui. Qui è Roma» fece Cesare e sbatté le mani sul tavolo. I bicchierini tremarono appena, il ragazzo lo guardava immobile.

Due

30 novembre 2015

Siamo dall'altra parte del mondo, amore, lascia stare. Così dice lei e io la osservo mentre sfoglia riviste in questa casa bianca e oblunga come un serpente bianco. Faccio avanti e indietro fra le stanze dai tetti bassi e le pareti lucide bianche e mi sembra di vedere in lei una fidanzata lontanissima, ma mi ripeto che non è vero, che forse sto sognando, perché io lei l'ho sposata, è mia moglie e anche se questo mi sorprende cerco di guardarla come se niente fosse, e infine le domando se abbia visto i bambini che per strada corrono su un'automobile giocattolo. Ma lei non risponde: sfoglia la rivista di architettura e non mi osserva. Fuori, vedo la bambina correre in mezzo alla strada, da sola. «Ehi» grido, «ehi, fermati. Dove hai lasciato il tuo amico?», ma lei non mi sente e continua a correre e un autocarro le passa vicinissimo, le gomme emettono stridii sull'asfalto e per un momento la perdo. Sgrano gli occhi, agito le mani, ho il fiato in gola, eccola, è più lontana, continua la sua corsa in mezzo alla strada. «Ehi» mi sbraccio. «Lì è pericoloso. Attenta, attenta, attenta». La bambina non si volta. Cammina lentamente adesso e sempre in mezzo alla strada e la vedo così, un'ombra sull'asfalto scurissimo, poi una sagoma tra due fari scintillanti che fendono il buio sulla strada. Rientro in casa e sono solo. Cammino ansimando verso il fondo del serpente bianco. Ma chi saranno i proprietari? Siamo in affitto o no? Cammino per minuti interi finché non trovo la scala e mi accorgo che alla cucina ora si accede attraverso una scala elicoidale che è come se fosse costituita dai gradini di una palafitta cascante. All'inizio, mi tiro su sollevandomi con le braccia attraverso la fessura aperta fra le tavole, come un uomo che si arrampica attraverso un tombino per riemergere dalla fogna. Le tavole mancanti crescono di numero a ogni salita e alla fine è come districarsi sul vuoto. Tutto può crollare da un momento all'altro. Sono un ginnasta alle parallele, faccio su e giù con i piedi e improvvisamente mi ritrovo in cima. I fuochi della cucina brillano lucenti. Tiro dritto fino alla porta su strada. Come scenderò adesso? Da dove scenderò? Faccio pressione sulla maniglia. È aperta. Chiunque può essere entrato. Mi guardo attorno. Mi abbasso per controllare che non ci sia nessuno sotto le seggiole, sotto i tavoli, poi mi volto di nuovo, sento una musica, un carillon, afferro di corsa la chiave che è legata a una catenella al muro, la tengo fra le dita tremanti, cerco la fessura della toppa. La chiave è ricurva come un piccolo uncino. Ma anche la toppa è ricurva. Riesco a girare la chiave e a chiuderla a tripla mandata. Poi vedo che la finestra è aperta. Una di quelle antiche finestre a vasistas. Il meccanismo è logoro, non capisco come si faccia a richiuderla. Mi sembra di dover correre. Arraffo una seggiola e salgo in piedi a cercare di chiudere in alto, spingendo con forza. Resto lì fermo a spingere. Attraverso il vetro, guardo la strada buia, il nero della distesa di asfalto, il nero caldo dove non c'è nulla, se non due occhi scintillanti di un gatto forse, o un animale qualsiasi, una iena, quali animali vivono qui, in questo mondo? Sento i rumori, i gridolini, la cantilena improvvisa. Una filastrocca. Un carillon. Do una spallata contro il meccanismo, spingo sull'estremità della porta, poi mi getto indietro e con le braccia cerco di agguantare il buio che è finalmente calato sulla città.

Si alzò sul letto stringendo le coperte. Si guardò attorno. «Cristoddio» gridò. Poi sentì i rumori, il suono. Tacque immobile. Non era un sogno, non era un sogno, cristoddio, disse in un soffio. La cantilena è entrata nel sogno, ecco. Rimase fermo acquattato sul letto sfatto. Il defluire del fiume era un mormorio costante e dalla sponda non arrivavano che fruscii. Aspettò. Stava immobile come un felino nella posa pronta allo slancio. Intanto si abituò alla penombra. Qualche riverbero di luce entrava dall'oblò di poppa e intravide l'ora segnata sull'orologio da cucina attaccato alla parete. Erano da poco passate le tre. Ascoltava le lancette. Il ticchettio s'ispessiva in un rimbalzo che inondava gli spazi, cresceva, diventava insopportabile. Respirò. Cercò di spostarsi verso la parete che dava verso la sponda. Non c'era che silenzio e lancette che ticchettavano. Ti sbagli, disse. Ascoltò le sue parole a mezza voce in gola. Ti sbagli. Sogni e continui a sognare. Ascoltò ancora le parole che non emetteva. Sbagli e continui a sbagliare, disse. Ripeté le formule. Sogni sognare. Sbagli sbagliare. Il rumore delle formule divenne più forte di quello del ticchettio e prese il posto di tutto il resto e lui scosse il capo con violenza, si passò le mani sulle orecchie, si stropicciò gli occhi. Affondò la testa nel cuscino eppoi si stirò giù sulle gambe, allungando la schiena. Contò lentamente fino a dieci, si spostò sul fianco e mentre chiudeva gli occhi si sentì di nuovo il suono, un rumore prolungato e difforme come di parole biascicate sottovoce. Sollevò la testa senza produrre rumori. Nessun animale fa nulla del genere, lo sai, vero? O sei tu? Sei tu, Cristo? Allungò un piede e si mise a sedere. Cercò di eliminare ogni rumore alternativo. Aspettò. Attento, disse. Devi rimanere immobile, devi capire da dove arriva, elimina ogni altro rumore, elimina ogni altro pensiero, elimina il tuo respiro. Eccolo. Attenzione. Sta per arrivare. Eccolo. Silenzio improvviso. Come il silenzio che cala sul paesaggio prima di un'eclissi di sole, un silenzio spettrale. Eppoi il rumore nel nulla. Un risolino. Si sentì un risolino e uno sbuffo, passetti piccoli, un cinguettante rimbalzare di parole mormorate sottovoce. Allora, con decisione ma senza far rumore, si mosse. Infilò i piedi nelle calze di lana bianca ruvida e ormai assottigliata dall'uso, vecchie calze pesanti posate in terra, sbrindellate, bastava poggiare i piedi e tirarli avanti come fossero pantofole. Fece due passi leggerissimi, ammortizzando il movimento sulle assi di legno. Lì scricchiola, disse, non lì. Si sentivano altri rumori, dalla sponda, intorno alla baracca di lamiera, ma nulla che avesse a che fare con le pareti della baracca, nessun suono metallico, solo una voce bambinesca e cantilenante. Prese la giacca e la indossò. I calzoni. Afferrò la torcia e la posò in cima alle scale, s'infilò gli stivali. Salì i gradini come un ballerino, un piede eppoi l'altro, girò la chiave, divaricò la maniglia verso di sé. Spinse. Il freddo lo colpì sul volto. Un freddo umido, zuppo di odore di terra. Nell'aria notturna sentì distintamente un bisbiglio veloce che s'interrompeva e rimaneva come sospeso in una domanda. Nessun altro rumore. Fece ancora un movimento pesante sui gradini di legno. Gli parve la scala diroccata del sogno, la scala elicoidale che si era trasformata in un ostacolo orribile. Si guardò attorno. Non si vedeva nulla. Era tutto nero, un nero impossibile e profondo. Solo il fiume scintillava. L'acqua scura veniva giù nella corrente che si formava sotto al ponte assieme a rivoli gorgoglianti di spuma bianca, scintillii isolati e improvvisi. È il momento, disse. Si tirò su in piedi. Sentì un fruscio forte, un rimbalzare di scatti e movimenti, un percuotersi di rami, un botto metallico e una vocina implorante e lui già saltava tra l'erba e si scaraventava di corsa verso il capanno e infilava disperatamente la mano nella giacca cercando la torcia che aveva dimenticato.

Intorno al capanno non c'era che buio pesto e i rumori erano ormai lontani, si perdevano nella valletta degli aironi e forse tra i campi di golf deserti. Si fermò guardando gli stivali che affondavano nel fango. «Cristoddio!» gridò. «Ti prendo, prima o poi, ti prendo gran pezzo di merda, chiunque tu sia». Gesticolando nel nero della notte, gridò ancora «Ti prendo, ti prendo, hai capito?» Poi cominciò un'operazione complessa per tornare indietro. Non si voltò. Tentennava sulla gamba penzoloni che scartava all'indietro cercando l'orma che aveva creato affondando nel fango. Quando fu sul sentierino, camminò verso la passerella con calma. Si pulì i piedi. Entrò e subito, sul penultimo scalino, raccolse la torcia metallica. Spinse sul tasto rosso mettendolo in posizione, e riprese la via della baracca, fendendo il buio con il raggio di luce denso che s'infilava tra i cespugli anneriti di cisto e il breve canneto. Seguì il sentiero e si fermò dove si apriva lo spazio fangoso accanto alla baracca. Gettò la luce tutt'intorno. Vide i solchi dei propri passi pesanti e sformati. Si accucciò per studiare meticolosamente la superficie di terra zuppa che sembrava argilla. Si mosse verso la lamiera d'ingresso, lasciò passare il raggio di luce sulla terra fino all'ispessimento della gettata di cemento. Avanzò e vide i suoi passi imprimere orme sul fango e le suole delle scarpe sporcare la striscia di cemento. Ispezionò il lucchetto senza toccarlo: era bagnato ancora e dorato e in parte arrugginito sugli angoli. Si spostò sul fianco della baracca. Osservò ogni centimetro quadrato di terra zuppa bestemmiando. Poi si allungò a guardare sul retro, dove la vegetazione si faceva fitta. Sotto alla luce bianca della torcia la terra appariva come picchiettata di infiniti affossamenti grandi come pugni. Cercò di individuarne la forma ma non esistevano segni riconoscibili. «Un animale qualsiasi» mormorò. «Dove sei sparito?» Si accucciò il più possibile, guardò tra i cespugli neri. Mosse la torcia cercando di spazzare la superficie della terra e il raggio di luce andò a rifrangersi contro una bottiglietta d'acqua di plastica da mezzo litro. Si allungò per afferrarla, l'aprì, annusò. Cercò sull'etichetta ancora integra. Tenne la bottiglia con sé e avanzò accucciato sotto gli sterpi, ispezionando il terreno. «Da qualche parte sarai passato o no?» disse. «Se non esci di qui, da dove? Che animale sei?» Uno sterpo gli s'infilò sulla nuca e lanciò un grido. Bestemmiò strappandolo via. Cercò di avanzare ma era impossibile. Tornò indietro. Girò lungo il lato, controllò la lamiera, poi sentì il silenzio rotto da un motore che sembrava avvicinarsi. Si tirò dritto, in piedi. Voltò oltre l'angolo, s'inerpicò verso la roccia coperta dai rovi, guardò in direzione della prefabbricata, vide i fari di un'automobile ballonzolante sulla discesa sotto il ponte. Spense la torcia, seguì il sentiero.

Era una vecchia Mercedes dalle cromature scintillanti schizzate di fango, ferma nel piazzale del parcheggio. L'Anaconda si alzava e abbassava sul fiume come fosse deposta sul respiro profondo di un universo. Tutto era buio e la luce che schiariva il piazzale veniva giù dal ponte e da un chiarore giallastro del cielo a nord. Rimase appoggiato all'ultimo eucalipto, teneva la bottiglia tra le mani sporche e cercava di rintracciare su di essa qualche segno impossibile. Si sentì lo scatto della portiera, una voce, poi il suono metallico. Vide un'ombra percorrere il parcheggio verso di lui. Si avvicinava a passi spediti. Il motore dell'automobile si riaccese e i fari tagliarono le colonne della prefabbricata sotto cui avevano mangiato, poi attraversarono il buio del canneto e, compiuta un'ampia curva, si rimisero in carreggiata. Sentì un accenno di tosse trattenuta. Si appoggiò all'albero nascondendosi. Vide l'ombra scendere giù per le scalette di fango, vide il vestito chiaro, la giacca nera, le gambe lunghissime e si fece spazio, le andò incontro.

«Helena».

La donna si spostò all'indietro come se le avessero soffiato contro e stesse per essere risucchiata lontano. «Oddio» fece alzando le mani.

«Che c'è?» disse lui.

«Dottore sei tu? Mi hai fatto paura».

«Ma non dormi?»

«Io? E tu invece?»

«Avevi detto che non saresti uscita».

«E che fai, mi controlli?»

«No».

«Che fai qui, dottore? Così? Che è successo?»

«Erano zingari? Chi ti ha accompagnato qui? Non amici di Milan, vero?»

«Ma, scusa. Che dici? Che ti è capitato? Cos'è qui?» Gli andò vicino. Tese la mano verso la barba inzaccherata di fango. «Dottore?»

«Mi sono. Io. Guarda» alzò la bottiglietta.

«Cosa?

«Guarda» le si avvicinò tenendo alta la bottiglietta d'acqua.

«Vedo. Sei lurido. Cosa hai fatto?» Gli passò un dito sotto l'occhio pulendo uno schizzo di terra ormai rappresa. «Ma qui, dottore? Sangue. Ma come? Aspetta». Tirò fuori dalla borsetta fazzolettini di carta, ne aprì uno e glielo passò sul collo, lo tenne fermo eppoi lo tirò via. «Dobbiamo andare alla luce».

«Lascia stare. Ci penso io. È che stavo cercando, prima, alla baracca».

«Cosa, dottore? Che cercavi?»

«Vedi?» le porse la bottiglia di plastica.

«Non ho sete».

«No, dico, Helena, vedi? questa era dietro la baracca, ecco».

«La bottiglia? Dottore. Che ti succede? Che significa?»

«Lascia stare. Vado a pulirmi. Non preoccuparti. Scusami».

«Aspetta» tirò fuori un altro fazzoletto e glielo poggiò sul collo. «È solo un graffio, comunque. Ma sei tutto infangato».

«Ho fatto una piccola battuta di caccia» rise.

«Vuoi venire dentro? Beviamo una cosa? Ci facciamo qualcosa di caldo?»

«No, grazie Helena, grazie. Devo dormire».

«Anch'io, ma se vuoi mi fa piacere».

Si mossero verso l'Anaconda. Le tenne un braccio dietro la schiena mentre si faceva avanti sulla stradina di pietra fino alla passerella attenta a poggiare i piedi. Afferrò il corrimano di legno.

«Sicuro, dottore? Non c'è nessuno sveglio, ora. Non vuoi venire? Nessuno ti vede con me, se ti dà fastidio. Ma dico, guarda qui». Gli staccò un pezzo di terra dai capelli sulla spalla. «Sono lunghi, eh!»

Lui accese la torcia e illuminò la passerella.

«Avevi tutto con te. Anche la torcia. Eri pronto a tutto? Mi fai ridere».

«Tutto, sì».

«Volevi spiarmi?»

«Ma no, davvero, era un caso, mi hanno svegliato di nuovo, c'è qualcuno qui intorno, non so, devo scoprirlo».

La donna gli poggiò un braccio sulla spalla, sulla giacca bagnata, si sporse, lo baciò.

«Notte, dottore» disse. Attraversò la passerella tirando avanti le lunghe gambe leggere, sui tacchi sottili, il busto eretto, le ginocchia che si alzavano e lei che metteva mano alla borsetta. La lama di luce andò a riflettersi sul vetro nero in uno squarcio. Helena si coprì gli occhi, infilò la chiave, si voltò appena. Fu inghiottita dalla scala a chiocciola dell'Anaconda.

Attorno alla baracca si vedevano ancora le impronte ormai completamente deformi. Sul retro il terreno era bucherellato da segni grandi come un pugno. La lamiera schizzata di fango. Restò fermo in silenzio cercando di ascoltare qualcosa, che venisse dall'altra sponda, dal ponte di Mezzocammino, dall'Anaconda, dal golf, dallo Sheraton, dal Raccordo Anulare. Si sentiva solo il fiume cavernoso: una melma densa, sibilante, che portava via tutto, si arrotolava su se stessa in sbuffi improvvisi e gorgoglii. Ritornò alla chiatta. Si affacciò nel caldo, fece attenzione, lasciò gli stivali sull'uscio. Si spogliò. Posava i vestiti inzaccherati su un quotidiano aperto in terra. Erano già asciutti. Il suo corpo era bianco nella luce tremula e le caviglie erano sporche e il collo nero, la barba ispessita di fango ormai solido e pioggia sporca. Si lavò via le croste dal collo, passò del disinfettante sul graffio che partiva dalla nuca fino alla clavicola, insaponò la barba e l'ammorbidì con l'acqua. Infilò i piedi in una bacinella di acqua tiepida, poggiò la testa contro la parete. Il fiume sciabordava sul fianco. Per un attimo chiuse gli occhi. C'era la casa del sogno, gli occhi gialli di là della vetrata che non riusciva a spingere. Il meccanismo a vasistas antico, inceppato. Si scosse. Aveva freddo. Si asciugò. Tornò a letto.

***

«Mi sveglio nel disgusto, Luis, dormo nel disgusto».

«Forse è questo allora, doc».

«Non è questo. Devo trovare chi passa dalle mie parti. Quando avrò capito chi è, tutto finirà».

«Qui ti ho detto come stanno le cose. Altro non so».

«Neanche io, Luis, neanche io. Certe volte penso che forse è un animale. Il fatto però è che io sento suoni, suoni che non hanno nulla di animale».

«E il disgusto, invece? Dimmi del disgusto».

«Il disgusto. Lo sai. Cosa vuoi che ti dica?»

Erano stesi accanto all'ingresso della cloaca dismessa. Un greve rabberciato arcobaleno di colori opachi segnava una specie di ingresso ideale alle proprietà di Luis Huertas Castell. Nel sole tenue che aveva rotto il cielo con insensibile potenza fin dal primo mattino, Luis aveva steso golf, magliette, mutande e calze fradice o anche solo umide dai giorni precedenti di pioggia. Attorno al canneto che percorreva la sommità del grande cunicolo di cemento, le infinite uniformi distese zuppe di erbe selvatiche cambiavano consistenza con il tepore della mattinata e le macchie di tarassaco svettavano qua e là come tentativi ancora falliti della natura di superarsi. Un angusto mormorio sotterraneo sembrava vibrare nel fango che si ricompattava in zolle viscide mentre liquidi oscuri scolavano verso il fiume dorato.

«Basta, raccontami di ieri, Luis».

«Cosa?»

«Della città. Devi ancora dirmi tutto. Sei tornato in città».

«Sì».

«E chi hai incontrato?» chiese il dottore aprendosi il collo della giacca pesante.

«Nessuno».

«Non dire stronzate, Luis» fece lui. Non si mosse, non lo guardò, tenne gli occhi chiusi sotto il sole leggerissimo e basso.

«Volevo fare un giro».

«Chi volevi vedere?»

«Nessuno».

«Nessuno».

«Non volevo vedere nessuno, volevo vedere le mie strade».

«Ecco».

«E invece per caso...»

«Per caso?»

«Per caso ho visto mia sorella».

«Ecco».

«Passava proprio in quel momento».

«L'hai salutata?»

«No. Ho preferito non farlo. Se mi avesse visto forse...»

«Se ti avesse visto?»

«Ero ben vestito. Perfettamente domenicale. Lei non immagina nulla della mia vita. Non ha mai immaginato nulla».

«Ti ha fatto piacere?»

«Nessun piacere e nessun dispiacere».

«Dimmi la verità».

«Mi puoi credere, dottore».

«Davvero non hai avuto voglia di parlarle?»

«No. Non m'interessa più. È mia sorella. Vederla mi emoziona. Ma siamo lontani da così tanto tempo che non abbiamo più nulla in comune, mi capisci? C'è un momento in cui quel che hai in comune è solo l'infanzia. Tantissimo, certo, ma non basta più».

«Amici ne hai incontrati?»

«No, quelli no, quelli proprio non volevo. Con gli amici nemmeno il sangue c'è. E l'infanzia? Io non ho infanzia con gli amici di qui. Ma anche se l'avessi, l'infanzia non basta. È un inganno quello delle amicizie che durano da sempre».

«Hai ragione, Luis, che devo dirti?»

«Nulla. Io però ci vado, in città. Almeno ci vado. E tu?»

«Io no».

«Eh, dottore dottore».

«Lascia stare. Dimmi di te, invece».

«Cosa?»

«Come ti senti?»

«Bene. Mi sento bene».

Rimasero fermi al sole finché Huertas Castell non si alzò faticosamente per scomparire nel tubo di cemento. Il dottore si tirò su facendo leva sui gomiti e cercò di scrutare oltre il canneto dove scintillavano i gorgoglii del fiume alto dopo le piogge dei giorni precedenti. Si arrotolò una sigaretta, gettò un grido a Luis per sapere se ne volesse una e non ebbe risposta. Fumò mentre lo aspettava. Lo vide tornare tremolante, con uno sguardo vuoto, la pelle del volto biancastra.

«Stai bene davvero?»

«Così. Mi vedi. Lo sai no?»

«Hai fatto la sottocutanea?»

«Quel farmaco mi affatica».

«Lo so, ma dopo qualche ora stai meglio».

«Mi sento perso per un bel po' di tempo».

«Ti converrebbe riposare appena hai fatto l'iniezione».

«Sono qui, dottore, non ho nulla da fare» disse lasciandosi cadere sul grande telo impermeabile che avevano steso in terra.

«Vedrai che piano piano darà i suoi frutti».

«Non m'importa, tanto...»

«Non essere idiota» disse il dottore.

«Non sono idiota».

«E allora stai qui e riposati e se hai voglia parlami».

«Tutto quel che vuoi».

«Perché non coltivi un orto, Luis?»
«Perché dovrei?»
«Mangi la tua insalata, le cose che ti coltivi da solo».
«Ti dispiace avermi portato il tuo radicchio, dottore?»
«Stronzo, non voglio che coltivi il radicchio. Ne ho una quantità enorme, io. Ma un orto è comodo, accompagna i tuoi ritmi, ti ci specchi dentro. E ha ragione Giulio. Il tuo nome è incompiuto, qui. Hai un castello ma non un orto».
«Non è il nome. Che importa di un nome?»
«Il nome dice molto».
«Perché lo dice Giulio?»
«Perché è così. Eppoi è divertente. Giulio è divertente, a volte».
«Sì, ma i nomi. A te piace essere chiamato dottore?»
«Mi diverte».
«Forse perché non ti piace il tuo nome?»
«Lascia perdere».
«Forse per questo? Ammettilo dai».
«Forse».
Luis ridacchiava. «Ma l'importante è l'orto vero?» disse.
«Certo, l'orto» fece lui.
«L'importante è l'orto o i nomi segreti?»
Il dottore si passò una mano sul viso e fece un mugolio.
«No, doc, non devi faticare. Ma prima o poi potresti raccontarmi del tuo passato, non credi? Non pensi che sia arrivato il momento? Fra poco tanto tutto quel che so me lo porterò nella tomba. Anzi, qui, nella cloaca».
«Idiota».
«Dai dottore, raccontami».
«Si è fatto tardi, devo andare, Luis» disse lui alzandosi in uno strattone. «Devo raggiungere Milan prima che scompaia. Fra un'ora lì cominciano a mangiare e diventa impossibile. Però aspetta, dimenticavo, dimmi una cosa».
«Sono qui, non mi muovo».
«Helena, l'ho vista tornare su una Mercedes. Erano zingari, credo. Sai se Giulio?»
«Ah no, di questo non so nulla. Helena non viene mai qui. E con Giulio, lo sai, parliamo quasi solo dei libri sacri».

«Certo. I libri. Il libro, anzi. L'unico». Gli fece un segno toccandosi il bordo del cappello di lana. Si avviò salendo sul fianco della cloaca, costeggiò il canneto, riprese il sentiero che tagliava verso i campi dove erano installati gli immensi robotici impianti di energia solare.

Davanti agli uffici della Technip si fermò. Le automobili affollavano i parcheggi e si affastellavano una sull'altra lungo le stradine che giravano in anelli concentrici, serpenti senza sbocco attorno al Castello della Magliana. L'aria era fresca e il cielo pulito e passando sotto la Roma-Fiumicino aveva visto un uomo sdraiato al sole accanto allo scooter spento, la valigetta di pelle sotto la nuca, un'improvvisa fuga dal mondo. Allentò la giacca alla gola, vide un gruppo di impiegati rientrare ridacchiando. Si rimise in cammino. Tagliò il parco del castello, si ritrovò su via Morselli, passò sotto al ponte della ferrovia, traversò via Magliana e continuò lungo il ciglio della strada. C'erano due carrelli da supermercato abbandonati in un piazzale terroso, tra stracci e indumenti luridi: le griglie di ferro sventrate e le rotelline spaccate penzolanti tintinnavano nel vento, un suono acuto smorzato dal rimbalzare ritmico della gomma contro il metallo, l'improvviso tono cupo, sordo. Su un viottolo che partiva dal piazzale, vide ragazzini correre appresso a un motorino che ruggiva in una marmitta sfasciata e due bambine che spingevano carrelli pieni di cianfrusaglie. Seguì la strada e li vide scomparire dietro la collinetta recintata. Il crepitio del fuoco si sentiva già insieme all'odore di plastica bruciata e spezie, una specie di avvertimento olfattivo che si faceva strada attraverso l'indistinto continuo vociare e grida solitarie di donne. Era l'una passata quando si affacciò all'ingresso del campo, tra ragazzetti cenciosi che giocavano a pallone e lo guardavano distrattamente e uno di loro che diede un grido e un bambinetto che corse dentro al campo, guardandolo. Riconobbe la parola dottore. Seguendo le regole, aspettò sull'ingresso e intanto già arrivava un uomo sulla quarantina con i suoi baffi affilati, il cappello nero e gli anelli d'oro e lui gli diceva che stava cercando Milan, il fratello di Tudor.

«Milan, Milan, certo, dottore tu, no?» Lo fece entrare. Oltre la rete di recinzione, si strinsero la mano senza dire nulla. L'uomo gli fece segno e lo accompagnò sulla via principale fra le prime casupole. Passarono tra baracche di legno e roulotte, tavoli di ogni grandezza davanti all'uscio delle abitazioni, tettoie di plastica verde semitrasparente e ondulata, pezzi di eternit fissati a lastre di alluminio, poltrone di vimini rimesse a nuovo, sedie pieghevoli sgangherate. Il fumo usciva dai comignoli metallici qua e là e si mescolava al fumo della brace che da qualche parte arrostiva carni speziate. L'uomo tirava dritto calcandosi il cappellaccio nero sulla testa. Quando furono a una specie di incrocio in cui la via principale si apriva in uno slargo da cui partivano a raggiera strade più strette e buie, l'uomo si fermò, alzò il capo, gettò un grido e da una grande roulotte si sentì un rimestio di pentole e parole confuse mormorate a mezza bocca. Sulla porta d'ingresso coperta da una pensilina di ferro si affacciò un donnone gesticolante. Le frasi veloci e incomprensibili si intrecciarono, raggiunsero un picco di entusiasmo o di rabbia, poi si spensero. L'uomo sorrise e tra i denti scintillanti d'oro fece comparire una sigaretta. L'accese, poi disse di aspettare lì, di sedersi, sarebbe tornato appena trovava Milan. La donna era rientrata, intanto. Il dottore afferrò una seggiola e si mise giù. Il sole era tiepido ormai, l'aria fredda. Estrasse la borsetta di pelle del tabacco, allisciò una cartina, la riempì, l'avvolse e la portò alle labbra e in quel momento la donna comparve di nuovo, alzò la testa in aria, scosse il capo.

«Dentro, dottore. No lì, no lì, eh. Ma no per favore».

«Come?» fece lui.

«Lì no, lì no, non si può».

«Ma io».

«Niente ma, qui, qui, dottore, eh».

Si alzò, rimise la seggiola a posto davanti al tavolaccio e salì i gradini della roulotte. La donna gli indicò una poltrona coperta da teli colorati e cuscini di pelle.

«Tutti vogliono dottore. Meglio dentro».

«Chi mi vuole?»

«Tutti tutti, io no dice nulla dottore, tu dottore e tutti vogliono dottore».

«Ma no, non è così, no. Io sono dottore per necessità».

«Ah ah, necessità, certo sì, sì. Ora qui. Sedere. Calmo. Vuoi caffè dottore?»

«Volentieri».

«Vuoi altro, dai, altro, sì, ti do anche dolce, dolce mio, eh! E fuma eh, fuma».

«Posso fumare qui? Qui dentro?»

«Certo, sì, ecco» gli porse un piattino di ceramica come posacenere. «Zucchero?»

«Nulla, grazie».

Si mosse verso il cucinino, aprì l'acqua, riempì un bricchetto di rame e ci infilò dentro del caffè, accese il fornelletto da campo e sulla fiamma azzurrognola mise il bricchetto girando con un lungo cucchiaino.

«Tu buono, ecco, tutti vogliono, eh. Dottore, certo. Sorella, io, ecco, morta, morta sorella. Niente dottore».

«Sua sorella è morta? Quando?» fece lui.

«Ecco, sì, morta, morta, così, subito». Fece un segno come a tagliar l'aria davanti al collo e posò la mano sul lavandino. Riprese a girare nel bricchetto del caffè.

«Mi spiace».

«No. Dottore qui no. Eh! Lei male e nulla. Capito? Nulla».

«Che vuol dire, no, non capisco».

«Qui, dottori, sai? Ma no buono, no buono».

«Qui vengono i dottori del comune, no? Ma sono bravi. Loro sì che sono bravi».

«Uh no, no». La donna ondeggiò. Fece un gesto circolare col braccio poi prese il bricchetto e lo alzò dal fuoco e girò furiosamente, lo rimise sul fuoco, aspettò un attimo, lo tirò su di nuovo e di nuovo fece volteggiare il cucchiaino, poi un'altra volta ancora. «Ecco». Prese una tazzina su cui giravano ricami di fiori dorati e versò il caffè alzando e abbassando il bricchetto come fosse una magia. «Eh, prendi prendi qua».

«Grazie».

«No bravi, no. Dottori così. Veloce eh, veloce, veloce, sempre. Noi...» Alzò la testa e chiuse gli occhi.

«Cosa?»

«Ssss. Noi così. Sssss. Tutti così. Dottori noi sssss. Niente, non dire niente, eh! E mia sorella morta, morta qui. Mattina morta».

«È morta nel sonno?»

«Ah no, no. Lei male qui, qui, vedi», si toccò l'enorme petto con le due mani come se volesse sostenerlo, «eh, lei freddo, freddo, coperte, poi urla, urlare tutto, fuori tutto bocca, fuori tutto bocca eh. Morta qui. Casa sua, vuoi vedere?» Sollevò una tendina e indicò dall'altra parte della strada. Lui si spostò sulla poltrona e diede un'occhiata mentre la tendina ricadeva giù, poi portò il caffè alle labbra.

«Aspetta, dottore! No fretta, no. Aspetta, caffè. Scendere scendere caffè». La donna aprì le braccia e lo guardò. «Tu visitare noi?»

«Io no, io sono qui a cercare Milan».

«Sì, ma tu visitare noi? Noi contenti eh! Io bene ora. Bene. Ma marito sorella, uh! Marito sorella ah, male male».

«Sta male anche lui?»

«Lui solo, solo, lui figli via, lui otto figli, nessuno qui, eh! Via via. Ecco». Si avvicinò alla tazzina e la reclinò con le mani grosse e zeppe di anelli. «Bene, ora bene. Beve, beve dottore».

Bevve. Fece un segno per complimentarsi. «Magnifico» disse.

«Ah, aspetta, dolce».

«No no davvero».

«Biscotto, sì sì. Io eh! Io biscotto. Io fare questo. Io fare» aprì una scatola di alluminio e prese un mucchio di biscottini e li sparse su un piatto. Glielo avvicinò. «Tu buono. Tutti noi, tutti dire: dottore, dottore, al fiume».

«Ecco, ma nessuno mi ha mai chiesto nulla».

«Tu visitare noi?»

«Ma io davvero, non posso, non sono bravo come i dottori che vengono qui».

«Tu bravo, bravo, calmo, tempo tempo tu, tutti dire: dottore, dottore, dottore al fiume».

«Avete ottimi medici. La sorella probabilmente, sa, ci sono cose che non si possono prevedere».

«Certo. Tu tempo buono. Io vedo. Vedo benissimo».

«Il mio tempo?»

«Certo. Tu tempo buono. Tutti buono dottore».

«Ah, be'. Io posso venire, sicuro, ma avete medici molto migliori di me, capisce? Io ho studiato un po' ma non sono un vero medico».

«Tu vede, dottore, tu occhio buono e calma e tempo». Si passò le dita sugli occhi e li allargò, «tutto passato, ora, a te».

«Cioè?» rise.

«Passato, futuro. Passato, futuro. Tutto eh! Ora, ora ecco. Ora dottore qui».

«E dunque?»

«Ora importante capito? Ora tempo, ora, qui». La donna si avvicinò. Il seno immenso nel vestito ballò, le dita s'intrecciarono, gli occhi sbarrati. «Ora, ora. Tempo ora, dottore. Io vedere eh! Ora. No passato no futuro. Ora. Ecco». Si alzò e si fece largo verso l'estremità della roulotte coperta da una tenda striata da colori opachi percorsi da righine ondulate di giallo acceso. La gonna a fiori sventagliò mentre la donna girava su se stessa come una vecchissima ballerina aprendo la tenda. C'era un grande materasso in terra coperto da pellicce e le pareti ai lati del materasso erano completamente addobbate da teli, arazzi, pellame.

«Caldo, qui, caldo. Qui riposare, io. Ora. No passato. Ora, ora. No passato, no. No futuro. Ora, ora, capito? Ora tempo. Tu futuro buono. Però ora, ora, ora. Ora riposare, ora tempo. Passato finito, finito. Così. Ecco. Finito. Zac», fece un segno con la mano

«Il presente eh!»

«Bravo dottore. Presente. Io vede dottore, io vede. Tu riposare, tu divertire. No passato. Ora presente. Venire tu, dottore, qui?» La donna fece un balzo verso la finestra e aprì la tendina. In strada c'era Milan. «Ecco».

Gli occhi scuri di Milan lampeggiarono. Guardava dentro. Alzò un braccio per salutarlo.

«Va dottore, va, tu. Tornare, eh? Tornare».

Si alzò, allungò la mano verso la donna e uscì.

«Biscotti, dottore, eh?» La donna gli mise tre biscotti in mano e lo salutò. Disse qualcosa a Milan e lui rispose e fece un gesto. Si allontanarono insieme verso il centro del campo.

Le nuvole percorsero il cielo terso come un cordoncino di buste dai contorni laceri e nascosero il sole. Improvvisamente una specie di grigiore calò sulle stradine del campo mentre il vento s'infilava tra baracche, roulotte, panni stesi. Cartacce, plastiche sbrindellate, residui stinti volarono in un turbinio di polvere e terriccio spegnendosi nelle pozzanghere ancora livide.

«Freddo e vento del nord». Milan si accese una sigaretta chinandosi sulle mani unite come una capanna. «Vuoi, dottó?» gli chiese senza guardarlo, allungandogli il pacchetto. Lui scosse il capo.

«Non hai scoperto niente?»

«No».

«E quindi sei venuto qui?»

«Sì».

«E pensi che è qualcuno di qui».

«Io non penso nulla».

«Fino a lì? fino al fiume?»

«Cosa?»

«Qualcuno di qui viene giù fino da te».

«Come io vengo qui si può venire lì».

«Ma bambini? A farti gli scherzi?»

«No, mica da me, Milan, mica per me, magari perché è il fiume, da quelle parti, che ne so».

«Mi pare strano».

«Anche a me».

«E allora? A Giulio hai domandato? Gli amici di Giulio?»

«Niente. Ho domandato a Huertas, così, per scrupolo. Ma dice quel che penso io: quei coglioni se ne stanno attorno al suo capanno, non vengono su da noi. Da noi non verrebbero mai. E questi poi sembrano ragazzini, forse vengono a giocare, non m'importa neppure nulla di quel che fanno, ma devo capirlo».

«Cosa devi capire?»

Il dottore si chiuse nelle spalle e non rispose. Portò le mani alla bocca e ci soffiò dentro. Soffiò forte dandosi una scrollata come se lasciasse che una scarica elettrica gli percorresse il corpo. Il sole ricomparve e fu come uno schiaffo. I ragazzini sciamavano sul fondo del campo, lungo le reti rattoppate dal filo spinato arrugginito. Si muovevano come una formazione di uccelli che si allarga, si restringe, sembra un filo denso eppoi si dirama in gruppi slabbrati e apparentemente caotici per ricomporsi in una specie di danza. Non c'era requie. Gridavano e scomparivano dove il terreno scendeva in una valletta. Correvano e si sentivano gli ululati, sempre più inconsistenti. Ricomparivano dopo qualche minuto. Sbucavano alle spalle delle ultime case e ogni volta ce n'era qualcuno in meno e qualcuno che si era aggiunto per strada.

«Sono tantissimi, li vedi?»

«Eh, certo che vedo, vedo sempre» fece Milan.

«Ma avete idea di quanti siano?»

Milan sorrise, fumò. Le dita che accompagnavano la sigaretta erano segnate da percorsi nerastri fino alle unghie dure e spesse.

«Mi sembra strano. Fino lì. Di notte. È tanta strada eh!»

«Tanta, sì».

«Però posso chiedere. Mi devo informare. Vuoi un goccio?» Si alzò. Gettò via il mozzicone con una schicchera in mezzo al campo, tra le pozzanghere.

Salirono le scale della casetta. Milan diede una spallata contro la porta di legno e poggiandosi sullo stipite inserì la chiave e la fece girare. Aprì spingendo l'anta con la mano immensa. Si sentì nel freddo l'odore di chiuso. Il pavimento era ricoperto da tappeti che s'incrociavano e si sovrapponevano in forme improbabili. Un divano scalcagnato occupava il lato corto del salone d'ingresso, illuminato dalla luce che passava attraverso la tendina azzurrognola abbassata sulla finestrella dietro il divano.

«Cristo, è comodissimo, qui» fece il dottore.

«Divano rotto, divano comodo» blaterò Milan. Si era chinato in terra, in ginocchio, davanti alla stufa a cherosene. Era un tubo di metallo giallo con piccoli oblò da cui s'intravedeva la fiamma guizzante. Regolò una rotellina, la fiamma si mosse progressivamente come se ognuno dei denti azzurri spingesse quello vicino a prendere forma: uno dietro l'altro, denti blu affilati verso l'alto in una specie di domino. Milan si tirò su. Spostò da una poltroncina una cassetta di legno e si sedette, poi si rialzò immediatamente. «Eh» fece e afferrò una bottiglia e riempì due bicchieri. Brindarono.

«Chiederò al capo, dottore. Io non credo. Ma c'informiamo capito?»

«Capito».

«E comunque non c'è nessun problema. E se sono bambini ancora di meno».

«Tanto per sapere, Milan».

«Certo, capisco, dottore, nessun problema».

«Sono curioso. Sono ossessionato, anche».

«Quello è il tuo passato, dottore. La donna prima diceva proprio questo, lo hai capito?»

«Cosa dici, Milan?» lo guardò sgranando gli occhi.

«La donna diceva che devi vivere ora. Lo ha ripetuto anche a me».

«E tu che ne sai?»

«Io ho ascoltato lei, che domande fai?»

«Niente, niente, è vero però, aveva ragione, devo riposare, devo dormire».

Bevvero e fumarono. Milan tirò fuori dal frigorifero il quadrato di cartone di una pizzeria al taglio. Estrasse quattro pezzi di pizza rossastri e dalla mozzarella che sembrava pietrificata e li sistemò su una graticola che depose sulla stufa. Si chinò sotto il lavandino, infilò il braccio e ne uscì con un barattolo di marmellata zeppo di spezie che sparse sulla graticola mentre il colore della pizza mutava assieme alla sua consistenza. Infilò un dito nel pomodoro che ribolliva tra fili di mozzarella fumante. Afferrò due piatti e ci lasciò cadere dentro la pizza. Mangiarono senza dirsi nulla. Fumarono. Verso le quattro si sentirono le sirene.

«Finita la pace» fece Milan battendo le mani aperte sulle ginocchia. Si alzò, aprì la tendina e guardò fuori. Anche lui si affacciò. Ragazzini e donne sciamavano verso casa stancamente. Le sirene suonavano dall'ingresso del campo.

«Non dovresti essere qui, lo sai?»

«Lo so».

«Puoi uscire dalla rete qua dietro. Accanto alle toppe di filo spinato c'è uno spazio grosso, ci si passa bene. Però se ti vedono è un casino».

Il dottore si rimise a sedere sul divano.

«Puoi restare dentro. Non vengono mai, qui. Io devo andare».

«Come vuoi tu, Milan».

«Ma certo, dottó. Stai qua». Si voltò, tornò indietro. «Eh, ma non ho nulla da leggere per te. C'è solo un giornale. Fai quel che vuoi. Vuoi dormire?» Fece due passi pesanti sulle tavole di legno che scricchiolavano e aprì una delle due porte e guardò dentro. «Tutto in ordine, dai, dottore, fai quel che vuoi, puoi metterti qui sul letto».

Prese la giacca, s'infilò una sigaretta in bocca, buttò giù un altro goccio di grappa, passò un cerino sul bordo ruvido del pacchetto, nella penombra l'estremità illuminata della sigaretta sembrò una lucciola. Il vento dalla porta sibilò, Milan si mise le mani in tasca, poi tirò su la lampo, si chiuse bene gli alamari della giacca attorno al collo, strinse un cappelletto di lana sulle orecchie e uscì.

Sulla porta d'ingresso del campo due guardie sostarono mentre dalla camionetta scendevano una quindicina di poliziotti caracollanti dietro due uomini in borghese. Si aprirono come un ventaglio sulla piazza del campo. I due tipi in borghese consultavano un foglio e puntavano il dito sulla lista, poi si spinsero verso la roulotte del capo. Il più basso dei due rise indicando il cartello appeso alla porta. «Vietato fumare. Vietato lavorare». Anche l'altro rise, lo strappò, lo piegò e se lo mise in tasca. Entrarono. Fuori dalla roulotte restarono due poliziotti di guardia mentre gli altri si sparsero lungo le vie del campo. Gridarono chiamando tutti all'appello. Il dottore li sentì passare dal divano su cui era steso. Rimase immobile, ascoltando le voci e i fischietti. Lo sciacquettio degli stivali nelle pozzanghere, il vociare di chi abbandonava baracche e roulotte per raggiungere il piazzale dell'adunata. Dopo qualche minuto fu silenzio.

***

Quando Milan rientrò era già buio. I cristalli liquidi rossi della radiosveglia poggiata sul tavolo segnavano le 18:07. La casa era in penombra e la stufa si era spenta. Milan vide il dottore sdraiato di fianco sul divano. Si era avvolto in una delle pelli che coprivano lo schienale. La testa riversa su un cuscino accartocciato sopra il braccio. Non accese la luce. Nella penombra del lampione sgangherato che illuminava la piazzola avanzò fino al cucinino, aprì il fuoco dei fornelli, si scaldò le mani sulla fiamma. «Manco la stufa, dottó» disse a mezza bocca. Riempì d'acqua il pentolino e lo lasciò lì a bollire. Se ne andò in bagno, si cambiò, mise su un golf e riprese il pentolino e passò l'acqua nel filtro, tornò in bagno, si profumò. Riempì due tazze e accese una luce.

«Svegliati, dottó. Che fai? Troppo comodo quel divano». Gli passò la tazza di caffè sotto il naso. Il dottore fece un rantolo e sollevò il braccio e per poco non lo colpiva.

«Oh! Attento, cazzo» gridò Milan.

«Mmh, che è? Ah», aprì gli occhi e si stiracchiò. «Che fai? Stavi inquieto? Cioè lì sul treno».

«Ma che dici dottore?»

«Ah, Milan», si passò le mani sugli occhi. «Pensavo».

«Macché pensavi. Forse era un sogno. Dormi da un pezzo, mi sa».

«Sì, forse, non lo so, grazie». Prese la tazza e bevve e si tirò su. «Cristo» disse stirandosi «Che è 'sto profumo, Milan?»

«Che profumo?»

«Ma che hai fatto? Cristoddio, è un profumo da froci».

«Ah, il mio?»

«Questo, certo». Fece un segno come a muovere l'aria.

«Mi sono lavato».

«Macché lavato. Fai schifo».

«Mi devo preparare, dottore mio. Lavoro adesso. Stasera».

«Che fai, Milan? Le marchette?»

«Ti sei svegliato bene, eh!»

«No».

«Dai. Mi accompagni? Vado a lavorare al Joy, al Village, alle roulette, andiamo?»

«Ah, dio». Si lasciò cadere di nuovo giù, sorseggiò. Allungò il braccio verso la bottiglia di grappa e ne versò un goccio nel caffè. «Fa freddo».

«Hai dormito, dottó. E si è spenta la stufa. Finito il petrolio. Bevi, bevi. Verso le sette andiamo?»

«Ah, be', non so».

«Dai, è la strada tua».

«Sì, certo, ti accompagno ma non lo so».

«Cosa non sai?»

«Non so se resto lì, non lo so, non mi va l'idea, ora».

«Poi ci pensi, dai. Bravo» fece Milan e tirò fuori una sigaretta e l'accese.

I palazzoni degli uffici erano neri castelli dalle guglie arrotondate nel cielo schiarito dai bagliori della città. Le strade attorno all'Holiday Inn di Parco dei Medici erano deserte, s'intravedeva soltanto la luce nei gabbiotti dei guardiani e qualche neon tremolante dietro a spicchi di vetrate come macchioline scomposte nelle forme grottesche dei palazzi Esso, gemelli percorsi da staffilate di ferro che scendevano e risalivano in linee rétro, progettate in un'illusione di modernità. Camminavano lungo le strade come una banda di ragazzini. Erano le nove, ormai. Milan e il dottore erano usciti poco dopo le sette ma prima di andarsene erano passati alla piazzola dove per pranzo si cucinava alla brace e Milan era stato costretto a fermarsi e salutare. Venivano in parecchi a raccattare gli avanzi. Il controllo aveva costretto a interrompere qualsiasi cosa e la brace si era spenta e ora era stata riattizzata e si scaldavano pezzi di carne e si era ripreso a festeggiare, mangiare e bere. Uomini si erano accodati a Milan e avevano chiesto di aspettare per prepararsi e profumarsi e ogni volta che stavano per andare arrivava qualcun altro e ora erano in sei per le strade buie. Non portavano più profumo ma solo puzza di brace e di vino e di agnello speziato. Milan ridacchiava e passava la bottiglia al dottore e il dottore la passava agli altri. C'era anche l'uomo che lo aveva accompagnato dentro, Nikolae, ancora con il cappello e i baffoni unti di grasso. Andava a braccetto con un magrolino della sua età che tutti chiamavano Super. Li seguivano un musicista sbucato all'improvviso mentre stavano finalmente andando via e Tudor, il fratello di Milan, famoso suonatore di contrabbasso. La Roma-Fiumicino era un nastro scintillante di fari accesi, il rumore di un'immensa onda monocorde. Sotto al viadotto dello svincolo si sfilacciarono, uno dietro all'altro, come ombre. L'asfalto sulle loro teste tremava. I campi, oltre alle indicazioni stradali segnate su cartelli sbilenchi e penzolanti dai pali, erano macchie nere punteggiate dalle luci ancora accese negli uffici Telecom, immensi labirintici casermoni abbandonati nel nulla. Annasparono nel buio sul ciglio della strada percorsa ogni tanto da automobili e motorini, fino allo scintillio del quadrilatero del Village e alle luci nel parcheggio, piccoli fuochi che si rifrangevano sulle lastre dei pannelli solari.

«Meglio che tu entri senza noi, dottore. Lì hanno cominciato a arrabbiarsi, sai?»

«Non cambia niente».

«Ci cacciano, prima o poi».

«Te lo dicevo, Milan».

«Eh, ma noi sappiamo come andrà, lo sappiamo. Ci penseremo al momento giusto».

«Bravo. Hai le idee chiare. Quindi vengo con voi, ora».

«Come vuoi dottore. Ma tu tanto mica ti metti al lavoro no? Non ti conviene farti vedere con noi».

«È lo stesso, Milan. Non cambia nulla».

Tirarono dritto lungo la strada dissestata. Le automobili illuminavano la via fino alla curva, poi voltavano al parcheggio o riemergevano solitarie nel rettilineo verso il golf e lo Sheraton e il raccordo. Prima di entrare sotto la luce dei lampioni, Milan disse qualcosa e Super si acquattò con la bottiglia dietro un cubo di cemento sul ciglio della strada. Poi si tirarono tutti su il bavero, si spolverarono le maniche delle giacche, fecero movimenti con le dita sui capelli, lisciando, pettinando, respirarono profondamente, si passarono l'un l'altro una boccetta che spruzzarono sui baffi, sul collo, sotto le ascelle. Fecero gesti di ordine sui calzoni, controllarono la patta, i bottoni, le cinte, si passarono la lingua sui denti e scossero le teste nell'aria come a rinfrescarsi in un gargarismo perpetuo. Sembrava un rito o una danza. Sembravano ragazzetti pronti a entrare a una festa o a farsi accogliere di ritorno a casa. Sulla strada la scritta del Village brillava di luci che si accendevano e si spegnevano e nel cielo giallastro più in fondo le luci rosse dei cinema ballonzolavano in un formicolio increspato evanescente.

«Tira disparo, capo, tira disparo».

L'uomo si voltò e fece una smorfia. Sgranò gli occhi. Con un movimento lentissimo e complicato tornò sul banco dove teneva il bicchiere e lo prese e si voltò di nuovo.

«Tira disparo, capo, disparo, disparo».

Non disse nulla, l'uomo, e con gli occhi sgranati sotto ciglia ballonzolanti continuò a guardarlo e alzò il bicchiere in un brindisi immaginario. Bevve e fece un cenno spencolando verso la ragazza che girava per le ordinazioni. Traballò rimettendosi in ordine, guardò lo schermo, poggiò il dito sul dodici e bevve fino all'ultimo goccio.

La ruota girò. La pallina emerse sotto il vetro, la musica suonava, gli occhi attorno alla macchina erano bianche sclere nella penombra e si sentì un leggerissimo ticchettare della pallina che sobbalzava sulle caselle sempre più debolmente, finché non s'infilò nel trentacinque nero. Una donna fece un gridolino, qualcuno sbuffò, una bestemmia s'intrecciò allo scroscio di monete in una slot machine.

«Dico io, eh, capo, dico io. Disparo».

L'uomo sorrise accartocciato sul bicchiere vuoto, si tirò su verso l'alto, cercò di sollevare il braccio ma la ragazza era già lontana.

«Io chiama per te, capo, ragazza ragazza, io chiama per te, va bene?»

L'uomo lo guardò sorridendo e abbassò la testa come se stesse rientrando fra le spalle, fece un movimento con la mano sotto il labbro. «Mi chiami? Chi? Aspetta». Riprese possesso delle monete che aveva davanti a sé e ne inserì cinque nella fessura e schiacciò il dito sul dodici e, con una lentezza esasperante, tornò a guardarlo: «Chi? Mi chiami chi?»

«Chiama ragazza? Cameriera per te. Beve signore? Tirare disparo, disparo anche ora».

«Chi ragazza chi?» fece in un gorgoglio l'uomo.

«Ragazza per bere, cameriera, io chiama per te». Alzò il braccio piccolo, affusolato nella giacchetta nera.

«Come ti chiami?»

«Io. Io Super, signore».

«Ah» fece una smorfia. «Man?»

«Che? Tu punta signore quel che dico io? Se vince, Super percentuale, eh? Va bene? Tu sentire me e vincere e percentuale, eh?»

L'uomo si aprì in un sorriso devastante e gli occhi brillarono tremando: «Tu?» Alzò un dito indicandolo e ci mise un'eternità. «Tu?»

«Io signore, sì, io puntare, io dire numero».

«Tu ti chiami?»

«Super, signore. Super, io».

«Super?»

«Sì».

«Superman» rise l'uomo sganasciandosi sullo schermo. La pila di monetine si ruppe e uno scroscio tintinnante si abbatté tra i tasti. «Superman» disse ancora l'uomo riunendo le monete con una manata. Occhi erano su di lui.

«No Superman, signore. Super, Super».

«Super, ah, Super» fece l'uomo tornando a guardare la macchina che aveva sputato la pallina e si sentivano di nuovo i rumori e lampeggiavano luci colorate e vocine elettroniche suggerivano puntate dagli altri banchi. La pallina volteggiò silenziosa in un liscio giro ovattato più volte e l'uomo cercava di tenere la testa tremante alta, gli occhi che annaspavano sotto le ciglia mentre la pallina interruppe il suo giro, cadde giù, rimbalzò tra le caselle, fece come un piccolo salto, s'incuneò, compì un mezzo giro spegnendosi contro la ruota sempre più lenta, finché non si andò a fermare sul ventisei nero. Un brusio, un lampeggiare e una voce elettronica e l'uomo si voltava verso Super.

«È uscito pari».

«Amico, io adesso dico giusto eh!»

«Questo è pari».

«Se tu punta viene giusto, punta e io dico e tu dare monete me».

L'uomo scoppiò a ridere e si trattenne e mentre il viso gli tremava disse lentamente: «Dodici, io punto dodici».

«Ecco ecco signorina, amico, io chiamata».

La ragazza si avvicinò all'uomo, si chinò per ascoltare, segnò l'ordinazione sulla macchinetta elettronica, una specie di telecomando stellare, spinse tasti con un pennino, disse di sì all'uomo che blaterava qualcosa confusamente e mentre quello allungava un braccio per cercare la mano delle ragazza, lei già si allontanava verso altri tavoli e Super sorrideva e diceva che adesso era sicuro: dispari. E mentre diceva così, l'uomo alzava il bicchiere e Super non riuscì a rispondere al saluto perché in quel momento da dietro si sentì afferrare il braccio e si girò trovandosi a pochi centimetri il volto scuro di Milan. Non fiatò, seguì Milan e si spostò a un altro tavolo.

Fuori il dottore era seduto sul muretto che girava attorno ai negozi. La vetrina brillava di luci e ragazzi e ragazze passavano mangiando gelati, pizze, panini, sorseggiando bibite, qualcuno si fermava a cercare tra gli scaffali, pupazzi e peluche e soldatini e chincaglieria di mille colori sgargianti. Milan venne a sederglisi accanto, si accese una sigaretta e il dottore ancora finiva di girare la cartina attorno al tabacco. Bevvero dal bicchiere di plastica.

«Troppi, troppi, dentro. Si lavora male, così».

«Troppi pure fuori, Milan. È inverno, fa freddo, eppure guarda qua».

Sulla piazza si snodava la fila alle biglietterie dei cinema e sui due lati del grande ingresso la birreria e il ristorante erano pieni. Sotto un'insegna fluorescente uomini e donne di mezza età si accalcavano a fumare. La gelateria era invasa da orde di ragazzini.

«Se fosse aperta la palestra ci vedresti pure qualche stronzo che fa ginnastica» disse il dottore fumando e Milan rise. Bevvero. Passò un gruppetto di ragazzi. Un mozzicone volò sui piedi di Milan. Il dottore guardò i ragazzi, soffiò forte in terra e la sigaretta rotolò sull'asfalto.

«Torniamo dentro» disse.

I tre uomini che li avevano accompagnati erano attorno a un tavolo. Nikolae gironzolava attorno a un altro tavolo mentre

Super era scomparso. «Guarda l'uomo del dodici» disse Milan. Il dottore si girò. L'uomo si era alzato e arrancava con le monete in mano verso il gabbiotto del cambio. Camminava strascicando i piedi e cercava di contare le monete. «Quello sempre di lunedì viene. Certe volte anche venerdì. Ma lunedì sempre. Solo dodici. Sempre dodici punta».

«Anche tu vieni sempre di lunedì, allora» disse il dottore.

«Solo dodici punta. Sempre dodici».

«Gli piacerà il numero».

«Guardalo. Lo vuoi aiutare?»

«No».

«Aiutalo, dottore».

«No».

L'uomo cercava di infilare nel portafogli due banconote. Si guardava le mani tremanti e insisteva tastando la fessura tra i lembi di pelle del portafogli, poi spinse forte, le banconote si accartocciarono. Richiuse tutto e mise in tasca e alzò la testa con le palpebre che si sollevavano lentamente e scoprivano le pupille dilatate. Intanto comparve Super che usciva dai bagni, passò accanto al gabbiotto, salutò l'uomo. Quello gli sorrise e gli fece un cenno, Super si avvicinò. L'uomo si sporse tentando di parlare ma la bocca aperta era come sospesa, un braccio armeggiava tra i pantaloni, l'altro era sollevato verso Super e per un attimo sembrò che gli stesse cadendo addosso, mentre continuava a raspare con la mano dentro la tasca. Poi ne emerse con un pugno chiuso, si mise davanti a Super divaricando le gambe e gli fece aprire la sua, di mano, e versò monete tintinnanti e gli diede una pacca quasi inciampando scomposto mentre prendeva l'abbrivio per andarsene via. Super fece un inchino, si toccò il cappello che non aveva, salutò.

«Dovresti aiutarlo. Adesso prende il motorino e torna a casa».

L'uomo zigzagò verso la porta girevole, si fermò davanti all'uscio, attese. Guardava traballante come un fuscello bloccato da fili di ferro la porta che ruotava, volteggiava, si illuminava e si oscurava al passaggio. Super lo raggiunse. Con delicatezza gli passò una mano sotto il braccio eppoi come se stessero uscendo insieme lo spinse a infilarsi nello spazio della porta girevole e l'uomo, una marionetta gettata in pasto ai lupi, si ritrovò caracollando tra le luci della gelateria. Milan e il dottore si avvicinarono a Nikolae. Era lì a consigliare una signora sui sessant'anni che rideva alle sue battute e seguiva quel che Nikolae diceva. A ogni giro di roulette gettava un grido eppoi si voltava felice verso Nikolae e gli dava una moneta.

«La percentuale, non la moneta deve chiedere, coglione» fece Milan.

«Quel che viene viene, no?»

«No, così sembra elemosina. La percentuale dovrebbe chiedere, gliel'ho sempre detto» ripeté Milan e il dottore non lo ascoltava più. Era andato a sedersi davanti al tavolo anche lui. Poggiò le mani sulla macchina poi inserì una moneta, s'illuminarono i tasti, lampeggiarono bonus, immagini colorate e complicate costellazioni di numeri. La signora dall'altra parte del tavolo faceva roteare le braccia e beveva e slanciava una mano dicendo «olé». Bracciali svolazzavano luccicanti verso il soffitto e le dita gonfie mozzate da anelli troppo stretti danzavano scomposte. La voce elettrica mormorò l'invito a fare le proprie puntate. Nikolae si sporse sulle spalle della donna, indicò qualcosa, Milan si spostò verso il dottore e indicò un numero, il dottore puntò. La macchina esplose in una specie di carillon e un gorgheggio, parole metalliche, la pallina uscì sputata nell'aria e il balletto cominciò.

«Sei diventato un ragioniere, Milan. Non vincono i ragionieri, qui».

«Lo diventiamo per necessità».

«Di questo passo no. Guarda qua» indicò la signora che rideva e Nikolae dietro che borbottava tra sé. La pallina scendeva. La ragazza passò dietro di loro. Allungò una mano per porgere il lembo plastificato delle ordinazioni. Il dottore lo prese, si passò una mano sulla barba. «Uh uh» gridò la signora. «Olé, olé, olé». Si alzò in piedi e lanciò di nuovo le braccia in aria come la caricatura di una ballerina di flamenco. Nikolae si strinse nella giacchetta. La signora gli infilò una banconota in tasca e gli si avvicinò e lo prese per mano e accennò un passo di danza. Dal centro della sala, a passi fermi, arrivò l'uomo del locale e disse qualcosa sorridendo alla signora e lei rispose con garbo e si rimise a sedere.

«Vedrai» fece Milan. «La fine è vicina».

«Non credo che sia vicinissima, ma forse. E comunque dovrete trattare».

«Lo so. Sapremo come fare. Sapremo come trattare la resa. Forse siamo venuti apposta. Apposta per trattare la resa».

«Ma quale resa?»

«Adesso guarda la signora. Così non va. Hai visto? L'hanno rimproverata».

«Finché si diverte no, finché si divertono tutti, no». Il dottore si toccò la nuca, fece per inserire un'altra moneta, la ragazza gli arrivò dietro di nuovo e gli chiese se voleva bere qualcosa, lui rispose di no, scuotendo il capo e non la guardò. Lei se ne andò sbuffando. Il dottore scivolò via dalla seggiola.

«Basta».

Milan ridacchiava.

«Qualcuno potrebbe prendersela, no? non si fa così».

«Eh» biascicò Milan.

«No, nei posti seri non si fa così».

«Nei posti seri noi non ci siamo, dottore, ricordatelo».

Alzò la testa verso Milan e gli diede due monete indicando la seggiola e lo schermo su cui aveva giocato. «Se vuoi gioca tu».

«Ma va'» fece lui alzando le braccia. «Andiamo».

Nikolae li guardò mentre uscivano. Alzò le sopracciglia, fece una specie di occhiolino e si passò ancora una volta le mani sul petto, lisciando la giacchetta nera che nelle luci basse della sala sembrava percorsa da un'infinità di minuscole briciole bianche.

La folla sciamava fuori dai cinema e si disperdeva nei due ristoranti e verso il parcheggio. Davanti alla libreria sbarrata e buia stavano seduti gruppetti di ragazzi che fumavano e bevevano.

«Milan, io vado di là».

«Ti accompagno, allora».

«No».

«Fino al golf almeno, dai».

Ripassarono davanti alla sala scommesse del Joy, costeggiarono le vetrate buie della palestra e il terrazzo del bar ristorante annesso alla palestra, si fermarono al parcheggio, davanti alle reti di protezione degli immensi campi di golf. «Aspetta. Finché ci sono questi beoti, no» disse il dottore e arrotolò una sigaretta guardando due gruppetti di amici che si salutavano. Le porte delle automobili aperte, la luce debole dietro il cruscotto, i motori che si accendevano e un ruggito salì. Il dottore accese la sigaretta, diede un colpetto sulla spalla nera di Milan e alzò impercettibilmente il volto su due ragazzi che passeggiavano dietro ai cinema.

«Se te ne freghi di chi ti guarda non capita mai nulla di male» fece Milan.

Il dottore diede due boccate di sigaretta e fece una smorfia. I fari delle automobili attraversavano il buio e gettavano luce sulle reti di protezione, giravano in tondo e prendevano la via dell'uscita.

«Milan» disse il dottore facendo volare via il mozzicone appena acceso. «Dimmi una cosa invece. Helena è tornata a casa con uno di voi, credo».

«Helena?»

«Sì, Helena».

«No, non siamo noi, dottore. Quella è brutta gente, ma non ci pensare».

«Sei sicuro?»

«Sì. Quella è gente che io non voglio conoscere».

«Devo preoccuparmi per lei?»

«No, questo no, dottore. Helena sa il fatto suo, direi».

«E io?»

«Tu anche sai il fatto tuo».

«Io, Milan. Tu ricordi quando ci siamo conosciuti la prima volta?»

«Cosa dici, dottore?» Sollevò la mano e si voltò verso il muretto che limitava gli spazi del Village. «Vuoi farmi intenerire, stasera? Andiamo, su, vengo con te, vengo fino a casa tua. Non ti lascio. Voglio scoprire il mistero».

Si gettarono nel buio, montarono sul muretto, ne percorsero una decina di metri fin sopra lo strapiombo buio che s'infilava nel parcheggio sotterraneo. Tenendosi aggrappati alla rete camminarono, oltrepassarono la macchia di rampicante verde, si chinarono dove la rete era tagliata, scivolarono giù e furono dall'altra parte. Camminarono ancora per qualche decina di metri sul muretto, poi si affacciarono sulla collina di terra battuta e saltarono.

«Cristoddio, prima o poi ci facciamo male».

«Sabbia» fece Milan ruzzolando giù come un ragazzino. Esplose in una risata roboante che spezzò il buio.

«Questa la usano per le palline morte».

Milan saltellò a quattro zampe scendendo giù. Mimò passi di danza. «Andiamo a cercare dottore, dai, andiamo a beccare chi ti vuole dar fastidio».

«Vai a casa tu, torna a lavorare coi tuoi colleghi, stammi lontano».

«Vengo con te. Voglio vedere».

«Te la sei voluta».

Presero la via che passava tra le collinette tondeggianti di erba tagliata. Superarono il piccolo lago. Il cielo giallo della notte metropolitana si specchiava nell'acqua immobile. La luce che irrorava la nuvolaglia si spargeva sui contorni disegnati di verde. Schizzi dell'innaffiamento automatico sibilavano insieme al tremore delle grandi arterie extracittadine che segnavano i confini dei campi in luminarie appese nel buio.

«Ferma lì» disse Milan. Si piegò sul terreno. Poggiò l'orecchio sull'erba umida.

«Arrivano cavalli?»

«Sssss».

Il dottore si chinò. Poggiò la mano sul manto erboso umido e fece una specie di carezza.

«Arriva qualcuno, lo sento» disse Milan.

Il motore ruppe definitivamente il silenzio della notte dopo pochissimo. Milan fece un movimento del braccio veloce e il dottore lo seguì. Salirono verso il ponte di legno costruito su un ruscelletto artificiale. Si coprirono dietro il rampicante. La macchina delle guardie comparve dai campi che declinavano accanto alla casina sociale del club verso le costruzioni lontane dello Sheraton. La videro percorrere il confine con Parco dei Medici, passò sotto alla collinetta dove erano saltati giù, voltò tra i campi, scomparve. Il dottore fece per muoversi e Milan lo fermò afferrandogli il polso. Il motore era lontanissimo ma improvvisamente si sentì più forte eppoi la macchina nera come un insetto nella penombra notturna riprese a salire verso di loro, passò accanto al laghetto, tornò su verso la casina, fece un altro giro e voltò dietro il muricciolo. Si sentì un ruggito del motore in folle eppoi il silenzio. Scivolarono via dal ponte e ripresero a camminare. Milan saltellò sul fianco del dottore e mimò qualcosa, il dottore rise, sgattaiolarono giù verso gli altissimi pini che dividevano i campi dalla valle degli aironi. Seguirono l'ampia rete che saliva in alto ricurva per evitare che le palline volassero via, sgusciarono dietro una siepe di alloro, il dottore sollevò un lembo della rete, Milan passò inginocchiandosi, lo resse a sua volta, il dottore s'inchinò. Nella valle il fruscio del vento nell'immenso canneto era come un respiro. La salita fu breve. Contro il giallo del cielo comparve il ponte di Mezzocammino.

Tre

1º, 2, 3 dicembre 2015

Dalla cucina dell'Anaconda, Victoria guardò verso il piazzale. Non si sentiva più nulla oltre all'incessante dimenticato rumore di fondo: il gorgoglio del fiume salmastro, voci perse come di contadini in un orto lontano. Il motore dello scooter si era esaurito subito in uno scoppiettio e lei, sporgendosi, aveva visto Cesare che si sbracciava dalla veranda della prefabbricata. Lo scooter adesso era oscurato dal platano. Nel cielo bianco e luminoso un filo di fumo saliva dal comignolo. Le voci si fecero più chiare. Victoria sgranò gli occhi. C'era Cesare che continuava a indicare all'uomo appena arrivato la chiatta e il fiume. Mise giù i contenitori di alluminio, si poggiò contro il vetro e vide l'uomo riapparire mentre Cesare se ne tornava in casa. Era di media altezza e magro. Chiuso in un giaccone blu, spingeva lo scooter verso il piazzale del parcheggio. Lo tenne d'occhio mentre scendeva per il viale saltellando sulle scalette di legno in direzione della grande chiatta. «Hijo de puta, Cesare, hijo de puta» disse lei, aprì il rubinetto, si sciacquò le mani, le passò nel grembiule e a piccoli passi veloci s'avviò verso il gabbiotto dell'ingresso. Uscì fuori mentre l'uomo arrivava sovrappensiero. Canticchiava, l'andatura sgangherata.

«Che cerca?»

«Ah! Scusi» fece l'uomo ritraendosi, stupito.

«Però che cerca? El restorante esta serrato adesso».

«No, be' è presto, non voglio mica mangiare».

«E allora?»

«Cerco il signor Snell».

«Chi è?»

«Chi sono io? Mi chiamo Sergio Lolini».

«No otro, otro nome?»

«Io mi chiamo Lolini, Sergio Lolini. E cerco il signor Snell».

«Pero chi è?» Esitò. «Prego» gli fece segno indicando la sala in penombra e lui rispose allargando le braccia. «Adelante» bisbigliò la donna.

«Be', piacere». Entrando allungò la mano

«Piacere. Victoria, ecco» chiuse la porta e fece spazio. «Sì, però no ho intendido».

L'uomo si sciolse la sciarpa e aprì il giaccone. «Freddo, eh! Bel freddo. Qui si sta bene».

«La stufa. Però già no ho intendido chi è che cerca».

«Ippolito Snell, non vive qui? Lo ha detto, prima, quel signore sul terrazzo della casetta alta».

«Cesare».

«Credo. Quel signore alla casetta sui piloni di cemento. Ha detto di chiedere qui, perché Ippolito fa colazione qui, sempre».

«Il dottore, ah, il dottore».

«Ah! sì, forse, anche il signore su ha detto così. Lo chiamate dottore? È qui? So che vive qui. Sono un amico, io».

«Amico del dottore?»

«Alto, grosso, la barba? Ippolito Snell. Sì. Sono il suo migliore amico. Mi aveva dato questo indirizzo pregandomi di non usarlo. Però sa, è passato molto tempo, ormai. Credo che il divieto si sia esaurito. Spero».

«Caffè? Ecco». Victoria spostò una sedia e gli fece cenno «Un amico del dottore, uh. No me ricordo il nome».

«Lolini. Sergio Lolini».

«Ah, ecco, prego, signor Lolini. Qui, ecco, a sedere, prego. E guarda, lì è il tavolo del dottore». Indicò la panca oltre gli scalini. «Torno ora e accompagno, señor». Entrò in cucina.

«Dottore. Dottore». Le grida stridule si mescolavano al tonfo della mano sul portoncino di legno. «Creo che sta qui. Sennò viene e lo dice».

«Dottore?» gridò ancora Victoria. «No dijo nada y se marchó. Ah por dios». Si chiuse tra le spalle e batté di nuovo contro la tavola di legno «Dottore, dottore».

«Forse è uscito presto. Non si sveglia presto? Di solito si svegliava presto». Diede una boccata e guardò il fumo assottigliarsi contro il colore livido del fiume.

«Certe volte, certe volte, presto. Però si se marcha, lo dice eh! Ah perdona, señor Lolini». Victoria tornò indietro sulla passerella e gli fu davanti.

«Che succede, signora? Cosa cerca?» Si strinse nelle spalle e guardò Victoria che rimaneva immobile come se improvvisamente fosse stata appesa contro una parete da infiniti invisibili spilli e non potesse più trovare la forza. Stava lì ferma nella sua posizione e lo osservava con occhi che sembravano attraversarlo. Avvicinò la sigaretta alla bocca e sorrise e aprì le mani e la donna si portò un braccio alla gola. «Si sente bene?» disse mentre Victoria alzava la mano e indicava e allora Lolini vide che non stava guardando lui e si voltò di scatto e si trovò davanti l'uomo dalla esile corporatura che era in piedi alle sue spalle, i capelli neri arruffati, la pelle dura dietro i baffi a manubrio e la fronte solcata da rughe e gli occhi scintillanti, un sorriso perfetto nel volto ancora assonnato, la camicia sgargiante, di un colore violetto percorsa da pacchiane righine dorate.

«Avete una sigaretta?» fece l'uomo.

«E che fa lì?»

«Posso fumare invece che far colazione?»

«Zingaraccio» fece la donna. «Que haces aqui, eh? Via via».

«A chi? Ma no, stia tranquilla. Il mio nome è Milan. Sono un amico del dottore. Il dottore è su» fece l'uomo ridendo.

«Però che dice? Su dove? Ah qué asco, madre mia! Por qué?»

«Me la può dare questa sigaretta» disse rivolto a Lolini, «altrimenti vado a prendere il tabacco del dottore».

«Il dottore no sta, no sta qui. Via via» gridò Victoria.

«Come no? Sta qui, su su, gliel'ho detto. Alla baracca di lamiera. Abbiamo dormito lì».

«Che ha fatto? Che ha fatto? Donde?» disse Vittoria. Era diventata rossa in viso.

«Dormiva. Si starà alzando».

«Cosa? Che dice? Dottore, dottore!» Victoria continuò a battere sulla porticina della chiatta.

«Non lì» disse ancora l'uomo. «Eravamo su, stanotte. Abbiamo aspettato i bambini».

«Che bambini?» fece Victoria con la voce stridula e intanto si sentì la porta metallica della baracca che sbatteva e rimasero in silenzio mentre Milan soffiava contro la brace accesa sul fianco della sigaretta e dal groviglio di canne che oscurava il sentiero comparve il dottore. Veniva giù a passo spedito passandosi le mani tra i capelli e stropicciandosi gli occhi.

«Che bambini dottore? Chi è este hombre?»

«Victoria. Oh!» fece lui, guardando Lolini che rimaneva immobile e silenzioso nel turbinio dei gesti incomprensibili. «Sergio».

«Che pasa doctor?» disse ancora Victoria. «Este gitano».

«Milan, no. Milan è un amico. Ah, ecco, vi presento».

«Pero eso no se puede, no se puede». Victoria sbatté le mani contro i fianchi scuotendo il capo.

Il dottore le si avvicinò, sorrise, la prese per un braccio e l'accompagnò su, verso Milan. «È un amico, Victoria. Si chiama Milan. Sergio, buongiorno».

Sergio accennò un movimento e gli si fece incontro e gli diede una bottarella sulla spalla.

«Che bambini?» disse ancora Victoria.

«Ma cosa? No, ma nulla. Milan scherza. Eravamo nella baracca».

«A far cosa?»

«Victoria. Venga, Victoria, non si preoccupi, davvero, Milan è un amico. Lo sa come si canta? Los gitanos, los gitanos. Llevan sangre de reyes en la palma de la mano».

«Già visto io, già, sì qui, ecco. No es un rey, no es un rey» fece Victoria continuando a muoversi su se stessa.

«Non è un re, no no, certo, ma è un amico, una brava persona. Adesso però Victoria, vuole che l'accompagni su alla chiatta? Io devo stare, un attimo», indicò Sergio.

«Oh certo, ma no, vado io, vado io, dottore, adiós».

La ringraziò e lei si fece largo verso il sentiero quasi saltellando, diede uno sguardo e sbuffò e si voltò di nuovo. «Señor

Lini» disse a mezza bocca. Poi con entrambe le mani tirò su ai fianchi la gonna disegnata da multicolori steli di fiori, fece un movimento brusco con il bacino voltandosi e si avviò verso la grande chiatta. Milan sgranava gli occhi e il dottore si passò una mano sul viso.

«Il signor Lini» disse il dottore ridacchiando. Gli fece segno di entrare dopo aver salutato Milan. Per un attimo restarono sospesi. Non dissero nulla. Poi si voltarono insieme verso il gitano che già riemergeva oltre la breve collina. Era un puntino nero che si muoveva nel verde sbiadito degli eucalipti prima di ridiscendere verso la valletta degli aironi. L'aria era fredda, frizzante, il cielo pulito. Il fiume veniva giù possente, si portava l'acqua dei giorni precedenti, era un grande budello marroncino denso, un vigoroso avviluppato corso di acque onnipotenti. «Il dio Scamandro» fece il dottore a Lolini entrando e quello gli sorrise sollevando le spalle, poi subito gli disse: «Ho infranto il divieto, dottore. Dottore. Ma perché ti chiamano così? Ho infranto il divieto che mi avevi imposto, però sono passati due anni abbondanti ormai e ho pensato che si potesse».

Lo guardò e gli fece segno davanti al tavolino. «Siediti pure, mi sciacquo. Ci metto un attimo».

Dal bagnetto chiuso filtrò un improvviso profumo di pulito, di sapone e fresco. Lolini sfogliava il libro aperto sul tavolinetto, si fermava a osservare i tessuti segnati da colori vividi, vene, muscoli, tendini, improvvise sezioni in antri tentacolari e minuziose descrizioni di allucinanti membrane che parevano il prodotto di un incubo. Le pagine di carta plastificata avevano perso l'odore originario e sapevano di umidità, muffa, il vecchiume delle case di campagna. Richiuse il volume. Si guardò attorno. Non c'erano fotografie, né null'altro. In una minuscola libreria approntata sotto a uno sportello di legno chiuso da un lucchetto stavano libercoli di anatomia, antichi volumi ippocratici e manuali di preparazioni galeniche. Il cucinino era pulito e i piccoli rubinetti del lavello scintillavano argentei. Fece per prendere una sigaretta, poi cercò un posacenere e non ne vide. Aspettò. Il rumore dell'acqua si era interrotto. Venne giù una specie di sciacquone e lo vide uscire. «Leggi leggi, impara» disse il dottore. «Questa è la mia professione, adesso». A torso nudo si aggirò per il vano antistante il bagno piegandosi e rialzandosi lungo mensole coperte da una tenda. Tirò fuori una maglietta scura, sbrindellata, a maniche lunghe, se la infilò e i peli del petto scomparvero esili e lunghi e lisci. Le gambe muscolose e la pelle leggermente cascante sulle ginocchia si mossero nell'aria mentre venivano obliterate a loro volta in calzoni di velluto beige.

«Sei dimagrito».

«Lavoro».

«Sì? Cioè? Eserciti».

«C'è sempre da fare, qui».

«Hai pazienti? Eserciti?» domandò di nuovo Lolini, ridacchiando.

«Esercito la pazienza» disse senza guardarlo, mentre tirava su lunghe calze di lana al polpaccio. Si mosse verso il materasso. «Lavoro l'orto, faccio crescere una vite, seguo le persone intorno. Vuoi un caffè?»

«Che facevate con questi bambini?»

«C'è gente qui intorno di notte. Vuoi un caffè?»

Sergio scosse la testa. «L'ho appena preso, no. Volevo andare con te, qui intorno».

«Come le signorine nelle periferie».

«C'è Dragoncello più avanti. Ci vai mai?»

«Mica è vicino».

«Non ci vai mai?»

«No, mai, non ci vado mai».

«Non vuoi venire con me? Sui luoghi di Eurialo e Niso, c'è una trattoria, mi hanno raccontato».

Il dottore chiuse gli occhi, si passò le mani sulle tempie e fece come per stiracchiarsi, un'espressione di disgusto gli passò sul viso, lasciò scrocchiare le nocche delle mani, mosse il collo come un pugile, prese un maglione di lana spessa dai piedi del letto.

«Succede tutto lì. Non siamo mai andati a scavare, da quelle parti. Ormai credo sia impossibile trovare nulla. Però chissà. Mi hanno parlato di questa trattoria. Potremmo andarci no? Facciamo un giro».

Il dottore non rispose, si chinò sotto al piano di legno del letto e allungò un braccio.

«Lo sapevi, ehi? Dico, Pip, lo sapevi».

«Pip» ripeté lui e rise.

«Ti devo chiamare dottore anch'io?»

«Non sono più abituato».

«Ma insomma lo sapevi o no? Quando Eurialo resta indietro nel bosco, Niso supera i nemici e Virgilio dice che si allontana incauto. Incauto. L'ho riletto ieri sera. È pazzesco. Niso. Incauto. Ha perso l'amico in questi luoghi che prendono il nome da Alba. Così tutti credono siano intorno a Alba, i colli Albani. E invece no. È Dragoncello. È qui dietro. Lo sapevi?»

«Non è qui dietro, Cristo».

«Be' ma ho lo scooter. Facciamo in un attimo. Non ci sono mai stato. Assurdo no? Mi piacerebbe. Mica lo so se c'è ancora qualcosa. Forse potremmo lanciare una proposta di scavi. Se qualcuno ne parlasse, sui giornali, magari. Sarebbe Ficana, capisci? C'è una trattoria. E magari chiediamo lì. Dove si è perso Eurialo? Eh! Dove si è perso?»

«Basta, Sergio. Sei qui in gita. Non lo sopporto».

«Ma no, perché? Non è vero. Eurialo e Niso, ti ricordi? Sono andato a rileggere tutto. È qui vicino».

«Lo so, dio mio» fece lui senza guardarlo, stringendo le mani sulle tempie.

«Andiamo, allora, su. Hai da fare?»

«No, niente» si alzò.

Si alzò anche Sergio, lo guardò sorridente: «Quindi, andiamo?»

«No».

«Dai, ci tengo, vieni con me, come sempre. Andiamo? Pip!»

«No, cazzo, non me ne frega un cazzo, porcoddio, è chiaro?» Il dottore gettò via la giacca che tentava di piegare.

«No eh, che succede? Volevo solo. Magari si poteva. È qui, Dragoncello».

«E basta» gridò, «basta, chiaro? Cristo basta. Non me ne frega un cazzo di Dragoncello».

Sergio aprì le braccia: «Pip, ma no, non devi».

«Pip chi? Pip chi, porca madonna?»

«No, dico, non volevo, io».

«E non voleva lui, in vacanza, cristoddio». Sbatté la mano sul letto, la serrò in un pugno, lo fece vorticare in aria e divenne rosso, respirò profondamente, a fatica, sembrava in balia di una forza oscura, aggrottò le sopracciglia in una ritorta grottesca convulsa espressione, respirò ancora, lo guardò dritto negli occhi e fece un grugnito e rilasciò le mani e se le portò sul volto, si chinò. «Scusa, lascia stare». Gettò via il cuscino che gli era caduto addosso, sferrò un calcio nell'aria. «Scusa, Sergio, scusami. Grazie che sei venuto, grazie davvero. Ma nulla, nulla, davvero, non c'era bisogno».

Lolini restò in silenzio. Il dottore era immobile con il viso tra le mani.

«Non è che sono qui per annoiarti. Volevo solo vederti. Mi manchi, capisci? Manchi a tutti».

«A me no, non manca nulla, sto bene».

«Certo».

«Sto bene, Cristo. Non chiedo niente a nessuno».

«Lo so, tranquillo, non volevo dire nulla di offensivo».

«Andiamo, dai». Il dottore si alzò e prese la giacca e la liberò nell'aria, se la infilò. «Volevi venire a mangiare? Qui c'è una trattoria. L'Anaconda, la grande chiatta, ci sei passato davanti, credo. Be' quella è una trattoria. Cucina la signora che hai visto. Victoria. Ma adesso è presto. Se vuoi vieni con me. Magari andiamo da un'altra parte, va bene?»

Il motorino emerse sotto il ponte mentre una cappa di umidità soffocava le strade e il cielo s'ingrigiva. Nuvole livide apparvero da sud. Le videro gonfie oltre i campi che si aprivano sul lato sinistro del Raccordo. Il dottore si stringeva nella giacca. Sergio guidava veloce e non diceva nulla. Uscirono subito, sotto le torri dello Sheraton, in via Rebecchini. La strada s'incuneò fra le immense lastre di silicio disposte nel nulla dei campi in abbandono a raccogliere il sole. Apparve il grande terreno su cui macchine abbandonate avevano scavato immense quadrangolari buche per le fondamenta di palazzi rimasti nell'immaginazione di architetti e palazzinari. Le buche erano colme d'acqua come laghi artificiali ricavati nella terra brulla, grosse zolle di un marrone chiarissimo dove d'inverno non cresceva niente. Seguirono l'ampia curva, costeggiarono il golf. Due automobili scintillanti suonarono il clacson e Sergio staccò un braccio dal manubrio in un saluto ironico e il clacson tornò a suonare all'impazzata. Le insegne spente e morte del Parco dei Medici sfilarono via e la strada dissestata li catapultò sotto il cavalcavia della Roma-Fiumicino. Il dottore fece segno di proseguire attraverso gli uffici brulicanti di uomini in giacca e cravatta e in un attimo furono in via della Magliana.

«Di là vive Milan» disse e Sergio si voltò verso i campi ingrigiti nella luce improvvisamente cupa e metallica. La strada costeggiava la ferrovia, si sentì il fischio del Leonardo Express, il mormorio incandescente della Roma-Fiumicino, poi la via prese a salire, l'ansa del Tevere si scoprì interamente tra i ponti di ferro degli impianti idroelettrici e i campi neri su cui emergeva una distesa di arbusti anneriti di cisto, fili bruciati nel nulla invernale. Volarono giù mentre il dottore dava indicazioni di rallentare e voltare a sinistra. Entrarono nello slargo tra le case che fungeva da parcheggio. Si fermarono, si tolsero i caschi e mentre il dottore si voltava verso la strada aprendo le braccia, Sergio legava lo scooter e gridava: «Via Tempio degli Arvali. Un regalo mi hai fatto, dunque?»

«Si mangia bene qui» disse lui.

Percorsero qualche metro sotto un sole fiacco. Salirono i gradini della Tavernaccia saltellando. Due vecchi erano in veranda chini su una tavola di scacchi. Il dottore si avvicinò. Uno dei due alzò un occhio a scrutarlo sotto il cappello di lana, allungò la mano verso il bicchiere, bevve, prese una sigaretta. L'altro era immobile con un dito puntato sulla distesa irregolare di pezzi bianchi. Sergio diede una bottarella sulla schiena del dottore che si voltò e sgranò gli occhi e lui tacque. Le macchine passavano a pochi metri ma erano come lontanissime. Il dito del vecchio scese verso il pedone e lo spinse lentissimamente in avanti. Restò posato così per decine di secondi interminabili poi d'un tratto si sollevò. L'altro vecchio allora depose la sigaretta sul posacenere e si portò le mani a massaggiare le sopracciglia e scrutò la tavola con la pelle pendente ai lati della bocca che calò d'un tratto mentre le labbra gli si arricciavano. Il dottore si mosse indietro e senza dire nulla fece per entrare. Sergio lo seguì.

«Oh, dottore» fece un ragazzo passando per la sala.

Lui salutò.

«Chiamo mamma» disse il ragazzo.

«Ci sediamo di là».

«Più caldo, sì, meglio».

Entrarono nella saletta.

«Dove ti pare» disse il dottore all'amico. «Io ho bisogno un attimo del bagno».

La stufa riempiva il centro della sala con la sua ingombrante squadrata carcassa. Gli sportelli di ferro erano coperti da ghirigori in rilievo su cui la polvere aveva formato incrostazioni sbiadite. Si sentiva il crepitio della brace e l'odore sbuffava attraverso minuscole feritoie. La signora entrò dalla porta a grandi passi. Disse qualcosa a tre ragazze sedute accanto alla finestra, poi si avvicinò. Era una donna sui sessant'anni, grossa, il busto eretto, i lineamenti forti, capelli che scendevano giù come boccoli ridondanti di un biondo irreale.

«Lei è con il dottore?»

«Sì».

«Dov'è? Al bagno?»

Lolini annuì.

«Vuole un menù? Lui sa già tutto, non ne ha bisogno, ma a lei posso portarlo. Lei non è mai stato qui, mi pare».

«Io no, mai».

«Ecco, guardi», gli passò un foglio di carta infilato in una busta plastificata trasparente, gli angoli divelti dall'uso. «Tutto tranne il brodo. Oggi niente brodo. E niente bollito».

Lolini osservò il foglio, poi alzò gli occhi sulla donna lì ferma immobile.

«È un paziente, lei?» gli domandò.

«Come?»

«Lei. È un paziente del dottore?»

«Ah no, no».

«E chi è? Perché è qui?»

«Ah, be', un amico, un vecchio amico».

«Fortunato, lei. È un uomo straordinario, il dottore. Davvero un uomo unico. Mi ha salvato la vita, lo sa? Un uomo straordinario».

«Sì, lo è».

«Senza di lui». Mimò un gesto secco.

«Cosa?»

«Senza di lui, ero di là».

«Veramente?» disse Lolini «Che è successo?»

«Mi ha spedita di corsa all'ospedale. Poco ancora e guardi». Alzò la manica della camicia e mostrò una sottile linea chiara sulla carne bianchiccia dell'adipe che cadeva sul tricipite. Lui si sporse scostando il foglio del menu sul fianco. Osservò.

«Era largo così, ma penetrava. Un millimetro in più e ero finita. Sette millimetri è il massimo. Questione di pochissimo tempo, mi hanno detto».

«E il dottore l'ha visitata?»

«Era qui, estate, mi ha guardata e ha capito subito. Era almeno un anno che ce l'avevo. Nessuno se n'era accorto. Io non lo vedevo, capisce? Da questa parte del braccio non si vede nulla. Senza il dottore ora non sarei qui».

«Fortunata».

«Fortunato in amor non giochi a carte. Ah! No no, veramente, qui la fortuna, ah! Guardi, quell'uomo, ecco, senza lui. All'ospedale mi hanno chiesto e io non sapevo il cognome e lui nulla, ma lei lo sa?»

«Cosa?»

«Il cognome del dottore. Non me lo dice. Non vuole farsi pagare. Non vuole. Ripete che è stato un caso».

«Quale caso?»

«Che mi ha salvato. Che ha visto il melanoma».

«Forse è vero».

«Dice così. E non si fa pagare. E io sono viva e mica lo sarei più. Me l'hanno spiegato chiaro e tondo all'ospedale, sa? Poco tempo in più e via. Via di là eh! Così mi hanno detto. Il dermatologo».

«Certo, capisco».

«Mi ha salvata lui, il dottore. Ma lei lo conosce bene o no?»

«Un po'».

«Alcuni dicono che sia...» fece una smorfia lasciando dondolare la testa.

«Come?»

Si toccò la tempia e sorrise. «Maleligue. Soltanto perché è strano, diverso e forse lo invidiano, qui. Ma mica è matto. Non sarei qui, io».

«No, infatti, non credo proprio che sia matto».

«Eccolo, guardi qua». Sollevò ancora il braccio mentre il dottore scuoteva il capo e ridacchiava. «Sto raccontando al suo amico». Il dottore le passò dietro e lei grugnì. «Glielo dico che senza di lei ero al creatore. Vero?»

«Ma era orribile. Deforme. Si vedeva da lontano. L'avrebbe visto anche un bambino».

«E però nessuno l'aveva visto, dottore».

«Eh. Ha ragione la signora, Ippolito, ha ragione».

Lui si chiuse nelle spalle.

«Ah, Ippolito si chiama il dottore! Che bel nome!»

«Che prendi tu?» fece il dottore. «Io zucchine, Ada, per favore, lo sa lei. E che c'è poi? Una fettina c'è, sì?»

«Certo. Vapore al solito?» disse la donna.

«Al vapore cosa?» fece Sergio.

«Il dottore me l'ha insegnato lui, sa? Al vapore, le zucchine, con l'acqua già salata col sale grosso. Così gli piacciono. Niente sale sopra e non ci mette che un filo d'olio, sennò si rovinano».

«Le zucchine qui sono buonissime, Sergio».

«E l'olio le rovina?»

«Troppo sì. Vedrai. Le vuoi?»

«No. Io qui, ecco, sì, un attimo, ecco, l'abbacchio. L'abbacchio è buono?»

Uscirono sulla veranda seguendo la donna. I due vecchi erano ancora piegati sul tavolaccio di legno davanti agli eserciti di scacchi. Il fumo si attorcigliava verso l'alto dal posacenere, la bottiglia era quasi vuota, sembravano statue chine e immobili, spaventapasseri, manichini sospesi in un gesto innaturale. Lei si girò la sciarpa attorno al collo e scese le scale veloce e voltò subito sul fianco della palazzina. La seguirono. «Allora com'era, eh? Dica, dica, non faccia complimenti. Piaciuto?» ripeteva facendo roteare il mazzo di chiavi nell'aria. Le tennero dietro, seguendo la stradina di asfalto dissestato. «Qui passava la via Campana, dunque?» fece Sergio e il dottore sgranò gli occhi e alzò le spalle, si portò l'indice sulle labbra e mosse il capo verso la donna che senza guardarli si accucciava e tirava dritto lungo il muro eppoi si fermava di fronte alla porta. Sembrava di essere in campagna: le tavole di legno unite una sull'altra erano ormai come un pezzo unico nella vernice sbrecciata che percorreva la sagoma della porta fin sulla forma arrotondata dell'estremità. Chiudendosi di nuovo nella sciarpa, sbrigliò il mazzo con un movimento goffo, infilò la lunga chiave e la serratura cigolò. «Uh» fece rabbrividendo per il freddo. «Ecco qua. A voi». Si chinò per evitare il basso architrave di legno e subito entrò. Nel buio appena spezzato dal chiarore del pomeriggio che penetrava le cantine della Tavernaccia, girò l'antico interruttore e una lampadina penzolante dal soffitto si accese di luce flebile. «Dottore. Vi posso lasciare soli, no?» Lui sorrise. «State qui, guardate tutto, io torno su, poi chiuda con questa». Ringraziarono. Il dottore fece spazio all'amico che cominciò a osservare le pareti, le toccò con le mani aperte, guardò su, il soffitto a volte, respirò, allargò le braccia, scosse il capo. «Ommioddio» disse. «Ma qui è un miracolo». Lui rise senza voltarsi, si aggirava per la cantina gettando occhiate ovunque. C'erano casse di acqua minerale incastrate una sopra l'altra in una specie di piccolo sbilenco grattacielo adagiato alla parete. Accanto, un armadio dalle ante scardinate, legno marcio, conteneva latte d'olio e scatolame sigillato in carta plastificata. In cima, tra la polvere, regnava un trattore giocattolo giallo, il muso abbassato e mezzo rotto. Lo prese e cominciò a liberarlo dalla polvere e lo accarezzò. Cercò di reinserire nel suo foro l'attacco dello strumento anteriore, qualcosa a metà fra la protuberanza di una scavatrice e il becco di un uccello preistorico. Passò le dita sui sedili neri del guidatore. Sergio gli si avvicinò. «Tornerai a lavorare con noi?» Lui sbuffò e fece roteare gli pneumatici dalle profonde dentature. Il rumore del meccanismo fu un cigolio che si bloccò in un rantolo sordo. «Ti ricordi di quando hai aggiustato il mio trenino elettrico per Teresa?» disse il dottore. «Eri stato davvero importante quel giorno. Il mio trenino elettrico». Sergio fece un mugugno e aprì le braccia. «Lascia, lascia» disse lui. Poggiò il trattore dove si trovava. «Ti piace? Ti rendi conto?» disse. «Gli Arvali si riunivano proprio in queste stanze. Nessuno lo sa». Si mosse, spostò un telo di plastica che copriva il muro, liberando un fregio corinzio. «Guarda». Sergio si avvicinò. Si mise una mano in tasca, tirò fuori l'accendino, scrutò e palpeggiò il fregio. «Ommioddio, ommioddio» ripeté.

«Erano a fine maggio no?» fece il dottore.

«Certo, sì, fine maggio, prima della fioritura, ma Ippolito, guarda le antefisse».

«È il simbolo del municipio. Arvalia Portuense si chiama, infatti».

«E io non ne sapevo nulla. Ecco. A pensare a tutto il tempo che abbiamo speso sulle epigrafi. Solo al museo e mai...»

«La legge dell'università».

«Eh, la legge. E cosa è qui? Cerere?»

«Dia».

«Ah, sì sì, certo, Dia» Lolini si spostò lungo il muro. «E il ballo intorno agli arva».

«Appunto» fece il dottore e si chinò. «C'erano anche le terme. Sono sotto la stazione, credo, qui dove passa il Leonardo Express».

«Alle pendici del Monte delle Piche».

«Cristo che memoria, Sergio, ma guarda qui. Guarda che bilancia, sono matti vero?» Tirò su un ripiano di legno, la sbarretta metallica, i pesi per controbilanciare l'asse.

«E aprivano la fossa dell'aldilà. Erano loro. Il collegio sacerdotale».

Il dottore non rispose e s'infilò sotto un arco più basso, si piegò sulle ginocchia, spostò un telo e passò la mano sul pavimento.

«Aprivano la fossa dell'aldilà tre volte all'anno».

Il dottore si rialzò. «Be', allora ti piace».

«È un regalo che mi fai».

«Non è un regalo. Ci sono passato».

«Tutti ci passano ma nessuno ne sa nulla».

«No, non proprio» disse il dottore e rise.

«E qui sopra c'era il tempio. Io non posso crederci, Ippolito. Bisognerebbe dirlo».

«A chi?»

«Be', non è possibile che nessuno...»

«Così poi finisce il resto, vero? La trattoria, i dintorni, la signora Ada. No, non servirebbe a nulla. Neppure loro devono sapere il tesoro che hanno sotto i piedi. Anche loro cambierebbero per sempre. Sarebbe la fine».

«La fine? Ma perché? guarda», si girò attorno. «L'hai trovato tu. È qualcosa di importantissimo».

«Macché. C'è da sempre. Ada lo sa. Quel che non sa è cosa potrebbe diventare. Meglio così».

«Non fai solo il dottore, dunque».

Non gli rispose e tornò verso la porta. Aprì cassetti di un vecchio mobile.

«Non hai smesso».

«Sergio, sto bene come sto, davvero» disse senza voltarsi.

«Non potresti tornare, ogni tanto?»

«Dove?»

«A lavoro, con noi, non potresti?»

«No».

«Sarebbe...»

«Non sarebbe nulla».

«Mi chiedono...»

«Non ti chiedono nulla».

«Certo, tutti, sembra un po' assurdo».

«Cosa assurdo, Sergio?»

«Così, all'improvviso, via, finito».

«All'improvviso?» fece il dottore stringendo il cassetto in mano.

«No, però».

«All'improvviso, Sergio?»

Lolini non rispose. Lo guardò tenendo alta la mano, osservando la pelle avvizzita del collo che tremava nella penombra.

«Nulla è mai all'improvviso».

«Ma sì, Pip, scusa, volevo dire, Ippolito, però lo sai».

«Io nulla so. Vogliamo tornare su? Vuoi un dolce?»

«No».

«Magari un amaro, eh? Ci facciamo un caffè e un amaro. Forse la signora Ada ha il centerbe di Giulio. Dovresti provarlo. Giulio è il fratello dell'uomo che hai incontrato, Cesare, quello che gestisce tutto all'Anaconda. Giulio. Un personaggio».

«Me lo farai conoscere?»

«Se c'è, certo. Andiamo ora?»

«Va bene. Andiamo».

La tavola era perfettamente ordinata. Le armate dei piccoli pezzi bianchi e neri su file contrapposte erano allineate e compatte e non c'era segno di movimenti e i due uomini erano immobili e chini. «Ne fate un'altra?» mormorò Sergio. Il dottore lo guardò senza muoversi. I due vecchi rimasero fermi. «A che partita siete?» chiese di nuovo Sergio. Il vecchio con il cappello di lana si mosse appena e accennò un sorriso. «È l'ultima» fece in un sospiro.

Faceva già più freddo. Sotto alla ferrovia le mura di cemento erano disegnate di macchie d'umidità quasi nere orlate di bordi biancheggianti come una spuma infettiva. Le scritte inneggiavano a odio, amore, rimpianto e promesse. Fuori dal sottopasso, prima del campo polveroso, sotto il muro sbilenco, stavano i segni di un fuoco, pezzi di legno anneriti e monchi, brace volata via e inzuppata ormai in una fanghiglia putrescente. Cartacce e resti di alluminio si erano come parzialmente confusi nella terra mentre smoccolati pezzi di lattice e quadrate inconfondibili confezioni stavano sparsi attorno a un piccolo riparo di cemento dove era facile nascondersi. Il dottore seguì un accenno di viottolo tra la sterpaglia e Sergio gli andò dietro ridacchiando e ripetendo che l'amaro era buonissimo, anzi quel centerbe malefico, non era amaro, no, cos'era, era un veleno, un farmaco, una specie di nepente, il nepente aveva inventato forse Ippolito? O lo avevano inventato per lui, chissà, certo, questo Giulio, questo mitico fratello dell'uomo che aveva visto di mattina, questo Giulio lo aveva inventato per lui, su commissione, il nepente, il farmaco di Elena, il farmaco che annichilisce la memoria?

Il dottore scuoteva il capo e continuava a tirare dritto finché non si trovarono davanti a un muretto a secco su cui s'innalzava un reticolato completamente coperto di rampicante sfilacciato dall'inverno. Fece segno a Sergio da dove sarebbero passati, gli spiegò come si poteva scavalcare e mimò il movimento e gli chiese di fare silenzio. Poi si fece avanti, seguì passo passo il perimetro del muretto, immerse una gamba nel nulla asfittico del rampicante e si piegò e scomparve dall'altra parte. Sergio fece lo stesso. Si ritrovarono in un orto dall'aspetto paradossale, come se la mano che lo curava avesse deciso di abbandonarlo secoli prima. File di ortaggi oscurati dalla terra umida erano coperte da teli semitrasparenti e imbrattati di fanghiglia. La casetta in mezzo all'orto era una baracca di lamiere messe insieme nel tempo attorno a una vaga idea di struttura. Sergio si guardò la mano che aveva tenuto sulla fronte e sputò e si pulì il sangue dal graffio. «Non è nulla» biascicò lui dando un'occhiata all'amico. «Grazie, dottore» gli disse e scoppiò a ridere. Ripresero a camminare fino a che non furono all'estremità del campo. Allora il dottore indicò un altro varco tra le reti e fecero quello che avevano appena fatto e sbucarono su una distesa di terra battuta su cui erano accatastate carcasse di automobili. Si sentì un cane ringhiare e abbaiare e Sergio lo guardò e lui fece segno di star pure tranquillo portandosi la mano al collo e mordendo il guinzaglio immaginario. Costeggiarono la rete di protezione. Marmitte di ogni genere erano ordinate in mucchi ineguali, marroni di ruggine, annerite di fumo o ancora brillanti di un remoto scintillio cromato. Passarono tra pezzi di ricambio ormai irriconoscibili, superarono pile di cruscotti decolorati e s'infilarono in una sorta di tunnel sovrastato dal fragore del traffico. La Roma-Fiumicino svettava sulle grandi braccia decrepite che sostenevano in una immensa V rivoltata il ponte di cemento. Corsero sotto alla pista vibrante tra mondezza, residui di ogni genere, puzzo di marcio, mentre l'asfalto nero sopraelevato sembrava potesse venire giù da un momento all'altro. Dall'altra parte della strada, il dottore fece di nuovo segno di far silenzio, passò dietro una casetta di legno, spinse un cancelletto, si fece largo tra i solchi lasciati dai camion sulla strada sterrata, e saltellando voltò subito verso i tralicci scuri del ponte di servizio. Chiamò Sergio verso di sé e tirò in alto il filo spinato pencolante e lo lasciò passare, poi fece altrettanto mentre Sergio teneva il filo spinato come il lembo di un vestito imbrattato. Seguirono un accenno di sentiero che s'incuneava sotto alle volte di ferro del ponte e sbucarono su una distesa di erbe nerastre declinante ripida verso il Tevere.

Il dottore estrasse il sacchetto di pelle dalla tasca e cominciò a preparare una sigaretta. «Ne vuoi?»

Sergio non rispose. Guardava giù le acque del fiume che arrivavano tumultuose verso l'ansa e sembravano vorticare in un budello controcorrente mentre si avvolgevano su se stesse in mulinelli marroni, melmosi, appena striati di spuma biancastra, per girare verso il nuovo rettilineo che avrebbe spinto le acque giù sotto l'altro ponte di servizio eppoi in fondo verso Mezzocammino.

«Lì hanno trovato il corpo che ti dicevo» fece il dottore, fumando. «Si era impigliato a quei tralicci. Era gonfio come un pallone. Scuro, livido. Sembrava uno scherzo della natura. È stato un campo di battaglia per giorni interi. Polizia fluviale, sommozzatori, caos, fotografi, elicotteri. Non l'hanno nemmeno riconosciuto. Che io sappia non lo hanno mai riconosciuto. Ma leggo poco i giornali».

«E da te sono venuti?»

«Certo. Parecchie volte».

«Cosa cercavano?»

«Nulla».

«Che gli hai detto?»

«Nulla».

«Ti hanno dato noia?»

«Sì».

«Cioè?»

«Cioè noia. Volevano sapere di me, tutto di me».

«E tu?»

«E io rispondevo. Gli ho raccontato. E non erano contenti. Non sono mai contenti. Non sei contento neppure tu, no? Cosa vuoi sapere tu? E cosa devo spiegare, io?»

«Non ti ho chiesto molto».

Il dottore sorrise. Fumò. Faceva freddo e già c'era meno luce.

«Volevo solo vederti, dottore, e certo, se tu tornassi...»

«Non si torna mai, Sergio. Non si torna mai».

«Se tu venissi...»

«Non si va e non si torna e non ci si sposta mai. Guarda il fiume. Non c'è altro. Lo sai anche tu».

«No. Non è vero».

«Lo abbiamo studiato insieme e neanche lo capivamo. Ma è così. Ci faceva ridere? Potevamo ridere, certo. Ma le cose stanno così. E tutto s'impara. Non ci si muove mai. Il fiume si muove. Ma noi no, non ci si muove mai. Al massimo si scompare. Ci si lascia inghiottire dal fiume. E quello che ricompare non siamo più noi. Palloni lividi, zuppi di acque e melma, corpi esangui, irriconoscibili».

Sergio allungò una mano verso la gamba del dottore.

«No. Non ce n'è bisogno» disse lui mentre la mano di Sergio restava a mezz'aria ancora una volta. «Così stanno le cose e non possiamo compiangerci, non possiamo gridare contro la natura. È perfettamente inutile. Là sotto c'è tutto. E noi non lo vediamo più. Lo sapevano bene i tuoi Arvali, no? Ti piacerebbe vedermi tornare con gli Arvali? Ecco allora. Dai, facciamolo. Andiamo a scoprire buche che guardano nel ventre della terra. Scava scava e trovi l'acqua. Tre volte all'anno. Tre volte all'anno. Macché Arvali. Basta restare in un punto qualsiasi lungo il fiume, no? Perché lì scorre, lo vedi? Guarda in quel punto. Guarda in quel punto le acque come sono vorticose. Prova a nuotare lì. Qualche idiota potrebbe pensare che sia semplice? Lì non si può nuotare. Lì si viene inghiottiti in un istante. Eppoi nulla. Eh! E cos'altro è? Cos'altro è, scusa? Ti dispiacerebbe? Poi non sai nulla, non sai più nulla, il segreto è quello. Non sai più nulla. Perché lì stai, seppellito in un flusso. E sopra non riemerge nulla. Quello che riemerge non è più me, te, nessuno. Un pacco di mondezza, un manichino che nessuno può più riconoscere. Hai mai sentito la musica di un carillon, cristoddio? È perfetta per un film. Immaginati il film. Trovano il corpo, lì, all'inizio del film e la musica è quella. Ecco, potremmo fare i cineasti».

«Pip».

«Non chiamarmi Pip».

«No».

«Ascolta. Quello che dici ha valore per te e io lo capisco e lo apprezzo ma non è questo, guarda, e io ora non sono che questo e per di più non sono che in questo posto e non ho nulla, nulla e nulla e va benissimo così. Perché così stanno le cose».

Sergio si strinse nella giacca, chiuse la sciarpa attorno al collo e si scaldò le mani soffiandoci dentro.

«C'è un uomo che vive dalle parti mie, più lontano dalla chiatta, mi piacerebbe fartelo conoscere».

«Perché? Chi è?»

«Per il nome. Ha un nome straordinario. Giulio ha creato su quel nome storie magnifiche. Luis Huertas Castell. Sai che significa?»

«Castello, direi».

«In catalano, sì. E comunque a noi suona così. Il castello è la sua dimora, secondo Giulio».

«E Huertas?»

«Huertas lo abbiamo semplificato in orto».

«Cioè?»

«Huerto è orto. Huerta è la grande coltivazione. Si diverte, Luis, a spiegarci le sfumature dello spagnolo. Ma non importa. Noi lo prendiamo in giro. Lui viene dalle parti di Salamanca. E qual è il suo orto? Io gli dico di coltivare qualcosa ma so benissimo che non lo farà mai. Quanto al suo castello è un tubo di cemento».

«Non capisco».

«Non importa. Noi giochiamo con i nomi e lui ci passa il tempo. Ho smesso di preoccuparmi per quel che i nomi significano, sai? Mi dà fastidio che mi chiami Pip, ma il resto non m'importa più. Nessuno mi chiama Ippolito e mi diverte, certo, ma non m'importa più, fidati. Invece Huertas dovresti vederlo. Vive poco lontano da me. Hai presente quei grandi tubi di cemento che vengono interrati per far scorrere fiumi sotterranei o fogne, i liquidi che non vediamo mai? Ecco. Quella è la sua dimora. Un tubo abbandonato. Una cloaca mai terminata. Non so cosa fosse. Qui intorno ti divertiresti a trovare resti di progetti mai messi in cantiere, pezzi comprati e lasciati lì. La natura se li riprende. Questo diverte me, ormai. Non più gli appalti truccati con cui qualche idiota si è arricchito. Ma insomma. Quel tubo è la dimora di Luis. E il suo orto? Cosa coltiva? Cosa coltiva davvero? È il mio specchio, Huertas Castell, il mio specchio. Lo guardo e vedo me al contrario».

«Perché? Che fa? Che coltiva? Non ti capisco, Ippolito».

«Non c'è bisogno. Huertas vive nel tubo».

«E anche tu?»

«Be' no, io ho una piccola chiatta, l'hai vista. Magari è anche simile a un tubo» rise.

«E quindi?»

«Quindi nulla».

«Come fa a vivere in un tubo, quest'uomo?»

«Dovrei portarti lì, ma è tardi ora, per lui. Non riceve ora».

«Riceve?»

«Cristo, Sergio, dico così. Insomma, vive lì. Ha chiuso ermeticamente il fondo di un pezzo di tubo. Nulla può penetrare, si salva dai ratti. L'altra estremità è sigillata meno bene. Ci deve passare, è il suo ingresso. Però ha organizzato un sistema. Dovresti vedere quel che si è inventato. C'è una specie di intelaiatura come fosse un infisso. Perfettamente aderente alla curva del tubo. Eppoi uno sportello quadrato. Sempre legno su perni di ferro. Ha trovato e comprato tutto lui, piallato, limato. Fuori c'è una specie di atrio, una tettoia di plastica, i contenitori della sua cucina. E dentro invece sui lati dell'ingresso ci sono spazi adattati per mettere le cose in perfetto ordine. È un tipo preciso. Molto preciso. Ma perché si trova lì – questo è il punto. Un giorno andremo da lui. Non a Dragoncello. Eurialo e Niso. Figurati. Andremo da lui».

Si sentì il rombo di un motore, cani abbaiare, parole di uomini che si rincorrevano. I gabbiani gridarono in cielo. L'acqua del fiume per un attimo s'increspò completamente come se il vento ne stesse spazzando la superficie. Il cielo si fece scuro. Luci si accesero dall'altra parte del fiume, di là da una grande distesa di campi ormai avvolti nel buio.

«Cos'è lì?» chiese Sergio.

«Tor di Valle. Sono i guardiani. Gli stallieri»

«Ci vai ai tuoi amati cavalli?»

«Mai. A volte vado alle stalle. Alle corse mai».

«Non puoi più?»

«Non posso più, no, non posso più».
«Sai di tua suocera?»
«Cosa? No, non so nulla, Sergio».
«Non riconosce più nessuno. O quasi. La malattia è andata avanti tutta insieme».
«Mi spiace. Era una donna magnifica».
«Sai, lei...»
«No» lo interruppe. «Grazie. Non so. Non voglio sapere nulla. Preferisco, capisci?»
«Certo».
«Pensa che strano. Pensa come funzioniamo stranamente. A volte, mi rendo conto che vorrei ancora vederla. Anna, intendo».
«Anna?»
«Anna. Ci credi? Ti sembra possibile? No. Non è possibile. Non è possibile. Eppure è così. Questo sento. Non ti sembra ridicolo l'essere umano?»
Tacquero.
«Può mancarmi Anna? È solo immaginabile una cosa del genere? Ecco. Capisci, allora, quello che dicevo? Lo capisci o no?»
Rimasero fermi ancora qualche minuto, le braccia attorno alle gambe rannicchiate sul petto. Poi il dottore tossicchiò, si sfregò le mani e se le passò sul volto e infine le immerse nella barba da profeta. «Vuoi venire a giocare? Vogliamo andare a giocare? Magari incontriamo Milan».
«Chi?»
«Milan. Lo hai visto, stamattina, no?»
«E cosa fa? A che gioca?»
«Lui e altri amici, in genere a quest'ora vanno a lavorare alle roulette del casinò. La gente gioca e loro lavorano: fingono di sapere che numero uscirà grazie alle loro arti divinatorie. Se vincono reclamano una parte del bottino. È un bel gioco no? E, se ti va, noi andiamo a giocare il gioco migliore. Li guardiamo mentre lavorano».
«Ma dov'è questo casinò?»
«Andiamo» disse lui. «Ti faccio vedere. Dobbiamo tornare su. Muoviamoci. Sennò si fa tardi. Poi sarà tardi anche per te no?»

Piroettando come un grottesco dinoccolato manichino, Sergio Lolini si avviò davanti all'amico nel parcheggio polveroso del Village. Luci giallastre illuminavano gli angoli del campo. Rideva, si contorceva, scalciava una lattina aggrovigliata in una specie di paccottiglia, saltellava e faceva smorfie. Imitava la mossa del ragazzo scuro di nome Super che, dietro alle spalle della signora, era lì a ripetere i suoi consigli e a chiedere la percentuale. Faceva un verso, adesso, Lolini: la nenia gutturale, il saliscendi di note con cui il ragazzo metteva perfettamente in pratica le idee di Milan. Rideva e ringraziava. «Dottore, dottore, grazie per avermi portato qui. Non avevo mai visto nulla di simile. Nulla di simile. E ora trattano la buonuscita, la buonuscita, i geni!» Emetteva risolini grotteschi e si divincolava. «Voglio anch'io vivere con te, dottore. Anch'io in questo mondo. Magari con l'amico che non mi hai presentato, nel tubo, lo spagnolo, il tuo specchio, vero? Il tuo specchio».

«Basta. Sei ubriaco, Sergio» disse lui e indicò il parcheggio.

Erano le nove quando ricomparvero sul piazzale dell'Anaconda. Gli disse di aspettarlo lì. Sarebbe tornato subito. Aveva qualcosa da lasciargli.

Dal buio della macchia di rovi, nero pece rispetto all'oscurità slabbrata del cielo infestato di luce metropolitana, Giulio gli si avvicinò come ondeggiando. Sembrava un fuscello. Faceva roteare tra pollice e indice un tappo metallico e canticchiava.

«Buonasera» disse. «In gita anche lei?»

«Buonasera. Piacere. Sergio Lolini».

«Piacere. Nico Fidenco».

«Ah».

«Conosce il mio capolavoro?»

«Scusi?»

L'uomo si chinò leggermente, si piegò su un fianco e abbassò il tono della voce: «Ti voglio tenere tenere, legata come un raggio di sole di sole, così col suo calore, la nebbia svanirà, e il tuo cuore riscaldarsi potrà, e mai più freddo sentirà, la la la la la la la la la la». Si tirò dritto in piedi e sussultando si ricompose. «La conosce?»

«Non so, sì, mi suona».

«Le suona e basta? Come? È stato un successo. Ci penso da giorni. Non me ne accorgevo da ragazzino. Ma certe canzoni hanno segnato un'epoca. E non solo un'epoca. Certe canzoni restano per sempre, non crede?»

«Certo».

«Forse lei era troppo giovane. Ma ci sono cose che capiamo col tempo. O forse no?» Si avvicinò, lo guardò negli occhi, alzò una mano e Lolini si ritrasse. «Ha bevuto, oggi, per caso? Non dovrebbe guidare. È suo lo scooter?»

«Sì, sto aspettando, sono un amico del dottore. Siamo stati fuori».

«Ah! Ma poteva dirlo subito. Mi perdoni. Mi scusi».

«Di cosa?»

«Lasci perdere. Scherzavo. Non sono Nico Fidenco. Il mio nome è Giulio. Ma sa, questa canzone. Ho scoperto quanto importante fosse solo pochi giorni fa e ora non riesco a togliermela dalla mente. Ha idea di che anno sia? Ma lei perché aspetta? Dov'è il dottore?»

«Deve portarmi qualcosa, ha detto, non so».

«Capisco. Vuole che la ospiti? Fa freddo. Qui abita mio fratello, vede?» Indicò nel buio il bagliore della tartaruga sulla veranda della prefabbricata.

«Mi ha parlato molto di voi, Ippolito».

«Ippolito. Ma non vuole essere chiamato così, no? I nomi sono un guaio».

«Nomi, definizioni, immagini. Eh! Martavello, per esempio. Mi ha spiegato, Ippolito. Dice che siete gli ultimi a pescare come si faceva una volta, qui. Che organizzate delle specie di visite al vostro mondo. Mi piacerebbe venire. Dev'essere magnifico».

«C'era una volta sui monti del Libano un cardo spinoso che si rivolse a un grande cedro così: 'Offri tua figlia in moglie a mio figlio'. In quel momento una bestia selvatica del Libano, passando, calpestò il cardo». L'uomo abbassò la testa, rovistò nelle tasche del giubbotto, tirò fuori un pacchetto accartocciato. «Fuma?» domandò senza guardarlo, poi si chinò sulla sigaretta, sfregò un fiammifero nelle mani a coppa e il volto gli s'illuminò, la luce della fiamma salì lungo i solchi attorno alle labbra verso il naso come irregolari cerchi concentrici che si frantumavano in una specie di tremolio indistinto. Lo guardò ancora e allungò il pacchetto di carta morbida e unta stretto fra le unghie sporche di terra.

«No, grazie» disse Lolini. «Ho bevuto il suo liquore, oggi».

«Ah, per quello sono famoso. Vede? L'ha assaggiato. Le è piaciuto? Ha saputo berlo? Sicuramente il dottore le ha spiegato ogni cosa. Come tenerlo sotto la lingua, quanto aspettare, il momento giusto per deglutire. Le avrà spiegato tutto. Il dottore non ci si mette spesso, ma quando spiega sa spiegare».

«Non era un'idea sua. L'ha portato la signora Ada, quella della Tavernaccia».

«Certo. Ada. Sa, queste erbe sono speciali. Le vedo, costeggiando il Tevere, da una vita. Per anni guardavo e vedevo solo verde e nel verde comparivano donne chine, cercavano insalate, fiori, strappavano strani pinnacoli apparentemente orribili. Sempre le stesse cose, noi lì, e io guardavo. Poi un giorno eravamo a riva, su un tavolato che ogni primavera rimetto a posto, lo sa? È un luogo importante per me. Perché vede eravamo lì distesi, prendevamo il sole, ci riposavamo. Sbuca un uomo con un cesto pieno di erbe e ce le offre e Cesare scoppia a ridere e quello se la prende. Inizia a inveire. Io non capivo. Guardavo quest'uomo con le braccia come mulinelli. Non voleva mica vendercele. Ce le stava regalando. Se ne andò blaterando ma non si capiva nulla, parlava una lingua strana. Abbiamo ripreso a sonnecchiare e credevo di essermene dimenticato ma non era così. Come funziona la memoria? Quest'uomo è riaffiorato spesso. Mi ricordo persino come era vestito. Magari sono io che ho deciso di ricordarmene così, con quei vestiti, ma potrei raccontarle precisamente com'era vestito. Mi era rimasto impresso. E lo è rimasto sempre. All'inizio però non ci feci caso. Poi me lo sognai. Col suo cesto di erbe. Non avevo neppure dato un'occhiata. Era solo un seccatore, in quel momento. Era un uomo che arrivava e interrompeva il mio sonno, il riposo, il sole a primavera, la giovinezza, quella sensazione che l'estate sarà eterna, che non passerà mai, che il sole sarà sempre caldo, tiepido, buono, quella sensazione di euforia, di cose che devono arrivare. L'uomo interrompeva i sogni. Ma nei sogni sarebbe tornato. Ecco. Nei sogni. Così pensai che doveva esserci qualcosa che aveva a che fare con quel posto dove lo avevamo incontrato. Decisi di tornare lì. Da quel giorno ho cominciato a tornare. Senza Cesare, lui mi prendeva in giro quando gli parlavo dell'uomo. Allora andai da solo. Mi misi lì. Lo aspettavo? Speravo che ricomparisse? Forse. Rivedevo perfettamente il mestolo di legno chiarissimo che teneva in mano e ormai mi ero convinto che lo avesse intagliato lui. Non so se avevo sovrapposto memorie. Intrecciato sogni. Intanto sonnecchiavo. Sonnecchiavo come avevo sonnecchiato il giorno che era arrivato. Ma il sole era più forte, faceva troppo caldo, così mi mettevo all'ombra e all'ombra mi addormentavo e sudavo e mi svegliavo con sensazioni strane. Il ronzio degli insetti, le bestie che entrano nel collo, il caldo, il sudore. Mi feci un bagno. Lì si sta bene. Il Tevere una volta era limpido e lì si faceva il bagno bene, sotto questa specie di palafitta che era un piccolo pontile per pescatori. Stavo lì. Aspettavo. Non succedeva nulla. Era estate. Tornai altre volte. L'estate finì. Non ho mai rivisto quell'uomo e certo non aveva molto senso che io lo rivedessi. Almeno così penso ora. In fondo se ritroviamo certe cose o certe persone è sempre perché dovevamo ritrovarle e se io non ho incontrato mai più quell'uomo significa che non ce n'era alcun bisogno. Bene, è andata così. Mai più rivisto. Mai più incontrato un uomo che mi offrisse delle erbe. L'estate finita, le prime piogge, l'autunno, l'inverno. Ho cominciato a guardare le piante. Volevo conoscerle. Ho chiesto alle persone che incontravo lungo il fiume. Ho imparato a scegliere le erbe giuste. Non sono cento. A cento non arrivavo. Mi sarebbe piaciuto arrivare a cento. Il nome era suggestivo. Ma a cento non arrivavo. Sono arrivato solo a diciannove. Diciannove è un numero importante. L'ho scoperto più tardi, ma ora di questo non possiamo parlare. Diciannove erbe. Eppoi cosa importa? Quel che importa in realtà è l'alcol. L'alcol puro. L'alcol puro esiste da sempre e resisterà per sempre. Su ogni estate e ogni primavera. Il vecchio che regalava le erbe ecco, l'ho dimenticato».

«In realtà non ha dimenticato. Ci sono cose che...»

«Non c'è niente e credo che il suo amico dottore lo sappia. Domandi a lui. Guardi, eccolo, si è messo bene per la serata, si è cambiato. Vuole portarla fuori a cena?»

Si voltarono entrambi verso il viottolo che sbucava dietro l'Anaconda. Il dottore veniva avanti assorto, le braccia penzoloni come se stesse cercando qualcosa in terra. Li vide quando era ormai vicinissimo.

«Che fate?»

«Chiacchieriamo» gli disse Lolini. «Ho scoperto chi è il tuo maestro, qui. Anzi, il tuo mentore. L'inventore del nepente».

«Ah» fece lui e scosse il capo e si passò una mano fra la barba.

«Dottore, il tuo collega è curioso».

«Curioso e tenace: sempre stato così. Anche molto pettegolo».

«Pettegolo? Gli uomini sono i veri pettegoli. Bravo Lolini. Il pettegolezzo è maschio. Andate a fare una riunione di pettegolezzi? Mangiate fuori, dottore? Lo porti fuori anche a cena? Festa grande oggi?»

«No» disse lui sovrappensiero. «Vuoi mangiare qui, Sergio?»

«È tardi. Penso che dovrei andare».

«Come credi. Se vuoi, sicuramente a Victoria fa piacere».

«Be', non mi aspetta nessuno, in fondo».

«Vada, vada, Victoria è una cuoca eccezionale». Giulio si allontanò verso la prefabbricata aprendo le gambe come punte di un grande compasso.

«Quale storia ti ha raccontato?» gli domandò mentre scendevano verso l'Anaconda, «la Bibbia o il centerbe?»

«Cosa?» fece Sergio.

«Con quale dei suoi classici ti ha intrattenuto? L'uomo della Bibbia o l'uomo delle erbe?»

«Ah, sì le erbe. L'uomo delle erbe. Che c'entra la Bibbia?»

«Ti sei perso la parte migliore. La Bibbia. Quel pazzo imbroglione ha letto solo la Bibbia, ma la sa a memoria».

***

La luce del sole abbagliò il guardrail quando il dottore aveva ormai superato metà del ponte. Cristo, disse, alzando una mano sulla fronte per ripararsi. Improvvisamente fu caldo, allentò la sciarpa e tirò giù la lampo. Le automobili sfrecciavano a pochi metri, in senso contrario, di là dalla lamiera metallica e ricurva ancora bagnata. Il rombo del traffico, nel primo pomeriggio, era come il latrato infinito di un corpo sottomesso, agonizzante nell'odore dolciastro di fango e erbacce umide risvegliato dal caldo. Il fiume scintillò verde scuro mentre imboccava ormai la discesa. Lontano, a nord, sopra alla cupola biancastra e argentea della basilica dei Santi Pietro e Paolo, il cielo nero era come lacerato e attraverso lo strappo il sole sembrava un lieve fuoco pronto a incendiare i lembi di tela scura per riprendere il dominio dell'etere. Si allontanò dal traffico sulla stradina che costeggiava la casa di servizio, sentì un fischio lontano, la corsa di un cane, i rumori dei campi che declinavano verso il Tevere. A passi veloci s'infilò su via dell'Equitazione, mentre lo strappo nel cielo già si richiudeva e tutto tornava a scurirsi. A metà del lungo muro che proteggeva gli impianti di depurazione e la centrale idroelettrica, sentì il crepitio del fuoco e un fumo nero che veniva su assieme a odore di plastica bruciata. Svoltò rallentando il passo, vide due ragazzi seduti accanto a un cerchio di sassi da cui salivano fiamme e fumo nero. Era lo spiazzo terroso che si apriva verso il fiume. Si fermò. «Dottó» sentì gridare. «Vieni dottó, vieni». Vide le sagome colorate che si assottigliavano in lunghe braccia protese verso l'alto. Rimase immobile. «Vieni, dottó, qua qua». Fece un gesto e tirò dritto.

La barra bianca e rossa era alzata e nella casupola di guardia all'ingresso dell'ippodromo non c'era nessuno. Il parcheggio esterno era asfalto deserto percorso da crepe su cui crescevano spenti rimasugli di erba gialla. Dentro, c'erano poche automobili posteggiate qua e là, a casaccio, come se le strisce verniciate di bianco opaco ormai quasi dissolto che delimitavano gli spazi numerati del parcheggio avessero ormai perso senso. Tirò dritto guardando in terra. Salì le scale a due a due, s'infilò nel portoncino laterale anziché spingere le grandi vetrate polverose. Si fermò, chiuse gli occhi, inspirò, annusò, sentì l'odore. Cristo, disse, cristoddio. Voltò a sinistra lungo il corridoio piastrellato, passò l'altra porticina e fu dentro. Sei un povero idiota. Non saresti dovuto tornare mai più, qui, mai più. Alzò la testa sullo spazio immenso, i soffitti di cemento a scalettoni sorretti da arcate di cemento armato, sbuffò, tenne gli occhi sul bar deserto eppoi sui monitor attorno a cui erano assiepati gruppetti di uomini come mosconi su una crosta di miele. Si sentì il richiamo dai microfoni. Un brusio leggero, carte che svolazzavano di mano in mano, qualcuno che saliva i gradoni, cerini, accendini, fumo di sigarette. Sei un povero stronzo, disse. Hai osato troppo. Si scosse. Senza attraversare la sala, si avvicinò al bancone del bar, e andò a sedersi voltando le spalle a tutto il resto. Un posacenere zeppo, due tazzine da caffè sporche, un bicchierino di vetro pieno di carta appallottolata. Lo specchio antico dietro le bottiglie si oscurò mentre la sagoma di una ragazza emergeva eppoi scompariva finché la mano passò sul banco spostando le tazzine e il bicchierino da una parte e l'altra mano con uno straccio puliva la superficie plastificata e scheggiata ai lati. «Un whisky, per favore». La ragazza si voltò verso le bottiglie, senza dire nulla aprì il braccio come spalancando un'ala e lui scelse quella più bassa e tozza indicandone l'etichetta nera percorsa da arabeschi bianchi. «Ghiaccio?» «Tre». Prese la pinzetta, riempì il bicchiere di tre cubetti di ghiaccio e lasciò scendere il liquido denso. Il dottore aveva già depositato la banconota e mentre aspettava il resto si voltò. Vide la grande sala dall'odore immemore ammuffito eterno e i monitor attaccati in alto su sostegni ricoperti di polvere raggrumata e oleosa che sbucavano da colonne squadrate e intonacate e sbrecciate. Tavolini qua e là sguarniti su cui i fogli della giornata erano ammonticchiati disordinatamente. Un ragazzo in tuta si mordeva le mani. Accanto a lui un vecchio indicava sul foglio e confrontava sul monitor. Improvvisamente una donna li raggiunse e prese a parlottare alle loro spalle. Il profumo fortissimo dolciastro e limonato attraversò la nube di fumo e lui chiuse gli occhi. Poi, stringendo il bicchiere in mano lo rivoltò fra le labbra, attese l'ultima goccia e lo spostò vuoto verso la ragazza e le fece cenno. «Il ghiaccio va bene così» disse. Lei lo riempì senza guardarlo e glielo rimise davanti alla mano aperta. Attese, agguantò il bicchiere, si bagnò le labbra e cercò in fondo dove le porte bianche davano sugli uffici e subito riprese a guardare nei monitor che trasmettevano immagini sgranate della pista di terra bagnata che componeva un anello oblungo appena lì fuori e il colore strano della terra zuppa e nera ricomposto dagli addetti e ora spezzettato in un'infinità di microscopici quadratini difformi che traballavano negli schermi. Rivoltò di nuovo il bicchiere. Guardò il resto sul piattino. Fece per posarlo sul bancone. Contò le monete, le rimise sul piattino, fece un gesto, la ragazza riempì il bicchiere. Lui lasciò i soldi senza più attendere e si allontanò a grandi passi verso la scalinata principale con il bicchiere in mano.

In cima, emerse di fronte alla ringhiera di ferro e si guardò attorno. Non c'era quasi nessuno sugli spalti. Qualche vecchio chiuso in antichi cappotti pesanti e sciarpe di lana lisa e scolorita piegato a combattere il freddo sui rotondi seggiolini della tribuna d'onore, due uomini che confabulavano in piedi sotto alla gradinata, un gruppetto di vecchi appassionati che chiacchieravano, qualcuno dietro le vetrate in cima, in tutto forse una quarantina di persone. Ghignò, tossicchiò eppoi finalmente guardò giù, sulla pista di terra scura mentre già l'automobile girava per chiamare i concorrenti all'allineamento. Aprì le braccia, cercò il cielo che ora era più bianco e uniforme. Nel silenzio ovattato, si sentiva il movimento degli zoccoli sulla terra, lo scalpiccio, le ruote dei sulky. Si strinse le mani sulle tempie, si chinò, si fece indietro, andò a sedersi in alto su un gradone gelido, l'ultimo prima delle tribune chiuse. Qualcuno gridò qualcosa. Tenne gli occhi sulla pista. I cavalli erano allineati e i driver lasciavano le gambe ancora morbide e il colore delle maglie si confondeva nella violacea livida luce, poi si udì lo scoppio e il lungo braccio che tagliava la pista si scostò improvvisamente, l'automobile si allontanò e i cavalli balzarono via. La lucida ambrata pelle scintillava, vide i muscoli tendersi e le gambe flettersi nel mucchio originario dove un'unica forma scattava in avanti in nuvole di polvere e il campo di battaglia era come un inferno e i sulky dei corridori sembravano sbilenchi già esausti carri sorretti da spilli pronti a spezzarsi e catapultare nel nulla gli uomini, gli uomini dai colori spenti e opachi, gli uomini reclinati in innaturali opprimenti posizioni mentre i cavalli era come se sfuggissero alle briglie, mordessero il freno in una corsa impetuosa che li avrebbe uniti l'uno all'altro, erano singoli cavalli pronti a unirsi in una sola forma di cavallo saettante che ribolliva sudore e veemenza e svolazzava di criniere nere e si mescolava in un gigantesco cavallo che saltava oltre la pista, emergeva dal caos, dalla guerra, dall'orribile mostruoso terriccio scuro e purulento che come una pozzanghera tendeva a raccogliere in sé le acque e il fango e le paludi del mondo e lì gli uomini sarebbero affondati, sarebbero sprofondati, caduti, attratti irrevocabilmente dalle sabbie mobili, inglobati nella materia pesante e nera e sordida e da lì nessuno sarebbe riemerso, solo il cavallo, i cavalli saettanti, che volavano, che muovevano i muscoli a velocità talmente ineffabile che pareva facessero tutto con lentezza, classe, eleganza, i musi digrignanti e la bava che colava verso terra, nella palude primigenia dove affondavano i driver nei loro baldacchini insopportabili, nelle loro tutine già sporche e perverse e l'aria stanca, sfinita, persa, i cappellini inutili, le visiere bianche già scomparse nel nulla, mentre il cavallo trionfante univa tutti i cavalli in uno sforzo supremo, in un balzo, una specie di immenso balzo verso il nulla, verso l'alto, eppoi tra tutti i cavalli uno solo si distaccò a metà del secondo giro e era quello il cavallo che aveva eliminato il resto dei cavalli e aveva distanziato anche il driver che si accapigliava su se stesso perché potesse insistere a far correre il suo animale, ma il suo animale era ormai lontano, unico, solo, nero, brillante, sudato, liscio, muscoloso, i muscoli tesi, morbidi, durissimi, di marmo e di elastico, un unico cavallo che volava e la criniera che strusciava tra le nuvole dure e nere, e l'unico cavallo che aveva ormai morso il freno, si era liberato di ogni impaccio, si era liberato da tutto e era apparso sul rettilineo finale mentre dietro di sé il caos affondava nella palude dei perdenti, in una piccola gigantesca lotta inumana e fratricida da cui l'unico cavallo si era distaccato in un rantolo, un possente gemito, uno sforzo di eternità e di conquista e quell'unico cavallo ormai lontano dal suo driver e dal suo minuscolo, inutile, drammatico baldacchino di morte e di angoscia, quelle stanghette ormai rovesciate e spaccate, spappolate sulla pista degli umani, mentre il cavallo immortale, il cavallo senza parola, il cavallo che Zeus aveva regalato a Peleo, il cavallo di Achille, mentre il cavallo immortale, nero, bollente, liscio, grondante, muscoloso, uniforme, beato, mentre il cavallo di Achille volava, volava, volava.

E tutto si spense. Grida esplosero e si rattrappirono immediatamente nel brusio che percorse gli spalti. Il chiacchiericcio riprese assieme a risate, imprecazioni, incomprensibili violente parole e altre risate. Qualche goccia cadde dal cielo. Gli uomini guardarono in alto. Si toccarono i cappotti, si alzarono, scesero i gradoni, rientrarono. Altri salirono in fretta sotto alla copertura studiata da Julio Lafuente e si raccolsero attorno a taccuini e facevano calcoli e qualcuno gridò qualcosa e lui rimase lì fermo, la testa tra le mani, gli occhi ormai sommersi. Singhiozzava e non riusciva a fermarsi. Tremava e singhiozzava. Le lacrime calde venivano giù lungo le guance e s'infilavano sul collo tra la sciarpa e la barba e gorgogliavano nelle orecchie e in gola e scendevano sempre più copiose mentre il corpo improvvisamente enorme e incontrollabile sussultava, rabbrividiva in singhiozzi e non si teneva più, debordava e non permetteva di smettere. Si abbassò tra le gambe, coprendo la testa con le mani e stringendola fra le ginocchia mentre la pioggia veniva giù in uno scroscio. Qualcuno si voltò, salendo per le scale, e subito distolse lo sguardo. C'era il buio nella pozzanghera del suo busto rannicchiato in una posa deforme e gigantesca. Era l'ombra di un mendicante, un reietto, un derelitto attorcigliato dentro il suo paltò. Non riusciva a respirare, cercava di fermarsi, di stringersi e il pianto divenne mostruoso, un urlo soffocato all'inizio, eppoi un grido che scese giù verso la pista mentre lui si liberava della propria stretta per respirare e guardare il cielo, e qualcuno, in basso, assorto in impenetrabili quotidiane officine, si voltò, qualche spettatore, qualche scommettitore, e anche qualche driver che posava il frustino delicatamente sulla pelle fumante del proprio cavallo spingendolo a venir via dall'anello infangato per riportarlo verso le stalle, qualcuno si voltò. E il richiamo del pianto che esplodeva ormai senza freni vibrò nell'aria elettrica. Mentre il cielo si apriva di nuovo e la pioggia ricominciava a cadere nel suo battito lento inutile costante.

«Mi pareva di averla già vista» gli disse l'uomo. Aveva piegato il loden con cura, si lisciava i baffi brizzolati e faceva segno chiamando l'attenzione e il consenso della donna seduta lì accanto a fumare, lo sguardo rivolto verso il muro. «Non tantissimo tempo fa, direi, no?»

«Non lo so» fece il dottore, passando il bicchiere sul labbro superiore e intingendo appena la bocca.

La sala era quasi vuota, ormai. L'ultima corsa era appena terminata. L'assembramento attorno al bancone curvo del bar cresceva e l'aria era densa, il fumo saliva su verso il cemento grigio dei controgradoni di Lafuente, e gli inservienti avevano aperto le vetrate più estreme per lasciar entrare il freddo che tutto pulisce.

«Io non l'ho mai incontrata invece» gli disse la donna. «Ma vengo qui da tre anni soltanto. Ero a Milano, prima. Molto meglio San Siro, sa?»

«Mai stato» fece lui.

«Per favore» disse la donna chiamando il cameriere senza voltarsi. Alzò la mano ingioiellata e fece una smorfia, sgranò gli occhi, ostentò un sorriso: «San Siro è più serio, c'è più classe».

«Ci risiamo» disse l'uomo «Lasci perdere, fa sempre così. Milano contro Roma. Figuriamoci».

Lui rise.

«Ha scommesso, lei, oggi?» domandò di nuovo l'uomo.

«Non sono uno scommettitore».

«Ah no?»

«No. L'ho fatto, certo, in passato, ma senza continuità».

«In che senso?»

«Be', venivo ogni tanto, quando potevo, quando mi era consentito».

«Glielo impedivano? Veniva qui di nascosto?»

«Mah, no, in parte, forse. Da bambino mio zio mi portava, lui correva. Poi dopo tornavo saltuariamente».

«Ma se non era uno scommettitore perché veniva?»

«Prende qualcosa?» disse la donna e lui fece segno di no alzando il bicchiere. «Ecco qui» disse lei spostando un recipiente zeppo di noccioline «Io non le mangio, non posso». Si sfiorò le labbra gonfie con l'indice chiuso da un anello stretto, la pietra verde brillante e le unghie lunghe, colorate di rosso.

«Signora» disse il cameriere. Il dottore passò una banconota sul bancone e fu irremovibile, la donna ringraziò. Fecero toccare i bicchieri. L'altro buttò giù il suo liquore e già ne chiedevano ancora.

«E perché ha smesso, allora?» chiese l'uomo.

«Non ho smesso».

«Ma se ha detto che non veniva più».

«Non venivo più, esatto».

«Devi essere sempre indiscreto?» fece lei mentre il cameriere riempiva un bicchiere di whisky e uno di Pastis eppoi versava l'acqua che si apriva sul liquido bianco in striature opalescenti.

«Il ghiaccio, signori» disse il cameriere avvicinando un vasetto bianco pieno di cubetti e un cucchiaio lungo immerso lì in mezzo.

«Preferisco San Siro, ma amo il rimediaticcio, qui, quella sensazione che tutto stia finendo» disse la signora. Si accese una sigaretta. «Ne volete?» L'uomo del loden ne prese una. Lui estrasse il tabacco e cominciò a lavorare su una cartina.

«Scusatemi» fece l'uomo e si allontanò verso due ragazzi in tuta da ginnastica che lo chiamavano facendo svolazzare fogli in una risatina convulsa.

«Non smette mai. Non riesce a fermarsi. È malato, proprio» disse la donna indicando l'amico. «Lei è di qui? di Roma?»

«Sì» le rispose.

«Non ci siamo neppure presentati».

«No».

«Pensa sia necessario?»

«No, necessario nulla».

«Grazia. Vuole anche il cognome?»

«Come crede».

«E lei?»

«Ippolito». Si strinsero la mano. «Nessuno mi chiama così, però, ormai».

«E come la chiamano?»

L'automobile caracollò sulla via del Mare in direzione Ostia, poi s'infilò sulla corsia che indicava l'inversione di marcia.

Dietro, suonarono il clacson a lungo e la donna alzò la mano imprecando e il dottore indicava a destra dove il cavalcavia portava al ponte di Mezzocammino. Lei non lo ascoltò, blaterava parole di fuoco e si lamentava dei romani e della guida dei romani e della maleducazione dei romani. Frenò d'impeto al semaforo, gli pneumatici si bloccarono, fischiarono sull'asfalto, la macchina sbandò appena e lei scosse il capo e mise la freccia e si assestò di nuovo sulla poltrona di pelle e spostò lo specchietto ancora verso di sé per guardarsi mentre si toccava le labbra e gli zigomi appuntiti e gli occhi dipinti. Di nuovo dietro di lei suonarono. «Maledetti» imprecò e inserì la prima e partì lasciando stridere le gomme in curva e riprendendo la via del Mare in direzione Roma. Dopo qualche centinaio di metri rallentò e curvò all'improvviso verso destra, sotto un ponticello buio dove si vedeva a malapena il cartello blu e la scritta bianca Torrino.

«Non è male, qui, non è affatto male, qui. E questo bar. Vedrai, dottore, vedrai che bello, sembra quasi di essere in Europa».

Guidò ancora per le vie semideserte della sera, mentre i clacson attorno suonavano e le mani dietro i finestrini appannati si contorcevano in gesti espliciti. Parcheggiò di traverso fra due automobili, la ruota anteriore sinistra sul marciapiede. Chiuse di fretta facendo scattare le serrature con il telecomando legato a un lungo portachiavi tintinnante e, senza guardarsi indietro, mentre le frecce della lunga automobile scura lampeggiavano, si avviò ballonzolante, assieme al dottore, oltre l'incrocio. «Guarda, guarda qui» disse alzando le dita inanellate con noncuranza. Vetrate scure scintillavano sotto una luce leggera. L'ingresso era un portoncino metallico nero di fronte a cui stava un uomo in giacca e cravatta. Fece un timido inchino e lei restituì un sorriso. «Vieni, dottore, vieni». L'aria cambiò consistenza, faceva caldo. Il tintinnio delle posate si mescolava a un brusio di fondo, voci basse, candele ai tavoli. «Che fai?» gli chiese voltandosi. Il dottore era rimasto fermo. Aveva un estatico ebete sorriso stampato sul volto. Non smetteva di guardarsi intorno. Tutto sembrava sospeso. Le pareti bianche erano coperte da boiserie di pelle bianca in capitonné e le applique come vetri smerigliati spandevano opaca luce tremolante. I camerieri si aggiravano servendo sushi e piatti di cucina fusion e lei tirò dritta verso il bancone circolare in mezzo alla sala più grande, dove un uomo alla cassa la vide e subito le venne incontro sorridente. In un mezzo inchino le baciò la mano, guardò velocemente il dottore che l'aveva seguita, accennò un sorriso, ritrasse lo sguardo e indicò due poltroncine di pelle bianca alte come piccoli struzzi sul bancone percorso da sotterranee vacue luci bluastre.

«Un whisky doppio per il dottore» fece lei ridendo al ragazzo perfettamente vestito che si era avvicinato per servirli.

«Che whisky, signora?»

«Il mio, grazie. Anch'io doppio».

«Niente ghiaccio, allora?»

«No. E tu, Ippolito? Niente ghiaccio no? E se vuoi altro dillo. Ma non a me».

Si liberò del pellicciotto chiaro e lo posò lì accanto e immediatamente una ragazza in giacca scura si avvicinò per infilarlo su una stampella nel vestibolo.

«Ecco» fece lei e chiamò il bicchiere a un brindisi e senza guardarlo disse «salute» e bevve.

«Cosa mangiano, signori?»

«Un piatto di sushi? Dottor Ippolito dimmi tu».

«Quel che vuoi, non ho fame. Cioè, poca» mormorò bevendo.

«Un piatto misto di sushi. Grande. Lo dividiamo, grazie».

«La barchetta?»

«Oh, quello che volete voi, barchette, zattere, gommoni, quel che volete voi, basta sia misto, un piatto per due, per noi».

Bevve e lo guardò dritto negli occhi e lanciò in aria la mano ricoperta di anelli e disse qualcosa, borbottò, fece un movimento rotatorio della mano, la lasciò cadere sulla gamba del dottore e con forza, con una specie di violenza, la allungò risalendo dal ginocchio verso l'anca. «Ti piace qui?» gli disse. Spinse ancora la mano verso l'anca e con la presa del pollice si mosse verso l'inguine. Poi scoppiò a ridere. «Dico qui, dottore. Ti piace? Ti piace qui?»

«Volta ora» disse lui. «Attenta».

«Ma dove? Se tu volessi invece, potremmo andare da me. Non è lontano. Al centro».

«No. Ho detto no, basta, Grazia, basta!»

«Ma qui dove si va, oh oh, ma dove si va, dottore, dove mi porti?»

«Te l'ho detto. Ecco. Piano però. Attenta. Devi andare piano».

«Che strade. Roma. Ah!» rise, lo guardò, allungò ancora una volta la mano sulla gamba.

«Guida, le mani sul volante, ehi, tieni gli occhi aperti no? Cristo».

«E tu guarda dove dovevo finire. Non si poteva andare da me?»

«No».

«Ma perché?»

«Perché no, ho detto no. Volta lì a destra e segui la sterrata, ma pianissimo, Cristo, non così. Così finiamo nel fiume, oh, porca troia, ascoltami» gridò e lei diede una frenata improvvisa, l'auto scivolò sul brecciolino, andò avanti dritta sulla curva e si fermò tesa con il muso verso il ponte. «Ma Cristo». Lei rideva e lanciava le mani in aria. «Olé, olé» ululava. «Stupida» disse lui a mezza bocca «Gira qui e fermati al parcheggio».

«Dio che posto! Il dottore mi porta nel fiume, sì, sì». Gli si accoccolò sul fianco. «Se solo avessimo fatto».

«Se solo mi avessi lasciato guidare».

«Invece tu».

«Io so guidare».

«Ah, guardati».

Uscirono sul prato zuppo e morbido e lui la trasse a sé verso le scalette di legno. La prefabbricata di Cesare era un traliccio nero nel buio e lei neppure ci fece caso mentre muoveva le gambe a piccoli passi e sembrava dondolare nel fango e lui scuoteva la testa, mugugnava e la trascinava. Le luci dell'Anaconda erano spente e solo i tre lumini sui punti estremi della chiatta brillavano riverberandosi sul Tevere tremolante e nero. Spostò i rami bagnati di cisto e la spinse sul sentiero.

«Ora mi uccidi e mi fai a pezzi, dottore?» la donna rideva «Non ho soldi, qui, eh! Ah ah! E non ho eredi». Dondolando su una gamba e sull'altra, gli tenne dietro e continuò a ridacchiare mentre lui si chinava all'ingresso della chiatta e sbloccava il lucchetto metallico.

«Non ho eredi, dai, lascio tutto a te, dottore».

«Stupida, entra».

«Ah ah stupida io, sì. Guarda che scherzavo».

«Vieni, attenta».

«Scherzavo sugli eredi, ho tre figli, tre maschi. Ti uccideranno».

«Ecco, prego».

Scivolò dentro aprendo le braccia e facendo facce e chiedendo da bere. Le diede un bicchier d'acqua, poi si fermò.

«Su cosa ragioni, dottore? Su un nuovo inizio? Un nuovo incipit?» rise svuotando il bicchier d'acqua.

Lui aprì l'anta del mobiletto bianco, rovistò fra le bottigliette, tirò fuori una scatola, la svuotò, vide il flaconcino dai contorni sbozzati e lo afferrò. «Ecco il tuo whisky» disse.

«Ah ah, hai fatto la collezione in aereo? Hai depredato gli aerei».

«Stupida».

«Sì, sì, proprio così. Stupida, stupida».

Prese un'altra bottiglietta, l'aprì, guardando la donna che allungava la mano verso il bicchiere svuotandoci dentro il liquido ambrato. «Niente ghiaccio, no?» disse lui, si portò la bottiglia alle labbra, bevve tutto d'un fiato e la buttò via, poi accese un mozzicone di sigaretta, diede due tiri e lei beveva e rideva e gli si buttava addosso. Le tenne una mano tra le gambe, mentre fumava.

«Dai dottore, dai dottore, vieni, per favore, vieni».

Schiacciò il mozzicone nel posacenere e mise il braccio sul collo della donna.

«Strozzami, non ho eredi, ah».

«Smettila». Le prese le labbra gonfie tra le dita e lei aprì la bocca, lasciò entrare la mano e la leccò eppoi si spostò goffa sulla sua gamba emettendo un suono soffocato e un risolino, lanciò le braccia sul petto ampio e sollevò il golf pesante, lo spinse verso la barba, lui sentì le unghie passargli sul collo mentre la donna faceva pressione e con le mani come artigli cercava di spogliarlo. Si ritrovò le unghie sull'addome che cercavano una via e infine aprivano a strattoni la camicia, dunque le strinse i polsi, la spostò verso il pavimento, quasi la trascinò verso il letto e sciolse i bottoni della camicia e le infilò le mani tra le gambe e le sfilò le mutande. Affondò il volto tra le cosce flaccide, la morse, lei gridò, gridò più forte, lui le strinse le natiche grosse e cascanti e salì su verso il bacino, le fu accanto. La donna imprecò.

«Zitta. Devi stare zitta».

Lei si allentò la lampo sul fianco e gli si buttò addosso. Il reggiseno tra le dita era una barretta metallica e un intrico di pizzi che lui staccò violentemente facendola gridare di nuovo. Le morse il seno straripante. Il profumo fortissimo adesso era ovunque e sembrava impregnare il letto, la pelle, i capelli e le pareti della chiatta e il fiume e tutti i fiumi del mondo. La donna era rossa in viso e teneva gli occhi chiusi, ma continuava a buttargli le braccia addosso e a un tratto infilò una mano ingioiellata nell'inguine, con violenza lo graffiò, gli strappò i calzoni e gli si gettò sopra baciandolo e con le labbra aperte sull'ombelico, i capelli confusi, un biondo dorato che si spandeva sulla sua pelle dura e sui peli ingrigiti. Rimase così contorcendosi su di lui, finché il dottore non la spostò, la mise supina, le allargò le cosce strizzandole i seni con una mano, le infilò l'altra mano in bocca, poi la passò tra le cosce con un movimento brusco agitandola su e giù con violenza come una spazzola spalancata sull'abisso, dunque le si fece vicino e in un attimo le fu sopra. Lei gridò e lo traeva contro di sé, muoveva il bacino e lo stringeva con entrambe le braccia, lo lasciava e lo agguantava e lo stringeva e il suono del suo godimento era un suono basso, cavernoso, improvvisamente diverso, come venisse da impossibili ancestrali profondità.

«Cagna, sei una lurida cagna».

Lei rantolava e si spostava, non riusciva a restare ferma, muggiva, venne presa da una frenesia, si mosse da ogni parte come impazzita finché lui non le prese il volto con una mano, lo tenne fermo e dopo poco la schiaffeggiò.

«Cagna».

Lei gridò. «Sì cagna, la tua cagna, ancora dottore, ancora». Muggì un suono mostruoso e gridò e continuava a gridare e il suono cavernoso intervallava le grida e le parole e lui le mise una mano davanti alla bocca e di nuovo lasciò partire la mano contro la sua bocca spalancata e bagnata, fremente.

«Sì, dio, sì, dottore, picchiami, sono la tua schiava» riprese a gridare e a imprecare parole incomprensibili, mentre lui ancora le chiudeva la bocca e si fermava e lei implorava e chiedeva, muggiva e lui le copriva la bocca e la schiaffeggiava e le diceva ancora una volta di tacere. Dunque riprendeva e si fermava di nuovo e lei si alzava con il bacino tremolante formando un arco e lui la riabbassava sul letto spingendola e liberandole la bocca per strizzarle i seni eppoi riabbandonarli a se stessi e alla forza di gravità. «Mi fai morire, mi fai morire, sì» gridò lei e muggì e fremette di orribili paurose convulsioni, mentre lui digrignava e le diceva «putrido essere informe» e mentre lei tentava di rispondere qualcosa le sbarrò di nuovo la bocca e si fermò come sospeso e pronto a spingere di nuovo contro il corpo elettrizzato e schiavo e in quel momento, senza preavviso, qualcosa accadde, un suono, un grido, un latrato da qualche parte fuori di lì, o forse uno spostamento della chiatta sul fiume, cime che si tendevano, spazi confusi, trattenuti, dilatati. Lui allungò il collo in una posa assurda, bloccò il petto, i polmoni, le sbarrò la bocca come per soffocarla e rimase immobile, immobile come se stessero per vederlo e spararegli.

«Zitta, sss, sta' zitta, Cristo, zitta sul serio, c'è qualcuno».

La donna gli strinse il polso e con l'altra mano lo spinse verso di sé e cercò di sottrarsi alla mano serrata sul volto paonazzo, mugolò qualcosa e si liberò toccandosi le labbra come per controllare che fossero ancora intatte. Ansimava.

«Zitta, sta' zitta, non scherzo, sta' zitta».

La donna si fermò. Era una maschera di rimmel decaduto slabbrato informe, matite e trucchi decomposti, lacrime, sudore, liquidi impiastricciati sulle guance violacee.

Per un attimo fu silenzio. Lui tese ancora di più la schiena e si raccolse per sferrare un balzo e cercò di sentire i rumori fuori. C'era il fiume che scorreva, il sottofondo di motori sul raccordo, nient'altro.

«Che devi fare, dottore? Sei matto?»

«Sss. Dimmi se senti qualcosa. Sss, per favore. Aiutami».

Le mise di nuovo la mano sulla bocca e così la tenne per qualche secondo poi, nel silenzio assoluto di secondi interi, lentissimi, eterni, si distolse, abbassò il collo, si piegò su se stesso e ricominciò a spingere e lei debolmente riprese a mugolare. «Cristo, Cristo, Cristo» disse lui. «La vedremo, la vedremo» ripeté, poi la voltò sul fianco e lei gridò di nuovo abbandonata e ferita e estatica mentre lui la sculacciava. Osservò le mani e gli anelli sul suo petto sudato, poi il seno di lei adagiato sul letto, allora, da dietro, le si mise a cavalcioni e le morse il collo, prese un lenzuolo e la coprì, coprì i capelli, la pelle, il seno che sbucava sul materasso, le braccia, coprì tutto, «cagna» disse, le diede un colpo sulla natica, gliene diede un altro, la coprì fin sulla schiena e si mosse velocissimo e in un momento era altro da sé, altrove, era il corpo lucido e muscoloso e giovane e forte, il corpo slanciato e fiero, potente e muscoloso di quell'unico solo cavallo che distanziava ogni altro essere vivente e si sollevava sul fango e sulla palude in un irresistibile eterno galoppo. Lanciò un grido soffocato e le cadde sulla schiena.

***

Il grido lacerò l'aria. Lui sbatté contro il fianco della chiatta e aprì gli occhi. Nel buio mosse le braccia a tentoni, poi sentì il legno e ritrovò il cuscino. Che stai facendo? disse a se stesso. Ho gridato io? Si mise a sedere e si stropicciò le palpebre arroventate. Chi cazzo? Scosse il capo. Sgranò gli occhi e la vide lì. Cristo, mormorò, Cristo di un ebete coglione. Si lasciò cadere sul fianco. Rimase a guardare il corpo che si muoveva seguendo il roco respiro nella penombra, la pelle percorsa da linee rugose fra l'ascella e il seno che straripava sul lenzuolo. Si avvicinò a studiare le labbra, cercò di vedere la natura del gonfiore prodotta dal botulino, l'innaturale pelle tesa e asimmetrica della chirurgia plastica invecchiata. Passò una mano sotto un ciuffo di capelli, erano capelli rovinati dalle tinture e di una consistenza strana, quasi di bambola. Seguì il contorno delle gambe stravaccate aperte sul materasso ancora umido. Cristo, disse, stringendosi le tempie. Poi si distaccò dal fianco di legno, si tirò su in piedi, e la scosse. Sentì un sibilo e una specie di breve rantolo.

Percorse il perimetro della chiatta, il profumo dolciastro e limonato era ovunque. Scostò la tendina sull'oblò grande accanto al tavolinetto e si affacciò. Il fiume era melmoso e spumeggiante nel bianco ancora scuro dell'alba. Guardò l'ora. Quasi le sei. Si mise in ascolto. Nulla. Fece due passi sull'impiantito, salì le scalette silenziosamente e aprì la porta spingendola appena e il freddo era intenso, fortissimo. Un vento umido e teso spazzava il fiume da nord. Rientrò. Il profumo dolciastro disgustoso. La scosse di nuovo. «Alzati». Blaterò qualcosa di incomprensibile. «Alzati, Grazia, alzati» le disse scuotendola forte. «Non puoi dormire qui».

Il motore sferragliò, la frizione si lasciò sfuggire la morsa, le ruote slittarono, poi un rumore sordo e metallico diede uno scossone e gli pneumatici fecero presa nell'erba bagnata. I fari tagliarono il buio e l'automobile si mosse in una curva stretta e prese la sterrata ballonzolando sulle buche e arrancando salì su fino a passare sotto il ponte e riprendere la strada seguendo le indicazioni che lui meticolosamente le aveva offerto. La luce dell'alba stava cominciando a diffondersi sul fiume e sui contorni delle strade e del canneto e anche sulla sagoma della macchia di canne che s'innalzavano sull'altra riva del fiume coprendo i quartieri in costruzione a sud-ovest del Torrino. Rimase fermo a guardarsi intorno e a respirare l'umidità dei campi. Poi si piegò su se stesso e si chinò. Cristo di un coglione, disse, mentre si lasciava cadere sulle ginocchia e si metteva in posizione, prono verso terra, aprendo la bocca e tenendosi la fronte come se volesse uscire da se stesso. Un gorgoglio mostruoso percorse l'intestino e lo stomaco si aprì e l'esofago s'infiammò e sul prato cominciò a svuotarsi in un'esalazione di liquidi in cui rotolavano pezzi nauseabondi di pasti lontani. Vomitò tre volte e quando non c'era che da sputare il proprio disgusto si rimise in piedi, sbuffò e si pulì le braccia e si guardò le mani. Camminò verso la chiatta lentamente. Aveva le lacrime agli occhi per lo sforzo e si guardava attorno. Quando fu di fronte alla passerella fissata bene in terra, si fermò, scosse il capo, si mosse di nuovo, tirò dritto oltre i cespugli di cisto e si trovò di fronte al casotto di lamiera. Studiò il terreno con uno sguardo veloce. Passò intorno alle pareti metalliche. La luce del cielo illuminava la terra zuppa e l'erba luccicante di rugiada e umidità e pioggia. Non c'era nulla. Tornò indietro. Dentro, nel tepore impregnato di profumo dolciastro, ebbe un sussulto, si spogliò. Si mise a controllare meticolosamente la pelle arrossata sul petto, studiava i segni sull'anca, i contorni bluastri come di spugna sul collo e sulla spalla, cercò sul dorso e anche sul palmo delle mani. Poi entrò nel bagnetto, aprì l'acqua pompandola con un movimento deciso e si tirò addosso una secchiata gelida. S'insaponò. Si sciacquò. S'insaponò una seconda volta e si pulì dal sapone passando sulla pelle un guanto di corda, un guanto duro ispido fibroso. La pelle si arrossava ovunque, i segni si confondevano nell'arrossarsi di tutta la pelle e lui insisteva, faceva pressione, finché non sentì bruciare, bruciare ovunque in una compatta uniforme bruciatura e allora continuò a passare il guanto sulle gambe e sulle braccia fino al collo, fino a che la bruciatura parve tendere la pelle al punto che sarebbe bastato poco perché si spaccasse e esplodesse in un unico movimento di ritrazione. Allora si tirò addosso un'altra secchiata d'acqua, e s'immerse in un enorme asciugamano bianco.

Parte seconda

Fuga

Quando si accetta la regola della morte,
«non devi uccidere» è un comandamento
obbedito con facilità e naturalezza.
Ma se un uomo è ancora in rivolta contro la morte,
gode nell'attribuirsi uno degli attributi divini,
quello d'impartirla.

Ernest Hemingway, *Morte nel pomeriggio*

Uno

27 agosto 2012

Quello che non abbiamo preso lo portiamo

Per qualche secondo è impossibile capire cosa sia. Ondeggia informe contro un cielo talmente caldo che sembra diafano. Si muove lateralmente, non cade giù, si confonde nel brillio di rami fruscianti a cadenze irregolari di vento leggerissimo. Riappare, volteggia, ballonzola quasi immobile poi ha un sussulto e s'infila nell'aria di taglio e senza più tornare indietro viene via sul fianco e si avvicina e finisce in terra tra l'erba e solo allora capisco che cos'è. Sul foglio tagliato per un quarto, il disegno è costituito da un fondo di linee confuse rosse che prima tirano in alto e in basso, poi cominciano a intrecciarsi nel senso opposto e infine diventano uno scarabocchio rotondeggiante. Lo osservo senza raccoglierlo. Dev'essere la terra – penso – e quello è mare, quelle linee blu abbandonate per la noia della mano scontrosa e sopra probabilmente è il sole, qualche raggio di sole, ma una parte non c'è più, è venuta via, tagliata dalla mano che è arrivata dopo impugnando le forbici. Nessun segno ulteriore, no, non ce ne sono. Ma da dove è venuto giù? da dove è caduto? questo è il mistero. Il sole si schianta sul pezzo di carta bianca in terra fra l'erba rada e bruciata e rimbalza sul bianco e acceca. Spostandosi si intuisce ancora il disegno della matita rossa, la matita rossa scelta dalle piccole dita impazienti al posto di quella marrone che probabilmente non c'era o le è sfuggita. S'intravedono anche i deboli segni di cielo ma i raggi interrotti dalla forbice sono confusi nella luce abbacinante. Non posso alzarmi, non posso. Guardo lì, incantato, il mistero del foglio che è venuto giù. Intanto un silenzio assoluto si è impossessato del giardino. Nessun rombo dalla curva, nessun ronzio, neanche il vento. Sembra che la natura si stia ritirando, sembra l'eclissi solare di quattro anni fa e io che aspettavo il buio e invece fui sconcertato dal silenzio, la natura che moriva, uccelli che sembravano dissolversi.

«Ehi, ma non senti?» diceva Anna.

«No, non sento. Cosa devo sentire?»

«Guarda, guarda il mare. È livido».

«Ma che dici?»

«Non ti sembra una luce elettrica? Non vedi che è tutto improvvisamente diverso?»

«Lasciami guardare, lasciami un attimo».

Il mare che sembrava piatto e un'ombra che saliva, ma non erano nuvole, non era nebbia, era solo la natura che si rintanava, finché cani latrarono dietro le dune, si alzarono ululi improvvisi che parevano lupi, un accavallarsi di spiriti, un beccheggiare spaurito, poi il silenzio definitivo e il respiro del mondo e l'eclissi che sembrava risucchiare ogni speranza di futuro.

Ci sporgemmo sui teli piantati nella sabbia. Il vento era calato d'un tratto e il buio s'impossessò della spiaggia, uomini e donne avanzarono sul bagnasciuga come automi e noi restammo immobili spettatori di fronte al silenzio spettrale di una cupezza inaudita. Quel buio ombroso, quella luce spenta, un'alba senza possibilità di sogno, un momento sospeso sul nulla, un atroce senso di smarrimento. E io che le toccavo la pancia e dicevo «la vita c'è, c'è eccome, chissà se lei se n'è accorta, chissà se lei sente che tutto qui è improvvisamente cambiato».

«Forse lo sente, sai? Forse lo sente» mormorava Anna stringendomisi accanto e ci abbracciammo nella penombra immobile e impressionante di un mondo che pareva morire.

C'è qualcosa di quell'eclissi forse in questi istanti gelidi nel pieno dell'estate? Manca la luce anche adesso ma non è quell'atmosfera elettrica e quell'ombra blu e l'improvviso fresco. Anche il silenzio dura poco. Da qualche parte sento una porta sbattere, il clangore di un cancello metallico, e mi accorgo che una ventata risolleva il foglio, avvicinandolo definitivamente al tronco mozzato dei pini. Allora mi tiro su, mi faccio coraggio, tre passi, quattro, saltello, afferro il pezzo di carta e osservo il disegno tracciato dalla piccola mano ribelle. È proprio come lo avevo immaginato, come mi era parso di vederlo mentre si fermava tra l'erba prima di voltarsi e diventare un ricettacolo del sole sconcertante di fine agosto.

«Escono tutti, resti tu, Pip?» «Sono impegnato». «Eh, lo vedo, ma ti comporti bene?» «Sì, mamma». «Di là c'è Claudino che sta zappando l'orto, se ti serve qualcosa vai da lui, noi torniamo fra una mezzoretta». «Ok». «Ma sei sicuro?» «Sì». Fingo di non guardarli mentre riempiono il retro della 131 bianca. Sento il motore che si accende e romba e io rovisto nella terra. Appena il cancello si richiude, emergo dalla buca e vado al pozzetto a lavarmi le mani poi mi avvicino al breve muro a secco che è stato ripristinato con molte mani di calce sotto alla vite americana, passo le dita sulle tavole del ping pong sbrecciate e salgo su verso l'orto. Claudino è piegato tra le file di piante di pomodori, ha gambe nodose, il tronco perfettamente piegato a novanta gradi e si sente soltanto il rumore regolare del falcetto che taglia via le erbacce. Mi avvicino in silenzio e quando gli sono accanto lui mi guarda con occhi scintillanti, alza la testa e ride e gli occhi sembrano volteggiare nelle orbite come palline bianche e le pupille scintillano nere. Passa il dorso di una mano contro la fronte, si pulisce il sudore e dice «Allora, come va con la buchetta?» Gli domando se può venire a controllare e lui dice di sì e mi dà una piccola pacca sulla spalla. «Com'è Roma? Com'è Roma, quest'anno?» «Bella» faccio io. «Come sempre». «Dev'essere cambiata, però. Io ero lì tanti anni fa, nel 1964, per il servizio militare, prendevo sempre il tram, c'è ancora il tram, la circolare?» «Credo di sì. Non lo so» dico. «Eh già, poi è grande, grande, Roma, chissà quante macchine e tu sei piccolo, mica puoi girare da solo, vero? Lì mica si gira da soli, vero?» «No, ogni tanto vado da solo. A scuola vado da solo». «Bravo, bravo, che scuola fai? Che classe fai?» «La seconda elementare». «Bravo, eh, molto bravo, anch'io l'ho fatta, difficile eh! Difficile. Si scrive, si conta». «Ecco la buca» dico io e lui abbassa la testa, poi si china sulle gambe di muscoli oblunghi, rovista nella terra, scruta dentro come se fosse un luogo magico, come se lo annusasse. «Una bella buca hai fatto, ma troppo profonda, adesso bisogna bagnarla, poi rimettere

un po' di terra. Vuoi che ti aiuto?» «No no, lo faccio io». «Bagni bene, aggiungi un po' di terra, bagni di nuovo, poi quando riempiendo la buca arrivi qui, ecco, vedi? Qui metti i pinoli. Questo è il punto perfetto, qui crescono bene, vedrai». «D'accordo» dico. Si tira su. In piedi è bassissimo. Mi guarda con occhi roteanti che scintillano, brillano, fiammeggiano. «La circolare mi portava giù e su. Giù e su. Avanti e indietro per Roma» traccia circoli nell'aria e lancia sguardi immaginifici. «E Trastevere? Ci si può andare a Trastevere ora? Era bello ma pericoloso, la sera. Solo a pranzo. Ci andavamo a pranzo, in licenza. Voi ci andate?» «No, io no, non lo so». «Roma, che città Roma», guarda lontano nella valle verde, mi dà un piccolo strattone mentre s'incammina indietro verso l'orto. Lo seguo per qualche metro mentre continua a bisbigliare, poi devio verso il pozzetto.

Se puoi credere che questa sono io, puoi anche credere che questo sei tu e questi siamo noi, noi, noi, noi, capisci? capisci? capisci? tu, non ti entra in testa che questi siamo noi e che c'è un noi e siccome pensi sempre che ci sia un io e un io e un io, allora dimentichi che esiste un noi, ma è il noi che fa tutto, è il noi che dà la forza, il noi, non il tu o l'io, e tu non lo capisci ma è tardi, tardi e non lo capirai mai, perché dovresti capirlo? Fai tutto facile tu, tutto facile. Pensi sia scontato il resto, sempre scontato, e io non ne posso più. Come posso trovare la forza? Mai un gesto mai una carezza mai un'attenzione mai mai mai, tutto da solo deve venire, tutto da me? Ma non vedi gli altri? Guardati in giro, come funziona il mondo. Pensi che io possa sopportare da sola una cosa così? Tu non ci sei, non ci sei mai. Forte lui, forte, bello, bellissimo. Ma certo che sei bello, bello e misterioso, mi piaci sempre, mi sei sempre piaciuto, ti ho amato come pochi e ora? Anni anni e anni di amore e devozione per cosa? Per cosa? Per ritrovarmi nel momento più difficile senza una carezza, senza un bacio, senza un'attenzione che sia una, senza, che so? una sorpresa? un'idea? Sorprendimi, no? Sorprendimi. Basta qualsiasi cosa. Una novità. Un piccolo tentativo di cambiare questa quotidianità orribile. Ma non hai nulla, tu, non sei nulla, a chi parlo? Stai zitto? Devo passare un intero mese così? Un mese intero in questa tua casa di ricordi. Siamo solo all'inizio e c'è un intero agosto davanti. Tutto agosto qui a pensare al male che si sta diffondendo? A pensare alla tragedia che ci sta distruggendo? Non rispondi? Non hai paura tu? Non ti scuote nulla? E il male lo dimentichi, vero? Neppure questo, neppure tutto questo. Lui no, lui è forte, duro, nulla lo scalfisce. Certo. Sai perché? Non è difficile sapere perché. Perché te ne freghi. Pensi alle cose tue. Ti rintani in quella fogna che è la tua piccola piccola microscopica vita e di noi te ne freghi, a noi non pensi, non ci pensi mai mai e mai, sennò faresti qualcosa, faresti qualcosa ogni tanto, non vedi come sto? Sono isterica? Questo credi? Certo, pensala come ti pare. Sono malata? Vuoi che beva anch'io come te? Una schifosa alcolista come te? Vuoi che mi addormenti beata anche io per una magnifica notte senza sogni in cui nessun pianto mi possa svegliare? Che uomo sei? Che uomo sei? Che uomo è uno che fa così? Mi vuoi far ricoverare, internare, imprigionare per sempre? Sei tu che dovresti chiedere il ricovero. Tu non hai soglia di dolore, tu non hai capacità di ascoltare gli altri, tu sei insensibile, duro, brusco, incapace di capire e sentire, tu non sai neppure cosa sia l'empatia, l'empatia, conosci solo la parola, solo la parola ma non sai di che si tratta, tu, ma che uomo sei? Sei un uomo? Che fai ora? Mi vuoi picchiare? Mi guardi adesso? Vieni, dai, vieni qua, picchiami, fammi male, dai, divertiti, poi saremo in due ad aver bisogno delle tue cure amorevoli, così ci guarderai con pena eh. Ah! Già pena hai? Hai già pena? Ridi? Che cazzo ridi? Che cazzo ridi? Che cazzo ridi? Tu sei un mostro un mostro un mostro e io non riesco, non so, oddio, ma come è possibile, un mostro, un mostro schifoso, una persona no, no, sei un animale, sei un mostro, stammi lontano, stammi lontano, non ti avvicinare, giuro, chiamo la polizia, oddio, sì, chiamo la polizia, ti denuncio, ti denuncio, mi fai schifo, mi fai schifo, mi repelli, lo capisci? Sparisci, scompari, non voglio mai più vederti, no, oddio, mai più, non voglio mai più vederti, ho lo schifo, lo schifo in gola, devi uscire di qui, esci, esci, esci di qui, via via via. Via ti prego, ti prego lasciami in pace, ti prego ti prego ti prego fai questo per me, ecco, bravo, grazie, eccolo lui, grazie, bravo vattene vattene vattene oddio oddio che orrore oddio oddio che orrore oddio.

Forse, mi ripeto, è proprio questo che ha cercato di ritrarre. Osservo il disegno una volta ancora. Faccio due passi indietro e cerco il mare all'orizzonte, lo spicchio sottilissimo di mare e la distesa di alberi attorno, la valle inondata di verde. Mi allontano un po', mi volto, a grandi passi mi muovo verso la scala intagliata nel muro di pietra e salgo su. Il punto in cui il foglio è atterrato è quello, e questo è il punto da cui è caduto, non può che essere caduto da qui. E dev'esserci un equilibrio nel cosmo, una specie di complessiva armonia che regola ogni rapporto. Non c'è nessuno oltre a me, ora. Sono solo in casa, eppure il foglio volava, quel pezzo di foglio volava e, seguendo un imperscrutabile disegno, volteggiava, fingeva di tornare indietro eppoi planava e durante la planata, improvvisamente spinto da un refolo di vento, partiva in un lungo balzo verso il punto in cui una volta gradini di legno scendevano giù nel dirupo. Il punto magico della casa. E qui, qui è da dove è partito e quello è il mare del disegno e ecco la distesa rossa ossia marrone. Cosa vuole dirmi questo disegno? Accucciato sotto il leccio, dall'alto del primo terrazzamento che un tempo mani contadine crearono per coltivare vigne, guardo l'orizzonte. Nello spicchio di mare sta passando una minuscola barca a vela bianca, sembra tutta bianca ma è solo un puntino microscopico, un minuscolo punto e chissà chi c'è a bordo. Sul filo del mare ondulato emerge il lembo di terra dove erano le tonnare. Ecco, quel lembo forse è scomparso nella parte mancante del disegno, dev'essere così, possibile che sia così. Che io debba andare alla tonnara? O forse non sto vedendo le cose più vicine. Fermati su ciò che è vicino. Le cose più vicine che non vediamo mai. Ecco. Attento: ricordati sempre di guardare le cose più vicine. Cosa manca oltre il segmento ritagliato? Chi ha operato questo taglio? La piccola mano che io porterò all'altare? La piccola mano della mia regina? Forse mancano gli alberi, certo, sul limitare delle scale di legno che una volta accompagnavano giù nel dirupo. Guardo dritto davanti a me, in basso, tra le siepi di corbezzolo e di mirto, dove si aggrovigliano un solanum in fiore e un'edera idiota. O forse è qui, da dove la mano tenace e ribelle è partita per disegnare una risposta. Una risposta per me. Non si sente nulla, di nuovo nulla. Ma non è il gelo dell'eclissi. Non è affatto la giornata in cui il sole cadde in mare. Non è affatto quella.

«Non esagerare, lì, eh! Mai troppa acqua» scuote il giornale. «Perché non troppo, papo? Claudino mi ha detto di annaffiare. L'acqua fa crescere la pianta no?» «Certo, ma solo poca, sennò annega. Tu quanto bevi?» «Io bevo tanto». «Non tantissimo, mai troppo. Se io ti metto a testa in giù, ora, guarda, ah» ride, mi tira la testa indietro e la abbassa leggermente tra le gambe e mi apre la bocca, «poi infilo qui un tubo d'acqua e apro forte, proviamo?» «No no no» rido, mi divincolo «no no non si può». «Ma scherzo, Pip. Così funziona per le piante. Bevono quando hanno sete. E non quando c'è il sole. Bevono di mattina e di sera, quando il sole non c'è» «Però io, papo, io sai, quando c'è il sole c'ho più sete. E se c'ho sete si vede e subito voglio bere. Ora lì, lì, hai visto la terra secca secca dura? Ecco. Magari hanno sete». «Ma loro sono sotto, no? Li vedi tu? Li vedi lì sotto che vogliono bere? No. Perché sono sotto la terra. Stai tranquillo. Non dar troppa acqua. Il troppo stroppia, il troppo stroppia, il troppo stroppia» ripete cantilenante e mi fa il solletico e io rido, mi contorco, sfuggo dalle sue ginocchia, corro verso il prato secco e mi butto disteso e gli grido «papo, papo, ti ricordi di quando qui c'era il bunker, di quando abbiamo fatto il bunker, ti ricordi?»

Ti ricordi, ti ricordi di quando di quando io ero grande?

Di quando eri grande?

Sì, sì, una volta, una volta io ero grande e sono andata a scuola, lo sai? E scrivevo scrivevo scrivevo.

E che scrivevi?

Scrivevo scrivevo scrivevo. Che ero brava, che ero andata, allora, ero andata. Sai dove?

Dove?

Indovina.

Come faccio? Aiutami.

Allora. Lo sai. Lo sai quel posto che ho scoperto io, io?

Che hai scoperto tu? Quale posto?

Io, quel posto alto alto alto.
No, alto quanto?
Alto alto alto. Alto come il cielo.
Come il cielo?
Come il cielo di notte.
Ah, di notte. E perché di notte? Che c'è di notte?
Tutti, tutti, tutti dormono tutti dormono ma i bambini.
Che fanno i bambini?
Eh, i bambini i bambini in un posto.
Dove vanno i bambini?
Indovina, papo, dai, indovina.
I bambini vanno a letto.
No, no, no. In un posto alto, alto, gigantico.
Ah, mi sa che ho capito.
Che?
Lo dico?
Sì sì sì sì.
Vieni qui, però.
No, io qui, io qui, tu. Che posto?
Nella televisione.
No, no, no.
E allora dove?
È un posto alto.
Ma non è il cielo?
Noooo. È alto alto alto come il cielo.
E che altro c'è?
C'è c'è c'è. Animali!
Ah ho capito. Sì sì! Ma che fai, ti copri la bocca? Vieni qui.
Indovina, papo, indovina.
Lo so.
Che posto?
Lo dico?
Sì.
Il circo.
Sì sì sì sì sì.
Il circo. Vieni qui, corri.
Quando, quando vienono quelli del circo? Andiamo? Andiamo?

Scendo saltellando, raccatto il tavolinetto sbrecciato e lo porto su. La scena si ricompone in un attimo. Manca solo mio padre e qualcosa da bere. Torno giù, volto dietro l'angolo di bianco incandescente, la pergola rarefatta, l'ombra a spicchi, entro in casa, apro il frigorifero, immergo una mano nel gelo verso la bottiglietta di chinotto, poi indugio, mi fermo, sospiro, scivolo giù verso la bottiglia grande, passo il dito sulla superficie opaca di freddo, minuscole goccioline si formano accanto all'impronta del dito e cominciano a correre giù. «Non tenere il frigorifero aperto, vuoi che te lo ridica ancora». Mi alzo ipnotizzato, guardo attorno, la casa è vuota, non si sente nulla. «Affanculo» mormoro, «affanculo». Afferro un bicchiere, esco di nuovo nel caldo, le cicale cantano dalla valle verde e volto di nuovo oltre il tavolo tondo, salgo le scale e mi metto a sedere. C'era sempre la *Settimana Enigmistica* qui accanto alla sdraio di mio padre. Ma non ci sono enigmi tranne quelli della Sfinge, gli enigmi mortali della Sfinge. Gli enigmi che uccidevano chi non riusciva a risolverli. E come morì Omero? I giovani tornati dalla pesca, eccoli che arrivano. Gli dicono: «Quel che abbiamo preso lo abbiamo lasciato. Quel che non abbiamo preso lo portiamo». Sei cieco Omero. Perché ti affanni tanto a cercare spiegazioni? Le cose più vicine, le cose più vicine devi cercare. I pidocchi. I pidocchi, Omero. Pescano pesci e li buttano via? No, no, no, non pesci ma pidocchi. Al largo a spidocchiarsi. I pidocchi che hanno preso li hanno gettati via e quelli che non hanno preso se li portano nei capelli. Fai così anche tu, cristoddio, fai così anche tu ora – mi ripeto. Guarda le cose più vicine. Guarda le cose più vicine. Allora: tavolino, sdraio, bicchiere pieno. Alzo la testa. C'è un'imbarcazione scura, adesso, nello spicchio di mare del disegno. E probabilmente va a motore. Il mare sembra una lastra. Mi volto. La spianata lì di fianco è cambiata così tanto dall'anno in cui tirarono su lo stendipanni. Può essere questa la risposta all'enigma? Lo scarto? No, non è possibile, no, non può essere. La mia piccola non ne sa nulla. Bevo, sento l'alcol scendere giù per la gola, bruciare l'esofago, scaldare le budella. Sacra sacra sacra bevanda. Riempio ancora il bicchiere. Le cicale cantano e il loro canto pare un muggito a tal punto esplode nell'aria sbiadita, nella cappa di caldo di questa fine di estate. Mi pare che il muggito salga e salga e salga e si abbarbichi attorno ai colli che mi sovrastano. Chiudo gli occhi un attimo. Sento il rombo di un'automobile che si avvicina. Poi si allontana subito, ancora più velocemente di quanto immaginassi. Il latrato di un cane ne richiama un altro e dalla statale sale lo stridio di freni lungo la curva. Riprendo il disegno in mano e senza guardarlo faccio passare le dita sul foglio. I segni della matita, la leggerissima protuberanza del pastello, l'estremità seghettata dalla forbice di plastica, una forbice che non può ferire.

Adesso è il momento della... Indovina.

No papo no.

Indovina.

Lo so, no no e no.

Ma dai che sei brava. È una medicina buona questa. Niente iniezioni. Corri, vieni, corri. Ma dov'è? Dov'è la regina?

Eh, sì, io, io. Regina del circo.

E il premio? Il premio per la medicina?

Atalena.

Altalena, altalena, con la elle. Va bene, altalena finché vuoi.

E e e tu, tu, papo, mi spingi fino altissimo?

Certo.

Mi spingi fino in cielo?

Certo. Tantissimo, fino a quando vuoi tu.

Però non mi fai male ora?

No, nessun male, corri qui, andiamo, tanto sei grande.

Sono grande grande? Grande quanto? Grande così?

Seguo mia madre verso il casotto di lamiera che scintilla nel sole. Avanza su quello che assomiglia a un sentiero tra l'erba alta che Claudino deve ancora falciare. «Se vuoi, puoi venire qui anche da solo» dice. «Ma ascolta bene. La chiave resta attaccata, vedi?» Allarga le dita lunghe sul chiavistello, dà un giro, abbassa la ma-

niglia e si sente un cigolio, un rumore cavernoso e la lamiera fa come per staccarsi, rimbalza su se stessa, echeggia sull'assito di cemento. Il caldo dentro è pieno di un odore fortissimo, vernice, arnesi, cavi, cinghie. «Vediamo se c'è qualcosa che fa al caso tuo. Guardati intorno». Giriamo tra secchi, pile di mattonelle non utilizzate, mattoni rosso sbiadito, sacchi semiaperti. In un angolo gli attrezzi da giardino. «Forse posso prendere una mattonella, mamma?» «Certo che puoi, prendila». «Così ci scrivo sopra gli avvertimenti». «Certo, mi pare una magnifica idea. Prendi una di quelle bianche allora». Mi chino sulla pila, una lucertola sbuca e corre e io balzo su e lei si volta in fretta. «Che succede?» «Nulla, una lucertola». «Ecco, vedi, comunque tu quando vieni qui, se ci vieni, avverti, e stai sempre attento a dove metti i piedi e le mani. Non entra nessun animale pericoloso, non dovrebbe, ma può succedere. Può capitare che ci sia un topo o un serpente. Bisogna fare attenzione». «Va bene, mamma, va bene». Mi fa strada e quando usciamo nel sole la luce ci acceca. Restiamo fermi qualche secondo sullo scalino accennato tra l'erba alta che comincia a ingiallirsi. «Mai mai mai di notte qui. Posso fidarmi? Ehi, dico a te. Qui mai di notte, va bene?» «Va bene».

Andrà tutto bene, devi stare tranquilla, amore mio, io vedo tutto, vedo tutto, tu pensi che io sia insensibile, me lo ripeti in continuazione, ma cerca di capire almeno questo: io non posso passare la giornata a difendermi. Credi che io sia felice? Pensi che per me sia facile? No, Cristo, no, no e no. Sto solo cercando di far sì che le cose siano belle. È un'estate dura ma andrà tutto bene, vedrai. Eppoi noi possiamo pensare che ora tutto sia solo quel che è, no? Un agosto magnifico, giornate splendide, un sole caldo che ci prepara all'inverno. Sono stati mesi duri ma adesso? Guarda, ormai credo siano mature le more, ne ho viste per la strada della spiaggia, quelle che erano rimaste tra i rovi, inaccessibili, ecco, erano belle, morbide, succose. Io dico che domani dovremmo andare a raccogliere le more. È qualcosa di unico. Mi ricordo che i miei fratelli si annoiavano. Io da bambino non mi annoiavo affatto. Andavo su con mia madre. Ne raccoglievamo tantissime. Su in cima, la strada una volta era sterrata. Non saliva nessuno. Così, bastava camminare una mezzoretta e, vicino alla piccola chiesa di Santa Rita i cespugli erano pieni di more anche alla mia altezza. Nessuno era passato a fare razzia. Mia madre prendeva quelle in alto, io quelle in basso, riempivamo cesti enormi e venivamo giù e mio padre era felice. Io avrei voluto che venisse pure lui ma lui si annoiava, diceva che nulla era peggio che raccogliere more, poi però quando arrivavamo giù con il cesto pieno rideva e cominciava a dire che non vedeva l'ora della marmellata. Mia madre ci si metteva subito, tirava fuori un pentolone di quelli antichi. Be', mi ricordo tutto perfettamente, lo zucchero, il passino e gli scarti e gli scarti mica si buttavano. Ci facevamo un'altra conserva e io e mio padre cominciavamo già a mangiare quella, nelle mattine, mattine più ombrose, come ora, il sole che già si sposta e gira dietro il leccio, hai visto? In quelle mattine bruscavamo il pane sulle gratelle nere di fuoco, poi lo ricoprivamo di burro e scarti di more e mia madre era felice, anche lei ne prendeva, ma sempre di meno, perché voleva lasciarlo a noi, il più possibile a noi. Riempiva barattoli, scriveva etichette con la sua grafia perfetta, il luogo dove avevamo colto le more, l'anno, tutto ben descritto, tutto per preparare l'inverno. E noi mangiavamo i primi barattoli, gli scarti, e eravamo felici. Sai quanto è bello questo per un bambino? Mangiare la marmellata delle more che hai colto. Vogliamo farlo anche noi con la nostra piccola regina? Lo so che ti piacerà. Piacerà a te e piacerà a lei. Andiamo tutti insieme, per favore. Vieni anche tu. Sarà una cosa bella. Ecco. Io credo che queste siano le cose belle. Mi dispiace tantissimo che tu pensi sempre male di me, ma io sono qui, sono sempre qui, dalla mattina alla sera, se non parlo è perché sono fatto così, ma tu lo sai, lo sapevi, lo sapevi da sempre. Eppoi cosa dovrei dire? Cosa devo dire? Non c'è nulla da dire, capisci? Certe volte c'è così poco da dire che diventa nulla eppoi ti accorgi che non dire nulla era l'unica cosa giusta. Ieri, per esempio, non trovi che ci siano state cose bellissime? Non è stato un bel ferragosto, ieri? Non te ne scordare, dai. È stato un ferragosto magnifico. Vieni qui. Cerca di stare tranquilla. È molto importante. Importantissimo. Io credo che anche tu lo sappia bene. Quanto tutto questo sia importante. Anche come stiamo noi. Io e te – intendo. Per lei. Non ti offendere mai, per favore.

Se ti offendi pensaci un attimo. Vienimelo a dire. Io sono qui. Sempre qui. E questo è l'importante. Andiamo a more domani? Ti va? Ci credi che potrà essere bellissimo? Ti fidi? Smettila di piangere, ora. Dai. Fidati. Sarà magnifico. Sarà un'altra giornata magnifica.

«Da noi ci sono molti pini, moltissimi pini, cocco. Se chiedi a nonna te lo spiega bene. La nostra casa, cioè la casa che abbiamo preso in affitto, perché non vieni a vederla?, si affaccia proprio su una pineta. Ci sono aghi di pino ovunque e pinoli da cui nascono alberelli ovunque. Dovresti venire, ma certo è meglio qua. Qua è pieno di sole e tu hai tutto per te, o sbaglio? Dai, cocco, vieni qui, vieni qui». Mi avvicino guardando in basso con un bastoncino in mano. Lui mi fa segno battendo la mano sul ginocchio. «Vieni qui sulla gamba buona. Sali su. Nonno ti aspetta». Rido senza guardarlo e mi arrampico. «Non ti offendere» dice passandomi la mano liscia sulla fronte. «Perché ti offendi? Che t'importa se i fratelli ti prendono un po' in giro. Non è per cattiveria, è per divertimento. Ma poi non c'è niente da ridere di quel che fai. Io lo so. Io sono sicuro che ci riuscirai e cresceranno». «Dici davvero, nonno?» «Ma certo. Vogliamo fare una scommessa?» Ha le mani fresche e lisce, il palmo delle mani sembra coperto da una patina di pelle leggerissima, distesa come un velo di seta che qualsiasi cosa potrebbe ferire. Passa la mano sulla mia fronte eppoi lascia che le dita s'infilino tra i capelli e le fa salire su creando un ciuffo in mezzo alla testa. Fa questo movimento molte volte e mi vengono brividi che corrono dal collo verso la schiena. «Vedi che ciuffetto che hai? E quanto sei abbronzato? Tutto scuro, forte e scintillante. E guarda qui, eh, no, tu non puoi vedere, ma qui sulla fronte i capelletti più sottili sono proprio biondi. Allora, cominciamo da qui, qui c'è proprio una peluria bianca, poi iniziano capelletti biondi biondi biondi, poi capellini biondastri, eppoi capelli castano chiari. Secondo me, se resti un altro po' al mare diventi quasi biondo». «Ma nonno, lo sai che dobbiamo partire fra qualche giorno». «Certo che lo so. Ma poi tornate no? Vi fate dei bei giorni in campagna e anche lì c'è il sole». «Ma io vorrei restare qui con te». «Ah che bello! Sono proprio felice sai? Mi fa proprio tanto piacere che tu mi dica così. Però stiamo

insieme questi giorni. Eppoi sarà molto divertente lì dove andate. Noi ci andammo tanti anni fa. Il paese è bellissimo, con queste torri alte e antiche, vedrai, potrai immaginare i soldati e le truppe che difesero il paese dai nemici durante il medioevo. Eppoi si mangia molto bene, si beve molto bene. Be', quello a te non interessa vero? Tu mica bevi, eh eh!» «No, però un giorno papà mi ha fatto assaggiare, lo sai? Un dito di vino». «Un dito? Davvero?» «Un dito di vino rosso. Ha detto che era per brindare». «Be', se era per brindare ha fatto bene. Eppoi papà fa sempre tutto bene. Hai un papà e una mamma magnifici, lo sai?» Faccio un segno e lui riprende a carezzarmi la fronte e per qualche secondo si sentono solo le cicale nella valle verde. «Ti fai questi bei giorni in campagna e quando tornate? Quando tornate scommetti? Scommetti cocco mio?» «Nonno, dici? Pensi che nasceranno? Davvero lo pensi?» mi tiro su spingendo sul suo ginocchio malato e lui fa una smorfia eppoi sorride e dice «Sono sicuro. Qua la mano. Ricordati di chiamarmi, saremo a Roma ormai, ma il numero lo sai vero? te lo ricordi?» «Certo che me lo ricordo: 805782». «Bravo cocco mio, vieni qua, me lo fai un favore?» «Certo». «Sai quella bottiglietta piccola, rossa, che sta in frigo?» «Rossa?» «Be', non rossa la bottiglia, rosso il liquido». «Ah certo». «Tu potresti...» Già corro nel sole abbacinante oltre l'angolo della casa dove mia madre ha fatto costruire una doccia all'aperto e tutti ne sono felici, tutti ne sono felici.

Per favore, aiutami. Non so come fare, non so come andare avanti. Ho pensato parecchio. Forse sbaglio. Mi dispiace. So che non posso aspettarmi da te quello che tu non mi hai mai dato. Mi sembra evidente che tu non possa fare per me cose che non hai mai fatto. E chiedertele è inutile. Se verranno, un giorno verranno. Però io non sono felice. Io non posso essere felice e non riesco a trovare il modo. Ho parlato con il dottore, il farmacista, sì, lui, è un dottore, è inutile che ridi, è un dottore anche lui. Non può darmi nessuna medicina e dice che dovrei avere ricette adatte. Gli ho spiegato che ho appena cominciato una terapia. Mi ha fatto mille distinguo fra psicoterapeuti e psichiatri e cure farmacologiche e cure non farmacologiche. Ricette, non ricette. Io non volevo mica droga. Ho urlato, gli ho gridato che non volevo mica della droga, ma solo aiuto. Non ne potevo più, quasi piangevo. Lui mi ha rassicurato, ha detto comunque che ho ragione e che la mia situazione è troppo difficile. Non c'è nulla da ridere, stronzo, sto solo cercando di spiegarti con calma. Anche per te è difficile, ecco, sì, lo vedo, e scusami, scusami tanto, io non voglio, non vorrei mai essere cattiva con te, non voglio, è che non ce la faccio, ecco, grazie, ti prego, tienimi così, grazie, ne ho bisogno, tanto, ho bisogno di aiuto, io non sono forte, io non ce la farò mai, io non ho mai visto niente di così brutto, è una cosa mostruosa, una cosa inaccettabile, nessuno potrebbe mai accettarla, tu puoi? tu neanche puoi, nessuno potrebbe, nessuno, ecco, grazie così, ti ringrazio tanto, adesso già mi sento meglio, ecco, lì, lì, proprio lì è il punto, grazie, sei bravissimo, lì, lì mi fa male ecco, così, grazie, tienimi così, spingi in quel punto lì, grazie, vedi come sono dura? Ma posso ammorbidirmi, giuro, posso. Grazie, sì, lì è bello, anche qui, grazie, ecco, è troppo, troppo, troppo, non ce la farò mai, mi aiuterai? Mi aiuterai tu? Ci sarai sempre? Sei sempre qui? Scusami se ti ho maledetto. Scusami se esagero. Scusa scusa scusa. Cosa? Perché dici di fare silenzio? È lei? Si è svegliata? Si è già svegliata? Io non posso. Prega che si riaddormenti. Io ora non posso, non posso, ti prego riaddormentati, ti prego, ti prego, ti prego. Continua lì, ne ho bisogno. Forse ho solo bisogno di questo. Potrei trovare un posto dove andare, ogni giorno, forse c'è un posto, in paese, potrei chiedere, ogni giorno questo mi farebbe bene, già mi sento meglio, già mi sento meglio, grazie.

Conto gli stridii dei freni alla curva. Una dietro l'altra passano cinque automobili. Poi la sesta sale su, si avvicina, rallenta. Prendo il bicchiere, mi alzo, lo infilo sotto il cespuglio di salvia. Resto un attimo fermo poi capisco che non è la sua. Continua a salire su, suona il clacson, volta sulla sterrata e scompare oltre il bosco alle mie spalle. Riprendo il bicchiere e bevo un gran sorso e il sole mi abbaglia, spacca le palpebre con un taglio netto come lama di coltello. Arretro verso l'ombra del leccio. Mi avvicino alla sdraio, mi lascio cadere voltato sul fianco. La siepe, la curva, la strada sterrata, i cani sulla sterrata l'anno che venne dichiarato il divieto di accesso. Afferro il disegno. C'è una linea gialla sul retro del foglio, una linea che mi era sfuggita. Mi sposto di fianco. Avvicino la linea al sole. Cerco qualcosa di invisibile come se fosse stato usato un inchiostro magico. La matita gialla ha seguito un percorso leggerissimo e vago, come arrotolandosi su se stessa e tornando indietro da un'estremità all'altra dei lati piccoli del foglio e il taglio della forbice costeggia interamente la linea e non la interrompe. Ma non è un tornante, non può essere un tornante. Non si può più sbucare sul tornante della sterrata dalla salita oltre l'orto. Non c'è più l'orto. Claudino è sepolto nel minuscolo cimitero sulla strada orientale. La siepe alta di lauro copre completamente la visuale e lei non si avventurerebbe mai oltre le altalene piantate sul pianoro che un tempo era zeppo di pomodori e fagiolini. O forse mia moglie ce l'ha accompagnata? Forse è andata con lei? Appoggio il disegno in terra, lo fermo con un piccolo sasso piatto, leggermente perché non si stropicci, mi alzo, percorro la spianata dello stenditoio, scendo oltre la valletta del torrente, risalgo sull'orto, supero le altalene, mi arrampico verso la fila di lauro. Gli ultimi arbusti sono più radi, mi affaccio dove la rete si interrompe al limitare del fosso. Tenendomi forte all'ultimo palo, sgattaiolo oltre la rete sulla strada assolata e percorro il perimetro del fosso scavato dall'acqua sotto il tornante. Era pieno di rovi, nei primi anni, ora è brullo, deserto, non c'è nulla. «Non è così che si risolvono i problemi» disse mio padre proprio qui, quando litigando io e mio cugino Gabriele finimmo tra i rovi sanguinanti. Non è così che si risolvono i problemi. Non è così che si risolvono i problemi. Mi calo giù nel fossato semplicemente saltellando sulle gambe piegate e non è profondo e non c'è nulla da vedere. Mi chino, perlustro, guardo se qualcosa può in qualche modo illuminarmi, ma non c'è nulla. Un motore romba sopra di me, il clacson suona, un'altra automobile che s'infila su verso il monte. Non risalgo, scendo verso il letto del torrente, rientro da lì, mi arrampico sul muretto, mi affaccio sul pianoro, salgo su, torno in fretta alla sdraio, mi siedo. Non è così che si risolvono i problemi. Ma come? Come si risolvono i problemi? E i problemi che non hanno soluzione? Che soluzione esiste per i problemi che non hanno soluzione?

«Ecco, vedi? Sembra una capanna indiana, no?» faccio io tirandola in fretta per la mano. Lei si accosta e si china e fa un gran sorriso: «E lo avete fatto adesso?» «Ma no, nonna, sono tanti giorni, tre giorni, tre» scandisco il numero e la erre. «Prima siamo scesi giù io e papà e abbiamo tagliato le canne, poi le abbiamo pulite e le abbiamo dipinte, poi abbiamo aspettato che seccava tutto, poi le abbiamo legate così, vedi?, quassù, e abbiamo stretto e infilato le canne nella terra, proprio ora. Ti piace? è bello, vero? Sembra una tenda indiana più che una capanna». «Già, hai ragione, sembra una tenda indiana». «Così, per protezione. Papà dice che così si protegge questo punto, e nessuno lo calpesta, e i pini quando nascono nessuno viene qui a rovinarli, capito?» «Certo, mi sembra veramente un ottimo lavoro». «Papà dice che d'inverno le canne così dipinte non marciscono. Ma ci abbiamo messo tanto. Papà dice che bisogna sempre metterci tanto e che io voglio metterci troppo poco». «Certo, ha ragione. Perché così è venuto un lavoro perfetto. E me ne occuperò io, va bene? Ci penso io». «Ho scritto qua sotto, vedi, sulla mattonella?» «Che hai scritto? Fammi piegare ché nonna non vede benissimo. Ah! Ecco, sì, bravo. Annaffiare ogni sera. Annaffiare ogni sera. Com'è scritto bene, bravo. Non ti preoccupare, lo faccio io, ci penso io, vedrai che quando torni sarà tutto in ordine e magari...» «Magari?» «Magari...» «Gabriele dice che nasce in fretta. Io ne ho messi tre». «Tre?» «Tre, sì, tre». «E perché?» «Perché tre è il numero perfetto». «Davvero? Non lo sapevo». «Ma lo sa anche nonno, non te l'ha detto?» «Nonno? E cosa ha detto?» «Nonno me lo ha spiegato. Me lo ha spiegato lui, con quel librone, quel librone che legge sempre». «Quale librone?» «Quello grande, rosso, che è tutto diviso in tre». «Mica mi viene in mente, sai, ma se lo dice nonno». «In quel librone è il numero perfetto sai? Il tre». «Andiamo adesso, torniamo di là, lo chiediamo a lui».

Mi scuoto. È come se avessi sognato. Un dirigibile bianco, un orso polare, un iceberg. Un freddo improvviso. Il cielo si è oscurato e forse è per questo. Quanto posso aver dormito? Agguanto il foglio. E se fosse una mappa? Deve essere una mappa. La linea non si richiude. Non assomiglia a un pesce, né a un dirigibile, né a un animale. Bevo. Esco nel sole. Mi appoggio contro il muro, poi scuoto le braccia come per sgranchirmi, riprendo il bicchiere, attraverso il giardino e sono ancora sul limite del burrone davanti al grande albero buio. C'è il fresco del bosco e il sottobosco terroso e la terra scoscesa cosparsa di foglie secche dei lecci attorno. Mi avvicino al tronco, guardo su. Era tutto così familiare, e conoscevo ogni protuberanza e salivo su come una scimmia. C'è ancora un legaccio consunto, una corda sbrindellata che sembra quasi dissolta nella corteccia. Provo a allungarmi ma non ci arrivo. Dove si metteva il piede? Il tronco che si apre in due, l'altro ramo più esile. E lì dove era la grande amaca in cui si affondava e uscirne era difficilissimo. Eppure un giorno io saltai fuori come un folle. Il serpente era apparso strisciando proprio all'improvviso e qualcuno aveva gridato e io spiccai un salto: «Una vipera, aiuto, una vipera». Arrivò subito mio zio armato di un bastone metallico. Arrivò correndo mentre io fuggivo e il serpente era scomparso nel burrone e i miei cugini ridevano. «Hai fatto un salto, un salto impossibile. Non potresti mai rifare un salto così. Quella è la paura, la paura, qualcosa che ti fa fare cose impossibili». «Non avevo paura, volevo chiedere aiuto, solo chiedere aiuto». «Se non avevi paura non saresti mai riuscito a fare un salto così». Corro verso il disegno barcollando. Lo impugno, cerco segni di un serpente. La linea sul retro. Forma la testa di un serpente? La faccia. C'è la sagoma di un serpente sotto il mare? Forse il mare è un lago? O forse è una piscina, una piccola piscinetta fra le rocce? E il serpente è lì. «Non esistono qui serpenti d'acqua, solo pesci». Un pesce un pesce un pesce. Forse è lì. Il serpente di Asclepio. Il serpente che guarisce. Cerco di guardare in ogni particolare, in ogni movimento impercettibile della matita impugnata dalla mano che io accompagnerò all'altare. Cerco insaziabile, avvicinando il foglio agli occhi, allontanandolo, guardando in controluce. Allungo la mano. Il bicchiere è rimasto giù. Mi alzo in piedi barcollando, mi chino, mi stiro. Salto. Faccio un saltello. Le giunture scricchiolano. «Che salto, dio mio che salto. Non potresti mai fare, mai, mai più fare un salto come quello». E non è vero. Potrei gettarmi da qui e volare, potrei volare ora, come in un sogno, volare sul burrone, ondeggiare sulla cima delle mimose potate di netto, innalzarmi verso la vetta e ridiscendere sulla valle. Sarebbe un salto in cui volo come nuotando nell'aria densa, a rana, a rana, come in sogno, un salto impossibile, pur di guardare dall'alto, come un'aquila, e guardare giù e ritrovare quel serpente. Se trovo quel serpente. Forse è solo questa, ora, la mia speranza. Se trovo quel serpente è fatta. È il serpente di Asclepio. Mi lascio cadere sulla sdraio. «Che salto hai fatto! È la paura. Soltanto la paura riuscirebbe a farti fare cose così incredibili. Solo la paura».

«Devi essere uomo» mi porta con sé verso la grande pietra. «Quello che un uomo vuole. Guarda qui» mi prende per la vita e mi alza nel cielo e mi mette a sedere sulla pietra. «Te la ricordi questa pietra o no?» Continuo a piangere ma senza guardarlo. «Ehi, dico a te. Te la ricordi, vero? Bene. Sai perché è qui?» Faccio segno di no. «Come no? Lo sai benissimo. Tu lo hai voluto». Mi scuote un po', mi stringe a sé e mi ripete «Quello che un uomo vuole». Io singhiozzo e cerco di trattenermi. «Oh, piccolo mio. Tu sei uomo ormai. E cosa vuole un uomo? Cosa vuoi tu?» «Voglio te, papo, non partire» blatero e lui ride e ride e mi stringe forte. «Ometto mio, non piangere. Ora io non posso restare. Non ne sono mica contento, ma devo. Tu parti domani con mamma e i fratellini. E siccome io non ci sarò, diventi tu l'uomo della casa, capisci?» Faccio segno di sì ma un lamento mi sbuca dalle labbra. «Eh! Mica puoi piangere così a lungo. Se ti vedono i fratellini? E mamma? Io – lo sai – devo lavorare. Una settimana a Roma. Ma poi torno subito in campagna da voi, stiamo insieme qualche giorno lì e subito torniamo qua al mare». Faccio segno di sì. «Sei contento?» «No». «E perché?» «Perché quando torneremo, quando torneremo, i nonni non ci saranno». «Ma ora ci sono. Vuoi farti vedere così? Godiamoceli, no? Andiamo, vieni. Tu porti un bel Campari Soda a nonno. Vedrai come lo fai felice. È l'ora sua, no? Fammi vedere, aspetta. Sì, è l'ora adesso, mezzogiorno e mezzo, perfetto. Gli puoi chiedere tutte le storie che vuoi. Io sto qui con te e con nonno. Poi mi preparo, mangiamo una cosetta e dopo vado al porto. Vuoi accompagnarmi? Se vuoi a me fa piacere. Se invece resti qui, uomo della casa, mi fa anche molto piacere». «Resto qui».

«Ecco. Stai con i nonni e i fratelli e i cugini. E ti prendi cura dei pinoli, no? Eh! Domani poi parti anche tu, dunque devi lasciare tutto in ordine». Lo guardo e mi asciugo le lacrime e tiro il petto in fuori. «Bravo, così mi piaci». Apro le braccia e allargo le spalle e faccio una smorfia, poi dico: «Secondo te ci riuscirò?» «Certo che ci riuscirai. Tu cosa vuoi? Quel che un uomo vuole è quel che può riuscire in lui. Non ci sono dubbi». «Nascerà?» «Sicuro». Mi tiro su in piedi con uno scatto sulla pietra, guardo nello spazio che diventa ombra verso il grande leccio. «Andiamo» dico. «Dove vuoi andare? Al casotto?» «No. Vado in cucina e prendo la bottiglietta rossa». «Ecco, bravo, ti aspetto da nonno, allora». Corro giù, sgattaiolo lungo il muro bianco bianco e m'infilo nel buio della cucina, apro il frigorifero e sento il freddo in faccia, agguanto la bottiglietta piramidale e la stappo.

Si piega da una parte, sospira, mugola. Ti prego ti prego ti prego io non posso non posso non posso più. Piange. La carezzo. Spingo una mano sulla nuca e con l'altra la giro sul letto a pancia sotto. Ancora c'è l'istinto, l'istinto che si creò quando bastava spingere con una pressione delicata sull'anca perché si voltasse dalla sua parte del letto, la parte destra, e si adagiasse in maniera che da dietro io potessi farle la forma. Ma ora nessuna forma si può fare. Allungo le sue mani, dito per dito, poi le tiro a me con delicatezza, le braccia si rilasciano sui fianchi e subito prendo i capelli lunghi e ancora lucenti, li raccolgo, li sposto da una parte, la parte opposta a quella su cui ha poggiato il viso bagnato. Alcuni capelli sono bagnati. Quelli che quasi si appiccicano sulla guancia li scosto infilando l'indice sulla pelle all'altezza della fronte e scendendo giù. Continua a piangere in silenzio e il viso deturpato dalle lacrime mi apre un fuoco nel petto. Spingo con il palmo delle mani sulle spalle e comincio a massaggiare le clavicole eppoi le scapole eppoi i muscoli delle braccia fino di nuovo alle dita. Per qualche secondo mi distrae il silenzio della casa. Mi sento altrove. Volo attraverso le stanze illuminate da un sole bianco. Passo nella stanza attigua come un fantasma e dunque nel bagno, mi affaccio giù sulla pergola di vite, torno indietro volando e scendo attorcigliandomi nella scala a chiocciola, passo tra le casse di frutta, la distesa di bottiglie d'acqua, mi arrampico sui cappelli di paglia, sul divano rosso che una volta venne risistemato da un tappezziere che teneva al suo mestiere e quasi arrivava a chiedere meno soldi di quanti ne avrebbe spesi pur di farsi accordare il permesso di lavorarci e lasciare al mondo un divano vero, un divano come se ne facevano una volta. Continuo a volare nella sala da pranzo e verso la cucina e mentre mi avvicino alla stanza dove la mia piccola regina sta dormendo sono così altrove e così lontano che le mie mani sembrano ormai perse nella pelle dell'avambraccio di mia moglie e lei mugola: no, cosa fai, mi fai male, così mi fai male. Apro gli occhi, la vedo lì, sotto di me, la carnagione scura, le linee che ha lasciato il sale del mare mattutino. Mi sembra improvvisamente un segno. Tiro verso di me con violenza il legaccio del costume, libero la schiena, passo le mani sulle spalle velocemente, come spianando il campo, le lascio scendere giù verso i fianchi, porto via il triangolo verde del costume che mi si arrotola tra le dita, risalgo agguantando le gambe, aprendole e infilando la bocca nell'apertura. Sento un sapore di mare, di sale, di sudore e terra e ferro e sangue. Muovo la fronte fra le natiche, le allargo e lei geme e salgo su e infilo la lingua e il naso e vorrei urlare ma posso solo farfugliare e intanto mi libero dei calzoni di tela slacciandoli e senza aspettare le sono sopra, mi muovo tra le sue aperture e mentre lei non fa altro che ripetermi basta basta basta basta basta basta basta, già sto cercando di entrare su e lei dice no no no no no e io spingo e, mentre grida, tutto diventa un'immensa apertura in cui ogni muscolo improvvisamente si rilassa e si abbandona e l'apertura è un vuoto nero, un abisso in cui sguazzo, affogo, mi divincolo come un bambino finché non sento la sua voce che è come trasformata, è un muggito profondo, un tono che vibra in corde oscure e ripete basta, basta, basta, ti amo, sì, ti amo, sono solo tua. Ma è una voce cavernosa, mostruosa, di completa sottomissione e prima che io possa fare qualsiasi cosa quella voce si trasforma in un ululato e un riso, un riso incontenibile e folle e allora io mi divincolo sempre più in fretta, esco e con un ultimo sforzo spingo il bacino verso il suo volto sfigurato.

«Eccoci qui» dice mio padre. «Due curve e ci siamo. Ce l'hai fatta, Pip. Ora vedrai se è nato». Il motore arranca sugli ultimi metri di salita, poi lui fa un gesto e mentre la macchina si ferma io apro lo sportello e corro. Non vedo nessuno sul piazzale, non sento nessuno, corro in una corsa folle verso la tenda di canne. La terra è leggermente umida e lì in mezzo, eccolo. Mi butto per terra. Vorrei abbracciarlo ma è così esile che sembra sospeso nell'abisso. Lo guardo attraverso una patina che mi copre gli occhi, sfocato, quasi perso in una specie di sogno. Eccolo. Lo contemplo. Lo ammiro. Lo guardo da ogni lato. È impossibile quel che è successo – dico. Sono passati dieci giorni, solo dieci giorni. Grido e saltello e ballo e chiamo mio padre che è ancora in macchina e mia madre che sta salutando. Mi piego, osservo il piccolo fusto marrone. Mi sdraio di nuovo a pancia sotto sulla terra. È un arbusto sottile che già ha vite diverse su di sé. In alto fili leggerissimi verdi verdi, freschi, li tocco. Al centro fili verdi più chiari. In basso fili gialli, che iniziano a prendere il colore del tronco, del minuscolo tronco. Grido di nuovo. Mio padre arriva e si piega e mi dà pacche sulle spalle. «Ce l'hai fatta allora? È veramente bello. Bisogna dirlo a tuo cugino Gabriele, ti ha dato tanti consigli, è anche merito suo». «Sì, ora lo chiamo». «E bisognerà telefonare anche a nonna che in questi giorni, prima di partire, se ne è presa cura». «Certo certo» dico e intanto faccio salti e grido, chiamo ancora mia madre che continua a chiacchierare con mia zia. Lei si avvicina a grandi passi e dice: «Il pinetto, il pinetto, è nato, mio dio che bello». Io già sgattaiolo dentro casa e formo il numero di telefono, 805782.

Sento il motore che scende di volume e l'automobile che si ferma. Apro gli occhi, mi passo le mani sul viso e mi alzo, sicuro che sia lei, intanto il clacson suona. Poso il disegno in terra accuratamente. Controllo che non ci siano bicchieri in giro. Corro giù, saltello oltre l'angolo della casa, compaio sul piazzale fingendo un volto disteso e avanzo verso il cancello. La piccola automobile rossa scende sobbalzando mentre io riaccompagno il cancello fino a sentire il clang inconfondibile, torno indietro verso il piazzale, mi avvento verso lo sportello posteriore e lo apro e sbarro gli occhi e allungo le braccia facendo un salto goffo: «Sono il terribile mostro» dico eppoi mi avvento su di lei. Ride e la prendo in braccio. «C'è da scaricare il portabagagli» fa mia moglie mentre io sollevo la piccola verso il cielo e la rilascio verso di me. «Sei troppo pesante ormai per fare queste cose». Continua a ridere. «C'è da scaricare il portabagagli» sento la cantilena e la vedo che passa veloce dietro il muro bianco. «Dove andiamo ora?» borbotto. «Nella grotta del mostro?» Sospesa nel cielo apre le manine e ride di nuovo come in un singhiozzo. «Come stai? Ti sei divertita? Avete fatto un sacco di guai?»

«No, papo papo, sai, c'era c'era un bambino con un corcodillo».

«Un coccodrillo? Un coccodrillo vero?»

«No no era era era nell'acqua, sopra, lui era sopra».

«Ah, era di plastica per nuotarci?»

Fa sì con la testa, le prendo la mano e le faccio segno di venire con me.

«C'è da scaricare il portabagagli, lo hai capito o no?» Mia moglie compare sull'uscio già pronta per la doccia e io fingo di non vederla.

«Non ce lo ruba nessuno, il portabagagli, mi sa» dico.

«C'è il latte, il burro, lo yogurt. Se non li ruba nessuno, il sole però li rovina».

Rido. «Li mangia il sole?» faccio una specie di salto. «Li ruba il sole? Dov'è quel ladro del sole? Andiamo. Ladro ladro» grido. «Vieni. Andiamo a chiamare la polizia». Lei mi segue a passetti. «Papo papo» grida. «Ehi, vuoi farti la doccia con mamma o te la faccio io?» «Tu» dice e fa una faccia strana con il labbro inferiore che sporge. Apro il portabagagli, afferro i sacchetti e tiro fuori la busta del pane. «Questa la porti tu sennò per me è troppo pesante. Andiamo in cucina. Vai avanti tu, per favore». La vedo allungare le gambette sugli scalini. Sbatto lo sportello e le sono dietro. In cucina sistemo le cose nel frigo e lascio i pacchi in terra accanto al tavolo. «Vieni con me, ti devo chiedere delle cose importantissime». Lei mi guarda e non dice nulla. Passiamo davanti alla doccia che mia madre fece costruire e vedo la donna nuda che si friziona le gambe e allora mi sporgo con la faccia oltre i mattoncini ricoperti di rincospermo. Sgrano gli occhi indiavolati e dico «adesso vengo». Lei alza la testa, si avvicina, allunga il muso verso di me ispirando come fosse un cane, mi viene a pochi centimetri, poi fa una smorfia. «Hai bevuto, bastardo». Non le rispondo. Spingo la manina della piccola regina verso le scale. «Come ti permetti ora?» sento lei che dice dalla doccia e non rispondo e non mi volto. «Come puoi permettertelo?» Spingo su la piccola. «Andiamo andiamo» ripeto, «andiamo alla sdraio di papà, permettiamoci permettiamoci». La tiro verso di me prendendola sotto le ascelle, come per farla volare sulle scale. Facciamo tre salti, corriamo verso la sdraio. Mi siedo e lascio che si accoccoli supina sul mio petto. Afferro il disegno.

«Questo bellissimo disegno» dico.

«Ti piace?» fa lei voltandosi di scatto.

«Tantissimo».

Fa un risolino.

«Ma mi devi dire tutto bene. Qui per esempio. Spiegami bene qui».

«Papo papo, questo questo era».

«Che cos'era questo? Dove?»

«Eh sì, era, era per te, proprio per te».

«Cosa?» le chiedo.

«Eh il disegno. Io, era per te. Un regalo».

«Lo hai disegnato per me?»

«Sì sì. Volevo. Volevo proprio. E tu? Dove lo hai trovato tu?»

«Ma come?» dico. «Era qui, certo. Però lo avevi già finito, vero?»

Fa sì con la testa e allunga un dito poi apre le mani. «E vedi vedi? L'ho tagliato qui, per fare il regalo per te».

Guardo l'indice che segue il bordo tagliato dalla forbice, l'orlo che ho seguito per tutta la mattina. Vorrei dire qualcosa ma non riesco. Ho la gola in fiamme.

«No ma questo...» blatero.

«Questo?»

«Volevo dire...»

Si volta, mi guarda e fa: «Papo, papo».

Il rumore sale attraverso la valle fino alla finestra della mia stanza. È un rumore regolare. Prima una specie di sciabordio poi l'aria tagliata e qualcosa che assomiglia a un tonfo. Mi alzo dal letto di slancio e scendo giù. Corro d'un balzo fuori dalla porta principale, attraverso il piazzale supero il casotto che scintilla di lamiera arroventata. Seguo il viottolo, volto oltre il fico, prendo il sentierino e penetro negli anfratti del burrone. Quando gli sbuco davanti, Claudino mi guarda con gli occhi bianchi iniettati di sangue, si solleva sulle gambe ritorte e si passa il dorso della mano sulla fronte imperlata di sudore. In testa ha un fazzoletto bianco legato in piccoli nodi alle quattro estremità. «Caldo eh!» «Caldissimo. Come fai?» «Il lavoro è lavoro». «Hai cominciato presto». «Eh, prima si comincia e più fresco è». «Devi lavorare molto qui?» Si volta e indica l'erbaccia che digrada verso il fondo del burrone. Fa un sorriso che scopre denti grossi come artigli. «Quando sali su?» «Non lo so. Perché? Ti serve qualcosa?» «Volevo farti vedere il pinetto». «Ah! È nato!» «Sì ma ti voglio chiedere una cosa». «Andiamo subito allora, vieni di qui che si fa prima». Poggia il falcetto in terra, infila le mani in una bacinella di acqua, si bagna la faccia e le braccia, poi apre una bottiglia e beve un gran sorso, si raddrizza. «Vieni di qui, ci son le scalette, le ho fatte io, ma devo ancora metterle bene a posto». Lo seguo. Da dietro è basso e ha polpacci enormi, muscoli squadrati e mentre cammina e le estremità dei calzoni corti si sollevano, le cosce si scoprono bianche, bianchissime rispetto al nero della pelle dei polpacci. Gronda sudore, si arrampica come un ragno. Mi dà la mano quando l'ultimo tratto di salita ci porta su verso la siepe di rosmarino. Sbuchiamo proprio all'altezza della tenda di canne. «Guarda qui, guarda qui» ripete. «Hai visto? È nato! L'ho piantato io». Non dice nulla e si china sul pino, il movimento è il suo solito, si china un po' eppoi si piega quasi fosse tagliato a metà, un angolo retto. Guarda bene emettendo suoni incomprensibili. «Vedi quel giallo?» gli dico. «Qui, alla base. Il giallo cresce. Ogni giorno sale». «Si sta seccando» fa lui. «Come seccando?» «Questo, vedi? Questo è secco» tocca con le grosse dita minuscoli aghi bruciati dal sole e li strappa dall'arbusto come io non ho mai osato. «Attento, per favore, Claudino, non lo rompere». «Ma questi sono morti, non vedi?» dice. Con le dita tozze li spezza e me li avvicina agli occhi. «Quando un ramo si spezza così vuol dire che è secco, morto, che non ci passa l'acqua dentro, non c'è liquido, morto». «E quindi il pinetto sta morendo? Claudino!»

«Oh be', non lo so ma credo di sì». «Ma è appena nato, appena nato e io lo innaffio ogni sera! Papà dice che il giallo è normale, basta che sopra sia verde». «Ma il giallo cresce. Guarda qui». «E già muore?» «Non lo so. Aspettiamo. Vediamo». «Lo devo annaffiare di più?» «No no, la sera basta. Troppa acqua fa male. La sera basta». «Grazie». Mi guarda con un sorriso indecifrabile, allunga la mano verso di me, mi dà una carezza sulla testa, poi si volta, oltrepassa la siepe e se ne va giù dicendo che deve continuare a lavorare. «Grazie» gli dico io, mentre scompare.

«Metti su l'acqua?» dice avvolta nell'asciugamano.

«Un attimo, certo sì» rispondo.

«Ora, dico. Sennò facciamo troppo tardi. O hai voglia di farti un goccetto prima?»

Non rispondo, muovo le ginocchia e la faccio ondeggiare.

«Vieni qui, piccola. Che pasta facciamo allora?»

«Ma io sono grande».

«Certo, sei grande. Dico piccola per dire. Ma che pasta facciamo? Guarda, ecco, possiamo fare le farfalle. Oppure, ho un'idea, facciamo le mutande».

«Le mutande? Ma le mutande non ci sono».

«Certo che ci sono».

«Macché! Te lo inventi tu».

«Certo che ci sono, andiamo, vieni, te le faccio vedere».

Scivola giù dalle mie gambe come se nulla fosse. Si volta piano piano e mi guarda tenendo le mani intrecciate sul foglio.

«Aspetta. Lascia il disegno lì, poi ci torniamo insieme. Passiamo di qua».

La prendo sulle spalle, attraversiamo il campo del bunker e dello stenditoio, passiamo oltre il fiumiciattolo in secca, ci affacciamo sul campo dove fu l'orto e scendiamo accanto alle ortensie. La faccio atterrare seduta sul cuscino verde. «Una volta qui stavamo con tutti i nostri amici, quando eravamo piccoli, a fare un torneo di ping pong. Lo vuoi organizzare un torneo di ping pong?»

«Lasciala stare ché le devo fare la doccia».

«Gliela faccio io, non ti preoccupare, mettiamo l'acqua e ci facciamo la doccia, vero piccola?»

Sento gli zoccoli che echeggiano sul selciato, un suono acuto, e intanto passo le mani sui cuscini verdi. «Vuoi che lo organizziamo? Invitiamo gli amici del mare, un po' di persone?»

«Ma io non so giocare a ping pong, papo».

«Eh! Certo che no. Mica puoi. Sei piccola ancora e se non ci hai mai giocato... Ma impari. Magari l'anno prossimo. L'anno prossimo no?»

La faccio scivolare giù con le gambette bianche che penzolano. Le do una bottarella sulla schiena e accenno una corsa verso la cucina, tiro fuori due pacchi di pasta e le faccio vedere le mutande.

«Ma sono conchiglie, quelle. Le chiama conchiglie mamma».

«E noi le chiamiamo mutande». Accendo il fuoco, metto su l'acqua e la porto dietro l'angolo verso la doccia.

«Te lo inventi?»

«No che non me lo invento. Le hai viste le mutande mie? Sono proprio così».

Lei non dice nulla e mentre apro la doccia e regolo l'acqua calda, vedo un vespone che ronza attorno alla lunga cicatrice che percorre il suo piccolo addome. Per un attimo resto immobile, impietrito. Lei guarda l'insetto senza muoversi. «Un'ape» dice. Faccio un movimento lento, le mie gambe è come se fossero dissolte. In un attimo scompare. «Ecco, bravissima, hai visto? Se ne è andata subito. Se non le fai nulla, lei se ne va, se corri magari si spaventa e ti punge».

«Ma se ti punge muore» dice lei.

«Se ti punge muore».

«E allora perché ti punge?»

«Perché non lo sa» biascico. «Vieni sotto la doccia, corri».

Che bottiglia ti apro. Bianco? Rosso? Rosato? Magari vuoi pasteggiare a whisky? Credi che sia possibile, una cosa del genere? Certo, ti reggi ancora in piedi, e allora? Potrei mai lasciarti, io, questa bambina che ha bisogno di tutto quello di cui ha bisogno? Me lo vuoi dire? Solo stronzate sai inventare. Solo stronzate per eliminare la realtà. Tu non hai voglia di affrontare la realtà. E allora inventi, mistifichi. Tutto è semplice vero? Tutto si risolverà. Tutto andrà bene. Perché non hai voglia di guardare le cose come stanno. Tu non hai la minima intenzione di guardare in faccia la realtà. Così puoi evitare di prenderti le responsabilità che dovresti. Così puoi vivere nel tuo cazzo di mondo di fiabe. Lei. L'hai vista bastardo? Continui a inventarle stronzate? Solo perché nessuno di noi può dirle nulla. Non capirebbe. Ma certo. Ma io non voglio mica parlarle. Tu però inventi perché così dimentichi. Così dimentichi anche tu. Sta bene lui. Guardalo. Adesso magari se ne va in spiaggia. Da solo. Si fa una bella passeggiata mentre la figlia dorme con la mamma. Ti fai una bella passeggiatina a guardare i culi delle ragazzette spensierate. Ti diverti. Ti fumi una sigaretta. Ti fai un altro cicchetto. Perché lì sotto il sole è meglio, no? È sempre molto meglio bere al sole. La so a memoria questa storia. Bere al sole, oh, che bellezza. Quell'intontimento. Quello, come lo chiamavi tu? Come lo chiamavi quando mi riempivi anche a me di storie, fandonie, stronzate? Come si chiamava? Ottundimento. Ecco. I paroloni suoi e dei suoi amici del cazzo. L'ottundimento dell'alcol sotto il sole. Vai. Vai a farti un altro goccetto al sole così continui a dimenticare tutto. In farmacia? In farmacia ci vuoi passare o no? E io? Il resto lo faccio tutto io? Ti limiterai a farti una chiacchieratina col farmacista? Vai a farti dare qualche nozione anche di medicina? Così sai tutto. Così la tua laurea in tuttologia si avvicina. Così sei pronto a ripetermene qualcun'altra delle mille stronzate che inventi. Vero? Tu non sei nulla. Tu non hai una competenza. Ecco. Te le ricordi le competenze di cui parlavi tanto? Ah ah. Parole, parole. Tu non ne hai di competenze. Tu vivi nel tuo mondo fatato del cazzo. Solo quello. Immaginazione e nient'altro. Perché la realtà è dura. Vero? Mi fai schifo. Io non so, io so solo che per sopportare te ci vuole tutta la forza del mondo e io non ce l'ho. Io so solo che faccio di tutto e non lo faccio per te. Se fosse per te sarei già lontana. Lontana. Lontanissima. Perché tu non ci sei, non aiuti, non mi aiuti, non fai nulla nulla nulla per cambiare la realtà. Ti rifugi, scappi, corri. E la realtà? Eccola qua. Eccola qua. Sei un uomo ridicolo. Vai a farti il tuo goccetto, dai. Sei pronto per il pranzo? Adesso devo correre anche io? Devo venire giù con te e la tua reginetta? Ci sono stata tutta la mattina, io, con la tua reginetta. E tu eri qui a bere. Eh? Non è così? Sss, sì, adesso sto zitta, certo, di fronte a lei non dico nulla. Mi dovesse sentire! Da qui non sente nulla, non sente nulla. Eppoi chissenefrega. Dovesse sentire mai la verità. Che non sappia quanto sei falso e vuoto. Che non sappia nulla dell'orribile realtà. Silenzio, sssss, fingiamo. Tutti a tavola, dai. Fingiamo tutti. Ecco. Sono pronta. Arrivo. Metto su un bel sorrisetto così sei felice. Portala pure, adesso. La tavola è imbandita. Io arrivo. Scendo. Sono pronta. Prontissima. Che bella famigliola, che bella famiglia felice, che bella felicità. Oh quant'è bella la felicità. Oh quant'è bella la felicità.

Steso sulla sabbia senza asciugamani, senza teli, un polpo che ha pescato chiuso in un sacchetto pieno di acqua lì accanto, mio cugino Gabriele mi sembra inarrivabile. Mangiamo con le mani da una scatoletta di tonno. Ride delle mie dita unte e a un tratto indica dietro di sé, dietro di noi, oltre le dune. «Come sta il pinetto?» fa. «Peggio». «Peggiorato ancora?» «Continua a salire il giallo». Scuote il capo. «Che dici?» Non mi risponde. «Gabriele». Si volta e mi guarda fisso e mi fa: «Muore. Ma non devi prendertela. Non è il tuo». «Come? Che vuoi dire?» «Non è il tuo pinetto, non è il tuo pinolo. Devi saperlo, ormai. Tanto muore. I trapianti dei pinetti non funzionano mai». «Che vuoi dire Gabriele? non capisco». «Lo hanno messo lì per farti felice mentre eri via. Non è il tuo pinetto» «In che senso non è il mio?» «Non è il tuo. Non è nato dal tuo pinolo. È stata tua nonna. Voleva che lo trovassi alto e vivo e bello. Ma i pini trapiantati muoiono quasi sempre». «Come?» faccio guardandolo fisso e lui non risponde e si passa l'acqua sulla testa. «E tu perché non me lo hai detto prima?» grido. «Aveva chiesto a tutti di non dirlo, mi spiace. Io pensavo che fosse sbagliato ma che dovevo fare?» «E se fosse cresciuto? Se fosse cresciuto? Tutti sapevate che non era mio?» grido ancora più forte. Si avvicina. «Stai calmo, non te la prendere». «Lo sapevano tutti?» «Sì, lo ha chiesto a tutti quanti, di non dire nulla, di non svelarti il segreto». «E io chi sono? Io chi sono? Siete pazzi. Come hai potuto?» Scoppio a piangere, mi allontano, inizio a correre verso il mare e Gabriele non mi segue. Corro a fatica, le gambe solcano l'acqua e rimbalzano, cado, cado e mi rialzo e riprendo a correre e corro corro corro indietro verso la riva e quando esco dall'acqua vedo qualcuno che si avvicina ma lo vedo sfocato, appannato, e intorno non ci sono che sagome e io corro, corro via dalla spiaggia e piango e piango a dirotto e singhiozzo. Arrivo dietro la breve curva dello stradino. C'è uno spiazzo all'ombra, mi butto giù, singhiozzo, piango, piango allo sfinimento. E quando non riesco più a piangere, mi addormento.

Seguo il tratto del foglio zigzagante, la forbice da carta, i brevi ispessimenti dove la forbice ha intaccato il foglio senza riuscire a segmentarlo al primo colpo. Non si sente neppure una macchina da giù alla curva. Mia moglie dorme, mia figlia dorme. Potrei cercare il loro respiro nel respiro del mondo, nel respiro delle cicale. Potrei seguire gli odori. Per un attimo immagino gli odori. Potrei infilarmi per la porta della cucina e superare d'un balzo il detersivo, il sugo, l'aglio. Odore del mobile antico, il legno, il divano. Se salgo su vado incontro agli olii, ai doposole, forse i deodoranti. Se resto giù e m'infilo nella camera dei nonni, c'è il talco, l'alcol, la mia colonia che piace a lei. «Perché papo non dormi con mamma?» «Perché mi piace stare qui nella camera dei nonni e semmai dormire con te. Eppoi qui ho sempre dormito». «Ma c'erano i nonni». «Ho dormito qui da quando i nonni non venivano più. Ho dormito anche nel casotto». «Posso dormire nel casotto, una volta?» «Quando sei grande, certo, ci dormiamo insieme». L'odore dei cuscini e delle lenzuola di lino, quelle rattoppate da mia madre perché io non ne volevo sapere che le cambiassero, io volevo quelle, soltanto quelle. Potrei seguire come un segugio i respiri notturni. Gli sbalzi dei respiri che si fanno cavernosi durante un sogno e potrei immaginare il sogno. Ma è pomeriggio. È un pomeriggio caldo, caldissimo. Guardo ancora il disegno, i tratti del taglio e all'improvviso mi appare tutto così semplice, così semplice e così vicino che mi commuovo. Mi alzo in piedi e osservo i tronchi dove il foglio è atterrato. Cerco di seguire di nuovo il volo del foglio, mentre ondeggiava da una parte all'altra e lo vedo planare lì, ai piedi dei tronchi su cui hanno costruito la staccionata. All'inizio era la siepe di rosmarino, la grande siepe e l'unico punto in cui si riusciva a passare era lì, dove Claudino costruì gradini per scendere nel burrone. Piedi di legno infilati nella terra a sostenere un legno trasversale che contenesse la terra. Di lì si saliva e si scendeva, senza fare il lungo giro, oltre il casotto. Ondeggio io stavolta, su me stesso. Mi chino. Raccatto il bicchiere e butto giù tutta insieme la sacra bevanda. Si fottesse, la lurida cagna insana, si fottesse lei e la sua insipida ignoranza. Saltello. La cagna immonda non lo sa ma c'è davvero una speranza, c'è davvero una speranza, c'è davvero una speranza. Canticchio. È come un ritornello che blatero fra me e me perché nessuno deve sentirmi, nessuno, nessuno. Faccio un girotondo accanto alla buca che scavammo. Immagino il luogo dove facemmo il bunker e lascio che i fili dello stenditoio traballino nell'aria scintillando dopo averli tesi e rilasciati come fossero elastici di una fionda. C'è davvero una speranza, c'è davvero una speranza.

Mi getto contro il cancello e sferro calci. È chiuso, sbarrato, dentro forse stanno dormendo. Le automobili ci sono. Mi attacco alla maniglia, grido frasi sconnesse. Sento un rumore, vedo la persiana della porta di casa che si apre e una testa. È mia madre che si sbraccia chiedendo agitata cosa sia successo. «Apri, apri» grido. Infila la chiave. «Cosa hai? Che è successo?» «Come avete potuto? Come avete potuto?» «Potuto cosa?» Singhiozzo e non riesco a fermarmi. Appena apre spingo sul cancello e corro giù, attraverso il piazzale, mi getto in terra davanti al pinetto, lo prendo in mano e lo strappo via. «Come avete potuto? Come avete potuto?» Mia madre apre le braccia. Piango senza speranza e tra le lacrime che mi oscurano ogni cosa guardo la debole radice del pinetto che hanno trapiantato lì per ingannarmi. Non ci sono i miei fratelli, non c'è mio padre, non c'è quasi nessuno. Singhiozzo e passo la mano sulla radice principale, la cuffia. La spezzo, era secca e fragile, la spezzo in mille piccoli frammenti. Mi passo le mani sporche di terra sulla faccia impiastricciandola, poi respiro e mugolo e con il bordo della maglietta mi pulisco gli occhi. Tiro quel che resta del pinetto lì in terra e osservo il buco e la zolla che si è sollevata mentre lo strappavo. Per un istante mi pare folle. Chiudo gli occhi, li riapro. Resto senza fiato. Mi passo di nuovo la maglietta sulle palpebre zuppe. Non riesco a vedere bene. Sono sconcertato. Mi avvicino al buco nella terra indurita dal sole. Mi pulisco ancora gli occhi, li sgrano, metto a fuoco. È un miracolo.

Prima di scendere osservo per l'ennesima volta il disegno. Voglio cercare alberi attorno all'orizzonte di mare e cielo. Impossibile decifrare. C'è un piccolo segno verdastro. Guardo dietro. Tra poco glielo chiederò. Scendo le scale della grande pietra. Attraverso il prato sconnesso e poco curato e poso la mano sui tronchi e sul taglio netto ormai annerito dagli anni. Le cose più vicine, eccole qua. Quello che non abbiamo preso lo portiamo e è ancora qui. Sono io, sono io. Tutto è in me. Ecco l'enigma. Tutto è in me. Sono io. Sono io che posso guarirla.

«Incredibile. Vedi? Quel che un uomo può. Quel che la natura fa» ripete lui. Io lo guardo e saltello: «Pensi che dobbiamo allargare la buca, papo?» «No, no, lascia che facciano da sé. È la natura, capisci? La natura fa il suo corso. Questi hanno avuto la meglio su tutto e vedi come sono forti?» «Li posso toccare?» «No, non toccarli, lasciali così. È un miracolo, un miracolo». «Sono tre, capisci, papo? Tutti e tre». «Tutti e tre?» «Ne ho messi tre di pinoli». «Tre». «Erano lì sotto, già verdi, così belli, freschi, forti». «Sono pazzeschi. Sei stato grande». Si alza in piedi e mi prende per le braccia e mi tira su verso il cielo. «Sono felicissimo» dice. Alzo le braccia nel cielo. «Festeggiamo? E lo diciamo anche a nonna? La chiamiamo? Non devi prendertela con lei. Lei sperava solo che tu fossi felice». Mi poggia in terra e scuote il capo. «Sei troppo pesante ormai. Vieni. Andiamo a telefonare».

Entro più volte nella stanza e il suo corpicino è lì disteso sul letto. Il respiro è lungo e profondo. La bocca è leggermente aperta di fianco e il lenzuolo è bagnato della sua saliva. Ogni volta torno fuori, faccio un giro della casa, mi fermo accanto ai tronchi, passo una mano sul bordo che porta scolpita la cicatrice con cui vennero uccisi. «La casa crollerà, la casa crollerà» sento ripetere nell'aria, e lancio pugni nel vuoto per scacciare le voci. «Dobbiamo abbatterli, dobbiamo abbatterli». Aspetto che la voce sia la sua, che si svegli, che mi chiami. Devo portarla qui. Devo farle vedere la salvezza.

«La cosa migliore è lasciarli stare così come sono» dice Gabriele. «Cresceranno attaccati, nel tempo il loro tronco si unirà e saranno tre grandi pini che crescono in simbiosi, l'uno accanto all'altro, in un'alleanza perfetta, come soltanto la natura riesce a fare, perché la natura vince e guarisce ogni cosa».

«Vuoi il latte?» le dico. «Vuoi una merendina?» Mugola uno strano verso inafferrabile. Ho fretta ma devo resistere. Aspetto steso accanto a lei. Mormoro frasi sconnesse sugli animali, sugli uccellini, sul passero che cadde dal nido e a cui io diedi il latte e che poi tornò a salutarmi, con la mamma, per ringraziarmi di averlo salvato. Lei non parla, allunga le braccia verso il soffitto e disegna linee che non posso seguire. «Voglio portarti fuori» le dico. «Voglio farti vedere una cosa».

«Salutali i tuoi pinetti. L'anno prossimo li ritroveremo cresciuti. Chissà di quanto?» Chiudiamo la macchina stipata di bagagli. La casa è chiusa. Sono tutti partiti prima di noi. «Claudino sa come fare. Ci aiuta lui. Anche Gabriele» faccio io, guardando che le tre canne siano bene infilate a terra a proteggere gli steli verdi fragili come fili d'erba. «Bravo, tutto perfetto, andiamo». Alzo la mano verso i pinetti. Dentro la macchina i fratellini giocano e io mi siedo accanto a loro. Mi viene da piangere. Mio padre fa manovra e sale verso il cancello d'ingresso. Guardo mia madre che chiude bene le ante di ferro e cerco di guardare la tenda di canne ancora una volta ma è già scomparsa dietro l'angolo della casa.

«Eccoci qua, siediti qua». La metto a sedere sul tronco più grande. «Qui una volta c'era una scaletta che scendeva giù nel burrone» le dico. «E questo era il più grande dei tre pini che io piantai». Mi guarda eppoi guarda il tronco. «Vedi i bordi, senti?» le porto la mano sul taglio. «Lo hanno tagliato. Anche quello lo hanno tagliato. Ma erano tre. Il terzo lo trapiantammo sul terrazzamento sopra lo stenditoio e morì perché i cinghiali vennero a mangiarne la corteccia e le radici, un anno in cui non trovavano cibo su in cima al monte».

Non risponde, mi guarda con gli occhi sgranati e assonnati.

«Erano tre. Li avevo piantati io» le dico.

«Come?»

«Te lo racconterò. È una storia bellissima».

«Mi racconti adesso? Oppure, no, no, oppure dopo, dopo».

«Certo, te la racconto stasera. La storia dei pini. Erano altissimi, alla fine».

«E perché perché ora? Perché tagliati?»

«Dicevano che la casa sarebbe caduta».

«E perché?»

«Tu hai mai visto una casa cadere per colpa di un pino?» le dico e rido.

Mi stringe.

«Ma vedi che grandi tronchi erano diventati? Li avevo piantati quando ero un po' più grande di te. Avevo sei anni, quasi sette».

«Papo, papo» mi dice toccando il segmento del pino più piccolo. «Li piantiamo anche noi? Li piantiamo?»

La prendo in braccio, la sollevo e la scuoto e grido, ballando: «Ecco cosa dobbiamo fare. Ecco cosa. Li piantiamo, sì, sì, sì. Ecco. Piantiamo tre pini nel dirupo. Lo facciamo domani, va bene? Lo facciamo domani, piccola mia?»

Due

7 dicembre 2012

L'uomo nella notte accende una luce a se stesso

Percorro il perimetro del cortile tre volte. L'orologio dentro il bar dell'ospedale è un quadrante di porcellana dai bordi blu su cui in rilievo si alternano corone e croci stilizzate, pallini e fiori. La lancetta dei secondi è rossa. Sono ancora le undici e venticinque. Esco dal cortile e scendo scale dall'estremità arrotondata e scivolosa. Alla curva, dietro il baracchino colorato da cui sono tesi verso il cielo bianco fili invisibili legati a palloncini sfavillanti, l'uomo alza il viso e accenna una smorfia e un gesto. Inarco il sopracciglio e distendo la mano e tiro dritto, attraverso la strada, suonano clacson, volto oltre la fila di pini e mi siedo sulla panchina verde. Tiro fuori la borsetta di cuoio, la apro, immergo la mano nel tabacco morbido, la muovo come un mulinello.

«Sei stato qui tutta la notte, ora vai a riposarti» ha detto mia suocera, gentile delicata in un soffio.

L'ho guardata sovrappensiero. Tenevo gli occhi sui capelli bianchi, quasi azzurrini, fatati.

«Non preoccuparti, riposa, devi riposarti» ha ripetuto.

«Le va bene se torno a mezzogiorno? Così può andare a pranzo. Le va bene?»

«Non mangio a mezzogiorno. Ma va bene, grazie. Non prima, comunque, non ce n'è bisogno».

Sulla cartina dispongo una montagnola di tabacco che allungo poi arrotolo, spingo e comprimo. Sento il pollice che cede. Tenendo la cartina nella sinistra, alzo il pollice destro contro il cielo, lo piego a novanta gradi e lo vedo tremare. Se lo tendo dritto è fermo. Comincio a piegarlo e ancora è fermo. Verso i novanta gradi trema, poi trema ancora di più, poi si richiude contro il palmo della mano e smette di tremare. Giro la cartina, lecco, incollo, accendo. Respiro il fumo in gola. La gola brucia. Fumo velocemente. Devo fare in fretta. Vorrei correre. L'estremità della sigaretta è incandescente. Sento il filtro caldo sui polpastrelli. Guardo oltre il cielo bianco. La città umida. Ancora clacson alla curva. In alto rami immensi, pini altissimi maestosi. I pini del Gianicolo. I pini di Roma. Mi alzo, getto la sigaretta. Torno indietro, scendo senza attraversare, evito il baracchino e lo sguardo morboso del venditore, risalgo dall'altra parte della strada, saltello sugli scalini. M'infilo nel cortile dove uomini donne bambini circolano seguendo percorsi inafferrabili. Passeggio lentamente contro il muro. Il lato lungo opposto al bar è segnato da un minuscolo marciapiede di mattonelle zigrinate. Non posso evitare di calpestare i bordi. Quando il marciapiede s'interrompe c'è lo spazio per una discesa a qualche sala sotterranea. Il lato corto è semplice asfalto spaccato da una crepa irregolare e zigzagante. L'altro lato è nuovamente segnato da un piccolo marciapiede lastricato di mattonelle quadrate su cui seguo un percorso rituale fino al bar. Undici e quarantuno del sette dicembre. Undici più quarantuno uguale cinquantadue, più sette cinquantanove: disparo. Cinque giri del cortile a passo morbido, piegandomi sulle ginocchia, e saranno le undici e tre quarti, e allora sarò libero di salire.

«Io ho il diritto di dirti quel che sento e quel che voglio. Ho il diritto di volermi sentire ancora giovane. Perché io sono ancora giovane».

Guardo oltre la fila di pini che separa il Muro Torto dai contrafforti del Pincio e per un attimo sento solo grida di bambini che corrono, ansimare di ragazzi che spingono sui pedali di un tandem, fruscii di aquiloni. «Che magnifica giornata» mormoro. «Che cielo». Lei non mi guarda. Muovo la mano sul legno sbrecciato di vernice verde. Accenno un sorriso e taccio.

«Mi spiace davvero se non riesco a restare tranquilla. Ma tu sai il motivo. Ci stiamo avvicinando a un nuovo calvario e io mi sento priva di forze, priva di forze e dio mio vorrei essere da un'altra parte, credo che tu possa capire tutto questo. Sei un uomo eccezionale e io ho sempre voluto soltanto te. E ora tu puoi capire quanto per me sia difficile affrontare tutto quello che ci si sta scaraventando contro. Io ho provato a resistere e ora mi sento perduta».

Alzo la mia mano e la poso sulla sua. Ha dita lunghe e unghie corte e la pelle ai lati delle unghie dell'indice, del medio e dell'anulare è rosicchiata. Il sole s'infila fra i pini della villa e forma un reticolo di luce sull'acqua ferma del meccanismo dell'orologio.

«Quando ero bambino venivamo qui» dico alzando la testa. «Mio padre mi spiegava come funziona quest'orologio, guarda».

«Non cambiare discorso».

«Non cambio discorso. Ascolta. Ti racconto una storia importante. Volevo che ci vedessimo qui per questo. Mio padre mi ci portava spesso. Mi spiegava il meccanismo dell'orologio a acqua e io dimenticavo tutto, non seguivo. Parlava di questo Giambattista Embriaco, il domenicano, e io pensavo solo che fosse un ubriacone. Poi mi spiegava il tempo e io non capivo cosa fosse il tempo. Poi parlava addirittura dell'eternità e del tempo infinito e allora succedeva qualcosa. Perché, mentre lui mi teneva per mano e mi portava lì sopra quel ponticello di legno, gli chiedevo cosa fosse questo infinito e come si potesse immaginare e lui parlava di un cielo che non finisce mai. Io guardavo in alto, fra i pini, e lui rideva. La sera a letto non riuscivo a chiudere occhio. Pensavo a questo cielo che non aveva inizio né fine e mi sembrava impossibile, finivo per immaginare una specie di rotolo blu che non smetteva mai di aprirsi in un immenso lenzuolo di cielo e anche questa idea non bastava, così mi sentivo male e mi giravo e rigiravo nel letto. Dopo un po' questi pensieri si persero. E ora? Ora queste cose sono riapparse. Uno smette in fretta di pensare all'infinito. Però quello che mi è rimasto è qui. Ci penso spesso. Qui. Tutte le volte che io e lui venivamo davanti a questo affare così strano e lui indicava il meccanismo, l'acqua che scende, e mi spiegava e io non capivo. Per me oggi l'idea dell'infinito, la nostra aspirazione all'infinito è tutta qui».

Non mi guarda, muove le mani intrecciandole, con pollice e indice scarnifica un po' del medio e subito distoglie la mano e ricomincia a intrecciarle e a muovere la gamba. Lontano si sentono grida dal ponte sul Muro Torto. E lei scalpita e non si riesce a fermare.

«Io non sopporto i tuoi ragionamenti. Non so come fare ma non li sopporto. C'è sempre la tua calma del cazzo in un momento in cui è impossibile essere calmi».

«Non sono calmo. Voglio portare nostra figlia qui. Presto».

«Devi aspettare, allora».

«E infatti sono pronto a aspettare tutto il tempo che servirà».

«Dio mio, dio mio».

Le prendo di nuovo una mano e la stringo e l'avvicino e lei si ritrae.

«Se mi vuoi vicina devi assecondare i miei desideri».

«Non capisco cosa significa».

«Io desidero un figlio».

«Ne abbiamo già parlato. E ti ho risposto. Questo non è il momento».

«E quale sarà il momento allora? Il momento del dolore?»

«Questo è già il momento del dolore. Ma noi siamo forti. Verrà il tempo».

«No. Io non devo essere forte, non devo. Non esiste il dovere di essere forti. E io ho il diritto di sbagliare e di fare quello che voglio».

«Lo hai di sicuro, ma senza esagerare».

«Io esagero quanto credo e quanto voglio».

«Certo. Tu fai come credi ma le cose poi hanno delle conseguenze».

«Quali? Sei un buffone. Sei tu il giudice di tutto?»

«No. Voglio solo che tu la smetta di pensare che siccome il senso di colpa non esiste allora non esistono cause e colpe».

«Sei un filosofo del cazzo».

«Non c'è dubbio».

«Sei un presuntuoso, superiore del cazzo e mi stai rovinando».

«Spero veramente di no».

«Io voglio un figlio, voglio un figlio, brutto stronzo porco. Ieri ho compiuto trentasei anni. Ti sei mangiato i tuoi ravioletti. Ricordi? Eh! Te lo ricordi o hai già dimenticato? Fra un po' probabilmente non riuscirò più. Non potrò più averne, di figli. Lo capisci o no? Devo ripetertelo per l'ennesima volta?»

«No».

«Vuoi che io sia costretta a entrare e uscire da una clinica per fare esami, impiantare ovuli, semi e stronzate del genere? Mi vuoi costringere a questo? Solo perché tu cinquantenne di merda potrai aver figli sempre».

«Non ho ancora cinquant'anni. Ne ho quarantaquattro, per la precisione».

«Vuoi vedermi invecchiare, invecchiare e morire così. Un albero secco?»

«Non lo sei».

Si alza e, spalle all'orologio a acqua, guarda dritto davanti a sé, poi di slancio s'incammina.

«Dove vai?» le chiedo e non risponde.

Mi alzo e la seguo e le parlo da dietro, due metri indietro, le dico di tornare a sedersi con me e di stare calma. Tento una dolcezza che non ho e lei blatera che calmo devo stare io e che sono io quello che deve tornare a sedersi. «Io ho il diritto di andare dove voglio» dice senza voltarsi.

«Diritto diritto diritto».

«Sì, ho il diritto di andarmene».

«Quanti diritti eh!»

«Non lo sapevo, infatti».

«E devi spendere tutti quei soldi alla settimana per farti dire che sei brava, non hai colpe e hai solo diritti?»

«Spendo quanto cazzo mi pare. Almeno cerco di stare bene. Tu invece, guardati».

«Idiota».

«Adesso me ne vado. Tu pensaci. Pensaci. Te l'ho detto chiaramente. Se non vuoi un figlio con me è finita».

«Un figlio lo abbiamo. È una figlia. È femmina. Se il tuo medico non lo sapesse ancora o non glielo avessi spiegato bene, forse è il caso che tu glielo dica un'altra volta».

«Sei un pezzo di merda».

Resto immobile e la osservo mentre attraversa il parco in direzione Pincio. È una donna bellissima, statuaria, elegante. Ha appena compiuto trentasei anni ma nessuno lo direbbe. Pelle liscia come porcellana. Indossa jeans attillati e stivaletti marroni scamosciati e una giacca da motociclista. I capelli fluenti neri. La fronte alta. Due ragazzi si voltano mentre cammina veloce sulla ghiaia. Sembra che non veda nulla di fronte a sé. Sembra che non esistano ostacoli sul suo percorso.

Faccio pressione sulla maniglia come un ladro. Si sente un cigolio lievissimo, e subito la porta si libera dalla stretta della serratura e scivola via dallo stipite. La luce dentro è bassa. La serranda è srotolata fino a metà e il bianco del cielo illumina debolmente i capelli bianchi dalle sfumature turchesi fatate di mia suocera. Ha gli occhi chiusi, la fronte alta di sua figlia, belle rughe disegnate sulle tempie, una raggiera che si dirama dalla cavità oculare. La testa è reclinata su un lato e di poco bassa verso la clavicola. Non si accorge di nulla e intanto i miei occhi si abituano alla penombra e subito, in una frazione di secondo, sono sul letto in cui la piccola affonda minuscola, circondata da una selva di macchinari e un mostruoso intrico di tubi, sonde, tubicini che sembrano sospenderla in una dimensione apocalittica. Le manine minuscole bianche sono aperte sul lenzuolo bianco perfettamente simmetriche. I cuscini su cui sono distesi i capelli chiari, sottili, leggerissimi sembrano immense colline come elefanti bianchi ma io riesco a vedere soltanto una breve scritta incisa sulle federe. Mi avvicino piano, afferro uno sgabello di ferro e mi siedo e la osservo. Piccolo eroe, bisbiglio. Piccola star del circo. Respira bene e resta tranquilla. Dormi più che puoi. Riposati. Allungo un dito sulla superficie del letto e pollice e indice formano due gambe che passeggiano, si divaricano e si richiudono e al rallentatore si avvicinano alla sua manina distesa. Eccomi qui, amichetta mia – fingo una voce stridula sospirata nel mio cervello. Nessuno può ascoltarmi. Mia suocera continua a dormire. Ricomincio. La mia vocina è ovattata nel sogno. Segue le gambe che sono le mie dita. Eccomi da te, piccola star. Sono qui per fare il gioco del riposo. Riposi tu? Se riposi tu riposo anch'io. Tu fa' come me. Ah no? Vuoi cavalcare? Davvero? Dici che se io cavalco cavalchi anche tu? Cavalchiamo insieme verso il nostro tendone, allora. Forza. Andiamo. Sali su. Corriamo. E lì stupiremo tutti gli spettatori. Siamo noi, no? Gli eroi di questo circo. Siamo noi. Sorrido sulla mia mano vecchia, le mie dita coperte da una pelle sottile elefantesca, raggrinzita, le mie dita cascanti e imbarazzate che mimano danze attorno alla sua manina liscia, profumata, di pelle tesa, rosea, bianca, perfetta. Credo di poter vedere sottilissime vene bluastre che la percorrono e già immagino la mano adolescente e le dita affusolate e gli anelli e le unghie dipinte e i gesti che mimeranno, mimeranno, mimeranno. Faccio fare un piccolo ballo alle mie dita accanto alle sue e improvvisamente sobbalzo. Mia suocera è dietro di me e mi carezza la nuca e mi sussurra: «Usciamo un attimo. Dorme bene. Si è addormentata bene. Hai fatto presto. Vieni».

«Che fai?» mi domanda, aprendo la porta.

«Gioco».

«Hai occupato questa stanza per giocare?»

«Anche».

«Che gioco è?»

«Vieni qui, guarda, è una specie di circo, cerco di costruirlo così, vedi?» le faccio spazio sul tappeto e lei fa per accucciarsi poi ci ripensa, dice che tra poco uscirà, va a prenderla a scuola, vuole sapere soltanto se sarò qui quando torna e se potrà uscire di nuovo. Le dico che non mi muovo da dove sono, che non mi muovo più da qui. Le dico che il mio tempo adesso è tutto in questa stanza. Mi chiede se io sappia che mancano poche settimane all'operazione. Non rispondo. Se ne va e chiude la doppia porta. Sento un tintinnio di chiavi eppoi il clang dell'ascensore e la porta blindata che si richiude.

Prendo le due tessere di legno che ho tagliato su misura e le faccio combaciare e considero la portata dell'incastro. Guardo bene che possano poi infilarsi dove devono, a formare gli spalti della costruzione. Quando tutto è a posto, mi rialzo. Bevo un goccio di tè ormai freddo. Mi siedo alla grande scrivania e apro la cartellina e attacco un nuovo articolo. Sullo schermo le immagini traballano. Sull'altro monitor la posta elettronica tace.

Mia suocera mi spinge verso la finestra e fa un gesto.

«Coppi e tegole» dico io, indicando i tetti di Roma. «Guardi che bello il colore che hanno. Sembra morbido. Il marrone del tempo e il muschio e l'erba e la terra e l'arancione del mattone cotto e la pioggia e l'inverno e dicembre a Roma, ecco tutto».

«Già dicembre?»

«Sì, sette dicembre» dico e lei sorride alzando una mano svolazzante.

«Certe volte dimentico anche il mese in cui siamo. Son vecchia ormai».

«Ma signora. Lei mi aiuta troppo. È questo il punto. Dovrebbe riposare di più».

«Dovresti riposare anche tu».

Faccio un gesto.

«Come stai?» insiste.

«Come mi vede?» le chiedo.

«Ti vedo bene. Mi piaci tanto. Ti ammiro molto».

«La ringrazio. È molto generosa con me, non so come faccia».

«A me spiace tantissimo tutto quel che sta capitando. Mi spiace davvero tantissimo. Non so come fare. Ho provato a parlarle. Sembra impossibile».

«Lo so».

«Ci sono cose che diventano più grandi di noi, però».

«Più grandi di tutto».

«E forse Anna ha bisogno soltanto di sentirsi grande anche lei. È sempre stata una bambina, in fondo».

«Lo so ma adesso non possiamo essere bambini. E tanto non saremo mai grandi come questo».

«Tu hai ragione. Sto solo cercando di trovare un modo. Io non so come fare. Ho provato in molti modi e non so come fare. Ascolta, non vorrei annoiarti, non vorrei farmi i fatti vostri. Ti offendi se parlo con te di queste cose?»

«Lei non mi offende mai, signora».

«Vedi, per esempio il fatto che tu abbia lasciato il tuo lavoro è una cosa che io trovo bellissima».

«Grazie».

«Credo che per lei però rappresenti anche un grande peso».

«Può darsi. Forse è vero. Ma io ho smesso di lavorare per dedicare tutto quel che ho a noi. E dunque deve capirmi, deve capire perché l'ho fatto. Non ho altre armi per spiegarglielo. Ho fatto tutto quel che potevo».

«Certo. Lo sa anche Anna. Però credo che finisca per soffrirne. È come se non potesse mai essere all'altezza».

«Ma lo è eccome. Non deve mica studiare quel che io sto studiando. Se solo fosse quella che io ho conosciuto».

«Ma quella era una ragazza di dieci anni di meno. Eravate giovanissimi».

«Be', no, io no».

«Cerca di capirmi. Tu vuoi fare troppo».

«Io non posso farne a meno».

«Credo che lei senta questo. Io non so che dire. Io provo a immaginare».

«Lei fa benissimo a parlarmi. Io studio tutto il giorno. Tutto il giorno studio per questa bambina magnifica e il resto del tempo voglio stare con lei».

«Vedi? E mia figlia? Dov'è mia figlia nel tuo tempo?»

«Ma è qui, in tutto quel che faccio. Cristo, ora c'è solo nostra figlia. È figlia mia e figlia sua. Quel che faccio lo faccio per noi. E se Anna non capisce questo io cosa posso fare?»

«Forse puoi cercare di lasciarle uno spazio. Lo so che è difficile per te. Ma forse puoi provare. Mi spiace se probabilmente uso le categorie del mio lavoro però è inevitabile».

«Lo so, non deve preoccuparsi».

«Lo dicevo perché adesso, la terapia di mia figlia...»

«Ascolti. Io penso alla terapia di mia figlia, mia figlia e non sua, e mi spiace, ma non posso fare diversamente».

«Non fraintendermi».

«Non la fraintendo ma anche questo sta diventando un incubo. Forse non dovrei parlarne. Io non ce l'ho con la vostra categoria ma il suo collega, guardi, il suo collega, senta, meglio se non parlo».

Sorride, mi guarda, accenna una carezza sul braccio. «Siamo tanti a fare questo mestiere. Ma come puoi immaginare, io non conosco questo collega».

«Lo so, lo so, mi scusi».

«Non devi scusarti».

«È che questa idea che non esista più una colpa non mi va giù, mi fa impazzire. A me non interessano le colpe, ma in ogni situazione dobbiamo anche vedere quali sono i nostri meriti e quali i nostri torti. Possiamo buttare tutto a mare? Ho il diritto qui, ho il diritto là. Devo pensare a me, a me, a me. Ma quale me? Qui c'è una bambina, non ci siamo noi».

«Lo so. Le esagerazioni sono tante. Ma forse quel che viene fuori è che lei ha bisogno di te e ha bisogno di una tua attenzione diversa. Oh, senti, scusami, non posso parlare, io. Non posso».

«Non creda che mi dispiaccia parlare con lei. Anzi. Solo, sono molto affaticato. Poi lo sa come funziona. Le recriminazioni diventano croniche».

«Sì, ma non pensare a questo. Se puoi pensa al tuo tempo e pensa che potrebbe essere sano distribuire il tuo tempo diversamente».

«Signora, io devo studiare, devo studiare e il tempo per me è pochissimo. Devo studiare e studiare e devo sapere tutto quello che gli altri non vogliono capire o non hanno voglia di vedere. Sono convinto che ci sia un modo. Ci dev'essere. E forse questo modo è solo dietro il velo che nessuno scosta per abitudine. Ecco perché sono così testardo. Io non sapevo nulla di tutto quello che sto leggendo e studiando e questa rischia di essere una fortuna. Come si dice? La fortuna del principiante? Ma il principiante che dà tutto, dà tutto se stesso. Io non posso fare diversamente. Io devo farcela».

«Ce la farai, ce la farai. Vieni qui». Mi abbraccia e mi stringe. Ha un golf celeste morbidissimo, dev'essere cachemire, le perle al collo fredde che premono contro il mio petto, un profumo di arancio, o di limone, una colonia che sa di primavera.

Quando stanno arrivando lo sento fin dal cortile. Lo scoppiettio del motore è inconfondibile. Già mi sembra di sentire il profumo. La lamiera dell'automobile caracolla lungo la discesa e mi distraggo completamente. So che devo fingere, so che la cosa più importante è fingere che io sia distaccato. Così resto fermo alla scrivania. Grafici, figure, numeri di risultati e prove di una certa soluzione sono ormai insignificanti, bianco e nero di fotocopie segnate da note in margine e considerazioni. Sono concentrato sulle marce che inserisce per fare manovra eppoi sulle portiere della macchina che sbattono e sui passi e i passetti in cortile. Il rumore della porta metallica. L'ascensore. Mi alzo, guardo che in terra sia tutto pronto poi torno alla scrivania e ripercorro gli ultimi calcoli, controllo il monitor su cui ballano immagini, e sento l'ascensore che arriva al piano, il clang, i passi, la chiave nella toppa, le voci, la vocina. Resto fermo. Vieni, ti prego, vieni, vieni subito. E tu non impedirglielo, non dirle che sto lavorando, non dirle che non deve disturbarmi. Che mi disturbasse sempre, sempre, sempre e per sempre. Ti prego entra. Mi pare di sentire un bisbiglio, il tintinnare di chiavi, qualcosa sottovoce, poi ecco, ecco, ecco. Una manina struscia sullo smalto che ricopre il legno della porta eppoi la maniglia cigola, non resisto e mi volto.

«Già qui?» scoppio a ridere.

«Eh ma ma sì» dice aprendo le mani davanti al viso in un movimento goffo.

«Evviva» grido. «Vieni, corri, ma che bello che hai fatto così presto».

«Lo sai, lo sai che a scuola facevamo, facevamo dei giochi, dei giochi così?»

«Ah ma no! Così come?»

«Guarda» si avvicina e sulle dita minuscole ci sono segni di pennarello e una specie di vernice bianca.

«Dici questo?»

«Eh, vedi, vedi». Indica la vernice.

«Hai verniciato».

«Era una cosa grande, grande così».

«Be', ma cosa era?»

Mia moglie da dietro l'uscio riordina i cappotti e ripone qualcos'altro nel ripostiglio d'angolo eppoi dice «Il cartellone per la recita, spiegaglielo».

«Eh sì, un cartone ecco».

«Un cartone o un cartellone?» Mi scosto sulla sedia e la tiro su e me la metto sulla gamba e la coccolo. «Guardati intorno. Vedi la novità? La vedi?»

«Dove?» fa lei voltandosi verso la portafinestra del balconcino.

«No. Non lì. Acqua lì».

Si gira dall'altra parte.

«Fuoco».

Salta giù e corre verso il tappeto.

«Fuochissimo».

Si accuccia.

«Sono arrivati i cavalli, hai visto?»

Li prende in mano e li solleva e senza dire nulla me li punta contro con un'espressione di felicità stupita. Poi saltella e comincia a correre. «Mamma mamma i cavalli del circo, i cavalli del circo».

Rientriamo. Lei dorme ancora. «Vuoi che resti?» mi dice e io scuoto il capo. Si avvicina alla sdraio aperta sotto la finestra e raccoglie le sue cose. Senza fare il minimo rumore infila tutto in una busta di tela blu. Prende la borsa e la giacca. L'aspetto in piedi. Mi viene vicina e sottovoce mi fa: «Se neppure oggi venisse fammelo sapere, d'accordo?» Accenno una smorfia, sorrido. «Chiamami, non mi disturbi mai, ho tanto tempo, mi fa piacere venire quando serve».

«Non faccio complimenti, non si preoccupi, grazie».

Mi stringe la mano sul braccio, sul polso, e esce sorridendo.

Ritaglio pezzi di carta che assesto sulla pagina con spille metalliche per evitare di deconcentrarmi. Le immagini sul grande libro dalle pagine plastificate non danno tregua. Appena le vedo non riesco a smettere, le osservo lasciando vorticare l'immaginazione e comincio a cercare sul computer i casi che le immagini raccontano nel dettaglio e mi distraggo dall'idea principale della ricerca. «Quando stai cercando una cosa e ne incontri un'altra non evitare di lasciarti appassionare. L'altra cosa può portarti dove non immaginavi» ripeteva il mio maestro, eppoi citava: «L'uomo nella notte accende una luce a se stesso». A se stesso sì, è vero, ma erano situazioni del tutto diverse, mi ripeto ora. L'entità stessa della mia ricerca era un'altra. Tutto cambia a seconda della dimensione temporale. Una ricerca vera non ha limiti di tempo. E io invece ora non ho tempo, non ho tempo, non ho tempo da perdere. Così, appena mi accorgo che sto uscendo dai binari che mi sono imposto, mi fermo, raccolgo le forze e torno sulle domande a cui nessuno vuole rispondere e a cui si deve, si deve, si deve dare una risposta.

«Posso?» dice mia moglie da dietro la doppia porta.

«Vieni, entra».

Mi raggiunge alla scrivania e sento l'odore del caffè.

«Scusa, un attimo solo, eccomi» finisco il paragrafo, segno di lato con la matita, mi volto. «Oddio, grazie mille».

«Vuoi anche qualcosa da mangiare?»

«No, davvero. Grazie. Sei fantastica».

Posa la tazzina sul tavolo, accanto un bicchiere d'acqua, mette giù il vassoio contro la gamba del tavolo mentre mi si siede sulle gambe. L'abbraccio.

«Come stai?» le chiedo.

Non risponde, si accuccia contro di me e preme con il volto contro il mio collo. Le labbra calde. Bevo un goccio di caffè. Sento la mano che scivola lungo il fianco e s'infila sotto la cinta.

«Ehi ehi, no no, non posso» dico io e finisco il caffè. «Devo lavorare, non posso ora, non posso proprio».

«Come non puoi? Sei qui».

«Sono qui ma devo lavorare lo stesso».

«Ma se il tuo lavoro lo hai lasciato».

«L'ho lasciato perché non avrei potuto fare questo, lo sai».

«Ma cosa credi di poter fare?»

«Qualcosa, qualcosa riuscirò a fare. Devo riuscirci».

«E non hai tempo per me».

«Ma certo, ehi, guarda. Che ore sono? Le dieci e mezza? All'una smetto. All'una sono da te. Magari usciamo».

«All'una?»

«All'una. Hai visto che giornata? È ancora ottobre. Un ottobre fantastico, possiamo fare due passi».

«E io? Adesso?»

«Tu cosa?»

«Io non posso stare qui con te, adesso? Ho voglia di stare con te».

«Ehi, te l'ho detto già, per favore. Cerca di pensare che sono in un ufficio, dove non si può entrare, un luogo di lavoro dove non si può far altro, neppure rispondere al telefono».

«Ma se ti sei messo a fare costruzioni. Le faresti le costruzioni di legno in un ufficio?»

«No, certo, ma dai, su. Faccio ogni tanto piccole pause e per ragionare mi stendo lì a costruire. Anche quello ha la sua parte. Una parte nel lavoro. Voglio dire: devo lavorare molto per riuscire. Ecco. E non posso fermarmi, non posso distrarmi, non posso».

«Certo, non puoi».

«No. Immagina che io non abbia lasciato il lavoro. Adesso sarei fuori, non sarei in casa e ci vedremmo stasera».

«E questa stanza non sarebbe diventato il tuo ufficio e io non ti porterei il caffè. Stronzo» si alza e esce.

«Hai ragione» dico io «E non ci vedremmo neppure all'una».

«No e infatti non ci vediamo».

Assesto la sedia di fronte al tavolo e ricomincio a leggere.

Improvvisamente nella stanza si sente un lamento debolissimo. Scosto i fogli, mi alzo un po' sulla sdraio e la osservo. Nella penombra il letto appare inizialmente oscuro poi vedo tutto. Scuote la testolina, il corpo fermo, gli occhi chiusi. Resto immobile a guardarla. Regina del circo – dico. La star, la star di tutti i circhi. Che numero proponi stasera? Parlo sottovoce e lei non può sentirmi, ma il lamento adesso echeggia per la stanza e allora mi alzo e lascio cadere i miei fogli sulla sdraio e mi avvicino e agguanto lo sgabello e le carezzo la fronte.

Dove eravamo? Ti ricordi la strada? Una strada lunga lunga lunga e larga, grande quanto? Aveva piovuto un po' e i fari rimbalzavano sull'asfalto e tu dicevi che era già la luce magica. Una luce scintillante che si rifrangeva sui vetri laterali bagnati e si rompeva in piccole perle. Le altre macchine passavano intorno e noi ridevamo di tutto quel caos e andavamo piano dalla nostra parte. Poi è arrivata la grande curva e abbiamo cominciato a sentirci felicissimi. Dove scendeva quella curva? Ci siamo fermati appena abbiamo potuto. Ho aperto lo sportello e sono venuto dietro, ti ho tirato fuori e abbiamo guardato giù. I campi erano coperti da una nebbiolina leggera. Il freddo già se n'era andato e c'era umidità, un'umidità fortissima e io ti dicevo: «Guarda, vedi lì giù, lì giù è Tor di Valle ci sono i cavalli che dormono e le loro stalle e in mezzo a quella costruzione c'è una pista dove corrono, corrono, corrono velocissimi». Tu mi chiedevi se potevamo andarci e io ti dicevo di no, che adesso i cavalli lì dormivano e che ci saremmo andati un'altra volta. Che per ora avremmo fatto una cosa molto più bella, molto più importante, non te lo ricordavi? Dove stavamo andando? Dove andavamo, piccola regina?

Ti prego ti prego ti prego ecco così, dai amore, sì ti prego così, dai, ecco, ti amo ti amo ti amo, mi senti? Sei bellissimo, sei un dio, tu sai fare tutto, ecco, lo so, lo so, per questo mi sono innamorata di te, non amerò mai nessuno come te, non potrò mai, sì, ecco, dai, ancora, ti prego, sei un dio, il dio più luminoso, sei un dio per me, uccidimi, ancora, ancora, ti prego, sì, sì, nessuno è come te, io ti amo ti amo e ti amo e non so come fare senza te, ti prego, ti prego, vieni qui, stringimi, schiacciami, ecco ecco ecco, sì vieni sopra di me, vieni qui, oh no, no, dai ti scongiuro, tu, lo sai chi sei per me? Lo sai chi sei per me? Tu sei l'unico, l'unico, l'unico dio. Tu sei l'unico uomo e l'unico dio e io vivo solo per te, sono la tua donna, sì, la tua donna, la tua piccola donna, ti prego, vieni qui, ancora ancora ancora, schiacciami, vieni, ecco, amore, sì, vieni, vieni, vieni, vieni qui, vieni dentro però, sì dentro dentro dentro amore mio, sì, dentro dentro dentro, vieni qui, ecco, sì, dentro, vieni? Vieni? Vieni? Ti prego vieni. Ecco ecco ecco, sono tua, la tua piccola, la tua donna, sono tua per sempre e ecco. No, no, no. Che fai? Perché? No, perché? Qui? Perché? Non qui. No, no, no. Ma perché qui? Perché? Oddio no. Io non. Tu. Tu. Tu sei una bestia. Perché fuori? Perché fuori? Perché fuori? Non mi vuoi? Non mi vuoi? Non vuoi me? Non vuoi stare con me? Ecco. Guarda. Ora mi devo pulire? Devo pulirmi? Puliscimi tu, almeno. Puliscimi. Prendi un fazzoletto. Prendilo. Ti odio. Tu non mi vuoi, tu non mi vuoi. Tutta la mia devozione. Tutto il mio amore. E tu non mi vuoi. Cosa sono io? Io non voglio una cosa così. Non voglio una vita così. Cosa sono io? Cosa devo diventare? Un albero secco. Un arbusto. Una vecchia. Una vecchia. Guarda. Qui. Guarda che schifo. Guarda. Una cosa bella che diventa un orrore. Tu. Tu. Tu mi usi. Mi usi e basta. Cosa sono per te? Un pezzo che si apre, un'apertura? Quali altri termini vuoi usare? Nulla sei tu, nulla. Non sei nulla. Non sarai mai nulla. Un bambino viziato. Solo un bambino viziato. E io ti odio.

Le sfioro il collo con le falangi anteriori dell'indice e del medio. Faccio attenzione a non toccarla con l'articolazione screpolata, dura, ruvida. Ha la pelle talmente morbida e liscia che viene da gridare. La tocco appena, in maniera quasi impercettibile ma lei lo sa, lo sente, sa che ci sono e che sono io. Salgo verso la mandibola e la sfioro verso le labbra eppoi salgo sulla guancia e sulla tempia e vago sulla fronte eppoi sulle sopracciglia. Respira piano, non apre gli occhi, il tubicino che fuoriesce dalle narici sembra una sonda che raggiunge altri pianeti e io la dimentico, la dimentico, la dimentico. A tratti vedo che un sussulto le percorre la pelle attorno agli occhi e alle labbra. Mi sembra un sorriso. Come se un debolissimo sorriso mi accompagnasse, ci accompagnasse nel nostro passato, nelle nostre scorribande, nelle nostre corse piratesche, nei giochi più fantastici che io abbia mai fatto in tutta la mia vita.

«Adesso chiudi gli occhi. Chiudili e aprili appena te lo dico. Aspetta eh! Aspetta. Ancora un attimo. Un attimo. E... apri!» Eccola la luce magica. Era davanti a noi. Un infinito reticolato di lampadine e un'impressione complessiva di magia pura. Tu aprivi gli occhi e gli occhi diventavano grandi, giganteschi, immensi. Sembrava che volessero divaricarsi per contenere tutta la luce magica del mondo. Perché quella era la luce magica. Fili di luminarie erano distesi dalla cima del tendone tutto attorno, fissati a pali alti da cui ricadevano giù in una selva di colori elettrici. L'insegna sul tendone era illuminata da un neon roseo e accanto rimbalzavano colori gialli e verdi alternandosi. Non parlavi. Non dicevi nulla. Avevi l'aria assorta, perduta, come se un mondo intero si srotolasse davanti a te e fossero lì tutti i misteri che volevi scoprire. Una volta mi hai raccontato che quando tornavamo a casa ti infilavi sotto al letto per rifugiarti nel tuo nascondiglio piratesco. Ma era un na

scondiglio che diventava la cabina di una barca eppoi qualcos'altro e accendevi una lucina per te, per schiarire la notte improvvisa e lì era tutto il mistero, lo stesso mistero che vedevi con me davanti al tendone del circo. Le frasi che dicevi erano bellissime: sconnesse e funamboliche. Anche tu sapevi che c'era qualcosa che non si riusciva a dire e scoprirai che sarà così sempre. Ci sono cose che non si riescono a vedere e che non si riescono a dire, ma noi sentiamo che ci sono, che sono al di là di un limite, un confine, un precipizio. Di là c'è qualcosa che vorremmo afferrare e che invece non potremo mai afferrare perché se solo riuscissimo e se davvero credessimo di poterlo afferrare, tutto sarebbe finito. Così era per la luce del circo. Le luci magiche. E la magia non finiva lì. «Adesso vedrai, regina, cosa succede. Te lo ricordi?» Scuotevi il capo sempre silenziosa. E allora siamo scesi dalla macchina, ti ho tenuta in braccio perché attorno era tutto fango e mentre ci avvicinavamo alla lunga roulotte trasformata in biglietteria, ti dicevo «Lo senti? Lo senti l'odore?» e tu facevi segno di sì, ma debolmente, perché eri come incantata e io ti dissi «Che odore è? Dimmi che odore è». E allora tu mi hai guardato e ti sei aperta in un sorriso e una risata e portando le mani sulle guance hai gridato «animali» eppoi slanciando le braccia in alto «cavalli» eppoi mi sei venuta più vicina, hai cambiato espressione, sei diventata come assorta, timida, preoccupata, e mi hai detto «Papo, papo, ma ci sarà, ci sarà il, il, il lama?»

Vedo il vassoio di cartone ricoperto di una patina dorata riempirsi poco a poco. Ci sono i diplomatici che ama mia suocera e le paste con frutti di bosco che ama mia moglie e i cannoli ripieni di crema, ossia quel che piace di più a noi. Esco dalla pasticceria trotterellando sul marciapiede assolato debolmente. Giro attorno all'isolato, percorro il viale, attraverso la piazza, m'infilo nella bella via fino a fermarmi di fronte al palazzo, l'ingresso sulla scala e il cancello in ferro battuto. Il pulsante del campanello di mia suocera è il primo in alto a sinistra e potrei premerlo senza guardare. Suono mimando una specie di ritornello, tattaratatta tattà. Il fischio del contatto elettrico libera prima il cancello eppoi il portone. Dentro è freddo e umido. Il giardino interno è in ombra. Piante tetre. Attraverso il cortile, salgo su a piedi e sulla porta c'è lei che mi aspetta e appena mi vede con il pacchetto in mano corre verso le mie gambe, le abbraccia, saltella, poi ruzzola via gridando: «Le paste le paste le paste». Il tepore della casa luminosa, un odore di bucato e di cucina. Il corridoio, la porta di vetro smerigliato, il lungo tavolo da lavoro in legno e mia suocera di spalle. Tiro dritto. Mia moglie è in sala da pranzo. La vedo e accenno un saluto poi entro in cucina e poggio il pacchetto e bacio mia suocera che è profumata e sorride a mia figlia che saltella. «Posso aiutare?» «Tutto quasi pronto» dice lei. «Vuoi del vino?» Ringrazio e dico di no, perché adesso ho da fare una cosa, mentre aspettiamo che sia tutto a tavola, ho da fare una cosa. Mi domandano cosa e io guardo in basso e faccio una smorfia, una smorfia segreta, e lei fa un risolino e io corro via dalla cucina accucciandomi come se qualcuno potesse vedermi. Volto dietro l'angolo del corridoio, con i passetti veloci che m'inseguono, riempio i polmoni eppoi facendo il fiatone dico sottovoce: «Ehi, capitano, andiamo nel nostro rifugio». Lei saltella, ride, alza le braccia e corre avanti a me e c'infiliamo nella stanza che una volta fu di mia moglie e che da anni è diventata la stanza di lavoro di mia suocera. Un lungo tavolo di legno è adagiato contro la parete. Lembi di una tovaglia tirolese calano verso terra. Io ne scosto uno e faccio segno alzando l'indice contro le labbra. «Sss, mio capitano, non facciamoci sentire dai marinai. Rischiamo l'ammutinamento». Arraffo i cuscini del divanetto e li poggio davanti alle gambe del tavolo per costruire un muro invalicabile, poi mi chino e m'infilo sotto al tavolo. È buio e la stringo contro di me e bisbiglio: «Non dovrebbero vederci, capitano. Non sanno che siamo qui». Lei fa: «E dove, dove, dove sono loro?» «Non lo so, capitano, ma potrebbero essere vicini. Restiamo in silenzio. Ho una piccola luce per studiare la situazione». Infilo la mano in tasca, tiro fuori il telefono e lo accendo e il bagliore illumina leggermente il soffitto costituito dalla parte inferiore del tavolo. «Hai bevuto la bevanda magica, stamattina, capitano?» «Poca» dice lei. «Era finita». «Ah» faccio io. «Dopo te ne preparo un altro po' io. È necessario berne tanta. Stai qui, capitano, ti proteggo io, ti difendo, sono il tuo soldato». Restiamo fermi per qualche decina di secondi e io la stringo e sento il corpicino contro il mio petto e passo le braccia intorno alle spalle e le do carezze. Poi lei dice: «Vienono, vero? Vienono?» «Forse.

Forse vengono, sì, sssss». La stringo ancora più forte e restiamo immobili, non respiriamo eppoi si sentono i passi per il corridoio sempre più vicini e la voce acuta di mia moglie: «Andiamo? Ragazzi. È pronto. Pronto a tavola. Dove siete?» «Sssss» faccio io e lei non si muove. «Ah, siete là sotto?» Una mano scosta i cuscini e la luce penetra tutta insieme. «Venite, dai, è pronto». «Andiamo, capitano, il cuoco ci chiama in cambusa» rido. Usciamo facendo un balletto. Lei sta già prendendo la via del corridoio. «Lavati le mani» dico e raggiungo mia moglie. «Non le hai fatto la bottiglia di acqua e limone stamattina?»

«Ah già, no, me ne sono dimenticata».

«Ti ho detto quanta deve berne? Lo sai quanta deve berne, la mattina?»

«Ti prego, mio dio, il limone...»

«Deve berlo. Per favore, fidati. Deve berne almeno mezzo litro al giorno».

«Ma è una bambina, passerà la sua giornata a fare pipì».

«Certo, è un grosso ostacolo, la pipì, vero?»

«Be', è una bella noia. Ci sto io con lei, non te».

«Ascoltami. Per favore. Ascoltami. È importante. Cerchi di ricordartene?»

«Sei noioso, sei noioso, e adesso anche questa ci voleva? Vedrò di ricordarmene, ma non mi controllare, evita di controllarmi, evita».

«Io devo controllare» le dico. «Io devo controllare» ripeto, eppoi entro in camera da pranzo e rido e grido: «I ravioli, i ravioli, ma che bello, i ravioli. È proprio la festa di mamma, la festa di mamma, evviva, auguri, auguri mamma, auguri!»

Davanti all'ingresso chi c'era? Te lo ricordi? Era un uomo enorme con baffi lunghissimi che giravano attorno a se stessi. Aveva una giacca rossa con bottoni d'oro e finimenti dorati e i calzoni blu con righe brillanti sui fianchi. Affondava nel fango con scarpe nere e dure. «Benvenuti» ha detto e ci ha fatto spazio. E dentro? Il tappeto rosso era una specie di corridoio e il tendone era freddo e noi ce ne andavamo intorno a vedere gli spalti e l'orchestra e la gente che già assiepava le tribune. Poi siamo passati oltre quella corda argentata che proteggeva le tribune d'onore e ci siamo infilati sulle nostre seggiolette rosse, proprio davanti alla pista di terra. Ti ho detto: «Regina, regina, vuoi fare due passi lì sulla pista, come una vera star del circo?» E tu non dicevi nulla, eri impietrita e hai alzato la gamba su quella piccola protezione che girava tutto intorno alla pista e, come richiamata da una voce ancestrale, hai camminato verso il centro del circolo di terra senza guardare nulla e quando sei arrivata in mezzo alla pista ti sei voltata e hai alzato le mani e tutti hanno applaudito, tutti quanti hanno applaudito e io gridavo «Evviva la regina, evviva la regina del circo» e risate, grida, fischi e applausi. Erano tutti per te e tu sei diventata rossa e tenendo gli occhi bassi sulla terra sei tornata verso la platea e hai scavalcato di nuovo quella piccola protezione e ti sei gettata fra le mia braccia e il cuore ti batteva così forte che ti ho detto «Ma che è il cuore di una lucertola, questo?» e tu hai nascosto la testa sul mio petto e non volevi più riemergere mentre io bisbigliavo enfatico: «La regina del circo, la regina del circo ha fatto il suo ingresso. Tutti l'hanno applaudita. È un giorno storico oggi per il circo del mondo. Prima che lo spettacolo abbia inizio hanno tutti potuto vedere il futuro, il futuro del circo. La grande, vera, unica regina». Allora tu hai detto «Basta basta basta» eppoi sei scoppiata a piangere.

Respira tranquillamente ma a tratti il respiro è un fischio. Quando sogna e si rannicchia in posizioni per lei proibite, vorrei ridisegnare tutto, avere la possibilità di far durare anni quella notte in cui s'infilò a letto e sognava sognava sognava senza tregua e si muoveva, combatteva, saltava, e io non potevo dormire mai e appena mi addormentavo accadeva qualcosa e lei muggiva, blaterava, si dimenava e io speravo che smettesse, smettesse di passare da una parte all'altra del letto senza tregua e, benché facessi di tutto per non ostacolarla, in cuor mio la maledicevo. Ora, se si volta sul fianco devo immediatamente rimetterla supina, sperando di non svegliarla, non darle fastidio, non interrompere il suo riposo. Al mio sonno non penso più.

«Devi pensare a riposare» ha detto mia suocera. «Devi pensarci. Devi. È un dovere, capisci?»

Ascolto il breve rantolo e vedo le palpebre smuoversi, allungo la mano sotto al collo e la tocco ancora – sono leggerissime, microscopiche carezze. «Ti ricordi?» mormoro e lei apre un occhio e mi guarda senza spostare la testolina. C'è il colore dell'acqua, attorno alla pupilla, il colore di un mare pallido invernale, un azzurro grigiastro, come se improvvisamente il sole uscisse dalle nuvole e si specchiasse sul mare trasparente, riverberandosi in brevissime, quasi indecifrabili, effrazioni giallognole.

Ti ricordi? Hai smesso solo quando si è spenta ogni luce. Hai sollevato la testa tutto a un tratto e non ti sei fatta vedere neppure nella penombra. Eri già concentrata sulla pista. Seduta sulle mie gambe, non mi hai nemmeno ascoltato mentre ti dicevo se volevi metterti comoda. Della seggioletta non ne volevi sapere. Faceva caldo. Ho provato a dirti che era meglio togliersi la giacca e tu non sentivi, eri ipnotizzata e avevi le braccia morbide, queste bellissime braccine abbandonate, quasi fossi un pupazzetto, un burattino. Ti ho sfilato la giacca e non te ne accorgevi. Guardavi lì in mezzo i cavallini nani che erano entrati assieme a una donna vestita di lustrini scintillanti. I cavallini correvano dove tu poco prima avevi fatto la tua passeggiata trionfale e le criniere lunghissime saettavano in aria e io dicevo «Avranno pettini apposta? Spazzole per pettinare questi lunghissimi capelli di cavallo? Spazzole più belle delle tue?» ma tu non sentivi nulla. Nei tuoi occhi brillavano i lustrini della donna e volavano le capigliature dei minuscoli pony.

Lo seguo. Ha capelli arruffati ma radi sulle tempie.

«Ti ricordi quando facevi il cowboy in motorino?» gli dico ridendo.

Lui fa un gesto con la mano e non si volta.

«Il mio cavallo d'acciaio, Dinamite, il mio nero cavallo d'acciaio» ripeto. «Così lo chiamavi, oh, Sergio, ti ricordi o no?»

«Tutto cambia» fa lui e apre le braccia sospendendole sui lati del vicolo. Indica pub, crostacerie, sushi a portar via, negozietti di chincaglierie oscene, cartolerie trasformate in trappole per turisti. «Guarda lì cos'è rimasto» fa senza fermarsi.

Mi volto e c'è la vecchissima vineria. Intatta tra porte che brillano di richiami, sconti, scritte in caratteri cubitali. «Ma perché corri?» dico.

«Non posso vedere questi posti» fa lui. «Mi terrorizza come questo vicolo sia stato trasformato».

Sbuchiamo sulla piazzetta oblunga e lui tira dritto verso le scale, mi chiama con la mano e all'ingresso del palazzo museale estrae un cartellino, lo mostra alla donna, poi mi indica, fa un gesto, entriamo.

«Se te lo chiedeva, lo avevi ancora?» mi domanda.

«Cristo, non l'ho mica buttato. Mica voglio eliminarvi dalla mia vita» gli rispondo.

«Tornerai, allora».

«Be' certo, lo spero proprio. Dovrò pur tornare a guadagnare qualcosa». Ridacchio mentre salgo su per le scale.

«Eccolo qui il pittore che abbiamo sempre amato. Ettore Roesler Franz. Sei contento di rivederlo?» mi guarda sornione. «Roesler Franz pittore di Roma. Riposiamo un po' gli occhi. Ecco la nostra città, eh! Perché è questa la Roma che amiamo, vero Pip? La Roma perduta. La Roma sul fiume. Prima che costruissero i bastioni sul Tevere». Gli do una pacca sulla spalla e gli domando se abbia voglia di farmi una visita guidata.

«Stronzo» mormora e indica un acquerello che ritrae vicoli del Ghetto, un'insegna «Deposito di Cappotti». «Cappotti? Un deposito di cappotti capisci?» fa dandomi un'occhiatina.

Io leggo sotto «Di prossima apertura. Via del Pianto». Scrollo le spalle. Do occhiate. Carretti, uomini, donne, mercati, polli, vicoli. Altri acquerelli. Mi fermo davanti a due ragazzini sotto una specie di pergola. Si guardano. Piedi nudi. Uno è poggiato sui gomiti alla spalletta su cui è seduto l'altro. L'altro ha una lunga canna da pesca. Ridono. Cosa si raccontano? A che cosa pensano? Dietro c'è il Tevere, case scalcinate e una luce forte, il cielo bianco schiantato di sole caldo e forse è fine primavera e cosa si staranno dicendo i due adolescenti? Sottovoce mi sale un dialogo: «Annamo? Annamo dove? Ar solito posto, no? Sì, annamo dopo, devo finì qui. Chi dorme nun pija pesci».

Lui mi si avvicina e mi fa: «Che dici? Parli da solo?»

Mi volto sovrappensiero. «Sì» rispondo.

«Stai impazzendo?»

«Mi piace parlare da solo. È magnifico. Ho scoperto che c'è qualcosa di grande nel parlare da soli».

«Forse è vero. Mi hanno detto che certe volte quel che dici all'improvviso devi ricordartelo perché ci sono cose che ti svelano altro e tu non te ne accorgi nemmeno».

«Ecco, ecco, Sergio, hai ragione, è così».

«Andiamo giù in giardino, dai, facciamoci un caffè».

Oltre la scalinata di marmo, nel cortile senza sole c'è un'aria fredda e io penso di sapere già tutto quel che vorrà dirmi, dubito solo delle parole che sceglierà e invece mi sorprende. Non dice nulla, vuole solo un bar dove sedersi e poiché lì dentro non ce ne sono usciamo, scendiamo la scalinata esterna a destra del museo e lui si fa largo fra i tavolini deserti, entra, dà un'occhiata, si ferma e torna indietro e mi fa segno: «Troppo squallido. Andiamo qua davanti. A Ombre Rosse». Un gruppo di turisti si accalca di fronte a una bancarella, lui fischietta, finge di suonare un clacson.

Pochi metri e c'infiliamo oltre le siepi che proteggono la terrazza. Si siede al primo tavolino, apre la carta plastificata, la richiude.

«Campari?» mi fa.

«No, io una spremuta».

«Non bevi più?»

«Devo tornare al lavoro, non posso».

«Anch'io torno al lavoro, dopo pranzo».

«Non si tratta dello stesso lavoro».

Batte con le mani sul tavolo e non mi guarda.

«Scusami, Sergio. È che tutto cambia quando pensi di avere poco tempo. Non si ha mai neanche un po' di tranquillità» dico. «Per venire qui ho dovuto veramente costringermi».

«Ma perché? Quanto lavori?»

«Sempre. Mi sveglio molto presto. E vado a letto tardi. Di pomeriggio sto con la piccola quanto posso. La mattina la porto a scuola. Il resto del tempo lavoro».

«Anche la sera?»

«Anche la sera».

«Non sarà troppo?»

«No. Sto scoprendo cose che non potresti immaginare. Più leggo e più scopro che ci sono studi sbalorditivi».

«E non sei stanco?»

«A volte, a volte sì. Ma cambia tutto. Cambia la prospettiva. Io non posso essere stanco».

«Però tu sai quanto è importante, quando si lavora a una ricerca, il riposo, il tempo libero. Lo abbiamo sempre detto. Lo abbiamo visto sulla nostra pelle».

«Sì, ma non offenderti. Devi credermi. È tutta un'altra cosa, questa. Cambia completamente la prospettiva. Cambia la dimensione temporale. Se non c'è tempo, il tempo devi conquistarlo. Per ora sono arrivato a due o tre cose, ma credo che siano importanti».

«Sicuramente lo sono» dice continuando a guardare sul tavolo e sulle sue mani che getta alternandone il movimento come un percussionista. Il palmo della destra batte, quello della sinistra struscia da una parte all'altra, poi le solleva entrambe, le abbassa insieme e sospira «Che facciamo allora? Finiamo la nostra visita a Roesler Franz?» dice. «O vuoi tornare a casa?»

La pagina si apre immediatamente e il titolo in inglese rimbalza sullo schermo e sgrano gli occhi. Afferro la penna e segno subito gli estremi, strappo un foglio con violenza, ricopio i dati e faccio un calcolo mentale e già scorro sul breve articolo con gli occhi che volano. Poi mi alzo in piedi e saltello e getto le mani in aria eppoi mi chino e mi butto sul tappeto dove lei sta disegnando.

«Ci siamo, ci siamo» le dico.

«Chi papo?»

«Eccoci eccoci».

Lei non si distrae dal disegno e io osservo la manina che impugna un pennarello verde e i tappi degli altri pennarelli sono sparsi in terra e i fogli ricoprono l'angolo del parquet che sbuca dal tappeto persiano.

«Piccola mia, piccola mia» dico e torno a sedermi e guardo ancora tutto quel che è scritto e la statistica finale. Mi divincolo sui braccioli. Aziono il comando della stampante. Apro il quaderno voluminoso e solido e scrivo la data e inizio a buttare giù tutto quanto. Lei nel frattempo si è alzata e mi è venuta accanto e osserva la mia grafia minuscola e tremolante che solca ghirigori sulla pagina bianca.

«Che è? Che è, papo?»

«Sto scrivendo una cosa importantissima, vedrai».

«E e e perché?»

«Per noi per noi, bella mia, vieni». La tiro su prendendola per le ascelle e la faccio sedere sulla mia gamba e continuo a scrivere e lei dice «Ma io, ma io, io». Allora la tiro su e le dico «Scusa, adesso ti racconto, vieni». Mollo la penna sull'ultima parola e la sollevo in braccio, apro la doppia porta di legno con un gesto violento e percorro il corridoio fino alla portafinestra che dà sul terrazzo. Arraffo una coperta e gliela rigiro intorno chiudendomela sulle spalle.

«Dov'è Bart?» le dico. «Dove sarà?»

«E perché? Perché?»

«Sta per andare in letargo, ma a quest'ora dovrebbe essere... eccolo».

Lei ride. Il tartarugone è spiattellato al sole, il sole debole del primo pomeriggio di ottobre.

«Tu lo conosci bene, no? Hai imparato a dargli da mangiare e tutto quanto. Ora ti faccio vedere una cosa». Lo prendo in mano e lui scalcia con poca foga, la poca forza del battito cardiaco rallentato. «Guarda l'occhietto, lo vedi che è diverso? Guarda sotto. Sembra una ruga? Ma vedi come sono diversi tra loro gli occhi?»

Lei fa sì con la testa. Poggio di nuovo Bartolomeo nel suo spazio terroso dove sempre si rifugia prima di tornarsene a dormire in tana. «Rientriamo e ti spiego».

Dentro, andiamo a sederci in salotto e sul divano, sotto la coperta, le bisbiglio la storia, come se fosse un segreto che nessuno deve sentire, anche se in casa siamo soli. Le racconto di quando Bart si svegliò e aveva un occhio chiuso. Lei era piccolissima e non può proprio ricordarselo, ma era già nata. Non si capiva bene cosa gli fosse capitato, a quel tartarugone che già ne aveva parecchi di anni, e all'inizio nessuno ci pensò troppo. Con i giorni però si capì che c'era qualcosa che proprio non andava. Non solo l'occhio era chiuso ma lui si comportava diversamente dal solito. Era più stanco e più appesantito, mangiava di meno e a volte nemmeno usciva al sole. Allora lo portammo da un dottore. Il dottore cercò di aggiustargli l'occhio con delle pinzette che gli facevano malissimo, lì per lì, ma glielo aprivano. Il fatto era che poi si richiudeva. Quel taglietto che si sarebbe sempre visto era dovuto proprio a quello. Bart non lo riapriva, l'occhio. E allora andammo da un altro dottore che gli diede delle medicine e Bart stava meglio e riprese le sue abitudini ma l'occhio non lo apriva più. Per un po' di tempo pensammo che non lo avrebbe più riaperto. Finché non arrivò un amico che di tartarughe sapeva tantissimo e ci spinse a comprare un liquido da mettergli sull'occhio ogni giorno eppoi ci disse di dargli da mangiare diversamente per un periodo lungo. Disse che gli avrebbe fatto bene il tarassaco. Così portammo Bart dove c'erano tantissime piante di tarassaco e gli mettemmo questa specie di pomata sull'occhio e quando era quasi estate un mattino, con la palpebra che faceva penzoloni, l'occhio di Bartolomeo si riaprì. Era guarito. Le racconto tutto per filo e per segno e sempre sotto la coperta, come se stessimo al buio, nel nostro rifugio segreto, le dico sottovoce che adesso sono vicinissimo a scoprire qualcosa di simile. Già abbiamo la bevanda magica che farà bene a lei per prepararsi all'operazione. Tra poco ci saranno altre cose che le faranno bene. Così poi anche lei come Bart non avrà più bisogno di nulla e non dovrà più fare altre cure noiose e non starà più male. Le dico ogni cosa lentamente e con chiarezza e lei non parla mai, non dice nulla e alla fine, quando smetto, sta ancora accoccolata sul mio petto e mormora: «E Bart, Bart, adesso starà sempre bene?»

Allora sono entrati i clown. A noi non piacevano i clown. Però quella volta ti sei girata e mi hai guardato e hai alzato il dito e hai detto: «Papo papo ma quelli...» Te ne eri accorta subito che li avevamo già visti in un altro spettacolo. Erano esattamente gli stessi attori nonostante tutto il resto, animali e compagnia, fosse diverso. Mi sono messo a ridere e ti ho detto: «Ma come hai fatto? Da cosa?» e tu sei rimasta in silenzio come sempre, ipnotizzata. Non c'era bisogno di dire nulla, poi, perché i due clown facevano esat-

tamente lo stesso numero, con le pistole che sparavano proiettili al rallentatore e loro che ruzzolavano lentissimi eppoi tornavano indietro, si rialzavano, come se la pellicola stesse riavvolgendosi. Tutto all'incontrario in un tempo precedente come se il tempo non avesse senso.

Muove la mano sul lenzuolo. Le dita sottili bianchissime e magre e le vene che s'intravedono sotto la pelle esile. «Papo» dice in un mormorio «papo». «Che c'è?» mi avvicino e parlo sottovoce. «Male, male lì». «Adesso passa, lo sai, piano piano». Non dice niente e vedo che una lacrima esce dall'estremità dell'occhio e scorre giù senza nessun lamento. Vedo che deglutisce a fatica e le sonde traballano mentre fa una specie di digrigno e sposta il mento da una parte. La carezzo e le dico che passa, passa, passa. La carezzo ancora e sempre con la parte esterna della falange tra le articolazioni e avvicino il lenzuolo fresco al collo e le dico che passa e passa e passa prestissimo. Lei dice: «Continui le storie?» «Che storie?» dico io. «Le storie del circo». Alzo la testa nella penombra. «Mi sentivi?» «Quelle che arriva la gabbia però, il leone». «Mi sentivi» dico facendo una specie di sorriso. «Ora continuo, un attimo, devo andare un attimo al bagno» dico in fretta dissimulando l'emozione. Mi volto e mi alzo e entro in bagno e mi guardo nello specchio e cerco di smettere in fretta sciacquandomi la faccia.

Quando le luci si sono accese, tu mi hai detto «Sono tutto sudore» e io ho preso lo zainetto e ti ho cambiato maglietta – te lo ricordi? E appena ti sei riseduta già preparavano la gabbia. Tutti si muovevano per andare a comprare cose, pacchetti, robe colorate e si facevano fare fotografie con i topolini e con i pappagalli e con i serpenti e tu guardavi soltanto quelli che tiravano su la gabbia. «Quanto manca?» hai detto. E io ti ho risposto: «Pochissimo, piccola. Pochissimo. Devi aspettare un attimo, solo un attimo, devi solo aspettare». «Mi dici cosa arriva ora?» «Adesso lo vedi, adesso, tra pochissimo, lo vedrai». E ti sei arrampicata sulle mie ginocchia, ti sei stesa giù sul petto, hai lanciato una mano verso il mio collo e hai arraffato l'orecchio e giochicchiandoci hai detto «Io voglio, voglio, voglio che me lo dici». Ridevo e ridevo e quando finalmente ho smesso di ridere ti ho raccontato cantilenante: «Adesso si spengono le luci forti e restano accese solo le luci rosse. Niente musica. Poi in quelle gallerie cominciano a vedersi delle ombre che passeggiano piano piano. A un certo punto si sente una musica e le luci gialle si accendono tutte insieme e dentro la gabbia ci sono i leoni e le leonesse. Tutti seduti in cerchio, calmi, con il pelo attorno al volto tranquillo, i leoni, controllano ogni cosa. Sono loro i re, i re del mondo animale e i re del circo. E l'uomo che è loro amico, lì dentro, li chiama per nome e li invita a scendere, a girare intorno, a saltare. Leoni e leonesse sbadigliano, si puliscono gli occhi e cominciano a girare dentro la gabbia eppoi...» «Eppoi?» hai chiesto impaziente. «Eppoi vediamo. Adesso lo vediamo. Vieni qui. Aspetta con me, non si può dire tutto. Adesso spengono le luci e lo vediamo, manca pochissimo, manca pochissimo». «Papo» hai detto tu, «ma quando, quando io ero grande, mi piacevano ancora i leoni o più i lama?» «I lama» ti ho risposto. «Anche adesso mi sa che mi piacciono più i lama, però forse anche i leoni» hai detto, e in quel momento le luci si sono spente.

Tre

1° febbraio 2013

Nutrito da un'unica notte

Mantengo la stessa andatura. Controllo il disegno che si forma sul piccolo schermo digitale. I denti neri devono restare della stessa altezza. Non registrano le pedalate ma la velocità. Per seguire il grafico delle pedalate basta spingere un pulsante, ma non mi interessa. Potrei controllare la fatica, gli sforzi e addirittura la spesa fisica. Viaggerei su linee zigzaganti e picchi di alti e bassi. Per mantenere la stessa velocità è necessario uno sforzo notevole in salita, minimo in discesa, medio basso in pianura. Ho trovato la soluzione quando ho capito che si stava addormentando e che, per non svegliarla, oltre a fare attenzione alla compattezza dell'asfalto della ciclabile, quel che importa è la costanza dell'andatura. Non mi preoccupa che si svegli. Voglio solo che riposi. Lei del resto saprebbe perfettamente cosa fare se volesse chiamarmi. Ho predisposto un sistema perfetto. Attraverso la giuntura che collega la bicicletta al carrettino aerodinamico di magnifica fattura nordeuropea, ho fatto passare un collegamento acustico accompagnato da una luce, nel caso lei avesse bisogno che io mi fermi. Il fatto è che qui non è possibile scoprire il carrettino e viaggiare all'aperto. A Roma, una bicicletta che trasporta un miniveicolo per bambini è un lusso eccentrico che viene guardato con sospetto.

All'altezza del ponte della Magliana, sono obbligato a fermarmi. La ciclabile scende sotto il ponte e risale dall'altra parte ma tralicci di ferro parzialmente arrugginiti sono disposti in maniera tale da impedire il passaggio di veicoli più larghi delle semplici biciclette. Devo staccare il carretto e sollevarlo perché passi. Mi fermo a guardare il fiume, lei dorme ancora. Un cielo azzurrognolo, percorso da una striscia di nuvolaglia bassa e deforme pesa chiaro sulla natura nuda, livida, di pietra che corre lungo gli argini. Guardo lontano, oltre le case occupate, verso Pian Due Torri. Controllo l'ora. È presto. «Su, coraggio» dico a alta voce mentre mi chino sul carretto e tento di sollevarlo oltre le barriere. È un movimento complesso. Tento di infilarmi sostenendo la base del carretto e sto per tornare sui miei passi quando al mio fianco vedo un uomo che infila le braccia sotto al carretto e dice «Spostati di là». Mi sposto, passo, anche lui passa, insieme deponiamo il carretto sulla ciclabile dipinta di un rosso ormai sbiadito. Guardo l'uomo negli occhi neri e scintillanti e lo ringrazio e apro le braccia e sorrido. Lui mi fa un segno e non dice nulla, si volta, afferra un carrello della spesa zeppo di pezzi di metallo, lo solleva oltre la barriera con agilità e mi passa accanto spingendolo giù sotto il ponte. Scendo anch'io tenendo con la destra il carretto e con la sinistra la bicicletta.

Sotto al ponte, compaiono materassi accanto a cui sono state erette barriere di cartone. Tende impermeabili coprono giacigli. Pentole, padelle, arnesi, sgabelli sono gettati alla rinfusa attorno a troneggianti fornelli a gas. Spingo i due mezzi fra una quantità di immondizia mentre un grassone a torso nudo si rade guardandosi in uno specchietto spaccato. Lunghi fili sintetici corrono da una parte all'altra coperti di panni di mille colori, stesi all'ombra, a prendere l'aria del Tevere. Due ragazze accucciate davanti a un fuoco chiacchierano a voce bassa. Riprendo la salita, spingendo con cura, evitando buche e dossi e cumuli di mattoni e pietre e pile di rottami. Mentre il sole ricomincia a illuminare il rosso stinto della ciclabile, vedo che dove la pista riemerge oltre il ponte, in cima alla salita, l'uomo che mi ha appena aiutato è fermo immobile di fronte alla barriera che anche lì impedisce il passaggio a veicoli diversi da semplici biciclette. Fuma e guarda verso la strada. Quando arrivo su, si scosta dal bordo della ringhiera e si accuccia e prende di nuovo l'estremità del carrettino e fa per sollevarlo. Lo osservo, mi restituisce lo sguardo. Tiriamo su il carretto e passiamo oltre le barriere e quando lo riappoggiamo in terra lui si pulisce le mani scuotendosi la polvere dal giacchettino nero e si incammina. «Ehi» gli dico. Si volta senza fermarsi. «Si fermi». Esita, rallenta, mi guarda. «Non so come ringraziarla» gli dico. «E perché?» fa lui. «Mi ha aspettato». «Non ho mica fretta» dice. «Grazie, davvero». Allungo la mano e la lascio sospesa. «Ippolito» dico. «Milan» mormora veloce. «Piacere. Arrivederci». Si gira verso il ponte e tira dritto lungo via della Magliana zeppa di macchine che sfrecciano, caracollano, sussultano e si fermano in file rocambolesche lungo i due versi di marcia.

Si avvicina, dice parole, è come se seguissi un film muto. Potrei riavvolgere la pellicola e scrivere la sua parte: il monologo che non sto ascoltando e tutto quello che deve venire. Si muove a strattoni. Gira per il mio studio, tocca e sposta e soppesa le pile dei fascicoli. Sento suoni che si ripetono, acuti e bassi, un'andatura da crematorio. Osservo le sue mani. Forse non ho mai amato le sue mani – penso. Seguo le dita per nulla slanciate. Resto seduto in poltrona, lontanissimo dai nuovi articoli che giacciono sulla scrivania. Penso a come organizzare il ritorno della mia regina. Cosa posso inventarmi per lei? A tratti sento qualche parola che questa donna sta sfornando per me. Se non fosse qui, se in assoluto non ci fosse, forse sarebbe tutto più facile, mi viene da dire. Questi giorni in cui eri lontana, dio mio, che tranquillità, in questa casa. Se non fosse stato il dolore del vuoto, della nostra piccola che deve tornare. Se non fosse stato per quello, ma Cristo che piacere nel silenzio che mi accompagnava. Lei parla e parla, adesso, e ripete per la milionesima volta frasi perfettamente calibrate che conosco a memoria da mesi e mesi. Potrei indovinare quando userà certi termini, quando comincerà a sbilanciarsi sull'amore perduto e il desiderio di affetto, sul dolore per la prova che la vita ci ha messo davanti e sulla fiducia che lei deve recuperare. Tra le frasi perfettamente composte sulla retorica femminea, tra le più insopportabili, potrei prevedere addirittura quando comincerà a usare frasi altrui, un po' più complesse, ma semplificate dal suo spirito di rivalsa, insomma quelle che ha imparato nel suo percorso, la sua terapia – così la chiama. La vedo che si volta e passeggia pesantemente da una parte all'altra dello studio eppoi si siede e comincia a piangere. Ecco, è il momento del pianto e della lamentela. Tutto quel che ho fatto, io, perché tu potessi. Se invece io avessi, adesso non avremmo. Se tu fossi stato adesso forse saremmo. Iniziano tutti i condizionali e le possibilità e le ipotetiche assolutamente irreali perché tutte riferite a qualcosa che non è stato. Inizia una specie di balletto. Ho deciso di musicarlo nel mio cervello per sopportarne l'andatura. C'è una banda che accompagna ritmicamente la nenia intollerabile. Se avessi avessi avessi, avresti avresti avresti. Se fossi fossi fossi, saresti sì sì sì. Se un giorno invece avessi, saresti adesso sì. Se un tempo fossi stato, adesso avresti avuto. Suona la musichetta. Suona la fanfara. Squillano trombette. Clarini e tamburi e tamburelli accompagnano la nenia, la lamentela mentre il pianto è un inutile sottofondo di mare, macché mare, magari mare, è un sottofondo liquido impetuoso fragile virulento assassino noioso snervante. La seguo mentre si muove avanti e indietro e avanti e indietro e libera le mani e alza le braccia e fa smorfie e mi sembra improvvisamente una marionetta, un'attrice, una caratterista. Su e giù, su e giù. Se se se se se. Adesso sarebbe, avremmo, potrei, farebbe, starebbe. Ebbe ebbe ebbe. Sarebbe, farebbe, starebbe. Starebbe bene. Starebbe bene. Starebbe bene. Starebbe bene. L'accoppiata dell'ipotetica irreale mi pompa nelle vene, mi rimbalza tra le pareti del cervello, batte da una parte, torna giù, risale su come una pallina impazzita che non si ferma mai. Starebbe bene. Starebbe bene. Mi sale attraverso il corpo un flusso inarrestabile. Come se il sangue pompasse alle tempie. Mi alzo di scatto e grido «Che hai detto? Che hai detto, brutta troia? Via di qui, lurida cagna, non ti permettere mai. Se non ce la fai, se non ce la fai a aiutare tua figlia, non mi parlare più, vattene piuttosto, cagna». Mi guarda con il viso slabbrato. È come se si fosse tutto a un tratto trasformata. C'è un'altra donna dietro alle sue spoglie lugubri, il rimmel disfatto, le occhiaie, gli zigomi bagnati. Lo sguardo si è trasformato. C'è un animale e una persona che non ho mai visto. Emette un flebilissimo grido, sembra implorare, alza un braccio. E mi fa pena. Una pena terribile. Vorrei sollevarla, raccattarla, tirarla su in piedi, scusarmi di quel che ho detto. Abbracciarla. Devo abbracciarla. Lei implora. Non implorare, dico dentro di me. Smettila di implorare. Non provocare in me nessuna pena. Pensa a quel che dici, invece, pensaci, le parole hanno un peso. La vedo immobile e non riesco a fare nulla. Mi siedo, respiro, cerco di riacciuffare la mia tranquillità, chiudo le mani come in una preghiera sulle labbra fin verso le narici. Guardo in basso, il pavimento. Poi lei dice «Come ti permetti? Mostro. Sei un mostro. Non mi vedi? Non vedi come sto? Pensi che esista solo tua figlia? E non pensi che è nostra figlia?»

«E allora non dire mai più quel che hai detto» scandisco le parole con freddezza.

«Ma tu non hai capito» mi fa. «Io me ne vado davvero, se tu sei questo mostro che sei».

«Tu non ci sei mai stata».

«Non ci sono mai stata? Sei un mostro».

«Dov'eri, tutti questi giorni? Già te ne sei andata da un pezzo. Dov'eri quando l'hanno operata? E ora? Non sei mai riuscita a venire».

«No, non ci sono riuscita, non ci sono riuscita, non ci sono riuscita» grida, grida, grida, «non ci sono riuscita, non ci sono riuscita». Si alza in piedi e scoppia a piangere e singhiozza e si stringe le tempie fra le mani e io rimango fermo. La guardo. Mi sento morire, mi si spacca il petto, tento di alzarmi, agguanto il bracciolo del divano, faccio per tirarmi su. Adesso l'abbraccio, dico. Abbracciala. Stringila. Mi alzo, finalmente. Le vado incontro. Apro le braccia come un uccellaccio zoppo e mentre sto per richiuderle, lei sferra un pugno, si divincola, si abbassa, sguscia via, esce di corsa fuori dalla stanza. «Sei un mostro, sei un mostro, tu, mi fai schifo, mi fai schifo, mi fai schifo. Voglio, voglio, devo vomitare».

La strada che costeggia il fiume è squassata. Divincolarsi fra le macerie è impossibile. Eucalipti e platani si affastellano a chiudere il cielo. È umido buio scuro duro. Dietro i cancelli e le reti che proteggono case, casupole, baracche di lamiera e villette, a tratti ululano cani rabbiosi e cantano galli. Pedalo controllando costantemente il carretto. La ciclabile sulla mia sinistra corre al sole lungo il contrafforte in alto. Si potrebbe raggiungerla a piedi, ma ora è impossibile. Ho preso la via che costeggia il fiume e non c'è più verso. Forse potrei farlo con la mia bicicletta ma mai con tutto il carretto. Non ci sono salite per tornare su. Rovi e cespugli, erba zuppa di umidità, fanghiglia e il contrafforte corre alto di almeno quattro o cinque metri. Odore di brace. Un enorme pickup sbuca in fondo alla via. Mi faccio da parte. Scendo. Accosto il carrettino all'erbaccia da cui sale ripido il bordo del contrafforte. La macchina si avvicina. Clacson. Un gesto dal volante. Un uomo dal collo taurino, la camicia rosa aperta, la collana d'oro sul petto che rimbalza. Passa via. Un miagolio. Una voce. Guardo verso il carretto. I suoi occhi aperti e la guancia rossa e il cappellino bianco sulla miracolosa testolina bianca. Ridacchio. Le faccio una smorfia. Salto e apro le braccia e mi avvicino e dico: «Siamo in un posto di pirati. Non sai dove ti ha portato papà». Lei fa un sorriso. Apro la cerniera. «Vuoi venire fuori?» Fa segno di sì senza parlare. «Ci dobbiamo coprire bene, però. Fa freddo qui. Siamo vicini a tutte barche, al fiume, case di legno di pirati e tesori, sicuramente ci sono anche dei tesori, scommettiamo?»

Era un bambino straniero e non aveva la mamma. Si chiamava Juan, ma qui da noi avevano deciso di chiamarlo Giovanni. Questo non piaceva a Juan. Lui si sentiva argentino. Certo, suo padre era italiano, ma lui era nato a Buenos Aires, in una piccola casa con un giardino stipato fra le altissime mura di palazzi senza occhi. In quella casa era cresciuto fino a compiere sei anni con un bel cane nero e quando la mamma se n'era andata il cane era diventato triste e per Juan era difficile vivere con il suo cane triste. Ma era durata poco. Il cane era rimasto con i nonni e Juan era partito. Credeva che avrebbe fatto ritorno presto. Aveva nostalgia della sua casa e non sapeva che era stata venduta perché il papà aveva deciso di tornare a vivere in Italia, a Roma, nel palazzo dove era nato. Dopo l'estate, Juan aveva cominciato a frequentare una scuola. Parlava male italiano, ma era bravissimo in matematica. Avrebbe voluto essere invisibile, quando a ricreazione i suoi compagni lo guardavano con sospetto. Avrebbe voluto avere un cane. Ma non era consentito. Nel suo condominio gli animali non erano accettati.

Mi avvicino alla sua stanza in punta di piedi. Sento che stanno parlando. L'ho capito dall'improvviso silenzio. Come se una quiete domenicale avesse deglutito la nostra casa. Resto immobile dietro la porta del breve corridoio. «Così così sì ecco» dice lei in un sussurro. E mia moglie dev'essere lì, di fronte a lei, impegnata su un gioco che non posso immaginare. Qualcosa rotola in terra. Forse è un mattoncino di legno. «Lo rifacciamo?» le dice mia moglie. Eccola, la voce che conoscevo. Tenera e dolce. Vorrei correre e abbracciarle e so che rovinerei tutto.

«Ma tuuuu. Ma tu tu» dice la piccola.

«Cosa io?»

«Tu anche eri malata come me?»

Silenzio. Silenzio. Mia moglie tace. Io è come se le gambe non potessero più reggermi. Cristoddio, voglio fuggire ma non posso. Devo devo devo aspettare.

«Un po'» dice mia moglie a mezza bocca.

Penso che non si stiano guardando in faccia o che la piccola stia guardando le costruzioni e lei invece sia china, seduta sul bordo del letto.

«Tu perché allora se stavi male non stavi anche tu tu in stanza con me?»

Silenzio.

«Vedi» dice lei. «Ecco. Volevo tanto. Ma non potevo. Dovevo stare in un'altra stanza. Capito?»

Silenzio.

«Papà te lo aveva detto no?» fa mia moglie.

Silenzio. Un rumore dal piano di sotto. Rispondile, rispondile in maniera che io possa sentirti. Amore, ti prego, dille la verità.

«Te lo aveva detto?» ripete mia moglie.

«Sì sì sì» dice lei con una voce bassa giocosa mormoreggiante ironica.

Viaggiamo con l'aria fresca in faccia e lei mi chiede di aumentare la velocità e ride. Rido anche io e le dico che non posso correre troppo, che è pieno di buche e lei si regge al manubrio, nel seggiolino perfetto lì davanti a me e io sento l'aria fresca che mi arriva alle narici attraverso l'odore di talco. «In queste case, una volta, vivevano moltissimi marinai». Rallento sui pedali e dietro le reti ringhiano cani neri. «Non c'è da aver paura dei cani. Sono cani che avvertono il padrone se vedono qualcuno nei dintorni e così difendono la casa. Queste case danno tutte sul fiume, sai? Ci sono piccoli approdi».

«Che è il prodo, papà?» fa lei.

«L'approdo. È dove si sbarca, una specie di molo, un piccolissimo porto. Sai, tantissimi tantissimi anni fa, già al tempo degli antichi romani, si usava il fiume per arrivare in città. E allora sul fiume c'erano molti piccoli porti e tanti moletti e approdi. C'erano i porti grandi solo nel centro della città. Fuori dal centro invece c'erano moli più o meno grandi, a seconda di chi li usava e del motivo per cui venivano usati».

«Andiamo a uno?» dice lei.

«Cosa uno?»

«Uno dei porti».

«Ah, certo. Adesso non possiamo però. Almeno qui no. Perché vedi, i cani difendono tutte queste case e noi mica possiamo entrare. Però aspetta. Dobbiamo capire. Voglio assolutamente portarti dove si può scendere al fiume. La cosa migliore è che torniamo indietro e saliamo qui a sinistra, vedi là in alto? Lì passa la stradina della bicicletta e credo che da quel punto si possa vedere bene ogni cosa e magari vediamo dove si può scendere al fiume». Non dice nulla. Mi avvicino all'orecchio, con la mano assesto il cappellino bianco e le dico: «Ok?» Fa di sì con la testa e si tiene stretta al manubrio.

La sera Juan non riusciva a prendere sonno. Sentiva dall'ingresso i suoni del televisore di fronte a cui suo padre passava il tempo. Sentiva parole che non capiva e spesso grida e voci impazzite perché suo papà amava gli sport e appena poteva seguiva partite intere alla tv. Lui no, non ne aveva voglia. Preferiva affacciarsi alla finestra e guardare la strada. Passava poca gente per strada di notte. Si vedeva una collina scura da una parte. C'era un parco buio su cui aveva ascoltato a scuola storie terribili. A sentire i suoi compagni vivevano lì persone poco raccomandabili. Uomini che erano fuggiti di prigione. Stregoni. Vecchi stranieri che non sapevano parlare e che di notte uscivano da caverne nascoste e vivevano alla luce dei loro fuochi, mentre di giorno dormivano. Era un posto dove nessuno sarebbe voluto andare. Juan guardava la collina ma non aveva paura. Pensava a altre cose. Pensava al cielo. Pensava a sua mamma. Si faceva domande a cui nessuno sapeva rispondergli. Dove finisce il cielo? Come dormono i pesci? Quanti ricordi possono entrare in una testa? Chi ha inventato gli ombrelli? Domande così. Non le faceva più in giro. In genere, infatti, o lo avevano guardato male o lo avevano deriso. Preferiva tenerle per sé, le sue domande. Non smetteva di farsele. A lui piacevano così come erano. Forse – pensò – gli sarebbe dispiaciuto avere delle risposte.

I finestrini sono appannati e il calorifero dell'automobile mugugna. Gennaio. Non c'è mai stato mese più duro. Spingo sul pedale dell'acceleratore, passo sotto il ponte, giro alla rotatoria, ho il cuore in gola. Non ho il coraggio di girarmi e guardarla. Non ha detto nulla per tutto il percorso. È una bianca fredda mattina di fine gennaio ma a me sembra quasi fuori dal tempo e per le strade mi sono sentito morire. Nello specchietto retrovisore dell'automobile ho controllato se si fosse addormentata nel suo seggiolino ma guardava fuori come se tutto fosse scontato. Parcheggio nella stradina illuminata da un debole sole. Mi faccio coraggio e scendo. Apro lo sportello posteriore. «Ehi, ragazza del circo, sei pronta?» Lei mi guarda. «Tutto è pronto per il ritorno a scuola della grande regina del circo!» Faccio rumori strani, come se gli applausi del pubblico si mescolassero ai fischi, alle grida, a uno strepito convulso. Premo sul meccanismo di plastica nero serrato sul suo ombelico. «Cinture di sicurezza» dico. «Stiamo atterrando». Lei non dice niente. È assonnata. Mi guarda. Poi alza le braccia, pronta a essere sollevata. Le chiudo bene la giacca a vento fino al collo, faccio pressione sulle orecchie stringendo il cappello di lana, la tiro su, la faccio scivolare sotto alla portiera come se fosse un pacco eppoi, mimando suoni aerei, la faccio atterrare sul petto. Chiudo con un calcio lo sportello, spingo sul telecomando, sento il suono delle serrature, ho il cuore in gola. «Ma sei felice? O sei preoccupata?» Scuote la testa. «Ti ricordi qui, sì?» Non risponde, non dice niente e guarda dritto e stringe l'una con l'altra le manine intrecciando le dita. Guarda verso la costruzione asettica, bianca, bassa, vetrate e pareti da squallido prefabbricato comunale, aiuole. C'è silenzio. Un cielo leggero inconsistente vuoto. Il sole che è una massa scomposta di luce lieve nell'aria bianca e un'aria che non porta segni identificabili. Lontano, oltre i bordi del cavalcavia su cui sfrecciano automobili, seguo i contorni delle grandi lampade razionaliste e il bianco del travertino. È un momento di distrazione in cui sogno serate estive, penso a correre su un motorino senza parabrezza, gli odori dei parchi romani che di notte si schiudono nell'umidità. «E adesso, e adesso», non riesco a starmene zitto, so che le mie parole sono evanescenti, so che lei non mi risponde perché sente, da qualche parte sente, che non c'è forza in quel che dico e che il mio entusiasmo è finto e che ho paura. Viaggio verso l'ingresso mimando passi di danza. Quando arriviamo davanti al cancelletto, lo scosto con un gesto e le dico: «Adesso però con i tuoi piedi, vero?» La faccio volare tenendola sotto le ascelle e la depongo leggera sul viale d'ingresso, percorso da lastre di pietra che curvano sull'erba spelacchiata dell'inverno. «Mica vorrai farti vedere in braccio a me». Lei alza una mano e io la stringo e a piccoli passi va avanti, con la testolina china sui piedi che la spingono rapidi verso la porta a vetri. Quando siamo a pochi metri vedo che ci sono grandi festoni appesi sui lati del corridoio e lucine intermittenti rosse gialle verdi blu. I colori delle luci si spaccano in mille rifrazioni e per qualche attimo vedo il caleidoscopio, mi chiedo dove sia il mio caleidoscopio di bambino, ore sdraiato per terra con quel tubo multicolore in mano, chi me lo regalò? Chi? I nonni, dovevano essere i nonni. Devo ritrovarlo. Darglielo. Lasciare che sogni nei milioni di disegni furibondi. Poi allungo la mano verso la maniglia e vedo che i festoni centrali da una parte all'altra del muro portano scritte inneggianti a lei. Mi trema la mano, non so che fare, ho un sussulto, poi spingo il vetro e una donna arriva saltellando, sbuca dal nulla e fa segno con le mani frenetica, sorride grandi sorrisi e porta un dito alle labbra e dice di restare in silenzio, abbraccia mia figlia e le bisbiglia qualcosa, poi china su di lei indica il corridoio. «Evviva Teresa, la regina del circo» sta scritto sul primo festone. «Bentornato al cavallo di razza della scuola», in molti colori sul secondo striscione di carta. «Che festa magnifica per Teresa» recita il terzo. Mi chino per dire qualcosa ma sento che la donna sta già spiegandole quel che c'è scritto e ho un sussulto e mi trattengo e taccio e guardo lei e guardo gli striscioni e le luci e disegni ovunque, disegni con pennarelli che fanno zigzag e sconfinano e uniscono colori improbabili e mentre dico così sento un boato e due porte si aprono contemporaneamente e esce una quantità di bambini che gridano e ridono e corrono e il corridoio diventa il letto di un fiume multicolore e altre porte si aprono e lei viene raggiunta da mille manine e mille capelli ondeggianti e mille risate e gridolini e io sono una statua e lei non stacca la mano dalla mia. Vedo maestre che arrivano e un uomo che sbuca da un'altra stanza e improvvisamente l'ingresso è un mare in cui mi pare di affondare e lei a un tratto molla la presa della mia mano e si lascia portare dai compagni e vedo che fa un risolino, accenna una smorfia e mentre è in mezzo a mani, giacche, gambe, capelli, risate, grida, mentre la vedo sfocata in mezzo al mare, a un tratto sento che qualcosa è successo e infatti ecco che si è voltata verso di me e mi guarda con due occhi chiari che sembrano attoniti e vedo la manina bianca che si alza e mi fa un gesto e le labbra che si socchiudono e forse dicono ciao.

Una di quelle sere, affacciato alla finestra, Juan vide un cane nero che correva per la via. Non era come il suo. Era più grande e più magro. Correva veloce e scomparve dall'altra parte della strada in un attimo. Mentre si chiedeva dove fosse finito, lo vide ricomparire esattamente dalla parte opposta. Non si fermava a cercare cibo o a rovistare in giro attorno agli alberi per trovare un luogo dove far pipì e segnalare agli altri animali la sua presenza. Non era come i cani a cui era abituato. Lo vide sparire all'orizzonte, verso la collina scura. Si chiese se vivesse lì, se fosse solo come sembrava, se non avesse padroni, se fosse straniero. Quella sera Juan si fece soltanto queste domande. Era curioso, stavolta. Non erano domande come le altre.

«Corri papo corri tantissimo corri velocissimo dai». Grida e si attacca al manubrio e fa avanti e indietro sul sellino mentre io spingo sui pedali e il carrettino dietro sobbalza sui dossi. «Tieniti forte» urlo col fiatone. Cani abbaiano di continuo. È una specie di ululato e di chiamata alle armi. «Sembrano lupi» dice lei divertita e mi chiede ancora di correre e correre e correre a più non posso. «Mica è un'altalena» le dico. Poi la strada finisce e gira indietro verso il ponte della Magliana. Scendo e spingo e lei mi guarda e ancora ride e dice che i cani si chiamavano tra di loro come in un film che ha visto, uno ululava e allora l'altro ululava eppoi ululava un altro e un altro ancora. «Era un concerto di lupi» dice e io la stringo e ripeto «Un concerto di lupi? Ma chi te l'ha detta questa? Il film?» «No no, il film era, il film era». Non finisce la frase e io non insisto perché devo spingere forte per arrivare in cima, nel punto da cui la pista ciclabile prende a costeggiare, dall'alto, le due strade laterali, a destra la stradina che ha un nome come Cappellaccio e a sinistra la grande via del Mare. Il sole si è aperto un varco nel cielo e spighe, erbaccia, cisto, cardi acquistano un colore mentre io cerco di guardare verso il Tevere. Spingo la bici sempre a piedi per qualche decina di metri eppoi le dico: «Ma tu non hai fame?» Fa segno di sì e saltella sul sellino e si porta il dito alla guancia. Guardo l'ora nel congegno elettronico. È quasi l'una. «Allora sai dove andiamo?» faccio una smorfia enorme e tutto eccitato le dico: «Senti. Facciamo così: i pirati e il mare, più tardi. Ora, i cacciatori. Vieni. Bevi un po' della bevanda magica, la pozione va presa ancora adesso. Pronta?» Dallo zainetto estraggo la bottiglia. Le indico dove deve arrivare eppoi monto in sella e inizio a pedalare. «Ti porto in un posto stupendo. Vedrai. Sarai felicissima. E oggi sai che ti dico? Festeggiamo. Oggi mangiamo le cose proibite. Ma in un posto di cacciatori, possiamo permettercelo, no?» Lei fa sì con la testa e guarda dove è arrivato il livello dell'acqua e limone nella bottiglia. Beve un altro po', poi me la passa. Siamo di nuovo sul ponte.

Tre sono i rettangoli di graniglia sotto l'uscio. Torno indietro di due, la larghezza del divano oltre lo stipite, ne percorro nove, la lunghezza del divano, poi giro a destra e sono cinque, la porta finestra sul balconcino, due fino all'angolo dietro il tavolo, adesso il grande rettilineo: quindici per intero, poi volto a destra e sono nove. Faccio un calcolo e sono quarantacinque. Perché siano quarantanove, il numero perfetto, dovrei inventarmi un percorso normale e scorrevole ma più lungo di quattro rettangoli di graniglia. Il metodo più semplice è tentennare avanti e indietro sul lato corto del divano. Due passi in più piroettando. Ricomincio. E passeggiando lungo il perimetro dello studio calcolo i risultati delle nuove acquisizioni e pondero la possibilità di una svolta. Torno a sedermi al computer e lascio scorrere l'indice sulla rotellina per scendere giù lungo tutta la pagina e individuare un articolo da cui ripartire. A caso, dico. A caso. Il caso può portare bene. Puoi trovare una svolta improvvisa solo se esci dai binari delle attese. Clicco su un articolo che è lì da giorni e giorni e il cui titolo mi è diventato noto e inutile come un soprammobile con cui si è sempre convissuto. Do il comando alla stampante e mentre sento che inizia a chiamare a sé la carta, di là qualcosa accade. Cerco di tendere l'orecchio. Mi alzo, mi avvicino alla porta, suoni incomprensibili, voci, silenzio. Resto immobile acquattato, aspetto. Poi d'un tratto sento passi, mi muovo verso il divano e la porta si spalanca e c'è lei che si affaccia e mi guarda.

«Non lavori dunque?»

«Sì».

«Non mi pare».

«Lavoro».

«Bravo».

«Grazie».

«Io esco».

«Va bene».

«Non so se ti ricordi che è sabato».

«Certo».

«Hai dormito bene sul tuo divanetto? Ti piace dormire da solo?»

«Molto».

«Sai che oggi sono fuori?»

«Sì».

«Allora ti occupi di tutto tu?»

«Sì».

«Ciao».

«Ciao».

Vedo il volto che arretra inghiottito dalla penombra dell'ingresso e la porta che si richiude. Poi sento che la maniglia riprende a cigolare e la porta si riapre. Non la vedo. La sento e basta, senza voltarmi.

«Lascio aperto così senti tutto».

«Certo».

Quattro passi sul marmo dell'ingresso e la porta e il clang dell'ascensore e ancora qualche rumore per la tromba delle scale.

Raccolgo i fogli sputati dalla stampante, li scuoto e li lascio rimbalzare sul tavolo, agguanto la spillatrice, la chiudo sull'angolo, depongo il fascicoletto sul grande lembo verde rettangolare al centro del tavolo. Poso la matita rossa e blu in diagonale sul fascicoletto. Esco. Percorro il corridoio. Entro nella sua stanza chiara di un sole mattutino. Non mi vede ma mi ha sentito. Sta cantando debolmente una canzoncina, mentre ha da fare con minuscole bambole. Mi chino dall'uscio e quasi posando la testa di sbieco sul pavimento la guardo con gli occhi sbalestrati, lei mi vede e continua a canticchiare.

«Giochi bene, Teresa?»

«Sì sì sì» dice in un soffio scivolando sulle esse.

«Io sono in studio. Finisco di lavorare eppoi facciamo una cosa insieme?»

«Sì sì sì» dice ancora.

«Qualsiasi cosa mi chiami, eh!»

«Sì sì sì».

Salto su e le faccio un gesto. Esco dalla stanza.

«Che c'è? Che c'è? Eccomi».

«Brutto brutto via».

«Sono io, piccola, sono papà».

«Brutto, non voglio, no, non voglio».

«Cosa non vuoi?»

«Non voglio ecco non voglio, via, via, brutto».

«Ma sono io, Teresa, sono io».

«No no no, aiuto aiuto».

«Vieni qui, calmati, guardami, va tutto bene».

«No no no ecco non c'è, basta, basta».

«Vuoi venire a letto con me?»

«Via via via, non c'è, non c'è, ecco, non c'è, l'ho detto, io, non voglio, ecco, via, basta, via».

«Ma cosa via? Di che parli piccolina? È notte. È solo notte».

Apre le braccia, si divincola, tutta sudata, le guance bagnate di lacrime. Cerco di carezzarla e strappa le mie mani dalla fronte. Provo a prenderla e sollevarla e inarca la schiena e si rivolta e grida, grida sempre di più.

«Lasciala», alle mie spalle la voce di Anna assonnata.

Mi ritraggo. Si avvicina. Dall'uscio sembra un fantasma con la sua camicia da notte bianca lunga tesa.

Resto fermo seduto sul bordo del letto e lei con un gesto mi invita a farle posto e intanto Teresa piange piange e singhiozza.

«Scostati» dice di nuovo e mi faccio più in là mentre lei la solleva senza esitare, se la poggia sul petto e inizia a fare un movimento lieve ripetendo una specie di nenia. Bastano pochi secondi. Sento che smette di singhiozzare e vedo mia moglie che allunga una mano verso la fronte e la carezza, pulisce le guance dalle lacrime e ripete senza fermarsi «Oh oh ohohoh, oh oh ohohoh, oh oh ohohoh». In pochi secondi c'è silenzio, si sente solo il respiro profondo e un ansimare gutturale e un'atmosfera irreale, di notte, di caldo, di tepore. «Oh oh ohohoh, oh oh ohohoh». Vedo le mani bianche di mia moglie che la carezzano con sicurezza. Sento che mi si sta rompendo qualcosa dentro.

«È calda» dice lei. «Speriamo non abbia la febbre».

«Speriamo».

«Doveva essere un incubo».

«Chissà cosa».

«Cosa che?»

«Chissà cosa sognava» dico io avvicinandomi un po'.

«La porto a letto con me» fa lei e si alza.

La osservo mentre varca l'uscio della stanza con la piccola tra le braccia che ha già il respiro profondo e vedo scintillare nella penombra lunare il moccolo sul labbro superiore della mia regina e cerco gli occhi di mia moglie chini su di lei. È solo un istante, però. Scompaiono risucchiate dal buio del corridoio. Resto fermo sul bordo del letto. Il pupazzetto di fattezze indistinguibili, quasi rosicchiato e ingrigito e smunto, il pupazzetto che lei adora e da cui non si allontanerebbe mai è in terra, le braccia aperte in un gesto surreale. Faccio per agguantarlo. Lo tiro su, lo guardo, scruto gli occhi storti penzolanti. Dove guardate, voi due, occhi senza vista? mormoro. Cosa vedete? Ditemelo. Spiegatemi. Mi chino, avvicino il pupazzo al mio viso, inspiro l'odore caldo. Poi mi alzo. Mi avvio nel corridoio verso la nostra stanza per portarlo, deporlo accanto a loro, accanto a lei. Mi fermo all'altezza della cucina. Torno sui miei passi. Rientro nella stanzetta di Teresa. Lo poggio sul letto, seduto dove ero io, le braccia cascanti, il collo rotto su un fianco. Prendo la via dello studio. Mi stendo sul divano, mi copro. Una lama di luce stradale rimbalza sul soffitto. La guardo. Ha un significato? Ha una forma? Inizio a pensare alle forme che vedevo sulle mura quando malato, a letto, da bambino, cercavo di seguire crepe, riflessi, ombre. Mi vengono in mente gli incubi. Ce n'è uno, il mio incubo ricorrente della fanciullezza. Le margherite, le margherite che devo raccogliere per sfamare la macchina gigantesca che avanza dietro la collina. Mi alzo di scatto sul letto, sul divano, su quello che è. Mi manca il respiro. Attraverso la stanza e mi siedo in poltrona. Accendo la luce. Mi rialzo subito. Afferro i fascicoli degli articoli scientifici perfettamente al centro della scrivania. Li lascio cadere di nuovo. Scruto fuori in strada attraverso le persiane. Nell'angolo del terrazzino c'è la casetta dentro cui dorme il suo letargo Bartolomeo. Mi stacco dalla finestra, ho il cuore in tumulto. Cerco la boccetta nel cassetto di quello che è diventato il mio comodino. Mi stendo. Conto fino a dieci. Lascio che si arrivi a quindici. Spengo la luce. Mi ricopro. Mi volto sul fianco e mentre cerco un'immagine vedo venirmi incontro i cavalli, i cavalli che corrono impetuosi e le criniere al vento e un cavallo che salta e salta e salta e li distanzia tutti e salta verso un cielo diafano, è il cavallo di Achille e io sbatto i pugni contro il cuscino, mi rivolto, mi chiudo le tempie e cerco di soffocare il grido che da qualche parte sento salire.

Se non poteva avere un cane in casa, Juan poteva perlomeno farsene uno amico. Aveva chiesto a suo padre se i cani randagi fossero pericolosi e lui gli aveva detto di no, che riconoscono i bambini, che sono spesso molto più intelligenti dei cani che vivono in casa, perché devono vivere da soli e sanno come fare e conoscono il mondo molto bene. Questo lo aveva rassicurato. Quindi una notte di novembre in cui suo padre era già a letto a dormire, Juan si vestì in silenzio, prese le chiavi di casa, scese per le scale facendo attenzione a non essere visto da nessuno e uscì per strada. Era una bella notte. Faceva quasi caldo. Sarebbe passato il cane nero? Juan si mise a sedere sulle scale del portone. Cercò le stelle ma erano nascoste in una specie di nube giallastra. Chissà perché gli venne in mente Nina, una sua compagna nella scuola di musica e ballo. Juan suonava il pianoforte. Nina ballava. A Juan piaceva vederla ballare. Mentre pensava a lei, il cane comparve lontano, sulla strada che arrivava dalla collina dei fantasmi.

Spingo sui pedali e finalmente è discesa. «Adesso viene il bello» le dico. La strada diventa sterrata. Si passa fra due reti che proteggono pratacci abbandonati e l'odore di campo è un sogno. «Senti? Lo senti che buon odore? Fai i respiri, fai i respiri profondi dei pirati». Lei apre le braccine e le lancia nel cielo e io spingo ancora di più mentre la strada diventa pianeggiante e s'immette su un asfalto sbrindellato. Il cartello stradale pencola e io lo indico frenando all'incrocio deserto. «Guarda, vedi il cartello» le faccio. «C'è scritto Campiglia Marittima. Via di Campiglia Marittima. È un paese toscano. Famoso per i treni. Non sai, ti devo raccontare una storia, la storia di Lampo, il cane viaggiatore di Campiglia Marittima».

«Che è un cane viaggiatore, papo?»

«Un cane che viaggia. Un cane normale ma che viaggia. Dopo te lo racconto, te lo racconto a tavola, oppure stasera. No, non stasera. Dobbiamo finire l'altra. La storia del cane nero. Poi ti racconterò di Lampo, il cane bianco. Ora aspetta, lo vedi il pollaio? È di Nicola. Nicola è un cacciatore. Adesso in trattoria lo conoscerai».

C'è un falsopiano, case ai lati della strada, suoni di un carrozziere che batte da qualche parte e ronzii di insetti. Volto in una stradina su cui troneggia una T rossa e una scritta a mano su un pezzo di legno: strada senza uscita.

«Ci siamo. Pronta a vedere il cinghiale? Le corna di un cervo? C'è anche un'antica sella di cuoio».

«Che è una sella papo?»

«Il sedile per cavalcare un cavallo o un asino. Quando vai sui pony...»

«Ah» fa avvicinandosi il dito alla bocca.

«Beviamo un po', Teresa, ora si mangia».

Juan si alzò e lo salutò. Il cane arrivava correndo velocissimo come sempre ma appena lo vide cominciò a fare ampi giri attorno a lui, sempre di corsa. Juan ebbe paura. Lo guardò bene. Forse era un cane pazzo. Forse aveva qualche strana malattia. Forse voleva morderlo e tutto quello che aveva detto suo padre dei cani randagi non era vero e glielo aveva detto solo per rassicurarlo. Forse però voleva giocare. «Buono, cane, buono, non ti faccio nulla» disse Juan. Il cane rallentò avvicinandosi e mentre lo guardava con occhi neri, nella notte umida, improvvisamente scomparve. «Che è successo?» disse Juan. Si guardò intorno e la strada era deserta. Non si vedeva anima viva. Era stato tutto un sogno? Alzò la testa verso la sua finestra. Era accesa. Altre finestre erano accese ma nessuno guardava in strada e di macchine non ne passavano. «Che cosa?» disse di nuovo. Allora sentì una voce che gli rispondeva: «Eccomi. Sono qui». «Qui?» disse lui. «Chi? Chi sei?» «Sono il cane» gli rispose la voce. «Ma io non ti vedo». «Certo che non mi vedi. Sono invisibile». «Ma se poco fa ti vedevo?» «Sì, puoi vedermi solo mentre corro» spiegò il cane. «Se mi fermo però torno a essere invisibile. Guarda». Improvvisamente Juan sentì dei passetti veloci e vide il cane che correva verso il marciapiede opposto, attraversava di nuovo la strada e tornava indietro. «Scusami adesso» disse il cane. «Sono stanco, stasera. Mi fermo un attimo». Juan si mise a sedere sui gradini di casa e disse: «Ci sei ancora?»

«Certo che ci sono. Mi sono fermato qui». «Vieni dalla collina? Vivi lì invisibile? Cosa vedi? Mi piacerebbe tanto essere invisibile. Sarebbe stupendo poter essere invisibile». Un automobile passò rombando per la strada. Juan si accucciò per paura che qualcuno lo vedesse, lì, da solo, sugli scalini di un portone. «Come fai? Posso imparare?» chiese al cane. «Non faccio nulla» gli rispose. «Sono così. Sono sempre stato così».

«Eccoci qua. Adesso vedrai». Lego la bicicletta al palo e spingo Teresa a scendere i tre gradini e a infilarsi fra le mille perline che calano su innumerevoli fili sottilissimi a formare una specie di tenda davanti alla porta d'ingresso. Premo sulla maniglia mentre lei mette la testa sotto alle perline e la tira su e fa un rumore divertito. Saltella e alza le braccia verso i fili di perline e intanto il caldo dell'osteria ci accoglie con odori di spezie, sughi, carni, paste fumanti e vino rosso. «Buongiorno» dico entrando al ragazzo che ci passa di fronte e lui fa un gesto con la testa e tira dritto verso l'altra saletta. Mi sporgo verso la cucina, lì a sinistra, e le donne affaccendate accennano un sorriso. La prendo in braccio e le faccio vedere dall'uscio la cucina bianca e scintillante di lavandini e pentole. Poi ci ritraiamo. Due passi e la sollevo in alto in maniera tale che si possa ritrovare davanti alla testa del cinghiale.

«Uh» fa lei, «chi è?»

«Il cinghiale» dico. «Eccolo finalmente. Ci sediamo a questo tavolo? Ci mettiamo qui sotto? Questo è un magnifico cinghiale, sai? Vedi che begli occhi che ha?»

La depongo sulla seggiola. È entusiasta. Guarda la testa dell'animale con entrambe le mani in bocca e farfuglia qualche cosa e io intanto mi tolgo la giacca eppoi la tolgo a lei.

«Volete un seggiolone?» dice il ragazzo. «O due cuscini?»

«Che preferisci?» le chiedo.

Mi guarda.

«Vuoi la seggiola alta o due cuscini?»

«Cuscini» dice.

Il ragazzo sorride e si allontana. Io mi siedo, apro le salviette, mi assesto. «Adesso mangiamo un bel po' di carne, ok? Ti va?

Facciamo uno strappo alla regola e mangiamo la carne più buona che ci sia».

Il ragazzo intanto torna con due cuscini rossi. Li infiliamo sotto di lei. «Come un re» dice il ragazzo e lei lo guarda. «Ti piace il cinghiale?» le dice e lei fa segno di sì con la testa.

«Un quartino di rosso e acqua leggermente frizzante» gli dico. «Nicola non c'è oggi?»

«Dovrebbe arrivare fra poco» fa lui e intanto mi passa un menu e sgattaiola verso la cucina e già torna con il vino e la bottiglia d'acqua.

Mentre aspettiamo, spiego a Teresa che certe volte noi non abbiamo voglia di farci vedere e per questo vorremmo essere come il cane nero. Ma lei non mi ascolta. Si guarda intorno. Mi chiede se Nicola arriverà e potrà raccontarle quelle storie che io le dicevo prima di venire, storie di caccia, di animali selvaggi. Così, è felice quando lui arriva, possente, con i piatti in mano e le spiega che quel cinghiale lì dietro era diventato suo amico, ha vissuto tutta la vita con lui, era un animale fantastico e intelligente, non si mischiava con i maiali e si sentiva il re della sua tenuta. Lei mangia guardandolo e quando lui se ne va mi chiede se è vero quel che ha detto e io sorrido, bevo e dico che se lo ha detto lui è certamente vero. Per qualche minuto, Teresa non mi risponde più. China sul piatto, a un tratto si ferma e socchiude gli occhi e fa una specie di ringhio.

«Non ti va più?»

«No no sì ancora ancora tre» scandisce il numero tre arrotando la erre e alzando le dita a casaccio. Con la forchetta impugnata come un martello sbilenco infilza i pezzettini di abbacchio innaffiati di limone che le ho tagliato sminuzzandoli mentre le raccontavo come certe mamme di animali mastichino la carne prima di passarla nel gozzo dei figli. Nicola gira per la sala. Mi ha raccontato di una battuta di caccia e ha detto che una volta potrei andare con lui. Gli ho spiegato che Teresa è tornata a scuola da poco e per ora non posso, ma presto sì, presto potrò. Continuo a bere vino e a sentirmi sfinito, commosso, quasi felice, come se tutto stesse per riaprirsi. Poi la tenda di perline sventaglia sull'uscio e entrano due ragazze che si vengono a sedere accanto a noi e mentre si tolgono le giacche e il profumo di inverno e di donna scivola via galleggiando nell'aria, si voltano verso mia figlia e le fanno un cenno di saluto. Una delle due mi guarda, poi guarda lei, poi si siede. Confabulano. Anche l'altra guarda velocemente Teresa eppoi guarda me. Parlottano. A tratti ci sorridono. Fanno ciao con la mano. Vorrei dire qualcosa, vorrei dir loro che va tutto bene, che non devono preoccuparsi, che Teresa sta bene e che tutto deve andar bene, ma butto giù il vino, intingo il pane nel sugo avanzato, mi chino verso la mia piccola sposa e le domando se voglia un po' di insalata però lei scuote il capo senza guardarmi, si alza e va dalle ragazze come ipnotizzata. Loro ridono e la più alta scivola giù dalla sedia e si china e la prende per i fianchi. Poi mi guarda, sgrana gli occhi e mi chiede se può prenderla in braccio. Le dico sottovoce di fare piano. «Sei bellissima, bellissima, bellissima» le dice l'altra ragazza. «Come ti chiami?» «Teresa» fa lei e alza le braccine e si lascia portare sulle gambe e si abbandona sognante come se sentisse un ritmo della natura che io non ho mai conosciuto.

«Ci credi a quel che ti dico o no?» fece il cane. Juan non rispose. Guardava davanti a sé. Pensava che fosse un suo pensiero. Ma era sicuro di aver visto il cane correre. Era sicuro di averlo visto tante volte dalla finestra. Non era un sogno. Non poteva essere un sogno. «Ci credo. Ma è strano». «Tutto è strano» gli disse il cane. «O niente è strano». Juan si alzò in piedi. «Se potessi essere invisibile come te, farei cose straordinarie». «Cosa?» gli domandò il cane. «Andrei alla collina». «E perché non puoi andarci?» «Dicono tutti che è molto pericoloso». «E tu credi a tutti?» «Be', non lo so. Comunque se fossi invisibile sarebbe perfetto. Non avrei problemi. Nessuno di quelli che vivono lì mi vedrebbe». «E così non potresti parlarci». Juan rimase in silenzio. «Perché?» chiese poi al cane «Perché non potrei? Vedrei quello che fanno e come si comportano e più tardi parlerei a loro come tu stai parlando a me. Eppoi potrei entrare in mille posti e potrei ascoltare mille storie senza che nessuno mi veda». «Certo» rispose il cane. «Potresti. Ma dopo un po' finiresti per stancarti». «E di cosa mi stancherei?» «Di non vivere da nessuna parte, per esempio. Perché non potresti avere amici».

«Oggi niente. Siamo stanchi» dico a Nicola che si è seduto e brinda con me versandosi un goccetto nel bicchierino minuscolo.

«Alla salute» fa lui eppoi la guarda e le racconta di nuovo che non può assolutamente perdersi quel posto di pirati, che suo padre ce la deve portare assolutamente, che ci sono pescatori pirati eccezionali e che i capi di tutti sono Cesare e suo fratello Giulio, proprio come Giulio Cesare, dobbiamo andare, dobbiamo andare, non ce ne pentiremo. Dice che c'è anche una specie di piccolo porticciolo per le zattere e si chiama la Pace dell'Anima, perché solo gli eletti possono sbarcare lì. Lei è assorta, pende dalle labbra di Nicola. Gli ha fatto mille domande e ora non fa altro che alzare e abbassare la testa. Poi Nicola si tira su in piedi e mi dice: «ci vediamo bello. Portacela davvero, quando puoi. Le piacerà». Mi chiede se voglio che mi segni meglio le indicazioni e io gli dico che non c'è problema, che se è alla fine della ciclabile non si può sbagliare e che un nome del genere non si può dimenticare. Anaconda. Sembra un programma. No, non si può dimenticare. Usciamo nell'aria fredda. Le ragazze la salutano con smorfie eccessive e io la infilo nel carrettino. È stanchissima.

Per un po' Juan e il cane nero rimasero in silenzio, poi il cane gli disse che se uno parla rimanendo invisibile nessuno gli crede e nessuno lo ascolta. Juan non rispose. Pensava a sua mamma che era invisibile e che certe volte gli parlava. Lui non lo aveva raccontato a nessuno. Ma era così. Ne era sicuro. «Io ci credo che tu mi parli. Io credo che tu ci sei. Io ci credo e io sono quello che conta» disse Juan. Il cane rise. Doveva divertirsi molto, quella sera. Infatti oltre a ridere non disse altro. Juan lo vide correre in avanti e indietro sul marciapiede prima di fermarsi di nuovo accanto a lui inghiottito dal buio della notte.

Entriamo nel letto, sotto il piumone, scaldandoci, e rabbrividendo. Fuori era diventato davvero freddo. Lei dice che ha pensato solo ai pirati, tornando e che vuole solo tornare dai pirati. Io provo a raccontarle qualcosa sui pirati ma lei è troppo eccitata. Dopo qualche minuto mi chiede la bevanda magica eppoi prende il libro e me lo dà.

«Vuoi che finisca di leggerti la storia?»

«Sì» dice in un sussurro e si accoccola contro il mio petto. Passo la mano sulle sue gambette nude e le faccio una carezza leggera sul collo e intanto apro bene il libro, lo spalanco e le mostro l'immagine.

«Ti ricordi tutto il resto, vero?»

Si muove contro di me e non dice nulla.

«Ecco, ecco qua. Vedi? Sono sempre sulle scale della casa di Juan e ci sono le stelline intorno e il cane fa le feste, saltella».

Mi assesto il cuscino sotto la nuca piegandolo in due.

«Se parli e sei invisibile nessuno ti ascolta, disse il cane. E se qualcuno ti sente, crede che sei un fantasma, si mette paura e se ne va.

Io non mi metto paura, disse Juan.

Questo era certo. Anche se alcune cose che gli mettevano paura c'erano eccome, per esempio: i pipistrelli; la gente che litiga e grida; veder piangere suo padre. In quel momento, però, Juan non provava nessuna paura».

«Perché non ha prurura?» chiede lei in un soffio.

«Perché non c'è nulla di cui aver paura. Ha capito che sono amici, che il cane nero è suo amico e che finché c'è lui, il cane nero, Juan può stare tranquillo».

Si muove strisciandomi sul petto e con la manina viene un po' più in su guardicchiando il libro. Ricomincio.

«Allora possiamo essere amici?, chiese il cane.

Juan ci pensò e rispose: E come posso sapere che non sei un fantasma?

Sono un cane, affermò il cane.

Però non sei un cane normale, disse Juan.

Certo, te l'ho già detto, non sono normale, disse il cane.

Ci fu un altro silenzio.

Tu sei un bambino normale?, domandò il cane.

Juan pensò a tutto. In classe sua era uno dei migliori in matematica, uno dei peggiori in lingua, l'unico a cui piacessero le noci e l'unico senza una mamma. Magari poteva anche essere l'unico ad avere un cane così speciale. Rimase in silenzio un attimo eppoi disse: Vuoi venire con me?

Allora sentì la lingua tiepida che gli accarezzava la mano e sorrise. Poi, Juan e il cane entrarono insieme nel palazzo.

Se qualcuno fosse stato sveglio e lo avesse visto dalla finestra, avrebbe pensato che Juan era un ragazzino molto strano.

Che faceva per la strada così tardi? Perché parlava da solo?

Ma nessuno pensò questo perché nessuno lo vide. A quell'ora tutte le persone senza un cane stavano dormendo».

Quattro

30 marzo 2013

Come un lampo

Il filo dell'orizzonte è una screpolatura. Dalla macchia grigia brumosa degli infiniti tetti cittadini coperti da una nuvolaglia di umidità condensata si separa la campagna, come tagliata da una linea di luce. Oltre i campi grigioverdi, s'inerpicano i colli ancora nitidi nella limpida lontana ineffabile luce del mattino che in città è già perduta. Posso seguire le estremità del paese e i piccoli cubi sbilenchi come manciate di calce gettata sul fianco del monte che sono le ultime case all'estremità bassa di Velletri. Oltre il contorno ondeggiante dell'orizzonte, il cielo è azzurro per una fascia compatta che a guardarla da qui è alta qualche centimetro scarso. Allargo le dita e misuro idealmente questa fascia che accompagna il termine della terra abitata, oltre cui si espande un catastrofico cielo. Sopra al blu leggero in cui si decomprime la fascia di cielo si abbarbica, come un mostro che è pronto a schiacciare ogni cosa, un'immensa deforme orrorifica caterva di nubi che s'incastrano come sbrindellandosi le une dentro le altre e che si avvolgono in striature argentee eppoi plumbee e diventano nere in cima, sulla più alta calotta del cielo, diventano nerissime e quasi violacee sopra di me e sembra che dietro ci sia una mano enorme, un pugno devastante e che il giallo dello sfondamento sia lì lì per comparire in forme elettriche distruttive. Il cielo si spaccherà, il sangue colerà lungo gli argini della lacerazione, il fuoco inonderà le pareti argentee e la città verrà risucchiata nel buio. La terra si romperà attorno alla periferia cittadina: un baratro in cui tutto sarà risucchiato mentre il cielo continua a premere e la città sprofonderà dentro se stessa, poi le campagne attorno ricuciranno la ferita, la ingloberanno e la terra tornerà compatta sopra al male deglutito e i campi saranno aridi e brulli ma cosparsi di ceneri che li renderanno fertili e tutto rinascerà contenendo in sé il male, il cancro che ogni cosa divora dall'abisso, la città sprofondata con tutta la sua incrollabile fede di rinascita, con tutta la sua Pasqua attonita, la sua Pasqua di resurrezione spenta nel logorio del male affondato, il male che non muore e che tornerà a divorare i campi quando essi saranno in fiore.

Smuovo la cartellina che tengo in mano e la sbatto contro la mia gamba. «Quanto manca al diluvio?» dico a voce alta. «Quando arriverà sui Colli Albani?» ripeto.

«Non pioverà» sento dire accanto a me.

Mi sembra un sogno e chiudo gli occhi e alzo la testa. «Non pioverà?» faccio. «Tutto sta per venire giù».

«No. Il cielo sta per aprirsi. Guardi lì».

È una voce incrinata sfuggente rauca. Sembra provenire dall'abisso ma è reale, dev'essere reale. Apro gli occhi, mi volto e c'è una donna seduta sulla panchina accanto all'antico faro. È chiusa in un cappotto invernale dal taglio elegante e guarda l'orizzonte come me.

«Che dice?» faccio.

«Mi scusi, eh, ma non parlava a me?» mi guarda.

«Io?»

«Sì, lei. A chi parla sennò, scusi?» Ridacchia.

«Io parlavo. Sì. Mi chiedevo».

«E io le rispondevo» allenta il guinzaglio e si muove sul fianco. C'è un piccolo cane steso sotto la panchina. «Sono sicura che non piove. È Pasqua oggi e a Roma piove sempre il giorno di Pasqua. Ma non quest'anno. Vuole scommettere? Tra un'ora il cielo sarà bianco. Me ne intendo, io, di alte e basse pressioni. Il cane».

«Ah» faccio, guardandola.

La donna non ricambia lo sguardo. Tiene gli occhi puntati sull'orizzonte. Alza un po' la testa, poi la riabbassa. Ride di nuovo. «Vieni qui» dice seguendo il filo del guinzaglio, «Vieni qui, Margot».

«Ma che c'entra il cane?»

«Margot? Ah!» lancia in aria la mano e inarca le spalle «Vede, da quando ho il cane, capisco molto meglio il tempo. I cani le sentono queste cose. Io non ne ho avuto mai uno fino a pochi anni fa, prima avevo solo gatti, e sa, i gatti ti fanno impazzire ma certe cose non le capiscono, non capiscono un cazzo, stanno lì, ti cercano e vabbè, insomma, siccome odio il caldo, proprio non lo posso sopportare, allora insomma è una storia lunga, a lei che gliene importa? Si fidi di me».

Mi sposto un po' e la osservo.

Lei non mi guarda: «Pensa che sia matta?» ride di nuovo.

Ha occhi azzurrissimi, grandi, quasi decolorati attorno alle pupille. Rughe magnifiche che le girano attorno al viso piccolo. Una cicatrice che taglia perpendicolarmente le rughe solcando la guancia sopra il labbro inferiore destro. Capelli corti castano scuro che sbucano dal cappelletto colorato.

«Posso sedermi?»

«Certo, venga» si ritrae di poco.

«Ha un magnifico cappotto».

«Ah, gran classe questo, che crede. Me lo hanno regalato poco tempo fa, per i sessant'anni. Un amico mio, un dentista, un genio, un genio, pensi, suona la tromba».

«Sessanta? Non è possibile».

«Che fa, prende in giro?»

«No, dico sul serio».

«Ah» muove la mano libera dal guinzaglio e se la passa sulla guancia.

«Perché odia il caldo?»

«Non lo posso sopportare. Per fortuna hanno inventato l'aria condizionata. Io oggi, lo vede oggi? Oggi sto benissimo. Odio le ricorrenze, non mi piacciono le feste. Se a Pasqua piove sempre è faticoso. Io mi chiudo in casa. D'estate sono a casa per il caldo. Parto prima, io. Mi faccio due settimane al mare, qualche isola qua attorno, Ponza, Ventotene, ma sempre a maggio o a giugno, massimo a giugno. Poi già luglio è caldo, allora mi rintano in casa nell'aria condizionata. A me va bene oggi. Sente che aria fredda, secca? Non pioverà, glielo assicuro. Una volta avevo un locale, qui sotto, a Trastevere, non avevo il cane e capivo peggio le stagioni, ma tanto ero sempre dentro al bar oppure salivo a casa mia che era al piano sopra al bar. Poi tutto è cambiato, il bar me lo hanno portato via, e adesso ho un cane e sento benissimo il tempo, che fa? Ride?»

«No no, ascolto».

«Ecco, bravo». Con un gesto veloce immerge la mano nella borsa e tira fuori un pacchetto di sigarette e ne estrae una e la accende. «Vuole?» fa e per un attimo mi guarda con questi occhi azzurri impossibili.

«No, ho le mie». Tiro fuori la borsetta del tabacco e inizio a girare una cartina lentamente.

«Che mi guarda? Eh! Le ho detto il tempo. Mica sono una maga, mica suono la tromba come l'amico mio dentista, quello è un genio, che crede?» Ride una risata rauca e strascicata e si chiude nel cappotto e dà un'occhiata al cane accucciato sotto la panchina. «Però un po' maga sono, eh! Lo dicono. Basta, ora. Se sto troppo qui questa mi si addormenta e fa un casino, dopo, a casa».

«Ah, certo» dico io. «Vive qui vicino?»

«Qui sotto, sempre, a Trastevere. Non dove ero prima. La casa me l'hanno portata via con il locale. Ma vicino. Roma è una merda ma a Trastevere ci sto ancora bene».

«Certo».

«E lei che fa? Vive qui?»

«No. Sono venuto, ora, be'...» Alzo la cartellina «Analisi».

«Sue?»

«Di mia figlia».

«Ah, certo, qui».

Per un attimo sembra che la luce del cielo si faccia più chiara. Alzo la testa, chiudo gli occhi, sbatto la cartellina sulla gamba.

«Devo andare. Devo andare» dico.

«Certo» fa lei.

«Vorrei restare qui».

«Resti. Io fra un po' me ne vado però eh! L'avverto».

Mi scappa da ridere. Anche lei accenna una risata.

«Se mi voleva rimorchiare, sappia che fra poco me ne vado».

«Ma sa, devo pranzare. Da mia suocera. C'è la piccola lì. Devo andare. E non so come fare».

Non dice nulla ma sembra che un lampo le attraversi gli occhi. Si volta e fa: «Vada via da qualche parte, dopo. Sarà bel tempo. Scappi dal pranzo appena può. Le suocere. Una noia».

«Non posso» dico. «Non posso. Ma non per mia suocera».

«Però vorrebbe?»

«Vorrei. Guardi, non è per mia suocera, è che mia moglie non c'è, se n'è andata, quindi non posso, ma è troppo complicato».

«Come se n'è andata? Da lei? Un così bell'uomo».

«Ma che dice? No, è diverso. È fuggita. Non solo da me».

«Fuggita? E che è un mostro, lei? Non sembra. Ma le faccio troppe domande vero? Adesso mi s'intimidisce».

«Ma no, figuriamoci. È che tutto è molto complicato e quindi...»

«Per carità, non mi dica nulla. Spero però...» S'interrompe. Mi fissa a tal punto che sembra stia guardando la cartellina. Legge forse l'intestazione? Il reparto? C'è scritto il reparto? Abbasso gli occhi. Assesto la cartellina sulle gambe. C'è scritto il reparto.

«Devo andare».

«Qui una volta venivano le donne dei carcerati, lo sa?»

«Non vengono più?» domando.

«Sì, di notte. Ma a Pasqua venivano anche a pranzo. Adesso di giorno no. Non so perché. Forse le hanno cacciate? Speravo di vederne qualcuna. Sentire qualche storia. Erano così belle le cose che gridavano. Sa, io amo l'opera. Sembrava l'opera. Sembrava recitativo eppoi a volte quasi cantavano. Cose incredibili. Meglio di Puccini».

«Puccini?»

«Non le piace Puccini? Io lo amo».

Mi alzo. Da sotto in su mi guarda. Ha un'aria dolcissima. Le scarpe come stivaletti scamosciati e i calzoni eleganti.

«Lei è davvero libera».

Ride ancora una volta la sua risata rauca. «Lei no?» mi chiede. «Lei è anche audace. Mi piacciono gli audaci. Le parlo per questo».

«Mi dispiace dover andare».

Solleva la mano sinistra in un cenno allegro.

«Piacere. Mi chiamo Ippolito Snell».

«Piacere. Anna Ducrot».

«Sono davvero contento di averla incontrata».

«Buona Pasqua. Buon pranzo. Spero per lei che vada bene». Mi butta addosso gli occhi chiarissimi trasparenti. «Tutto. Intendo tutto quanto» aggiunge. «Magari me lo racconta, un giorno, io sto da queste parti».

La voce del medico è un brusio senza acuti. Tutto intorno è bianco. Mi sembra che qualcosa brilli solo in certe sporgenze metalliche. Cromature. Penso per un attimo alla moto, la moto rossa da ragazzino, la marmitta cromata scintillante. Il resto è bianco e l'uomo affonda nel bianco e la sua veste e le sue mani, dio, le sue mani. Dita bianche coperte da peli neri, solo i peli neri e il resto bianco e le unghie bianche perfettamente limate, neppure una sbavatura, gli angoli tagliati da forbicine anonime, un manicure. Le dita seguono numeri e dati sui fogli bianchi, scorrono su linee immaginarie, formano impossibili figure di salite e discese mentre la sua voce anonima senza acuti e senza bassi, la sua voce fluttua sui dati e sulle dita e io lo osservo e da parecchio non sento più niente, fin dall'inizio, dalla prima frase che ha subito messo in chiaro la situazione. Attraverso il vetro pulito della finestra filtra una luce bianca come bianca è ogni cosa e nel sapore bianco e nell'odore bianco io seguo l'intonazione che va digradando in suoni sempre più ovattati che mi pare formino spirali il cui centro è sempre più lontano nel bianco privo di tempo. Colgo le parole più importanti. So che scriverà tutto e che non ha senso quel che dice. So già ogni cosa di quello che capita con l'uomo che non mi guarda mai e che osserva il foglio e segue le sue parole senza tono. A un tratto lo interrompo tossendo. Basta un sussulto e lui si ferma ma non alza gli occhi, rallenta, forse è pronto a una mia reazione. Ma non dico nulla e lui riprende e tutto ricomincia come prima, finché dico: «Ho letto che la dieta... ho letto molto».

Allora lui mi guarda per un momento solo e dice: «Non deve leggere molto, lei, adesso».

«Io leggo molto».

«Intendo che non deve informarsi. A questo pensiamo noi. Deve occuparsi di altro. Deve preparare la bambina, intendo lei e sua moglie».

«Non si preoccupi. Quel che devo fare a casa lo so io. Voglio dire ovviamente che lo sa anche mia moglie. Però mi interesserebbe sapere qualcosa sulla dieta, perché ho letto una cosa molto importante, ma forse lei non si occupa di questo».

«Certo» dice lui. «Abbiamo già pensato di farvi parlare con una nutrizionista. Ma adesso mi ascolti. Guardi qui». Posa il dito sul foglio e sulle cifre stampate, ricomincia a blaterare una serie di dati e io lo seguo sorridente, ascolto il suono, il suono bianco candido inutile insensato della sua anima morta che non conosce che morte e non conosce la morte.

Mentre guido lungo il fiume un lampo squarcia il cielo sopra villa Borghese. Mi fermo. Accosto la vettura. Guardo l'orologio. È ancora presto. Pasqua e Roma deserta. Scendo sul marciapiede vuoto e sporco. Mi appoggio alla spalletta altissima sui bastioni del Lungotevere. Il livello è alto, ha piovuto per giorni e l'acqua è una melma putrida che porta giù rami e sacchetti e gorgheggia in mulinelli improvvisi. Dall'altra parte del fiume cerco di immaginare il luogo in cui si trovavano i ragazzetti romani più di cent'anni fa nell'acquarello di Roesler Franz. Che diceva Sergio? Cerco di ricordare cosa stesse dicendo Sergio mentre io ero ipnotizzato dal quadro nella galleria di Sant'Egidio. Un commento su quel che era stata Roma? La via, le strade, Roma sparita? Che cosa diceva? Qualcosa sulle mie parole. Su quel che dicevo, di sicuro. Perché parlavo da solo. Era pochi mesi fa e l'ho già dimenticato. Ma ricordo che mi si è avvicinato, ha detto qualcosa, mentre io ero lì perso nel mio pensiero buio. Non ha senso, del resto. Nulla ha senso. È tutto scomparso, non solo Roma. I ragazzetti sono morti da decenni. Chissà quanto avevano vissuto. Chissà se avevano avuto il tempo di capire qualcosa, di vedere grandi cambiamenti, guerre, carestie, papi, puttane e sacrestie. Il cielo s'ingiallisce. Lungo la spaccatura creata dal lampo si distribuisce una luce violacea e nera. Tra poco verrà giù il finimondo. Dove sono i due ragazzetti romani, quando i bastioni non esistevano, la città era impantanata nel Tevere e le barche facevano su e giù e tutto scorreva seguendo il tempo? Il loro tempo perduto. Tutto è stato risucchiato. Le loro facce. Che si dicevano? E io dove ho visto quegli occhi? Quando li ho visti se tutto è finito, scomparso, deglutito nel nulla della fine che si è portata via ogni cosa? Dove, cristoddio, dove? Guardo l'ora. Non c'è fretta, non c'è fretta, non accanirti, non c'è bisogno, calmati, perdio, calmati. Passa un tronco velocissimo sul filo d'acqua marrone. Mi guardo dietro. Non c'è nessuno. Pochissime macchine. Fari accesi. Il cielo si schiarisce. Sembra un sogno. Che avesse ragione la donna. Anna. E il cognome? Come si chiamava? L'ho scritto qui, ecco, Anna Ducrot. Un cognome francese. Magari un'erede di francesi romanizzati, di francesi scesi a Roma a portare la civiltà impossibile. Persi tra le osterie e le puttane del Vaticano. Morti. Morti a Roma nelle loro cioccolaterie, nelle loro pasticcerie. Guardo ancora il cielo e penso al gelato di noi bambini e al gelataio sulla via di palazzi umbertini e improvvisamente mi sembra che lì possa esserci qualcosa. Raccatto le chiavi della macchina e spingo il pulsante. Le frecce ballonzolano, il suono rompe il silenzio cupo. Guardo ancora il cielo. È tutto bianco. Tutto finalmente bianco.

Come un lampo.

Un urlo selvaggio, il letto disfatto, cose che volano, tento di abbracciarla, mi sfugge, corre, grida, porta via tutto quel che è sui mobili e salta, calpesta e mi tira addosso quel che può, la inseguo, le chiedo di fermarsi, le dico cose che non so più dire, poi mi fermo, resto fermo in corridoio con i fogli in mano, sento il suono delle cose in pezzi, ancora immobile qualche secondo, poggio i fogli, corro verso il salotto, ma lei è nello studio, la mia scrivania è saccheggiata e lei è in terra tra fogli cartelline scartoffie, si dibatte, la guardo solo un istante e mi butto giù su di lei e lì riesco a fermarla, la trattengo, la carezzo, la stringo e lei grida e grida che mi odia e ripete che l'ho rovinata e le ho rovinato la vita, le ho rovinato ogni cosa, la tengo stretta, bisbiglio un suono, poi le dico di venire con me e lei continua a gridare che è finita, che tutto è finito e che non posso più mentire, non posso più violare il suo bisogno di vivere e non posso più obbligarla a tutto quello a cui la sto obbligando e io le dico che ha ragione, che ha ragione, che non la obbligo più, che ha ragione, è vero, è tutto vero quel che dice, singhiozza, piange come un bambino, sussulta cercando il respiro, la tiro su con me, l'accompagno in camera, la faccio sdraiare sul letto, le dico che adesso deve riposare un attimo, poi andremo via da lì, usciremo, andremo da sua madre, lei rabbrividisce e si porta il piumino sulla testa, ha le guance sporche di rimmel e i capelli di una medusa, è l'immagine più atroce della disperazione, mi siedo accanto a lei, sul bordo del letto, le avvicino la boccetta e lei apre la bocca dopo il primo rifiuto, un grido, una maledizione, ma poi apre la bocca, lascio scendere le gocce, a voce alta scandisco i numeri e ne conto dieci ma sono venti o anche più, poi resto lì fermo a carezzarla, sento il mugolio, il mugolio incessante e quando il mugolio dopo un tempo interminabile smette e viene sostituito da un respiro incontrollato, mi alzo, percorro il corridoio che è un fiume di detriti, schegge, cocci impazziti, afferro la cornetta e chiamo sua madre e aspetto, aspetto, aspetto che arrivi il momento di portarla via di lì e ancora non so che lì non la rivedrò mai più.

Il gelataio è aperto. Parcheggio lì davanti. Scosto la tenda di fili di perline e dentro tutto è sguarnito come sempre. Mattonelle bianche lisce di mille anni fa. Una ventola che gira lercia di polveri e grassi. Il bancone metallico scintillante di tappi circolari e palette a mollo nell'acqua opaca di creme e nei liquidi scuri di frutta. Il ragazzo solleva la testa dal giornale e mi guarda, seduto dietro il bancone del caffè. «Anche il giorno di Pasqua è aperto? Proprio come una volta?» dico e lui accenna una smorfia neutra. Chiedo un gelato per tre, un contenitore grosso, quasi per quattro, indico i gusti, lo seguo mentre li dispone scodellandoli e passando la paletta sull'estremità del contenitore prima di cambiare crema. Una sottile carta semitrasparente prima di chiudere. Chiedo anche la panna. Gli domando se sia sempre la stessa panna, senza troppo zucchero. Non lo ascolto mentre osservo le bottiglie dietro il bancone. Le etichette gloriose, i nomi indimenticabili che non significano più nulla per me. Cynar, Campari, Cinzano. Sento ripetere una frase e mi pare il ritornello di una pubblicità, un suono che squarcia profondità perdute nel tempo. Eccola di nuovo. Mi scuoto. È il ragazzo che mi guarda e ripete il prezzo allungando il contenitore bianco in una busta bianca sul vetro che passa in cima al bancone dei gelati. «Mi dà anche un Fernet?» gli dico. Lui si volta e afferra la bottiglia, un bicchiere stretto e alto e circolare su cui è stampigliato il marchio antico e un'aquila e un mondo, un universo o stelle o notte o tempo. Il bicchiere è semipieno di fronte a me e io cerco ipnotizzato nel portafogli, estraggo una banconota, gliela passo eppoi con le dita poco a poco mi avvicino al bicchiere. Muovo l'indice e il medio e bisbiglio: «Icche dicche icche dicche icche dicche chi ruba s'impicche». Poi apro la mano e cingo il bicchiere, me lo avvicino alla bocca e lo vedo tremare e il liquido nero mi sembra un mare in tempesta e onde fanno su e giù rivoltandosi contro gli argini e richiudendosi nell'oscurità del tempo, del tempo, del tempo. Chiudo gli occhi assieme all'onda nera. Sento l'odore di terra e fuoco, terra e fuoco che si apre dietro il lago melmoso del liquido, del fiume. Solo il forte inebriante ancestrale odore di alcol. Abbasso la testa di un colpo, tiro giù il bicchiere e sento la gola che brucia e lo stomaco caldo e poggio il bicchiere vuoto e il ragazzo mi guarda con l'occhio fintamente distratto da dietro il quotidiano che non sta leggendo.

«Ti ricordi quello che studiavamo o no?» «Forse» dice Sergio, poi mi chiede a cosa precisamente io mi riferisca. Mantiene un ordine e un senso di realtà. Mi viene da sorridere e vorrei abbracciarlo se non fosse dall'altra parte del filo telefonico a cui mi appendo. «Scusami, Se'» gli dico. «Pensi che sia matto, che stia impazzendo?» Dice di no, dice che non lo pensa affatto e che vuole che io continui, che gli fa piacere parlare con me al telefono e che è contento se ci sentiamo così spesso, come ai bei tempi. In realtà mi compatisce, questo è evidente, e la cosa mi procura una enorme tenerezza inestirpabile e amara e per un attimo di nuovo vorrei abbracciarlo. «Il filo, non devo perderlo. Ascolta. Il fatto è che questo filo non c'è. Proprio non c'è.

Non è nemmeno il labirinto. Non si va né avanti né indietro. Non ha senso il tempo, né in avanti né all'indietro. E per questo non hanno senso più neppure i nomi che diamo alle cose e alle persone. Né le definizioni. Né le immagini. Tutto è indistinto. E questa indistinzione è evidente nel momento in cui tutto ci appare in una luce improvvisamente abbagliante. Come un lampo, come un lampo. Mi capisci? Ti ricordi? Ti ricordi quel che studiavamo? Allora, far sfregare le cose, le parole, i nomi, le definizioni, le immagini. No. Non serve a nulla. Serve solo quando si perdono, quando è chiaro che non servono più a nulla. Neppure i nomi propri. Mi segui? Neppure i nomi propri. E forse questa è l'unica salvezza. Il fatto è che noi non capivamo, non potevamo capire. Perché non avevamo fatto esperienza del lampo. Il lampo squarcia la tela che noi abbiamo costruito. Noi l'abbiamo costruita per vedere le cose, per irreggimentarle, infilarle nelle nostre categorie e dare a tutto un senso ordinato. Questa tela è composta dai nomi, dalle definizioni e dalle immagini. Ma come può aiutarci veramente, questa tela? Come si può utilizzare? Com'è possibile che tutto funzioni perfettamente per noi? Non è possibile. È soltanto l'abitudine. Ma capisci? Capisci? Non si va né avanti né indietro. Non si parte e non si torna. Non ci si muove. Tutto è sprofondato nell'assenza del tempo e l'assenza del tempo è la vera morte. Noi non viviamo mai». Sergio tace. «Va bene, sto esagerando, scusami, sono confuso, sono confuso, scusami, non riesco a spiegarmi, ma so che è semplice in verità, è semplice, semplicissimo». Lui ridacchia. Mi ripete che non devo giustificarmi. Dice che gli interessano eccome le cose che dico ma lui non le può capire, può immaginare, forse può avere una specie di impressione, ma non può capire fino in fondo. «Come un lampo», sì, se lo ricorda. Ma sa che non lo capiva allora e non lo capisce neppure ora. «Hai ragione tu. Sono eccitato. Sono stralunato. Ma non sono matto. Non preoccuparti per me. Non sono matto. Per favore non preoccuparti per me».

Sergio ascolta il mio lamento in silenzio. Poi a un tratto starnutisco. «Salute» fa lui e mi pare tutto improvvisamente lontano. Allora lo ringrazio e gli dico che posso fare da solo, non ho bisogno di aiuto, e che lo richiamerò, ma lui dice «no per favore Pip, non attaccare». Gli dico che non serve e che vorrei soltanto non essere chiamato Pip. Sono Ippolito, Ippolito, l'uomo dei cavalli, l'uomo senza amore. «Ok» dice lui, «ma continua, ho tempo, le vacanze me le prendo ora, a Pasqua lavorerò invece, per favore, continua, voglio capire». Gli spiego che non ho più favole da raccontarle, che non ho più fiabe, non ho più storie e che lei se ne sta accorgendo e questo mi spaventa. Lui mi dice di spiegargli meglio tutto. «Nomi, definizioni, immagini. Nulla ha senso, Sergio. Neanche le favole con cui cercavo di raccontare la verità».

Quando apre la porta d'ingresso sento il profumo della casa calda e dell'agnello che cuoce nel forno. Sorrido. Ha un portamento magistrale. Mi chino e l'abbraccio sfiorandole le guance magre su cui bellissime rughe scavano le sue storie. «Teresa dorme» bisbiglia. Il salone è luminoso. Il bianco sempre più acceso del cielo traspira uno strambo ignoto calore. Il muro bianco su cui è appeso il mio quadro preferito riluce di un'atmosfera mattutina. Mi siedo sul divano e sposto il quotidiano verso di me. Titoli che gridano storie insignificanti. Volto le prime pagine e vedo inchiostro che forma fotografie ignote e volti che hanno perso realtà e concretezza e sono diventati caricature. «Ecco» dice lei comparendo sotto all'arco che si apre verso la cucina. Posa accanto a me un vassoio metallico nero con ghirigori bianchi su cui ha deposto un bicchiere di vino bianco freddo dagli orli già appannati e un piatto di corallina e pezzi di pane bruscati. La guardo sorridendo con gli occhi in fiamme e lei si siede sulla poltrona e accavalla le gambe con stupefacente morbidezza. Un esile girocollo s'intravede sotto il golfino. Le mani nodose attorno alle ginocchia. La posa eretta.

«Grazie» dico a mezza bocca sollevando il bicchiere. «Salute. Ma lei? Non beve con me?»

«A pranzo, un bicchiere lo bevo, ora no. Poi con tutte le cose che dimentico, il vino no».

«Ma non dimentica mai nulla, lei, signora. È sempre con me. C'è sempre».

«Oh no no, Ippolito, se tu sapessi. Certe volte mi ritrovo immobile a pensare che non so cosa dovevo fare e cerco di ricordare da dove vengo e tutto è completamente vuoto. Se non ci fosse questa ragazza che mi aiuta...»

«È una brava ragazza».

«Molto. Sono fortunata. Ma lasciamo stare queste cose. Quel che importa è che Teresa stia bene. Sembra contenta, sai? Oggi a colazione era felice e allegra come non capitava da tantissimo tempo».

«Avete fatto la colazione pasquale?»

«Sì. Aveva fame. Ci siamo divertite».

«Sono contento».

«Le ho dato anche il limone, ma me ne ero dimenticata, in realtà, se lo ricordava lei».

«Certo».

«Tu lo sapevi? Lei sa da sola quando deve bere e lo vuole da sé».

«Sì, lo vuole da sé».

«È una bambina magnifica».

«Siete state bene».

«Sì. Moltissimo. Abbiamo anche detto qualcosa di Anna».

«Cioè?»

«Ieri sera mi ha domandato. Oggi nulla».

«Cosa?»

«Mi chiedeva della sua mamma e della mia figlia. Proprio così ha detto».

«Non capisco».

«Mi ha chiesto se la sua mamma era ancora mia figlia. Io ridevo. Le ho detto che una figlia è sempre una figlia e Anna è mia figlia e resterà sempre mia figlia. Lei non ci credeva troppo e mi ha domandato come potesse essere sempre una figlia se poi era mamma, mamma di lei. Io le ho risposto che lei sarà sempre figlia di Anna proprio come Anna sarà sempre figlia mia, ma dicendo queste cose mi sono confusa».

«Confusa».

«Sì. Un po' perché pensavo già a cosa dire di Anna e di dove fosse ora e un po' perché pensavo a una donna che è mamma e figlia. E proprio allora lei ha detto: 'Anna, mamma, figlia'. Ecco. Proprio così. Anna mamma e figlia, ha detto. Ma certo sono io che tendo alla sovrainterpretazione».

«Forse».

«Anna è una madre o una figlia ora? Questo mi domando io. Quel che domandava lei non lo so. Voleva solo sapere».

«Cosa le ha risposto?»

«Quel che ci siamo detti io e te. Quello su cui siamo d'accordo, no? Le ho raccontato che la mamma, proprio come lei, deve curarsi e non può farlo qui. Lei mi ha domandato perché non potessimo andare a trovarla e le ho spiegato che non è qui in città, ma fuori».

«Fuori, sì».

«Poi non ha chiesto nient'altro».

Azzanno una fetta di corallina e sento il grasso che si espande sul palato e s'impasta assieme al pane ancora caldo e s'infila tra le fauci, come un boccone da cannibale che mi si srotola attorno ai denti per imprigionarli.

«Tu non vuoi sapere nulla?»

«No. Cosa devo sapere?»

«Io neppure so nulla, ecco. Volevo che ti fosse chiaro».

«Grazie, lei è molto delicata, signora, sempre. E comunque per me non potrebbe cambiare niente. Anche se sapessi dove è andata non cambierebbe niente».

«Forse».

«Lei crede» le chiedo avvicinandomi sul bordo del divano, «lei crede che dobbiamo svegliarla? È l'una e da quanto sta dormendo?»

«Da una quarantina di minuti».

«Forse ancora facciamo in tempo, no? Poi il sonno diventa profondo».

«Forse lo è già» sorride. «Prova. Prova a vedere se si sveglia facilmente. L'abbacchio lo dobbiamo mangiare insieme. Era felicissima di prepararlo, ieri. Abbiamo fatto tutto piano piano, io e lei. Si divertiva tanto. Mi ha raccontato di un posto dove siete stati e dove tu la devi riportare. Le hanno fatto vedere un cinghiale lì. È vero?»

«Ah, certo, Borgata Petrelli. La testa imbalsamata di un cinghiale. È vero. Dobbiamo tornarci».

Come un lampo, come un lampo, come un lampo.

Mi sporgo sul lettino e la carezzo. La penombra nasconde, confondendole in un'immagine sfocata, le raccolte fotografiche di mia moglie e io resto immobile con lo sguardo sul lettino perché non voglio vederle comparire nel momento in cui i miei occhi si abitueranno all'oscurità. Volto in direzione opposta la sedia e mi metto spalle al muro. Sento il suo respiro che cambia movimento e si fa improvvisamente veloce. Le carezzo la fronte. Bisbiglio: «Ti ricordi chi sono io? Sono il ferroviere. Il padrone del cane». Scuote la testa, gli occhi si aprono velati da una patina di inconsapevolezza, si richiudono subito, come se non mi avesse visto. Blatera qualcosa. «Ti ricordi chi ero io?» Mugola, si muove sul fianco prende la mia mano e se la mette contro le labbra umide e dice: «Lampo». Rido. «Ecco. Allora ti ricordi chi ero io. Ero il ferroviere». Arroto l'accento e dico sempre a voce bassa ma acuta: «Sono il sottocapo della stazione di Campiglia Marittima, eh!» «Sssssì» dice lei, «sìsì». «Te lo ricordi? Sai cosa c'era qui, un tempo? Una palude. E cos'è una palude? Te lo ricordi?» «Ssssssì». «Una palude è un grande acquitrino, una zona dove la terra è sempre fangosa e l'acqua ristagna. Pullulano zanzare e malattie. Ma anche begli animali. Qui c'erano bufali, moltissimi bufali. E nelle case dei contadini si mangiavano formaggi buonissimi e anche le mozzarelle che tu adori, sai? Si viveva in grande povertà, però. Per vivere bene si andava a Piombino. Ti ricordi? Te l'ho raccontato tutto questo? Oggi è Pasqua, Teresa, vogliamo continuare un po' il racconto, prima di pranzo?»

Il giorno che in stazione arrivò, me lo ricordo perfettamente. Era agosto. Faceva un caldo atroce. Dalle traverse dei binari saliva un fumo denso, per autocombustione. L'odore dominante di catrame bruciato era acre. Non potevi star fuori, sulla pensilina, senza respirare il puzzo e solo a guardare lontano sentivi voglia di andartene via a passeggio. Gli immensi campi di grano brillavano sotto il sole come oro. E io ero lì. Guardavo lontano. Aspettavo il treno merci di mezzogiorno. Passeggeri sonnecchiavano sulle panchine, alcuni leggevano riviste, la giornalaia dormiva nel suo chiosco e si sentiva russare. Il treno entrò in stazione. Seguivo distrattamente le operazioni di carico e scarico e all'improvviso, in una luce accecante che rimbalzò per un attimo sul suo corpo, vidi il cane bianco che cadeva giù, che si lanciava eppoi scendeva trotterellando sui binari verso di noi. Scomparve come era apparso. Lo avevo dimenticato quando rientrai nel mio ufficio. E mentre mi pulivo il sudore sotto la visiera sedendomi davanti alle mie scartoffie, vidi i due occhi imploranti nella penombra. «Ah ah» feci ridendo e lui allora si lasciò cadere sul ventre e aprì le zampe sotto al tavolo e si addormentò. La sera, quando tornai a Piombino c'era Tigre, il mio cane lupo, che aspettava scodinzolante, e così ripensai al cane bianco che avevo lasciato a dormire fuori dalla porta dell'ufficio, accoccolato sotto alla pergoletta. A cena non feci parola di nulla. Tutto era come sempre. Mia moglie raccontava le vicende della giornata e mia figlia Mirna ci parlò della scuola. Capitò solo una cosa particolare, quella sera. Dopo un'oretta che dormiva, Mirna ci svegliò piangendo. Doveva aver avuto un incubo. Andai a rassicurarla ma le mie parole non bastavano. Voleva a ogni costo una storia, una storia nuova, una «storia nuovissima». Incominciai a dirle del cane che avevo ritrovato nell'ufficio, dopo averlo visto scendere da un treno merci. Si appassionò. Voleva sapere ogni cosa. Gli occhi, come si muoveva, la taglia e il pelo. Poi smise di chiedere e lasciò che io raccontassi, come in una cantilena, l'amicizia che era nata tra me e lui. Inventavo quello che ci eravamo detti e come avevamo parlato e pensavo che lei dormisse e ormai le mie parole erano suoni, una cantilena, una cantilena in cui lei avrebbe ritrovato il sonno, la notte, mentre il suo respiro si addensava e si ispessiva. Aspettavo di sentire quel respiro diverso e non raccontavo più nulla. Ripetevo come era sceso, all'improvviso, tutto bianco, bianco, bianco scintillante colpito dal sole del mezzogiorno, bianco e luminoso nell'ombra della pensilina, nel nero del binario, nella caligine dell'afa che si condensava in un fumo grigio. Bianco bianco e bianco. E a un tratto, mentre ripetevo così, sentii la voce flebile, roca, profonda e notturna di Mirna che diceva qualcosa, una frase definita incomprensibile. Mi fermai e dissi: «Cosa? Cosa hai detto Mirna?» e lei ripeté in una specie di trance: «Come un lampo, papino. Proprio come un lampo».

Apro il terzo cassetto della scrivania, tiro fuori le trottole e le distribuisco in terra e le dico: «Scegli». Lei resta ferma a guardarle. «Scegli la tua. Se non vuoi sentire la storia di Lampo, prima di pranzo facciamo almeno due corse di trottole. Ti ricordi come si fa?» Lei dice di sì e indica quella rossa e dice «Rossa tua». «Prendo la rossa io?» Fa segno di sì. È una trottolina rotondeggiante. La faccio girare sul parquet. Lei si sporge dal lettino e allunga la mano verso tre trottole percorse da strisce multicolori. «Tutte e tre?» faccio io sgranando gli occhi e lei ride e se le tiene strette tra le gambe incrociate. «Vado io, ok?» Lascio scivolare debolmente il pollice contro l'indice e il medio stretti attorno alla barretta di legno e la trottola rossa volteggia qualche secondo prima di fermarsi. Quando cade sbilenca da una parte, lei prende una delle tre che ha scelto e la mette meticolosamente per terra davanti a sé eppoi con le dita minuscole riesce a farla girare come abbiamo provato infinite volte. La trottola volteggia leggera sul parquet, forma una specie di cerchio, si avvicina alla trottola rossa ferma in terra, la tocca e dunque perde la stabilità del giro e si ferma. Ride, Teresa, alzandosi in piedi e dice con una voce squillante: «Addosso alla tua». Io mi lascio cadere in terra disteso supino e alzo le braccia e dico: «Teresa, regina delle trottole, Teresa la bambina delle trottole». «Addosso alla tua, papo, addosso alla tua» ripete lei saltellando.

Quando il giorno dopo tornai al lavoro, il cane era lì. Si aggirava attorno al mio ufficio. «Oh Elvio, ma che l'è tuo 'sto cane?» mi disse il bigliettaio scuotendosi la camicia sudata dal petto. Gli raccontai come era arrivato e intanto aprivo l'ufficio e il cane mi seguiva dentro. Restò con me tutto il giorno tranne i momenti in cui si fermavano in stazione i treni da Torino o da Roma. Allora se ne andava al binario tutto solo scodinzolando a vedere chi scendeva e chi saliva, come un esperto del posto. A sera mi accompagnò al treno per Piombino, mi vide salire, lo salutai. Era bianchissimo nell'azzurrino del crepuscolo, sembrava avesse una luce tutta sua. Fece una specie di saltello bianco nel buio. E come un lampo scomparve.

Padre nulla che sei nel nulla sia nullificato il tuo nulla venga il tuo nulla sia fatto il tuo nulla come nel nulla così nel nulla dacci oggi il nostro nulla e rimetti a noi il nostro nulla come noi lo rimettiamo al nostro nulla e non nullificare il nostro nulla ma nullificaci nel nulla.

«Ma che bel sonno che ci siamo fatte» dice mia suocera. «Vogliamo vedere a che punto è l'agnellino?» Teresa dice di sì, fa un saltello, ha guance rosse e occhi perduti. La nonna si china verso di lei e le offre la mano e la porta con sé in cucina. Io fingo di non vederle. Fingo di leggere il giornale. Come il lattaio, il gelataio o quel che è. Sento risate e gridolini, provo a cercare l'odore come un segugio, l'odore dell'agnello che si ammorbidisce nel forno caldo ormai spento. Immagino di catturare il rosmarino bruciacchiato e l'aglio e le patate e un filo di limone, ma forse il limone lo metterà dopo. Forse lo metterà dopo? «Papo papo, vieni a vedere» sento dall'uscio. Poso il giornale, il rumore dello stropiccio della carta mi sembra gigantesco. «Che vedo?» dico come un automa. Lei mi offre la sua manina e io mi chino e mi lascio portare. Va avanti passando il peso da una parte all'altra, è contenta, fa su e giù sulle gambette, mi tira con sé in cucina. Le tengo gli occhi sulla nuca bianca, sulla linea che la pelle disegna contro la nuca bianchissima e i capellini radi e sottili sul limite della nuca come un piccolo accenno di codino a cui io sono legato come fosse un delicato soffice candido nodo scorsoio.

Mirna gridava: «Lampo, Lampo, papino, papino, c'è Lampo». Ero su in bagno, io, a farmi la barba, e mica lo capivo cosa fosse il lampo. Ma lei lo aveva deciso e per lei era scontato così. Il cane arrivato come un lampo doveva chiamarsi Lampo. Mi affacciai alla finestra. Mirna giocava con il cane bianco e gridava «Papino papino è venuto a prendermi per andare all'asilo». Io ridevo. Ma come aveva fatto a venire fino a lì? Ce lo avevo portato una volta, certo, per farlo vedere alla piccola. Lo avevo caricato sul trenino da Cam-

piglia, aveva dormito a casa e al mattino avevamo accompagnato Mirna all'asilo eppoi eravamo tornati al lavoro. Quel mattino però andava mia moglie all'asilo. Tenni con me Lampo e tornammo insieme in stazione. Al nostro arrivo, i colleghi mi spiegarono che molto presto Lampo era salito sul treno per Piombino e non si era più visto. Raccontai la storia. Spiegai che Mirna era sicura fosse venuto per accompagnarla all'asilo e tutti ridemmo insieme dandoci di gomito. Ma il mattino dopo, quando uscimmo presto, io e la piccola, per andare a scuola, Lampo era lì. Era lì di nuovo. All'ora perfetta. Non era stato un caso. Aveva imparato i tempi. Gli orari. Il treno. Ridevo, tra me e me, ma in stazione quando mi raccontarono che al mattino il treno non era partito dal solito binario, non potevo crederci. C'era qualcosa di strano. Non poteva essere. Non potevano andare così le cose con un cane.

Vago per la città improvvisamente assolata. Ci sono turisti che si sfilano la giacca e si siedono allungando il collo verso il cielo. Vorrei salire verso il Pincio ma ho il terrore di rivedere i miei luoghi preferiti, non voglio passare davanti all'orologio a acqua, non voglio vedere palloncini colorati, non voglio sentire l'odore dei pini d'inverno. Costeggio il bar Canova, mi affaccio sul Babuino. Non voglio, non voglio, non voglio. Torno indietro e sento voci che si rincorrono, ragazzi che ridono, qualcuno che chiama, chiama un nome che non voglio sentire, non voglio sentire. Devo fuggire, voglio fuggire anch'io. Mi volto e salgo i gradini di pietra e tiro dritto verso il grande ingresso della chiesa, spingo sulla porta di legno, la penombra scintillante di ricchezze antiche mi calma in un istante. Mi siedo sulla panca. Passo il dito sulla targhetta metallica inchiodata alla panca di fronte, mi stringo la nuca, aspiro gli odori d'incenso e di cera. Dov'è la cera e dove l'incenso? Dove la cera e dove l'incenso? Immagino un programma di profumi e odori e indovinelli e domande e uomini bendati che distinguono spezie impossibili. La mescolanza di cera fusa e incenso. Vedo nel sogno del ricordo sgrammaticato me stesso, io che sono un bambino e cammino sul pavimento disegnato di lastre grigio-nere e avanzo verso quello che mi sembra un piccolo palchetto per declamare chissà cosa attraverso odore di ceri e incensi. Salgo tra arazzi i gradini dell'altare e vengo investito da luci dorate, lumi tremolanti, voci basse, occhi che mi osservano. Non puoi più tornare indietro. Non puoi più tornare indietro. Lì sopra vedrai che, tutta insieme, tutta in un istante, tutta in un preciso momento bruciante, la paura passerà. Mi affaccio sul palco e vedo il buio di teste confuse e mi avvicino e faccio per dire qualcosa ma mi fermo, tremo, tremo, tremo e nel silenzio ripeto «per» «io» «per» «perché» «io» «vorrei» e da dietro di me l'uomo alto chiuso in una blusa bianca e da stendardi verdi che gli calano sul petto con le mani alte e un sorriso beffardo dice: «Preghiamo» e la folla soffocando un risolino risponde: «Ascoltaci o Signore».

«Tagliamo l'agnellino?» dico sgranando gli occhi e aprendo le braccia e facendo segni di fame e di avidità e di voglia. Lei saltella e ride e dice «sì sì sì». Io la prendo sulle ginocchia e le metto in mano il coltellaccio. «Coltellini e temperini non son giochi per bambini. Coltellini e temperini non son giochi per bambini. Ma questo mica è un coltellino. Questo è un coltellone. Vero nonna? E allora va bene. Il coltellone non è gioco per il bambinone e siccome tu non sei una bambinona lo puoi prendere. Eppoi guarda. Guarda come si taglia facilmente». Le prendo la manina bianchissima e la tengo con tutta la delicatezza e la leggerezza di cui sono capace per reggere al tempo stesso il coltellaccio pesante. Faccio uno sforzo sovrumano di concentrazione, mi sento sudare e intanto cerco di ridere. Mia suocera mi guarda e tace. Tagliamo un pezzo di coscia e un pezzetto di costato e indico il piatto, deponiamo il coltello, prendiamo un cucchiaio, raccogliamo il sugo e il suo piatto è pronto. «L'agnellino. L'agnellino pasquale» dico. «Ora sentiamo quanto buono vi è venuto. Sicuro è morbidissimo. L'odore è giusto. Si sente l'aglio, il rosmarino e anche un filo di limone, giusto? Anche il nostro amico limone. Vediamo com'è. È buono? È buono? Io dico di sì». Alzo la forchetta, mentre mia suocera si serve sorridendo. La faccio volare sul piatto come un aereo e me la spedisco in bocca e mentre sento la carne dell'agnellino che quasi si scioglie, davvero quasi si scioglie sulla lingua e sotto il palato chiudo gli occhi e dico: «Sì sì sì. È la rinascita».

«Il cane tuo, quel Lampo, s'è imparato la carrozza ristorante». La frase mi rimbombava in testa. Osservavo l'uomo. «Non capisco che cosa intendi. Cosa c'entra la carrozza ristorante?» Lui mi fece un cenno e lo seguii. Lampo era in fondo al binario, teneva alta la testa verso il finestrino e dalla carrozza ristorante volavano ossa e resti di carne. La scena si era ripetuta dal giorno prima. Lampo doveva aver scoperto che sul treno da Torino viaggiava la carrozza ristorante e sia ieri che oggi quando il treno entrava in stazione lui era già lì a scodinzolare di fronte ai finestrini. Ma come poteva sapere quale fosse il treno? Come poteva indovinare dove si trovasse la carrozza ristorante? Nei giorni seguenti iniziai a studiarlo. Poco prima che il treno arrivasse, ma molto prima che noi fossimo avvertiti e ci preparassimo per l'entrata in stazione, lui già era in allerta, si tirava su, se ne andava verso il binario, guardandosi bene intorno quando attraversava. Come potesse sapere gli orari e i ritardi era incomprensibile. In stazione cominciarono a entusiasmarsi. Io mi preoccupai.

Lungo il corridoio ho preparato un cunicolo unendo pezzi di carta e di cartone. È un tunnel stretto e alto una ventina di centimetri in cui ho disposto ogni animaletto. Quando lei entra ne sbuca solo uno, dall'ingresso: il lama. Le spiego che è un po' come il percorso che nel circo viene allestito all'intervallo per portare in pista gli animali più grandi e forti e pericolosi. È un percorso obbligato. Sono tappe per arrivare all'aria aperta. Come tutte le tappe che attraversa lei. Ci sono finestrelle nel tunnel e a ogni finestrella si affacciano animali diversi. Tigre, dromedario, giraffa (il collo lunghissimo spunta fuori e lei ride), muflone, cinghiale, tartaruga, ippopotamo, cavallo, cane lupo, husky dagli occhi azzurri e leone. Undici tappe, undici finestrelle, undici animali. Ma lei non mi segue. Tiene il lama stretto in mano e ride per la giraffa e guarda tutti gli altri animali dentro le loro finestrelle che sarebbero le tappe secondo la mia ricostruzione ideale. Poi inizia a sollevare il tunnel con un gesto veloce e scoperchia la fila di animali e li raccatta tutti uno a uno e li prende con sé e se li porta in camera senza dire nulla. In quel momento mi accorgo che non sono undici. Undici sono le finestre che ho intagliato. Ho dimenticato di contare il lama. Il numero complessivo è paro. Un numero malefico. Mi scuoto, cerco una ragione fra me e me. Immagino che il lama possa costituire un'unità che non aggiunge nulla al numero disparo e che non lo muta. Il lama del resto è già arrivato a casa, è già uscito, non rende infinito il numero finito. Resta un numero finito, un numero finito – ripeto tra me e intanto sento che piange e vado di là a cercare di capire cosa stia succedendo e mentre la vedo seduta sul letto e le faccio domande, capisco che ha smontato il tunnel per una ragione precisa. O meglio: immagino di capire che lo abbia fatto per una ragione precisa. Suona il telefono. Mi alzo e agguanto la cornetta e nessuno parla dall'altra parte del filo. Torno a sedermi accanto a lei, cerco di blaterare frasi insensate sugli animali che ora sono tutti sparpagliati in terra. Ma lei piange senza ascoltarmi. Allora le domando cosa sia successo, se voglia spiegarmelo, ma non mi ascolta. Sono impaurito. Le dico che fra poco è Pasqua e ci sarà l'agnello. Lei continua a piangere. Io ripeto «l'agnellino l'agnellino l'agnellino» e mi accorgo che non c'entra assolutamente nulla. L'agnellino lo mangeremo, l'agnellino. Vengo investito da una specie di tempesta. La coccolo, la muovo tra le mie braccia. Le chiedo cosa abbia e lei piange ancora di più. Tento di farla ondeggiare e ripeto «Oh oh, ohohoh», la cantilena di Anna quella notte, così come me la ricordo, «Oh oh, ohohoh. Oh oh, ohohoh». Lei piange, le lacrime le scendono sulle gote. Provo a carezzarla mentre la coccolo ancora. Non riesco. Non sono capace. Mi sento perduto.

«Anche le patate ha fatto lei» dice mia suocera.

«Anna gliel'ha insegnato perfettamente» blatero. «Vero, Teresa? Come le fate bene le patate, tu e mamma?»

Lei allunga la forchetta verso il piatto senza dire nulla mentre mia suocera mi guarda passandosi una mano sul filo d'oro esilissimo che segue in curve appena accennate la protuberanza delle ossa della clavicola.

«Morbide dentro e croccanti fuori, questa è la perfezione» dico io e ne spezzo una spiaccicandola sul sugo dell'abbacchio. Osservo la poltiglia giallastra che si trasforma in una melma marrone. Cerco un aglio e spappolo l'aglio spingendo sulla buccia dorata che mia suocera ha lasciato intera, cucinandolo come usa fare sempre in queste occasioni, ossia l'aglio in camicia. La polpa bianca scivola fuori compatta e morbida. È un bianco crema che si infila nella poltiglia della patata. Lo comprimo, lo mescolo e il marrone si fa più chiaro e traccio dentro quella polpa una specie di ricamo. «Guarda» dico, «guarda Teresa, lo vedi?» Indico il centro del piccolo monticello di patata aglio e sugo. Sembra una collina minuscola. «Lì potrebbe esserci un piccolo albero vero?» Lei guarda bene la collinetta e sorride. Allunga le dita e afferra un rametto di rosmarino e ce lo mette dentro. «Un pino» dice. «Un pino!» faccio io. «Come il pino del mare? Come i pini che abbiamo piantato l'altr'anno? Come staranno? Saranno cresciuti? Che dici? Sei curiosa di rivederli?» Fa sì con la testa. Mia suocera mi guarda con un'aria stranissima. Ha occhi pieni di luce che pare fuoco. «Lo sa la nonna dei pini che abbiamo piantato nel dirupo, l'anno scorso? Glielo hai raccontato?» Teresa si volta e lei accenna un assenso ma in realtà il suo sguardo è rovente. Osserva Teresa eppoi me e sembra non potersi fermare. Ha il fuoco da qualche parte. Qualcosa che sta per esplodere. Chiude un attimo gli occhi, poi all'improvviso si alza con un movimento maldestro e con la voce incrinata dice: «Devo controllare una cosa in cucina». Teresa non si accorge di nulla. È come un lampo che attraversa la tavola e io cerco di indirizzarlo sul pino. «Quando torneremo al mare, quest'estate, il pino sarà alto così?» Lei guarda il monticello di patata e aglio e il rosmarino abbrustolito che svetta lì in mezzo come un albero che forse è sopravvissuto alla furia vendicatrice di un incendio. «Pensa. Secondo me tu sarai più alta. Tu sei grande. Tu lo hai piantato. Ti arriverà al ginocchio? Ci mettono tanto i pini a crescere. Ci mettono tantissimo. Poi ti superano, però». «A te quando, papo?» «Cosa quando?» «Quando ti era superato il pino». «Ah, quando mi aveva superato? Di altezza dici?» «Sì» «Eh, mica mi ricordo tanto bene. Allora, io li avevo piantati a sei anni, quindi ero più grande di te, più alto. Mi sa che a dieci anni erano alti come me». «A me quando supera?» «A te? Fammi pensare». La guardo col sorriso scandendo gli anni sulle dita e come un lampo mia suocera torna in camera da pranzo a salvarmi.

Un giorno chiamarono da Livorno. Avevano saputo di Lampo, la voce era corsa fra i ferrovieri. E ci chiesero se fosse lui, il nostro cane, quel cane bianco che faceva su e giù sui binari e che sembrava perso tra i treni in arrivo. Dissi loro di metterlo sul primo treno per Campiglia. Dopo una ventina di minuti richiamarono. Erano confusi. Sostenevano che il cane fosse scomparso. Spiegarono che all'inizio prenderlo era sembrato impossibile, perché si sottraeva a chiunque si avvicinasse. Poi, quando si era calmato e avevano telefonato, all'improvviso lo avevano perso di vista. Cercavano scuse? Ragionavo fra me su quel che si poteva fare. Dopo poco sentii un grido. Tutti in stazione ridevano, indicando il cane che scendeva dal regionale proveniente da Livorno e s'infilava nel sottopasso per non attraversare i binari. Aveva trovato da sé la coincidenza. I miei colleghi non volevano crederci. Per tutto il pomeriggio ci si chiese se fosse stato un caso o cosa altro mai. Lui, Lampo, se ne restava accucciato nel mio ufficio, aveva l'aria timida e accorta, io gongolavo. Non avevo dubbi. Quel cane ne sapeva una più del diavolo. Ogni tanto lo carezzavo con il piede e lui sembrava contento. Era un genio dei treni, quel cane. Ma era meglio che non lo sapessero in troppi. Così non fui contento quando tornandomene a Piombino, quella sera, scoprii che qualcuno aveva già informato i giornali locali e un cronista il giorno dopo sarebbe venuto a conoscere Lampo. Non so perché ma ebbi un brutto presentimento. La notorietà non fa bene agli uomini, figuriamoci a un cane. Mia moglie mi rassicurò. Mirna disse che erano pensieri miei. «Lampino è un cane famoso» diceva saltellando. Allora brindammo a Lampo e non ci pensai più.

Le dita magre affusolate eleganti muovono il coltello e le indicano dove guardare per affettare la colomba pasquale. «Lei, signora, è bravissima» dico, «e io non saprei come fare senza di lei». Fa ondeggiare la testa rifiutando i miei complimenti e continua a indicare dove si debba tagliare e intanto io riempio tre coppette di gelato. «Il gelato insieme alla colomba è buonissimo, proprio buonissimo» ripeto. Mi siedo e guardo Teresa e sua nonna accanto e per un attimo ho l'immagine di una domenica debolmente assolata in cui siamo tutti insieme a tavola e festeggiamo il compleanno di Anna. La torta, le candeline con le serrande abbassate, gli auguri cantati e stonati. «Vogliamo cantare gli auguri?» dico all'improvviso. «A chi?» ride mia suocera. «All'agnellino, alla colomba, a tutti noi» dico. Anche mia figlia mi guarda senza capire. «No, no, aspettiamo il nostro compleanno. Cantiamo un'altra canzone. Quella tua di scuola» faccio quasi balbettando. Prendo il gelato e sgrano gli occhi in una smorfia. Devi trovare un modo, dico. Devi trovare un modo.

È una storia troppo vera? Per questo non mi piace? Se la sanno tutti. Se diventa cronaca. Se è semplicemente una storia come un'altra, di irregolare normalità, di straordinario sovvertimento delle regole ma comunque normale, che cosa c'è più in essa di fantastico? Mi chiedevo queste cose, mentre gli uomini del Washington Post scattavano foto a Lampo e volevano che anche io fossi accanto a lui, prima di fare la lunga intervista che avevano chiesto un mese prima dall'America. C'era un traduttore, lì, pronto, accanto a noi. Lampo non sembrava di buonumore. Anche per lui la storia stava diventando troppo vera? Troppo reale? Misera? Avrei voluto domandarlo a Mirna, ma lei sgambettava felice per la stazione e non si curava di queste cose. Tutta quella gloria per Lampino? E a Tigre che era stato il nostro cane fedele per tanti anni, a Tigre chi ci pensava più?

Faccio girare la trottola in terra. La vedo volteggiare e disegnare curve sul pavimento del mio studio. È una trottola piccola e verde. Come la pigna del tirso dionisiaco. Forse potrei raccontarle la storia di Dioniso, dico. Forse la storia del bambino che viene ingannato con i suoi giochi potrebbe piacerle? Se non le piace questa, se non le piace questa. E perché non le piace? Qui è il punto. Dovrei cercare altrove? Forse, la danza della trottola. Il gioco di Dioniso. Girare attorno a se stessi. Perdere se stessi e tutte le coordinate note. E così ritrovare se stessi. No. Non puoi dirle queste cose. Non puoi raccontarle queste cose. Come potrebbe capirle? Continuo a far girare la trottola verde. Ossessivamente seguo i volteggi che si intersecano. «Addosso alla tua» disse il ragazzo di Callimaco. La tua strada. Dioniso rinasce. Sa guardarsi allo specchio. Il ragazzo di Callimaco cerca solo se stesso. Come potresti trovare il modo di raccontarle storie così? Non è possibile, non è possibile. Faccio girare la trottola e penso che devo chiamare Sergio. Sergio può aiutarmi a far funzionare il trenino elettrico, i binari che mi regalarono i nonni e che ora sono morti e sepolti. Forse posso tirare fuori il fortino dell'esercito americano, difesa dagli indiani, che mi costruì mio padre. Ma ora io parteggio per gli indiani o no? Penso che devo comprare un apparecchio telefonico nuovo, uno di quei telefoni che mostrano il numero di chi sta chiamando. Penso che devo contattare le mamme delle amiche di scuola. Devo occupare le giornate di Teresa prima del momento in cui dovremo ricominciare.

Troppa gloria semina invidia. Passato qualche mese dalle interviste e le foto sui giornali, accadde il fattaccio. Da Firenze, la Direzione del Comparto Ferroviario mi spedì una lettera perentoria. Le cose dovevano finire. Si spiegava quanto fosse stata affascinante e anche di lustro per le Ferrovie stesse la storia di Lampo, ma quel cane che si aggirava per le stazioni, che saliva e scendeva dai treni e che tutti i ferrovieri chiamavano per nome destando la curiosità dei passanti e dei viaggiatori, quella storia doveva finire. Quando dissi a mia moglie della lettera per poco non veniva giù casa, ma poi capì: ne andava della mia carriera, del mio lavoro, di tutto quello che un uomo fa nella sua vita. Mirna non poteva capire. Pianse giorni e giorni e pianse ancora quando andammo in treno insieme fino a Reggio Calabria per lasciare Lampo nei campi di un amico, i campi assolati e parzialmente coltivati che si estendevano di fronte a casa sua. Fu una scena straziante. Non vorrei mai più ripensarci. E forse sarei riuscito a costringermi, sarei riuscito a non ripensarci mai più, se due mesi dopo non fosse successa una cosa straordinaria.

«Io da grande voglio diventare un papà».

Scoppio a ridere. Mollo le stoviglie e ripeto la battuta a mia suocera mentre lei muove di scatto la testa e sembra mettere il broncio. Mi chino. «Ma Teresa, è stupenda la cosa che hai detto. Rido di felicità, ma non si può». «E perché perché perché?» «Perché i papà sono maschi e tu sei femmina, tu sarai una magnifica mamma». «Ah» dice e si mette a correre verso la stanza. Aspetto un attimo, asciugo le stoviglie poi le posate, faccio un cenno alla ragazza che aiuta mia suocera. È appena rientrata e già è in cucina con noi. «Scusate» dico. Percorro il corridoio silenzioso e buio. In camera mi siedo sul letto e le chiedo se voglia fare la capanna e lei dice che vuole una storia, che vuole una bella storia. «Quella di Lampo?» «No» fa lei, «un'altra». «Non ti piace il cane bianco?» «Voglio una bambina». «La storia di una bambina? Ma c'è una bambina nella storia di Lampo. Si chiama Mirna. È la figlia di Elvio, il ferroviere». «Lampo no, un'altra» scuote il capo. «Vediamo. Fammici pensare. Ci penso, la trovo e te la racconto. Ma intanto tu spiega a papà questo, perché lui è curioso, gli piace molto la storia di Lampo. Perché a te no? Perché?» Non mi risponde. «Non ti piace il cane o Elvio? Sai che mio papà me la raccontava spesso e a me piaceva tantissimo». Si stringe nelle spalle, mi guarda con due occhi verdastri velati: «Un'altra, un'altra storia» fa. «Va bene. Aspetta che ci penso, ok?» dico io e guardo il soffitto e immagino e immagino e immagino.

Come un lampo. Come un lampo. Come un lampo.

Riapparve claudicante. Nessuno poteva credere ai suoi occhi. Fu una scena straziante. Cosa mai gli era capitato in Calabria? Come era fuggito? Che treni aveva preso? Erano passati due mesi e aveva ritrovato la strada, aveva preso le sue coincidenze e eccolo qui. Come un lampo era comparso la prima volta e come un lampo ricomparve, anche se il lampo stavolta era sbiadito. Aveva perso il pelo, era ingrigito, stanco, magro. Aveva così poca forza che la sua felicità era come nascosta, mentre tutti noi gli andavamo incontro eccitati e c'era chi gli portava cibo, chi acqua, chi latte, chi coperte e non so più neppure io cosa, ma comunque la sua felicità riusciva a mostrarla appena, in uno scodinzolio leggero, nell'ansimare, negli occhi opachi e lacrimosi. Nessuno poteva credere a quel che era capitato. Era qualcosa che andava oltre ogni previsione. Chiamai mia moglie, poi chiamai Firenze, non poterono far altro che prendere atto che la separazione era impossibile.

Solo un lampo improvviso ci avrebbe potuto dividere.

«Non posso pensarci e non posso pensarci e non posso e basta», batto la mano sulla mia scrivania in studio e Sergio mi guarda silenzioso, poi ride e dice che potremmo andare a farci un giro, ha lo scooter sotto casa mia, ha tempo, possiamo andare.

«No, devo studiare. Il tempo lo devo occupare perfettamente».

«Ma non lo sprechi, il tempo, a farti un giro, ma insomma, non ti ricordi di tutto quel che dicevamo quando passavamo ore a farci cappuccini al bar? Non si spreca mai il tempo» dice ora mentre lo vedo sbiadire nella sua giovinezza perduta. «Ricordi come ce la spiegavamo? Ecco, ascolta». Fa un'espressione compita e seriosa. «L'esame ti riesce proprio grazie a tutte le pause che hai fatto. Perdi meno tempo a far pause che addormentandoti in biblioteca. C'è bisogno di rimettere in moto i sensi. L'assenza è decisiva. Ma insomma, devo ripeterti tutte le massime che sappiamo a memoria?»

«Hai ragione, ma non posso ora, davvero. Mi sento sempre più vicino a qualcosa che finisce ogni volta per sfuggirmi».

Guarda i fogli sul tavolo, sbircia le formule e fa: «Allora, io ti ho messo a posto il tuo vecchio trenino elettrico, tu mi ascolti un attimo e mi rispondi, ok?»

«Sì».

«Anna? Ne sai nulla? Sai se torna? Sai dov'è?»

«Nulla».

«Tua suocera non sa nulla?»

«Nulla. Così dice e io le credo».

«Perché?»

«Perché è una persona diversa da sua figlia e perché comunque io non voglio più saper nulla di sua figlia. O forse sì? O forse no? Non lo so, va bene? Non lo so. Ma adesso devo fare così tante cose che non posso pensare neppure a lei. Finite le domande?»

«No».
«Andiamo allora. Su».
«Pensi di poter continuare a lungo così? Non vedi che a tratti deliri?»
«Non deliro affatto. Sono stanco, certo. Ma non deliro affatto».
«Hai parlato con i medici, delle tue ricerche? Hai parlato con qualche specialista, con qualche esperto che ti possa dare dei consigli?»
«No, è inutile, ho accennato alle cose che già si sanno abbastanza, il limone, la dieta, ma non ha senso, non mi stanno a sentire neppure su quella roba lì, figuriamoci sul resto».
«E hai intenzione di non fare come loro dicono?»
«No. Ho intenzione di fare tutto quello che mi dicono. Ma non ho intenzione di smettere qui. Qualcosa posso trovare. Ci sono scatti di fortuna. Vedi, riordinando le carte a casaccio, dopo che tutto era saltato per aria, quando Anna se n'è andata, be', ecco, l'ordine casuale mi ha aperto qualche varco. Me lo aspettavo forse».
«Bene. E cosa dicono i medici? Cosa dovete fare?»
«Dopo Pasqua ricominciamo un ciclo lieve di cure eppoi un'altra operazione. A fine aprile? Inizio maggio? Non lo so».
«E intanto tu fai tutto».
«Io faccio quello che posso».
«E nessuno può aiutarti».
«Certo. Ti ho chiamato, no?»
«E il trenino elettrico funziona».
«Non sai quanto è importante».
«Perché?»
«Perché certe cose devono funzionare. E Teresa aspettava solo di vederlo funzionare. E ci passerà massimo mezzora. Ma è importante. Ogni minuto è importantissimo. Sai che mi mancano le storie? È una cosa che mi colpisce molto perché prima avevo solo l'impressione che Teresa fosse disinteressata e ora invece lo dice. Lo dice esplicitamente. Prima la vedevo assente, ora no. Lo dice. Non vuole una storia che le ho cominciato a raccontare. Ho provato a insistere ma non vuole. È stata una lezione terribile per me. Forse perché fin dall'inizio sentivo di

non poterle raccontare il finale? Mah! Anche questo è un caso, ma vedi... No, che importa?»

«Importa».

«Vedi, Sergio, forse è un caso, ma ogni caso mi pare che sollevi un velo e ecco, guarda, non lo so, ma dunque, che senso hanno le favole? E invece le storie vere? E soprattutto se le storie vere non diventano finte? Aspetta, ascolta, questo non è un delirio. Se una storia vera non viene trasformata, almeno quando la racconti, la menzogna viene all'aria. Solo falsificandola, una storia diventa vera nel suo senso profondo. O forse è ancora un altro il punto. La storia, la mia storia, la favola che le stavo raccontando e che lei non vuole ascoltare non funziona perché non so come raccontarle il finale. Perché della storia vera il finale non può essere raccontato. E io ancora non ho immaginato come concluderla. Forse lei lo sa? Forse lei già lo percepisce dalle mie esitazioni? Dalle mie insistenze disperate? Da come la sto allungando? Non lo so. Ma guarda. Certe volte cerco ancora di raccontarla. Ricomincio da un altro punto. Non la finisco mai, non l'ho mai finita. E allora torno a quella iniziale, quella dell'estate scorsa, che è una storia vera. È la storia di alberi che io piantai da bambino e che vennero tagliati. La scorsa estate proprio lì capii cosa dovevo fare. Capii che io potevo guarirla. Così quegli alberi li abbiamo ripiantati. Quella, forse solo quella, è la favola giusta? Perché non contempla proprio nessun finale?»

«Andiamo a fare un giro, Ippolito, andiamo a farci un pranzo insieme, per favore. Andiamo a bere un goccio di vino».

«Sei pazzo? Non posso. Ora proprio non posso. Vengo presto, Sergio, vengo presto, ma davvero adesso non posso. Non insistere. Alle tre vado a scuola a prenderla. Non ho tempo oggi».

Come ritroveremo i pinetti quest'estate? Quanto saranno alti? Ci costruiremo attorno una specie di capanna di canne? Tre canne, legate all'estremità, ma molto più alte di come avevamo fatto, per creare davvero una specie di capanna? Per proteggerli dai cinghiali, dal vento, dall'invidia del mondo?

Cinque

15 maggio 2013

Le porte del giorno e della notte

Cigolano le sospensioni dell'automobile mentre le ruote girano e girano e girano sui perni, fischiano, sibilano, strusciano, si sfaldano sugli assi. Percepisco il più lieve smottamento dell'asfalto spaccato sul piazzale antistante l'ippodromo. Buche, lacerazioni, spire da cui fuoriesce erbaccia, vegetazione selvatica, steli lunghi e nerastri. Non c'è nessuno, è ancora troppo presto. Teresa dorme e io tento di fare in modo che tutto sia lento, monocorde, tranquillo. Vado avanti a dieci all'ora da quando ho lasciato la via del Mare e mi sono infilato sulla stradina intitolata all'ippica. Avanzo ancora fino al punto più vicino al cancello. Spengo il motore. Apro lo sportello. Esco sollevando la testa, stiro la schiena premendo sull'arco lombare, faccio rotazioni tenendomi l'iliaco da dietro, inspiro l'aria frizzante. La tramontana dopo le piogge calde ha spazzato il cielo, l'aria è ancora fresca dal freddo improvviso della notte. Fra poco tornerà il caldo di maggio. Sento gli odori dei campi sollevati dall'umidità. Terra bagnata. Nulla che lasci presagire l'odore di stallatico e di cavallo. La costruzione magnifica e decadente e imponente scintilla nella luce limpida del mattino. Faccio due passi intorno, ricordo le prime volte che lo zio di mia madre mi accompagnò a conoscere il suo mondo, mi spiegò le scommesse che lui non faceva mai ma che in moltissimi facevano su di lui e sul suo purosangue. Mi sembra di rivedere le facce antiche, le camicie a righe incrociate, i colletti lunghi, i calzoni a campana. L'odore di tabacco, sigari, sigarette. Torno verso la macchina, lei è ancora immobile, scruto il suo viso bianchissimo e il cappellino che le copre la testa e la tutina rossa che indossa, rossa che indossa, rossa che indossa, ripeto le parole, le ripeto eppoi mi scuoto, entro in macchina e con decisione sollevo l'intera culletta in cui è adagiata, la stacco con un clac dai tiranti che la fissano al sedile, la estraggo attento a non sballottarla, non farla sbattere e la depongo sui sostegni che s'incrociano in larghe ruote grigie, potenti pneumatici da corsa, da piccola corsa, piccolo trotto, trotto, trotto e galoppo. Cloppete cloppe, cloppete cloppe, cloppete. Andiamo a vedere i cavalli. Lasciamoci portare dalle cavalle. Le cavalle ci porteranno lontano, le cavalle ci accompagneranno sul fiume.

Quando il custode apre in un clang la porta metallica e la spinge facendola scivolare sul binario, Teresa fa un gesto e sposta di fianco il viso bianco mentre la pelle morbidissima sottile stirata esangue si tende sul lato che ha preso la forma del cuscinetto arrossandosi lievemente. Non si è ancora svegliata ma lo farà tra poco. «Venga venga» dice l'uomo abbassando quanto può la sua voce roca, «venga, l'aspettavamo».

Due vecchi addetti alla pista sono seduti al sole e bevono un caffè fumando. La luce obliqua li inonda. I calzoni da lavoro verdi stinti prendono un colore saturo e gli schizzi di fango sugli scarponcini neri disegnano continenti aridi. Mi guardano mentre spingo la carrozzina e portano una mano verso la fronte e bisbigliano. Seguo il custode fino alle stalle. L'uomo mi fa segno di aspettare e scompare e io resto al sole caldo tiepido ossessivo e osservo Teresa e la sposto in modo tale che la luce riesca a svegliarla. «Le cavalline le cavalline nere e le puledrine marroni» bisbiglio. Si sente un nitrito e un gran botto, un tonfo e le voci di uomini che si danno ordini mentre uno schiocco metallico rimbomba avanti e indietro come se un secchio di ferro fosse sbattuto da una parte all'altra con impossibile regolarità ritmica. Teresa apre gli occhi e mi guarda fisso. «I cavalli» dico aprendo le braccia come un albatros e inspirando forte e ripetendo ancora con una voce piena calda forte e bassa: «i cavalli, le cavalline, le puledre, i nostri cavalli, finalmente!» Una specie di brillio percorre le pupille divaricate e io continuo: «Quante volte te le avevo promesse? Quante volte? Eccoci qua. Adesso finalmente ci siamo». Intanto dalle stalle compare il custode accompagnato dall'uomo con cui ho avuto a che fare. Da lontano si sbraccia, ride, è entusiasta e ci fa segno di andare. «Evviva» dico. «Andiamo. È arrivato il padrone delle nostre cavalle e dei nostri purosangue. È arrivato l'uomo dei cavalli. Quello che sa tutto. Piccola. Finalmente ci siamo. Adesso ogni cosa è per noi». Lei si tira un po' su accennando a stiracchiarsi ma ha imparato a sue spese che deve farlo lentamente, lentissimamente, dunque subito si contrae e si allunga con sublime delicatezza. Io intanto, fingendo di non notare il movimento, mi chino, la prendo sotto alle ascelle, la assesto nella carrozzina, rimbocco la coperta, sollevo un po' lo schienale a capsula e tolgo la sicura dalla ruota grigia spingendo col piede, poi premo sul manubrio e sento scivolare sul suolo soffocate e sibilanti le magiche ruote che ci porteranno lontano.

Quando entriamo nelle stalle, il buio ci avvolge e per qualche secondo non vediamo nulla e lei bisbiglia: «Papo ma ma ma dov'è?» L'uomo davanti a noi si ferma e si piega un po' verso di lei e dice: «Sono qui. Io mi chiamo Marcello. Puoi sempre chiamarmi e chiedermi tutto. Ma adesso andiamo dai cavalli più belli che sono nelle stalle e li portiamo fuori così li facciamo un po' correre, va bene?» Lei dice un sì sibilante che non ha nulla a che fare con il modo in cui in genere parla. È come se la esse fosse destinata a una vita propria e scivolasse su se stessa, come se Teresa per la prima volta si fosse accorta del potere del sibilo, della sua dolcezza, della sua capacità ammaliante di portarci oltre. Sono le ruote sonanti, le cavalle che trainano il carro, sulla strada ricca di canti, divina. Nella penombra è l'odore che prevale e noi seguiamo Marcello, la sua maglia bianca percorsa da tre strisce rosse orizzontali all'altezza del torace, una maglia di tessuto forte, indurito dall'uso, larga sopra al golfaccio di lana infeltrita. «Eccoci, ci siamo» dice lui. Fa scorrere una porta metallica e un immenso spazio di stalla illuminato dalla luce del sole che filtra attraverso feritoie ben disegnate sul soffitto si apre davanti a noi. Le stanze in cui sono chiusi gli animali ci appaiono nella loro ampiezza, nella paglia gialla in terra, nelle sclere bianchissime degli occhi degli animali che ci osservano mentre Marcello con il braccio disegna scenari impensabili descrivendoci ognuno dei suoi tesori, le sue glorie, i cavalli su cui ha vissuto questi ultimi anni. Ascoltiamo senza fermarlo. Nomi di cavalli e cavalle rompono il silenzio assieme a date di nascita, linee di discendenza, epocali successi di antenati e capacità e intelligenza e muscoli. Lo scintillio di occhi e paglia adesso si concentra nell'unica vera fonte di ogni più vero brillio: la pelle e i muscoli che sotto alla pelle si muovono lentamente, come scivolando sotto il nero o il marrone o anche il bianco che colora il manto degli animali magnifici, imponenti, inesauribili, divini.

Fuori, Teresa mi chiede di scendere. Le dico che se vuole posso portarla in braccio io perché ora in pista ci si inzacchera completamente di fango e lei ancora non può farlo. Allunga le braccia verso di me e io la tiro su e seguiamo Marcello e le due cavalle che ha scelto insieme a Teresa per vederle correre eppoi magari legarle a un carretto e farci provare il brivido della corsa. Sono due spettacolari esemplari, una cavalla bianca e una cavalla nera, la nera è più riottosa e indisponente, ci dice Marcello, la bianca è più docile e sottomessa al comando, la nera è più selvaggia e bramosa di successi, la bianca è più ragionevole e più capace di distribuire le sue forze. La bianca è più adulta, ha più saggezza, ma la nera riesce a fare cose impensabili. Ci fermiamo sul bordo della pista e lui libera entrambe le cavalle dal giogo e le lancia con un grido. Come unite da un inesplicabile destino e una stessa linea d'ombra che le accompagna nella loro corsa le cavalle si tengono l'una accanto all'altra mentre volano nel loro giro, sempre unite quasi fossero un unico corpo, un unico animale, un nero che si fa bianco e un bianco che si fa nero, corrono, volano, volano e diventano cavalle alate e quando le vediamo tornare verso di noi con le criniere che volteggiano nell'aria limpida assomigliano a due destrieri umani, consapevoli, razionali, pronti a vederci e riconoscerci, capaci di venirci incontro, rallentare fin da un centinaio di metri prima e arrivare al piccolo trotto per fermarsi assieme, docili e giuste, sudate, già sudate, con la dentatura bianca che compare tra gengive esasperate mentre una nuvola di vapore condensato si allarga dalle bocche e i loro corpi fremono, sbuffano e spingono i muscoli a piegare il capo verso il loro padrone che entusiasta ripete una cantilena e promette qualcosa che io e Teresa non riusciamo a capire.

I rumori che Marcello provoca allestendo il sulky sono suoni cavernosi e improvvisamente acuti. Smorzati e soffocati eppoi metallici. La cavalla a cui ha deciso di assestare il carretto è la bianca. Teresa è contenta ma forse preferiva la nera. Le ho detto che torneremo un giorno a farci portare anche dalla nera. Marcello ha deciso così e noi dobbiamo seguire le decisioni del padrone, perché è lui che conosce perfettamente l'umore dei suoi animali e se prima ci aveva detto che entrambe ci avrebbero portato eppoi dopo la corsa, osservandole, ha deciso di farci spingere solo da una delle due cavalle, allora un motivo deve esserci. Dico tutte queste cose di fretta e come seguendo l'incanto della mia voce, come se parlassi solo per me e anche lei, Teresa, la piccola che porterò all'altare, anche lei in quel momento fosse assente. E infatti non so se mi segue mentre le ripeto ogni cosa, cadenzando le parole per lasciarle risuonare tra i rumori provocati da Marcello, cercando gli spazi per far echeggiare le mie parole, nel ritmo sordo e acuto prodotto dal lavorio sul sulky e sulla cavalla bianca di cui ormai sappiamo perfettamente il nome e il suo nome è Fedra.

Passa una quindicina di minuti e lei non sembra mai annoiata di vedere l'uomo all'opera, tanto che non è neppure stupita quando Marcello si volta, ci chiama e ci dice di salire. Indossiamo due caschetti, ma lui mi fa segno che basterà non lavorare mai sulle briglie e Fedra andrà avanti al piccolo trotto, come lui le comanderà. Non corriamo rischi insomma. Ossia, quel che mi ha assicurato già molte volte, quando sono venuto a illustrargli tutta la storia. Teresa è fra le mie gambe e ridacchia del piccolo sedile dove io con la mia stazza sono costretto a sedermi. Marcello ci assesta bene in equilibrio. Per un istante ho la sensazione che il mio peso sia immenso, intollerabile, immane per quel trabiccolo sottile come fosse costituito di stuzzicadenti esilissimi.

Ma non ho tempo per dire nulla, Marcello carezza Fedra e le dà una bottarella sulla nuca, le suggerisce nell'orecchio bisbigli e mormorii e deboli suoni acuti in un saliscendi di note ripetute come una specie di carillon, poi si allontana e grida: «Inizia la corsa, tenetevi forte», dà un'altra bottarella a Fedra che accelera debolmente sulla pista dal manto uniforme e Teresa ride e mi dice: «Papo papo guarda, papo papo voliamo».

Effettivamente, dopo poco, l'impressione è di volare. Il sulky rimbalza agile sulle più microscopiche buche della pista. Ogni lieve abbassamento del manto terroso è accompagnato dalla morbidezza di questo trabiccolo apparentemente leggero e pronto a finire in mille pezzi. È probabile che la nostra sia l'andatura meno arrembante e che Fedra stia seguendo alla perfezione il comando che le è stato dato, ma il vento fresco che ci spazza il viso e la sensazione di essere in balia di qualcosa che ci porta altrove, contro ogni misura che la nostra opinione potrebbe considerare, spingono a sentirsi in una dimensione di assenza di tempo ovvero di massima velocità. Attorno a noi ogni cosa sembra sfocata. «Papo papo i pini» grida Teresa ridendo entusiasta, «i pini sembra sembra una magia». La stringo attorno al petto con tutta la delicatezza che posso per non far pressione più in basso e quando mi pare che mi possa scivolare via porto giù le braccia prendendola sotto alle gambe e tenendola forte contro di me con le mani che impugnano le coscette quasi all'altezza delle ginocchia. «I pini cosa?» dico.

«I pini volano, sono enormi».

Rido e la stringo e il vento è forte e Fedra curva e inizia a percorrere il lato nord di Tor di Valle. «Ce ne sono ovunque» dico alzando la voce e indico di là dalla macchia che ci oscura la vista ma Teresa tiene gli occhi davanti a sé e segue la criniera di Fedra che vola nell'aria.

«Papo papo ma lei è è è forte?»

«Certo che è forte, non lo vedi? Ci porta fortissimo».

«Sì ma quindi è fortissima e può può può portarci anche dopo?»

«Dopo quando? Fuori di qui dici?»

Non risponde e fa sì con la testa.

«Qui siamo sulla pista, vedi? Dopo riprendiamo la macchina per andare al fiume, ma sarà come se ci portasse lei, Fedra, anzi la cavalla nera, anzi chiediamo a Marcello se la prossima volta ci possono portare Fedra e la cavalla nera fino al fiume».

Mentre dico così sento le ruote sobbalzare e stringo Teresa e penso a quale possa essere il nome della cavalla nera. «Lisia Lisia deve chiamarsi» grido, eppoi canto «Sììì sììì voliamo. Arriviamo Lisia!» Fedra forse ci sente o forse dico qualcosa che riconosce perché dà uno strattone e prende a correre più velocemente. Siamo sul rettilineo di ritorno. Accanto a noi sfila la tribuna che rende immortale Julio Lafuente. Scorre via sfocata alla mia sinistra. C'è solo il grigio del cemento e voltandomi intuisco solo il taglio della celebre copertura che sembra appesa nel vuoto del cielo azzurrino. Sulle tribune sotto alle vetrate che nessuno pulisce più da anni mi sembra di intravedere un puntino scuro, stringo Teresa a me e mi volto e per un attimo credo di vedere un uomo chiuso in un cappotto nero seduto e rannicchiato contro il muro sull'ultimo gradino sotto alle tribune chiuse, ma non posso guardare bene, devo tenere d'occhio la pista, mi volto di nuovo velocemente ma non vedo più nulla, ho le lacrime agli occhi per il vento freddo, mi scorrono via sulle tempie e intanto Marcello lontano si sbraccia e fa ampi gesti e Teresa dice: «Siamo già quasi arrivati papo, siamo già». Fedra comincia a rallentare, il sulky non vola più, si adagia negli affossamenti della pista che esce dal giro ufficiale e vorticoso e siamo sballottati da una parte all'altra mentre Fedra va incontro a Marcello e lui dice: «Vi ha fatto correre eh! Tutto bene?» Ridiamo, Teresa è entusiasta, apre le braccia verso Marcello e blatera qualcosa e lui la prende in braccio e io mi volto verso la tribuna e osservo gli scaloni grigi e deserti spazzati via dal sole che si sta facendo più forte e denso e chiedo: «C'era un uomo, prima, lì, in alto, sull'ultimo gradone?»

Marcello guarda l'indice puntato verso le tribune e fa una smorfia: «Non credo proprio, non mi sono accorto».

«Forse un mendicante, c'è gente del genere che frequenta l'ippodromo?»

«No, qui dentro no, è chiuso, non si può entrare. Intorno infatti c'è di tutto». Marcello riprende a carezzare Teresa e le fa carezzare Fedra e le dice cose sulla sua cavalla, sul manto bianco e sulla sua forza. Teresa è come ipnotizzata e magicamente attratta dalle parole cadenzate nel romano più puro, fatto di *c* morbide che diventano *sc*, e dalle rughe impresse dal sole sul suo viso. Io guardo ancora verso la tribuna e mi stringo le tempie preso da un pensiero improvviso. Poi domando a Marcello come si chiami la cavalla nera e prima ancora che risponda dico: «La prossima volta possiamo andare con tutte e due le cavalle verso il fiume?»

La nostra cavalla si chiamerà Lisia e il suo stallone si chiamerà Teseo. Li porteremo con noi sempre e ti costruirò un carretto più bello di quello della bicicletta e più agile di quello di Marcello. Ti piacerebbe vivere in questi posti? Potremmo comprarci anche un cane. Come lo chiameremmo il nostro cane? Non Argo, Argo no. Chiamiamolo Orazio. Che ne dici di Orazio? Veniamo qui a vivere. Lontano da tutti. Solo io e te.

Al fiume arriviamo portati da pneumatici che scivolano, sibilano, srotolano linee zigrinate nella fanghiglia della grande curva che la strada sterrata percorre scendendo dalla ausiliaria di Mezzocammino. Ho seguito le indicazioni di Nicola giù alla taverna di Borgata Petrelli. So precisamente cosa dire e come comportarmi. Ma mentre fermo la macchina nel parcheggio vuoto, non vedo nessuno in giro e non sento cani abbaiare e non sento grida e per un attimo penso di aver sbagliato. Ma il ponte, la curva, il fiume e il cartello all'ingresso sono come me li aveva descritti lui. Non può che essere qui. Anaconda. Non ci sono errori. Chiudo lo sportello, prendo in braccio Teresa e arraffo la borsa con tutto l'occorrente. Mi guardo intorno e le chiedo se le piaccia. Neanche risponde, si limita a fare un gesto veloce. Non è stanca. Sembra curiosa. Ansiosa. Provo a dire qualcosa con la voce vellutata carezzevole cavernosa delle storie fantastiche ma non mi viene nulla. Ogni cosa è nuova anche per me e non so quel che potrei inventare. Mi muovo sull'erbaccia del piazzale. Il sole è alto. La stradina scende su scalette di terra sostenuta da tavole di legno che due zeppi trattengono in posizione verticale. «Così erano le scale nel dirupo del mare, sai? Quelle le costruì un uomo piccolo e forte che tutti chiamavano Claudino. Proprio così. Claudino. Erano sotto ai pini tagliati, ti ricordi? Chissà come sono alti i nostri? Chissà come li troveremo?» Sulla sinistra, il sole è fuoco che rimbalza contro il tetto verde di una piccola casa costruita su piloni di cemento, come fosse una palafitta. Forse è il rimedio contro le piene del fiume. Mi fermo a guardare e non muovo un passo. «Perché perché questo trampolo?» chiede Teresa.

Rido. «Il trampolo sarebbero i piloni, quegli affari che la tengono alta?»

«Sssì» dice ancora una volta facendo scivolare le esse.

«Eh! Non lo so. Ci stavo pensando anch'io. Secondo me perché certe volte, d'inverno, quando piove tantissimo, ma proprio tanto, quando piove per giorni e giorni...»

«Tantissimissimissimo?»

«Ecco, sì, quando piove sempre, il fiume cresce, il fiume diventa più grande, c'è molta acqua in più, capisci? E allora l'acqua tracima, supera il livello abituale e magari arriva fino a lì. Però non lo so. Glielo chiediamo quando vediamo il proprietario. Dev'essere il padrone. Ti ricordi quello che ci raccontava Nicola, alla taverna del cinghiale?»

Teresa muove la testa e socchiude gli occhi.

«Ecco. Si chiama Cesare, ti ricordi? Lo incontreremo forse».

Riprendo a scendere verso il fiume. La chiatta è verde e lunga e larga, proprio come ce l'aveva descritta Nicola. La passerella è fissata a metà della chiatta, dove la piattaforma non è coperta. Sulla sinistra, c'è uno spazio a un piano, completamente chiuso e finestre oscurate da tendine bianche si susseguono verso poppa. A destra invece la chiusura è a due piani e in alto c'è una specie di vedetta, un ponte libero e un'ulteriore chiusura prima di quello che è probabilmente il ponte di comando di prua. Il Tevere riflette scintillii giallognoli. Il sole scalda ogni cosa. «Hai caldo?» le chiedo. «Ti piace il fiume?»

Dice di sì.

«Caldo o il fiume?»

«Il fiume» scandisce bene. «Scendere» dice.

«Qui sì che puoi». La lascio in terra. Mi offre la mano e prende a camminare verso la chiatta, come se ci fosse qualcuno o qualcosa che la chiama irresistibilmente.

Potremmo avere anche noi una barca. Non sarebbe la cosa migliore? Siamo in città, ma siamo lontani. Solo noi due e quelli che vivono qui. Cosa importa? Per la scuola, andiamo a una vicina. Di là dal ponte, a Torrino, ce ne dev'essere una magnifica. E allora noi possiamo venire qui, vivere così. Ci svegliamo col fiume al mattino, prendiamo la macchina, andiamo a scuola e papà va a lavorare eppoi torna a prenderti, andiamo da nonna magari, eppoi torniamo qui e peschiamo e c'è Orazio che ci aspetta. E i nostri cavalli che ci hanno portato al limite della città, al limite del mondo, di fronte al punto che è perfetto se si vuole sapere ogni cosa. Potremmo venire qui no? C'è o no la porta sacra che accompagna fuori dal mondo a cui ci siamo abituati?

La porta dell'Anaconda si apre in uno stridio e compare sull'uscio una donna che ci guarda silenziosa. «Salve!» dico.

«Salve» risponde.

«Si può mangiare? Ci mandano dalla trattoria di Borgata Petrelli».

«Chi?» fa lei

«Borgata Petrelli».

«No conosco».

«Nicola, il proprietario della trattoria».

«Ah, no lo so. Però, bueno». Fa spazio. Ha occhi indagatori e io lascio andare avanti Teresa e mentre lei entra, la signora la guarda bene poi guarda me e negli occhi improvvisamente le vedo passare un lampo. In sala c'è poca luce, le tavolate non sono apparecchiate, ma sono disposte sui due lati della chiatta e sul pavimento pulito di legno. Quadri marinareschi alle pareti. Nodi. Immagini di fauna del fiume. «Y tu chiquita como estas? Eh?» dice la donna chinandosi davanti a Teresa che non risponde e la guarda senza muoversi e stringendomi la mano. «Qué bonita eres, qué guapita, eh! Eres un milagro. Como te llamas?» Teresa non risponde. «Como te chiami picola? Sei bella bella bella».

Teresa sorride. «Teresa» dice a mezza bocca.

«Quieres comer aqui? Si si que te voy a preparar qualcosa de bueno. Que vas a comer? Che mangi? Cucino io eh! Io cuoca! Io ti vado a cucinare lo che vuoi eh! Che ti gusta? Che vuoi?»

«Patatine» dice Teresa.

«Patatas? Uh si si muy bien. Y como? Fritte?»

«Sì».

«Y una carne? Un pescato? Una pasta?»

«Riso».

«Riso? Però che brava bambina. Vieni con me? En cucina?»

Teresa mi guarda e mi stringe la mano. «Andiamo» dico io «Andiamo. Posso venire anche io?»

«Però claro que si, sì che può, el papà. Es tu papà?» le domanda indicandomi.

«Sssì» dice di nuovo sibilante Teresa.

«Te vuoi spogliare? Te vuoi togliere questo?» indica la giacchetta.

«Questa sì, ce la togliamo» dico io.

«Y questo vuoi? Qui fa caldo e si sta bene». Teresa si toglie il cappellino e la donna la guarda con una dolcezza inaudita. Resto immobile. «Però que bonita, que chica buena, che bella sei?» Le carezza la testolina nuda e i capellini fragili e appena accennati. La carezza a lungo e le dice: «Te posso dar un picolo bacio?» Teresa resta ferma e sorride e la donna si avvicina e con delicatezza le dà un piccolo bacio sulla fronte. «Yo soy Victoria. Me chiamo Victoria. En cucina con me, vamos!»

Le pentole sul fuoco emettono vapori e odori. Fermo sulla porta girevole che separa la grande cucina, ossia la poppa, da una piccola zona rialzata rispetto alla sala, una specie di area riservata in cui sono disposti due tavoli contro le finestre che danno sul fiume e sulla riva, immagino colazioni invernali, seduti di fronte alla vetrata dietro cui scorre il Tevere, pane bruscato burro e marmellata di mirtilli. «Sssììì sssssssììì» sento ripetere e mi affaccio e vedo Teresa in braccio alla donna che apre pentole e bisbiglia parole. Vorrei farmi avanti ma mi sforzo di rimanere lì, a metà strada, lasciando Teresa tra le braccia di questa donna che ha l'aspetto della giustizia e della pace. Continuo a immaginare. Penso a lei che diventa grande e viene a trovarmi. Io seduto qui, vecchio ormai, più magro, magari ho giocato a carte o a scacchi, cose che in realtà non ho fatto mai, me ne sto lì rilassato e leggo il giornale e mi arrotolo una sigaretta. Lei entra con un'amica. Io dissimulo la felicità mentre vengono a sedersi e dicono che mangeranno con me a pranzo. Teresa ha l'aria soddisfatta e matura e la sua amica – forse vive con lei? forse studiano insieme? – mi sorride un po' timorosa mentre Teresa mi dice che aspettando l'ora di pranzo vuole farle vedere dove è cresciuta. Escono. È una giornata bianca, di cielo bianco, e lei è alta come sua madre e bella, ha lunghi capelli castano chiaro, il viso affilato, gli zigomi sporgenti. Mi accosto alla vetrata che dà sulla sponda e le vedo scendere lungo la riva in direzione sud, passano oltre una macchia di cisto e scompaiono. Dove sono andate? Quando tornano, l'amica è raggiante, mi dice che le è piaciuta moltissimo la mia casa e si siede accanto a me e mi fa domande, mentre Teresa mi carezza i capelli bianchi radi e lunghi e ci giochicchia e ride e mi prende in giro e dice che ho la barba da profeta perché proprio lì ho scoperto che il futuro esiste solo nel passato e il passato esiste solo nel presente e solo oggi oggi oggi, nient'altro che oggi, ciò che accade oggi, ciò che è, adesso, tutto, tutto quanto è qui, tutto si riempie nel giorno in cui siamo, questa perfezione tonda, sferica, che è tutto ciò che è e che è stato e che sarà, tutto qui, in questo nucleo immobile e perfetto e eterno, tutto è qui, adesso, ora, tutto è vivo. Io scuoto il capo, dico: «Ti prendi gioco di me?», ma lei mi rimprovera: «Sapevi tutto, già tantissimi anni fa, avevi visto tutto, qui, vuoi negarlo?» La osservo e mi sembra di rivedere la tenacia della madre quando me ne ero innamorato e quella stessa tenacia o testardaggine con cui è scomparsa senza mai più far ritorno, quella determinazione con cui è fuggita.

«Señor. Señor. Ehi, perdono, signore!»

Mi volto e la mano della donna è sulla mia spalla e davanti c'è il suo volto dalla pelle scura e accanto c'è il volto bianco e bello di Teresa e mi guardano con occhi sgranati.

«Che c'è?» dico come se fossi addormentato.

«Su hija es una genia!»

«Cosa?»

«Sua figlia, eh, una bambina milagrosa. Dice che già no vuole riso sennò minestrone e le patatine fritte e niente più. Però chiede el limon. Eh? Perché? El succo chissà?»

«Sì, ah sì, già, ma ne abbiamo ancora un po' noi. Le fa bene. Lo prende sempre, sa...»

«Bien, però lo faccio io! Ho limone io, ecco, sì, faccio io el succo».

«Grazie grazie signora».

«Però tiene che sperar un poco. Potete, sa, potete, qui sotto c'è un sitio sul fiume».

«Che cosa?»

«Un posto, un posto. Le insegno ora».

Tira dritto tenendo in braccio Teresa, spinge la porticina metallica e usciamo sul ponte aperto. Mi fa un gesto a indicare il cappellino, poi si fa avanti sulla passerella e dice che di là, superando la chiatta dalla parte della cucina, c'è un viottolo e scalette che scendono giù al fiume. Mi spiega che è un posto che ha costruito il fratello del proprietario e lo ha chiamato «La Pace dell'Anima» convinto che abbia un significato biblico, perché quell'uomo è un po' pazzo e però legge sempre la Bibbia e conosce la Bibbia a memoria e sostiene che lì sotto ci sia un passaggio verso la dimensione della pace interiore. Almeno questo è quel che capisco dalle parole della donna. Le domando se invece sia possibile andare dall'altra parte, in direzione sud, dove ho appena visto mia figlia ventenne scomparire con l'amica, ma questo non lo dico. Dico solo che magari dove ci consiglia lei, Victoria, andiamo dopo pranzo a riposare. Lei sorride e mormora «Claro, di là, dove vole». Ripete che non c'è nulla, solo cose abbandonate, ma se vogliamo fare una passeggiata possiamo, c'è un sentiero che costeggia il fiume. Poi mi avverte che in una quindicina di minuti sarà tutto pronto e potremo mangiare. Le domando di questo Cesare di cui mi ha parlato Nicola e lei fa gesti, apre le braccia e ripete che certo, certo, è Cesare il proprietario di tutto, ma ora è fuori, dal mattino presto è uscito in barca col fratello, l'uomo di cui mi parlava poco prima, Giulio, sono fuori a pescare. Dice che devo andare giù alla Pace dell'Anima. Giulio è un po' matto ma quel posto ha qualcosa di bellissimo. Anche lei a volte va giù e si rilassa e si riposa e se è piena di pensieri si tranquillizza. La ringrazio e le rispondo ancora che sicuramente andrò, ma più tardi. Andrò dopo pranzo, andremo dopo pranzo. La saluto. La guardo ancora. È immobile davanti a me. È una specie di statua. Ha occhi di fuoco.

Vivremo qui, Teresa. Tra gli animali del fiume. Andremo a pesca la domenica. I pomeriggi facciamo passeggiate. E quando viene il caldo, con una barchetta a motore, in un attimo siamo al mare.

Il viottolo è una stradina semicoperta da alte erbacce che la invadono e devono essere pochi quelli che ci passano perché è stretta e tortuosa e radici di alberi invisibili la rendono quasi impraticabile. Un tronco di pioppo bianco divaricato in un'assurda diagonale ci obbliga a chinarci per affrontare fronde spoglie e umide che ricascano verso terra come in una folle copertura tropicale. «È qui che vi ho visto scomparire» dico. Teresa mi guarda. «Te, te e la tua amica» mormoro. Il sentiero sale su una breve collina eppoi ridiscende verso il fiume e la riva si allarga in una radura e io resto immobile e dico «Eccola la casa». «Che dici papo?» fa lei cercando qualcosa che non vede. «Eccola, eccola. Lì sarà la nostra casa». La carezzo e saltello e la bacio e la stringo e le faccio un po' di solletico, leggermente, solo leggermente, con attenzione. Indico la baracchetta di alluminio cascante che s'intravede oltre il breve promontorio eppoi scendo giù verso il fiume dove ormeggi logorati dall'incuria tengono fisso a galleggiare sul fiume il legno consunto di un'antica chiatta. «Andiamo, andiamo a vedere. Non ti piacerebbe? Non dirmi che non ti piacerebbe?» «Che che papo? Il fiume?» «Andiamo». Corricchiando, con lei in braccio che tiene un indice tra i denti, scendo giù verso la riva. La lascio in terra e mi chino sugli ormeggi e cerco di guardare dentro la piccola chiatta. Non si vede nulla. Poso le dita sul legno squinternato dall'umidità. Poi prendo lei per mano e le dico di venire con me. Risaliamo su per il viottolino fino alla baracca di lamiera. Ci sono cose gettate qua e là. Resti di materiale per costruzioni, tubi di plastica, secchi di vernici secche, corde, teli plastificati, robaccia dalla consistenza incomprensibile. Guardo dentro e nel buio non si distingue nulla ma l'odore di muffa e vecchiume m'inonda il volto. Un senso di abbandono sotto il sole che sta diventando caldo. Le apro la giacchetta e le tolgo il cappellino. Passo la mano sui capelli esangui, le dico che adesso il sole sta diventando tiepido e buono e ci farà bene anche un po' di sole. Le dico che dobbiamo tornare. Che sarà pronto fra poco. Poi le domando: «Non ti piacerebbe vivere qui?»

Sarà come la casa dei pirati. Faremo insieme di questa chiatta abbandonata una casa perfetta. Le finestre sul fiume e il legno caldo e lontani da tutto quello che è già finito. Qui, proprio qui è l'eternità.

Victoria ha preparato la tavola dove mi ero andato a sedere. «Le gusta qui?» mi chiede vedendomi improvvisamente smarrito.

«Certo, certo, grazie, è proprio qui che volevo».

«Ora viene la comida. Anche te un poco di minestrone, señor? Per provarlo. Un momento». Fa per andare poi torna indietro: «Te sei lavata la manina?» domanda a Teresa accucciandosi. Teresa scuote il capo e ride. Victoria le offre una mano e lei scivola giù dalle mie braccia e la segue in cucina. Resto lì a guardare il Tevere che scorre robusto, denso, zuppo della luce del sole che splende nella giornata finalmente bella di maggio.

«Vuole un poco de vino?» dice a un tratto Victoria che è rimasta a bisbigliare parole a Teresa, parole cantilenanti che io non sono riuscito mai a ascoltare perso nel vuoto del minestrone, del fiume. «Grazie, signora, lei è veramente straordinaria» dico a mezza bocca senza guardarla. Il piatto di mia figlia è vuoto e lei ha un bel sorriso stampato in faccia. Victoria la prende con sé e se ne vanno in cucina e nel momento in cui resto solo mi guardo attorno e penso alla sala invasa da gente che mangia, da persone arrivate lì in festa e penso a tutto quel che può succedere e tutto quello su cui non posso più far partire il mio pensiero. Perché adesso è tutto qui. Tutto ora. Questo pranzo. La felicità di Teresa con questa specie di dea della Giustizia e io che ho l'impressione che questo momento possa diventare gigantesco e immobile e perfetto. Ma mi sfugge via, c'è qualcosa che mi sfugge via. Sento una filastrocca che arriva dalla cucina. Una tiritera. Una cantilena. Suoni che salgono e scendono ritmati. Suoni che salgono scendono salgono scendono e ogni volta si allungano, ogni volta si allungano un po' di più, ogni volta di più, ogni volta di più. È una filastrocca che mi culla e ancora una volta ho l'impressione di entrare in un altro mondo, dove io non sono più un uomo, ma sono tutti gli uomini, tutti gli esseri del regno animale.

Cioetta cioetta ridamme la beretta. Come te posso da' la beretta se non me dai un pezzo de pane. El pane 'ndó lo vado a trovà? Vai dal fornaro e fattelo da'. Fornaro fornaro damme el pane. Come te posso da' el pane se non me dai la farina? La farina 'ndó la vado a trovà? Vai dal mulinaro e fattela da'. Mulinaro mulinaro damme la farina... Cerqua cerqua damme la ghianda. E come te posso da' la ghianda se non me dai il vento. E il vento 'ndó lo vado a trovà? Vai dal monte e fattelo da'. Monte monte damme el vento. Monte monte damme el vento. Monte monte damme el vento... El monte j'ha dato el vento. El vento l'ha dato alla cerqua. La cerqua j'ha dato la ghianda. La ghianda l'ha data al porco. El porco j'ha dato la lonza. La lonza l'ha data al fabbro. El fabbro j'ha dato la falce. La falce l'ha data al prato. El prato j'ha dato l'erba. L'erba l'ha data alla vacca. La vacca j'ha dato la grascia. La grascia l'ha data al campo. El campo j'ha dato el grano. El grano l'ha dato al mulinaro. El mulinaro j'ha dato la farina. La farina l'ha data al fornaro. El fornaro j'ha dato el pane. E il pane l'ha dato a Cioetta che j'ha dato la beretta che j'ha dato la beretta che j'ha dato la beretta.

«El hombre al perro. El perro al gato. El gato a la rata. El ratón a la araña, la araña a la mosca. La mosca a la rana. La rana que estaba sentada cantando debajo del agua. Cuando el hombre se puso a cantar, vino la abuela y le hizo callar. La abuela al hombre. El hombre al perro. El perro al gato. El gato a la rata. El ratón a la araña, la araña a la mosca...» Tra lo sciabordio di acqua e posate che tintinnano e profumi e paroline flautate, continuo a vedere gli occhi luminosi di Teresa che è comparsa e scomparsa in un baleno. Erano giorni e giorni che non la vedevo così eccitata. «Papo papo adesso adesso esce sai cosa esce Vitoria Vitoria dice sai cosa il forno sai cosa una torta cooooosì gigantica sai sai sai adesso aspetta». Ho sgranato gli occhi e mentre vedevo le sue mani che si aprivano accompagnando la dimensione immensa della torta che arriverà, lei già era pronta a richiuderle e sgambettare verso la cucina. Mi è sembrato che già fosse estate, ho cercato di concentrarmi e l'ho vista tornare con i libri in mano, l'entusiasmo di una sedicenne che va a studiare fuori. «Ti chiamo dopo, pa'. Magari torno domani e dormo da nonna?» L'ho vista uscire con le sue gambe già lunghe, un paio di jeans scoloriti, io che fingo tranquillità e che ho paura del suo motorino e resto chino sui miei appunti fingendo fingendo fingendo. Saliva le scale di terra fino al piazzale, agguantava il motorino e lo accendeva con un semplice clic eppoi via su per la salita sotto al ponte. Come avremmo fatto a quell'età? Forse avrei avuto bisogno di una chiatta più grande? Avrebbe potuto vivere bene lì, con me, anche da adolescente? Forse c'era posto nelle cabine dell'Anaconda? Chi viveva qui? Chi avrebbe continuato a vivere qui?

La torta ancora calda e fumante di odori di mele e cannella è una specie di strudel, uno strudel fatto in casa, la pastafrolla delicata, morbida, pronta a rompersi in bocca. Victoria la taglia. «Papo papo guarda» dice Teresa e io la osservo come una magia impossibile perché lei è già grande nei miei occhi, la vedo perfettamente per quello che diventerà, nel suo viso affilato adesso, bianco e stanco, un viso che oggi sta diventando follemente rubicondo e felice e che mi estenua di felicità, in quel viso io vedo tutto quel che è stato e quel che sarà, come fosse una sfera perfetta di tempo indefinibile. «Ma, ma che forma ha?»

«Eh quella forma apposta papo» dice lei. «Vitoria ha detto ha detto che è come un, come un cavallo».

«El hierro come se chiama? Lo que tiene aqui» fa la donna mostrando il piede.

«Il ferro, il ferro di cavallo, certo» esclamo e rido e prendo Teresa sulle mie ginocchia e lei in un attimo già scivola giù e si avvicina alla mano di Victoria e la accompagna mentre taglia fette proprio come ha fatto con la nonna a Pasqua, tagliando l'agnello. Mi sembra un *déjà vu*. Blatero: «Il ferro di cavallo porta fortuna. Lo sa lei, signora?»

«Sì claro, sì che lo so».

La torta a ferro di cavallo è uno strudel dalla pastafrolla morbida e calda.

«Así ora se va giù alla Pace dell'Anima vero Señor? Vero?»

«Sì» dico. «Adesso andiamo. Andiamo giù a farci un riposino al sole. Eh, Teresina?»

Lei fa sì con la testa eppoi aggiunge «Ma dopo torniamo?», indica Victoria e le prende la mano.

«Certo che torniamo» faccio io.

Victoria ride e la prende in braccio e le dà piccoli bacini sul collo. «Si se può te insegno un animal del fiume» dice con voce flautata.

«Ci fa vedere un animale?» dico distanziando le sillabe e sgranando gli occhi a uso di mia figlia.

«Un animal buono buono, si se può eh, porqué no so si viene».

Teresa ha lo sguardo indagatore.

«Che animale?» domando.

«Se chiama nutria» fa lei «Nutria, así me parece. Un animal muy intelligente, molto molto, ecco».

Quando arriviamo giù al piazzaletto sul fiume, Teresa fa salti e saltelli e grida e non ne vuole proprio sapere di riposare. C'è una tavola di legno appesa fra due travi infisse nel terreno su cui sta scritto in caratteri rotondeggianti «La Pace dell'Anima». È come un ingresso sul fiume che scorre lì sotto roboante giallognolo verdastro. Una spalletta di legno, pali intrecciati lungo rettangoli oblunghi, percorre il limite della riva a protezione dal pericolo delle acque che scorrono veloci in mulinelli imprevedibili. Due eucalipti dal tronco robusto e chiaro sono i pilastri su cui termina la scala reale che porta al piazzaletto. Tra l'albero di destra e la trave scorre come in attesa un'amaca enorme di nylon disegnato da figure scolorite. «Guarda» dico a Teresa che continua a ridere. Apro un po' le estremità centrali dell'amaca e mi siedo. «Vieni qui, salta su». Si avvicina e la tiro a me. Con i piedi faccio pressione, scivolo verso il centro dell'amaca e la stendo sul mio petto. Il sole ci inonda e ci scalda. «Vedi come si sta bene qui?» La carezzo e lei freme. «Senti il caldo? Chiudi gli occhi. Sai, il sole è così grande che se lo guardi diventa nero. Non puoi guardarlo fisso».

Lei fa come per tirarsi su e muove la testa verso l'alto eppoi si lascia cadere. «Papo è come se diventa notte?»

«Cioè? In che senso?»

«Che chiudi gli occhi e la palla la palla di sole è nera nera nera come la notte?»

«Ecco, sì, brava, proprio così. Adesso ci riposiamo? Dormiamo un po'? Vuoi che ti racconto una storia?»

«Cetta» dice lei.

«Vuoi Cioetta? La filastrocca?»

«Sì sì sì mi piace tanto».

Inizio a canticchiare sottovoce. La cadenza rimbalzante, la tiritera inesauribile, le note che vanno su e che tornano giù come un cigolio, un carro, una ruota che si sforza fino al punto di passaggio eppoi ridiscende stridendo, una cantilena eterna nel tempo eterno, nell'illusione del tempo che è sempre e solo presente. «Come te posso da' el grano se non me dai la grascia. E la grascia 'ndó la vado a trovà? Vai dalla vacca e fattela da'. Vacca vacca». Vedo prati sconfinati e vedo la vacca e la vedo grande, la vedo piccola, la vedo ora, ora, ora. Solo ora. Solo ora. «Porco porco damme la lonza. Ma come te posso da' la lonza se non me dai la ghianda. E la ghianda 'ndó la vado a trovà? Vai dalla cerqua e fattela da'. Cerqua cerqua». È un cerchio perfetto, il tempo che si srotola indietro e in avanti e che rimane lì, compresso perfettamente nella giornata di maggio in cui la tramontana ha spazzato via i residui di un inverno mostruoso. Lei neonata e lei adolescente. «Monte monte damme el vento. Monte monte damme el vento. Monte monte damme el vento...» A un tratto sento che il suo respiro si fa profondo, cavernoso, abbasso ancora la voce, continuo per l'ennesima volta sul saliscendi eppoi smetto e ho l'impressione che anch'io mi stia dissolvendo nella primavera.

Non capisco come sia possibile ma l'hotel è molto più grande e bello di quelli a cui sono abituato. Probabilmente è l'ubriachezza della notte precedente. All'improvviso mi ricordo delle ragazze spagnole che io e Sergio abbiamo incontrato e loro dicevano «Eres así borracho que no puedes ver nada, no ves nada, no ves nada, eres ciego». Cieco? Perché cieco? Mi guardo il piede, all'improvviso. Sergio dov'è? Riconosco la ferita mentre mi rendo conto che la nostra stanza contiene una zona chiusa da vetrate: una piscina che digrada in vasche a scalare attraverso il giardino di piante tropicali, perché lì dentro, sotto alle vetrate su cui rimbalza un sole incandescente, fa caldo come in una serra. La ferita al piede è piccola. La devo curare. Ma dove me la sono procurata? Nel parcheggio con Sergio e le spagnole? Pulisco la ferita scostando un lembo di pelle bianca bianca e questa sì letteralmente morta. Mi fascio con della carta igienica. Sotto però c'è la carne viva, pulsante, scoperta. Mi tiro su e zoppicando con della carta igienica in mano – un rotolo esile – entro nella serra e penso che in quella piscina potrei anche nuotare e rilassarmi e intanto scopro che tutta la zona vetrata non appartiene alla mia stanza ma è in realtà uno spettacolo per la hall dell'albergo. Tutti possono vedermi. E io sono nudo, completamente nudo e devo andarmene di lì e rientrare in stanza. Ma quel che scopro ora è che rientrare in stanza è impossibile, la porta di accesso è chiusa come una porta d'emergenza, si può riaprire solamente dall'interno della mia stanza. Allora forzo una porticina e mi ritrovo in strada. Devo rientrare dalla reception, ma non così, nudo no, nudo non posso. Tutto adesso comincia a correre. In giro non c'è nessuno. Sono nudo in strada. Ci sono due scalinate per entrare all'hotel. Una sale e una scende. Mi nascondo un attimo dietro una colonna bianca, perché è in arrivo il direttore. Poi imbocco la scala che scende e che porta alle cucine. Mi sto coprendo con il rotolo di carta igienica. Arrivo giù e ci sono ragazzi e ragazze in abiti da lavoro bianchi, devono essere camerieri, inservienti, sorrido, mi scuso e domando se hanno un asciugamano, «una toalla, una toalla» per coprirmi. Un ragazzo dall'aria spenta e gentile, un po' sottomessa e indulgente mi dà subito un canovaccio che non so se basterà in lunghezza a cingermi alla vita. Mentre mi infilo dietro l'angolo per cercare di darmi un tono, arriva un uomo muscoloso e spietato che sembra promettermi sventure. Mi si avvicina, mi prende il mento con la mano e mi chiede di guardarlo negli occhi. Io alzo lo sguardo a cercarne le pupille. C'è un'aura dorata, metallica, solare, stranamente solare come se fosse morta. E la verità è che non ha occhi. Ha occhi senza pupille. Sclere bianche. Ma non è cieco. È un mostro.

Grido e cerco di tirarmi su e sento la rete dell'amaca e una mano che mi blocca e vedo occhi sgranati in un volto di fronte a me e un dito sollevato che indica Teresa e mi dice «Attenzione. Stava sognando? Stia attento alla bambina. Giusto e necessario sognare qui, ma attenzione».

«Cosa?» dico io strabuzzando gli occhi sull'uomo.

«Si sogna sempre, qui».

«Ma che dice?»

«Questa è la porta del giorno e della notte».

«Cosa?» ripeto io e intanto cerco di rilassarmi e stringo il petto di Teresa che continua a dormire e a tratti russa.

«Qui si sogna e i sogni curano. Qui si entra nella pace dell'anima. Le insegnerò tutto. Sognava?»

«Sì» dico io, «sì».

Ha un volto sottile, è alto, dinoccolato, indossa una specie di poncho cerato verde scuro, stivali inzaccherati di fango, calzonacci verde militare, un cappellino da baseball. Ha occhi azzurri chiarissimi, rughe che disegnano una sfera sul suo viso magro e affilato, linee curve attorno alle tempie, tondeggianti sulla fronte.

«Stia tranquillo, si riposi. Qui i sogni curano. Qui i sogni curano ogni male».

«Ma cosa dice? Perché?»

«Sa come è scritto di una donna di cui adesso non posso spiegarle la storia? Questo è scritto: 'E lei vide in sogno un uomo che la curò'. Capisce?» Si allontana verso la scala.

«Dove va? Aspetti. Lei è Giulio, il fratello del padrone?»

«E lei vide in sogno un uomo che la curò» ripete eppoi dice: «Sono su, si risvegli con calma, ancora sta dormendo in verità e sua figlia dorme profondamente». Lo sento fischiettare e canticchiare. È una canzoncina anni sessanta di cui ignoro il titolo. Teresa mi si muove sul petto come strisciando, sbatte un braccio in aria, emette un gridolino, poi si assesta contro il mio collo e ricomincia a russare.

Tu saprai la natura dell'etere e nell'etere tutti / i segni, e saprai della pura luce del sole / splendente le opere ignote e da dove si siano generate / e conoscerai le volubili opere della luna dall'occhio rotondo / e la sua natura, e saprai anche il cielo che tutto circonda / da dove sia nato e come la Necessità lo guida e lo inchioda / a costituire il limite degli astri.

Quando sbuco di nuovo sul piazzale dell'Anaconda, Teresa ha ancora il viso inondato di lacrime. Si è svegliata in un grido e quando le ho chiesto cosa avesse sognato mi ha infilato addosso due occhi che non avevo mai visto e ha cominciato a singhiozzare. Ho provato col fiume, con le nutrie, con Victoria, con il circo, con tutti gli argomenti possibili. Ho provato a cullarla, carezzarla, accudirla. Non c'è stato nulla da fare. Adesso è stanca, stravolta dal suo pianto. Vorrei soltanto domandarle cosa ha sognato. Vorrei solo sapere cosa ha sognato. Darei tutto per chiederle cosa ha sognato e il mio terrore è che dimentichi e che non sappia più raccontarmi cosa ha visto. Devo ritrovare l'uomo ma tutto tace. Non vedo movimenti. Non sento rumori. Soltanto il sole delle tre di pomeriggio, ronzii di insetti, schiocchi, fruscii tra l'erba alta. Mi avvio verso la grande chiatta e per un attimo ho il terrore di trovarla vuota.

«Hola Teresita, qué tal? Como va? Dormito? Eh, chiquita viene qua da Victoria, qua, como sei bella, como sei bella». Teresa lascia la mia mano e le si getta tra le braccia. Victoria la coccola e le dice paroline sottovoce e lei fa sì con la testa che la donna sta carezzando eppoi la guarda e fa il muso della tristezza, come se fosse una fotografia, una caricatura del bambino piangente.

Victoria la culla e le dice ancora qualcosa all'orecchio, poi mi passa accanto guardandomi e mi sembra di vederle in faccia lo sguardo della commiserazione ma forse sono soltanto io che immagino, fantastico, proietto. «Mira si viene, mira mira qui, espera, andamo a prender un poco de pane». Si volta dall'angolo del ponte aperto sul fiume e torna indietro e mi dice che tornano subito e Teresa per un attimo apre gli occhi su di me e io le sorrido e lei sembra chiedersi qualcosa, quasi completamente distratta.

«Victoria, Victoria, mi scusi».

«Sì» dice lei mentre sta spingendo la porticina d'ingresso.

«Il signore, il fratello, quello di cui parlava stamattina. Lo ha visto?»

«No» risponde. «Tornano la sera».

«Come? Prima è passato, giù, quando eravamo giù».

«No lo so, no, io no penso, un attimo, torniamo e un attimo». Entra dentro, io mi avvicino alla finestra e le vedo percorrere la grande sala di tavoli apparecchiati su tovaglie di carta. Infilo una mano nella tasca del giubbotto, tiro fuori il tabacco, una cartina. Non ci sono barchette né lance ancorate nei dintorni. Dalla casa a palafitta non arrivano rumori. Mi siedo su una cesta adagiata contro la torretta e arrotolo la cartina attorno al tabacco, accendo, fumo, mi sento la testa confusa, pesante eppoi leggera, mi rimetto in piedi, osservo un poster plastificato appeso alla parete della torretta. Ci sono anguille disegnate e ceste oblunghe e definizioni, nomi e il titolo in caratteri semplicissimi, rovinati dalle intemperie e sbiaditi dal tempo, recita: «Le anguille e il martavello».

Ecco, secondo parvenza, come furono e stanno le cose, / come da questo evolute andranno a finire in futuro: / segno a ciascuna, gli uomini imposero loro un nome.

Con un gesto veloce Victoria getta il pane nel fiume e invita Teresa a fare lo stesso. La crosta del pane secco galleggia sul filo dell'acqua imbevendosi. Fila via verso sud e Victoria lancia subito un altro pezzo. «Tenemo que sperar» dice. «Ora chissà dormono». Teresa lancia un pezzetto minuscolo e s'intravede un corpo dai riflessi argentei che si muove verso il pane per accaparrarselo e portarlo a fondo. «Ah! Esto se lo prende el pez».

«Il pesce?» faccio io.

«Che che pesce papo?» domanda Teresa.

«Non lo so» mormoro. «Forse un luccio? Eh Victoria?»

«Però noi speramo la nutria, ecco. Tenemo que sperar».

Teresa continua a gettare pezzetti e seguirne la deriva sul fiume. Io leggo una scritta ballonzolante a alta voce: «Fiore de lino. Sei barcarolo. E da vero romano. Campi sull'acqua. Ma bevi er vino». Domando alla donna se l'abbiano messa lì i fratelli e chi altro viva qui ma lei si chiude nelle spalle. Insisto che prima, giù, è passato un uomo e mi ha detto della pace dell'anima e della porta del giorno e della notte. Lo descrivo e lei di nuovo fa spallucce. Insisto ancora e lei blatera disinteressata che potrebbe essere Giulio, sì, il fratello di Cesare, ma non può dirlo con sicurezza. E soprattutto le sembra molto strano perché di solito tornano il pomeriggio. Si fermano giù sul fiume, a ora di pranzo, lei non sa bene dove, si riposano in una baracca che hanno giù verso il mare eppoi tornano con calma nel tardo pomeriggio. Ripete che la lancia non c'è e che non ha sentito tornare nessuno. Poi mi guarda, per un attimo resta in silenzio, e dopo indica la casa sui pilastri verso il piazzale dove ho parcheggiato e mi dice di andare a provare lì, dare una voce, se davvero qualcuno è tornato dev'essere lì. Io mi chino davanti a Teresa e le chiedo se le va di restare lì un attimo con Victoria. Lei continua a gettar pezzetti in mare e fa sì con la testa.

Figlio, compagno di aurighe e cavalle immortali / che ti portano, giungendo alla nostra casa / rallegrati, perché non una sorte maligna ti ha fatto venire / su questa strada. Certo è lontana però la pista degli uomini.

Nessuno risponde. Le persiane sono chiuse e si sente solo il fruscio continuo dal ponte di Mezzocammino e rumori di campagna. In cielo passa una coppia di lunghi uccelli, forse aironi, che scompaiono oltre la collina. Faccio pressione sul cancelletto sgangherato e mi avvio verso la casa. Ripeto: «Permesso, permesso, c'è nessuno?», ma senza convinzione. I sostegni di cemento della baracca aprono una specie di spazio usato come magazzino di pali, legni, sedie di plastica ammonticchiate, un lungo tavolo, barbecue rovesciati ricettacolo di ragnatele. Dalla scala che porta su all'ingresso della casetta lancio ancora una voce poi mi volto e osservo il fiume e l'insegna traballante nel vento leggero che si è alzato dove sta inciso «La Pace dell'Anima». Mentre resto così, immobile, a guardarmi attorno, un grido lacera l'aria. È Teresa, Teresa che urla, ride, urla e ride.

Non smettono di ridacchiare, chine entrambe sull'acqua dove due musi di nutrie dai baffi lunghi e curvi compaiono e scompaiono per conquistarsi il pane. Victoria bisbiglia parole e lei ha un viso che non le vedevo da tempo. Il sole, l'aria calda di maggio, il Tevere, la giornata che mi sembra definitiva. Fumo ancora una sigaretta, seduto contro la cabina metallica dove sono appese strofe di canzoni romanesche. L'impercettibile dondolio del fiume mi coccola e mi sento perduto.

Bisogna che tutto tu sappia / sia della verità rotonda il sapere incrollabile / sia ciò che appare agli uomini, privo di vera certezza.

Il suo fidanzato la riaccompagna a casa. È un ragazzo gentile e cerco di guardarlo senza gelosia. Anzi, gli domando come vadano le cose a casa sua e se non voglia restare per cena, se non voglia che sia Victoria a preparare per loro una bella cena sul fiume. Victoria accanto a me insiste e ripete che possiamo cucinare una pasta con gli asparagi selvatici. Io gli verso il vino e lo invito a brindare. Teresa lo abbraccia eppoi viene verso di me e mi sorride.

Abbiamo vissuto le cose più difficili, insieme, quando tu eri piccola. Te le ricordi? Ti ricorderai di questo giorno in cui tutto mi si è finalmente chiarito? Ti ricordi oggi di quel che è capitato nei mesi passati? Lo sapevi, come in un ricordo che tutto accoglie, che saremmo finiti qui? Cosa hai sognato, Teresa? Cosa hai sognato?

Parte terza

Fame

Johannes Brahms, *Requiem tedesco*

Uno

30 giugno, 1º luglio 2016

Apparve come un ondeggiante sfocato puntino nero che combatteva per non affogare nell'acquitrino denso dell'orizzonte. Il dottore lo vide arrivare attraverso le feritoie formate dalle canne secche e per un attimo rimase immobile. Il passo spedito galleggiava sulla rifrazione di calore creata dall'illusoria pozzanghera distribuita fra cielo e terra oltre la valletta degli aironi. Si passò il dorso della mano libera sulla fronte bagnata di sudore e riprese il lavoro. Una mano teneva l'estremità dell'ennesima canna sospesa contro il travicello orizzontale, l'altra affondava nei legacci sospesi alla cintola e ripeteva il gesto: il piccolo cappio già formato, il capo libero che girava attorno a canna e travicello, la trazione e un altro giro al contrario a formare una croce oblunga sulla canna fissata al travicello dalla sua parte superiore; poi in ginocchio a fissare anche la parte inferiore. E una nuova canna. Andava avanti così da un'ora e il lato lungo stava per finire. Quando sentì il fischio era all'ultima canna. Non si voltò, fece il movimento per l'ennesima volta, veloce come se lo avesse ripetuto per una vita intera, sputò, si tirò su, fece spazio con un gesto e si mise a sedere contro la lamiera.

«Un altro orto, dottó?»

«Ti sembra un orto? Siediti».

«Che è?» disse l'uomo. Passò le mani sulla giacchetta nera, slacciò il bottone, strinse con le dita affilate i due lembi, li aprì e li richiuse in un gesto flamenco, intrecciò le gambe magre e spostando gli stivaletti di taglio sulla terra riarsa si lasciò andar giù come un dispositivo a molla che si richiude. «Vuoi, dottore?» fece.

Lui alzò il sopracciglio, allungò la mano e afferrò la sacchetta del tabacco. «Ah, Milan!»

«Serve?» gli domandò facendosi passare l'accendino tre volte fra indice, medio e pollice come un giocoliere.

«Grazie. Se vuoi qualcosa da bere è dentro» e indicò alle sue spalle.

«Non abbiamo tempo di bere. C'è lavoro per te».

«Dove?»

«Devi andare».

«Dove?»

«Che stai facendo qui, dottore?»

«Dove devo andare?»

«Spiegami, prima, finisci di fumare».

«Allora il tempo c'è» disse lui, piegandosi sulla cartina che avvolse attorno a un sottile strato di tabacco.

«Che cos'è questo?»

«Non lo vedi? Il rampicante si arrampicherà davvero, finalmente. È vite, quella. Va su di lì eppoi qui sopra, quando avrò disteso i travicelli. Avremo l'ombra davanti alla baracca e l'uva a settembre».

Milan riprese l'accendino e accese la sua sigaretta, guardò il dottore e inarcò le sopracciglia, sbuffò, aspirò, soffiò fuori il fumo in densi anelli grigiastri. «Il tuo amico sta male, devi andare».

«Luis?»

«Sì».

«Che ne sai? Quanto male?»

«Tanto, devi andare».

La grande chiatta verde dell'Anaconda sembrava immobile sul respiro del fiume. Ronzii di insetti e l'eterna onda di traffico sul ponte spezzavano il silenzio asfittico della controra. «Aspettami qui» disse il dottore a Milan spingendo sulla porta. Il salone zeppo della luce incandescente che attraversava le tende era invaso da odori di pesce. Mentre saliva le scalette a grandi passi il pulviscolo roteante contro le lame di luce spessa che penetrava dagli oblò privi di tende gli parve uno schianto di moscerini in faccia e per un istante si ritrasse, poi spinse la porta della cucina e si guardò attorno. «Victoria, Victoria» gridò. Le pentole ribollivano di liquami ma non c'era nessuno. Tornò indietro. Gridò per il salone invano. Si fece avanti verso la torretta. Entrò. E mentre si arrampicava sulla scala a chiocciola sentì voci provenire dal piano superiore. «Ragazze» gridò ansimando. Nessuno rispose, poi Helena si affacciò sulla scala di ferro. Era avvolta in un accappatoio bianco. «Dottore» disse.

«Victoria non c'è, non la trovo».

«Ma è qui, era qui prima, dev'essere in giro».

«Sì, ma non ho tempo. Ditele che prendo la lancia, vado alla cloaca e torno in fretta. Cesare neppure c'è. Avvertitela».

«Devi correre?»

«Corro sì».

La ragazza alzò il braccio e un profumo di fresco scese per le scale verso di lui, un profumo di mattina, di cortili inondati di acqua e sapone, finestre aperte, dopobarba, bagnoschiuma, vasche piene di acqua fumante, panni stesi alle prime luci del giorno.

«Vieni, Milan» disse.

Saltarono sulla lancia, mentre lui sfilava la cima e la cedeva all'amico. In uno strappo trasse a sé il cordoncino e il motore cominciò a mugugnare mentre la barchetta formava una linea curva sul filo dell'acqua liscio come una tavola. A prua, Milan si accovacciò calandosi il cappello sugli occhi. Lui rimase in piedi con la barra del timone fra le gambe. L'umidità saliva dall'acqua melmosa assieme all'odore di sentina e di legno marcio e di fogna e di catrame. Corvi neri erano appollaiati sul platano che comparve dopo la prima ansa. L'onda incessante del traffico sul ponte di Mezzocammino si spense. Rimasero solo ronzii e rumori di fronde e battiti di ali e gorgoglii di acqua che da qualche parte si schiantava sulle rive immote fra cisti e erba rinsecchita.

Milan estrasse la bottiglietta, bevve un goccio e allungò il braccio verso poppa. Lui sollevò la mano negandosi e socchiuse l'occhio verso la sigaretta penzolante nella mano bruna e affilata di Milan e quello riportò a sé la boccetta e allungò invece la sigarettina. Diede due tiri e gliela restituì.

«Devo andare al Village a trattare, dottore» disse Milan.

Lui trasse a sé la barra del motore e lo guardò.

«Devo trattare alle roulette» ripeté Milan. «Rimando sempre ma devo».

«È arrivato il tempo, dici?»

«Non lo dico io. Lo dicono loro».

«Che dicono?»

«Che si chiude. Finita. Non dobbiamo insistere. Vedi, anche tardi ma il tempo è arrivato. Immaginavo che sarebbe arrivato prima, io».

«Hanno parlato a te?»

«Non a me. La scusa è agosto. Agosto chiude».

Il dottore lo guardò, allungò di nuovo la mano verso la sigarettina storta e se la portò alla bocca. «E quindi?»

«Dice che ristrutturano, ripuliscono. Ma la pulizia vera è per noi».

«Ho capito».

«Così è arrivato il momento di trattare. Come dicevi tu, dottore».

«Molti soldi, Milan, molti soldi devi chiedere».

«Non ho voglia. Rimando».

«Rimandare fa parte della trattativa. Saprai tu quando andare. È la buonuscita. Così la chiamavate no? Sergio si era divertito. 'La buonuscita, la buonuscita' ripeteva».

«Ah!» Milan sgrullò la giacchetta e si voltò verso il fiume. «Verrai con me?»

«Io?» Fece un risolino. «Io non ti aiuterei, Milan. Da solo o con i tuoi vai meglio. Ma ora preparati» gli disse.

Il moletto comparve tra rovi essiccati. Milan si alzò lento come un gatto mentre la lancia si avvicinava e già iniziava a puntare la prua verso il centro del fiume per lasciare che la corrente l'accostasse di fianco. In pochi minuti erano fuori, la lancia ancorata alle bitte e il fiume dietro di loro giallastro sotto l'incontinente sfinito sole di luglio. «Di qua» disse lui, quando il viottolo si biforcava dalla radura. Passarono attraverso un grande campo punteggiato da steli anneriti che parevano girasoli neri decapitati. La terra era rossa e crepata come un improvviso deserto. I due uomini scomparvero in un avvallamento per riemergere nel canneto che seguiva il corso della cloaca in abbandono.

«Ti lascio qui, dottore».

«Perché?»

«Sarà meglio, sarà meglio. Tu non alle cose mie. Io non alle cose tue. Giusto?» disse Milan. Alzò il braccio, lo tese e lui lo agguantò, trasse a sé l'amico e lo prese con l'altro braccio. Si guardarono, Milan aveva occhi rossi sotto il cappello nero e lui accennò un sorriso e senza dire altro si lasciarono.

La morta bocca della cloaca aspettava sospesa tra le canne. Sembrava l'ingresso di un gigantesco cannone di epoche perdute. «Huertas» gridò lui avvicinandosi. Scese saltellando verso lo spazio antistante il tubo perfettamente ordinato e cercò di filtrare la penombra ancora nera nei suoi occhi abituati alla calura del sole abbacinante. «Dormi?» disse sottovoce. Si poggiò al bordo di cemento. Attese. L'uomo era disteso sulla branda e non si muoveva. Aspettò ancora poi si tirò su, spostò il velo della zanzariera e dunque entrò. Senza far rumore passò sul fianco della branda e aprì la borsa, estrasse la piccola torcia, avvitò l'estremità finché il debole fascio di luce non lacerò il buio e lui lo alzò sul volto dell'uomo.

«Sono ancora qui» mormorò.

«Ti vedo, Huertas» disse lui.

«Sono ancora qui. Ma per poco. Se mi aiuti, dottore, ancora per poco. È arrivato il momento».

«Sono arrivato io, invece».

«No, lo so, è il momento promesso».

«Ah! Non direi proprio amico mio».

«E invece sì. Non si sta così. Non si può».

«Fammi vedere. Dimmi bene. Raccontami bene come ti sei sentito».

«Non si può raccontare. Non lo avevo mai provato prima. Non posso alzarmi. Sono senza energie. Le energie sono finite».

«E il dolore?»

«Va e viene».

«E quando viene, dove?»

«Qui».

«Quanto?»

«Quanto mai prima».

«Aspetta, adesso ti do questo» disse rovistando nella borsa.

«Non c'è bisogno di altro, dottore, hai fatto abbastanza. Ci siamo. Avevi detto che ti saresti fidato. E allora adesso fidati di me. Lo so io».

«Aspetta, Huertas, aspetta un attimo».

«Ho aspettato anche tanto, non credi?»

«No, non credo».

«Ero qua per aspettare e adesso ho aspettato abbastanza, non credi?»

«No, non credo» disse lui prendendogli il braccio e scoprendolo.

Quando si svegliò erano le sette. Il dottore lo sentì grugnire e blaterare qualcosa, dunque posò il libro e si affacciò sull'imboccatura del grande tubo di cemento. Vide gli occhi come spilli nella semioscurità e le braccia che si stiracchiavano dure come arpioni.

«Ti senti meglio?»

«Chi è?»

«Sono io, sono qui, andato e tornato».

«Andato e tornato dove?»

«Te lo spiego poi» disse il dottore. «Svegliati piano piano, ti preparo una cosa calda».

Huertas Castell non rispose. Lo vide rannicchiarsi sul fianco in posizione fetale. Si guardò un attimo le mani, il dottore, prima di voltarsi verso il cielo pieno di un azzurro che andava facendosi più denso, come se il colore lo stesse riempiendo, saturando, prima di sprizzare via in una colata di vernice attraverso le fessure che inevitabilmente si sarebbero prodotte con il peso della sera. L'aria del mare arrivava leggera da ponente e portava con sé odori salmastri. Una pace assoluta regnava sulla valle della cloaca. Il dottore raccolse il libro posato accanto alla poltroncina sottratta a un'automobile abbandonata, dove si era messo a leggere aspettando. Accese il fornelletto a gas, mise dell'acqua a bollire, tirò fuori i rametti e ce li buttò dentro quando le prime bollicine correvano verso la superficie salendo lungo i bordi della pentola. Si sedette osservando il canale scavato all'imboccatura della cloaca interrotta, le canne che lo proteggevano da una parte e la terra riarsa dall'altra, il volo dei gabbiani, i fruscii continui e l'aria più fresca che concedeva una tregua.

Sono solo bolle di sapone, solo bolle di sapone, piccola mia – disse alzandosi all'improvviso e scrollandosi dalla maglietta un insetto. Afferrò con violenza il pentolino, girò la manopola del gas, inspirò forte l'odore dell'ultimo rivolo di butano, versò in una tazza e si affacciò di nuovo sull'imboccatura del tubo.

«Ci sei, Luis?»

Sentì un mugolio soffocato. Entrò dentro gattonando verso l'uomo disteso. Poggiò la mano sulla fronte.

«Stai meglio?»

«Sì».

«Prendi questa, ora».

«Cos'è?»

«Stregonia».

«Roba da maghi?»

«Una pianta buona, fa bene, decongestiona, rilassa».

«Te l'ha data Giulio?»

«No».

«Che è successo? Da quanto dormo?»

«Quattro ore, almeno. Sono tornato all'Anaconda, ho lasciato la lancia e eccomi qui con la medicina giusta. Anche se la cosa più importante è in farmacia. Ci andrò più tardi. Per ora, ecco».

«Cos'è?»

«Vuoi leggere le istruzioni?»

«No».

«Ti senti meglio o no?»

«Sì, ma dottore, non può durare, lo sai anche tu, me lo avevi promesso. Questa è l'ultima medicina o no?»

«No. Te l'ho appena detto. Andrò in farmacia, dopo. Non è arrivato il tempo, Huertas. Abbiamo ancora orti da coltivare, stai tranquillo».

L'uomo lo guardò e scosse il capo. Afferrò il farmaco e lesse il nome e glielo restituì. «Voglio che ti fidi di me, dottore».

«Se mi fidassi di quel che vuoi tu o di quel che credi di volere non sarei un dottore, no?»

«Hai sempre detto di non esserlo».

«E tu hai sempre voluto chiamarmi dottore. Basta storie. Fidati tu di me. Stai meglio o no?»

«Non posso nemmeno alzarmi».

«Sei stanco. Ora ti preparo la cena. Mangi. Prendi questa e dormi. Non posso invitarti a dormire da me, vero? È inutile, vero?»

«Sì è inutile, qui sto bene».

«E allora stai qui. Ti preparo un riso».

«Il mio tempo è questo, dottore, lo so. Non vuoi fidarti di me. Per favore, ricordati la scatola per mia sorella, sai dov'è».

«Lo so, lo so».

«Ricordati di aprirla prima di darla a lei. Ma solo quando sei a Roma, chiaro? Aprila dottore».

«Me lo hai ripetuto cento volte, Luis. Basta. Non è il momento. Ora ti preparo un riso. Lo mangi quando credi. Te lo preparo ora. Hai tutto con te. Stai tranquillo, Luis, siamo lontani dal momento che credi tu, siamo lontani».

«Tu menti, dottore».

«Perché dovrei?»

«Perché ti manca il coraggio».

«Non ce n'è bisogno Luis, non è questo il coraggio. Ma ne parliamo domattina. Adesso ti metto su il riso. Poi m'incammino».

Facciamo le bolle di sapone, papo? Facciamo le bolle di sapone? Sono solo bolle di sapone, sono solo bolle di sapone.

La grande chiatta era immersa in uno sfrigolio di luci. Si sentiva il vociare festante fin dalla valle degli aironi. Discendendo il viottolo buio vide le automobili parcheggiate, le vetrate dell'Anaconda aperte, le lampadine estive che formavano una corona attorno al cartello penzolante della Pace dell'Anima, distribuendosi come collane asimmetriche, su e giù sulla cima dei pali che le collegavano all'ingresso dell'Anaconda. Attraversò la passerella, entrò, sentì il caldo e la corrente di vento fresco che s'infilava nella chiatta, diede occhiate ai tavoli occupati e tirò dritto verso la cucina. Le donne erano alle prese con pentole fumanti, piatti sporchi incolonnati nei lavelli e vassoi. Non lo videro nemmeno. Restò lì fermo, afferrò un bicchiere, tornò indietro e si andò a sedere al suo tavolino. Guardò il fiume fuori, bevve. Le ragazze uscirono portando vassoi, rientrando lo salutarono con un gesto e lui fece per allungarsi e loro si fermarono.

«C'è una macchina che si può usare?»

«Una macchina dottó?» chiese Ieva.

«Sì, ne ho bisogno».

«Davvero? Una macchina davvero?» ripeté Ieva mentre Helena sorrideva. «Guidi, dottó? N'hai mai guidato».

«Guido. Mi serve ora. Stasera, cioè. Stanotte. Prima di domattina».

«Che devi fa'?»

«Farmacia».

Ieva gli disse di chiedere a Cesare, perché la loro macchina c'era ma le chiavi le aveva Cesare, era stato l'ultimo a usarla, poi rientrò.

Lui buttò giù il vino, si alzò, entrò in cucina e si avvicinò a Victoria. «Buon lavoro, Victoria. Non la disturbo ora. Ma domani le devo chiedere una cosa. Mi è venuta in mente oggi pomeriggio, da Huertas. Ma non importa ora. Ci vediamo domattina». La donna si voltò e ricambiò il saluto.

C'erano due tavoli anche fuori, sulla piattaforma d'ingresso, fra la sala ristorante e la torretta. Si fermò lì, accese la sigaretta, diede uno sguardo alla famiglia seduta a tavola, una coppia e i figli piccoli, divoravano grissini. Saltellò sulla passerella, s'infilò nel buio senza passare per la via principale, sbucò davanti alla tettoiaccia di lamiera e gridò il nome di Cesare. Dall'ingresso illuminato si affacciò il fratello che gli fece segno di salire.

La stanza era caldissima. Il tavolo imbandito. Cesare era seduto contro la parete con la camicia aperta. «Prego dottore, sempre benvenuto qui. Non scendiamo oggi nel caos del porto» disse Giulio. «Troppo movimento».

«Ho bisogno della macchina» disse lui. «Cesare, posso prenderla? Mezzora e torno».

«Che è successo, dottó? T'ha punto una tarantola?» fece Cesare senza muoversi.

«Devo andare in farmacia. Huertas non sta bene».

«Scusa se sto fermo. Sto a fa' la lucertola, solo così sopporto il caldo» disse il vecchio.

«Fuori è fresco, Cesare».

«Gliel'ho detto» mormorò Giulio. «L'aria sana non fa per lui. Sta molto male il nostro amico spagnolo?»

«Sì, sta molto male».

«Forse ha fatto er tempo suo?» chiese Cesare.

«Ancora no» disse lui. «Mi dicono che hai le chiavi della macchina. Te le riporto fra una mezzoretta. La farmacia di via delle Vigne dovrebbe essere aperta, ma non posso mica andare a piedi».

«Bravo, certo, non è sempre il tempo delle passeggiate» fece Giulio.

«Stanno lì, guarda» disse Cesare. «Torna quando ti pare».

«Torno presto, devo riposare».

«Quando ti pare».

Dietro la grata, l'interno della farmacia appariva sospeso in colori lattei: la luce al neon illuminava scansie zeppe di scatole e flaconi che osservò sovrappensiero mentre premeva sulla maniglia, ma l'inferriata era chiusa. Cercò attorno, seguì la freccia accanto al cartello, suonò. Dopo poco vide il volto di un ragazzo semiaddormentato che lo guardava. «Desidera?» gli disse. Tirò fuori la ricetta e gliela passò attraverso la grata. Il ragazzo lesse, controllò, girò il foglio, alzò gli occhi su di lui.

«Le serve d'urgenza?»

«No. Passavo di qui. Non sapevo che fare».

«A chi serve?»

«C'è scritto sopra. Vuole che le ripeta il nome?»

Il ragazzo guardò di nuovo la ricetta e di nuovo alzò gli occhi su di lui, poi li abbassò sulla sua camicia e sui calzoni di tela e sulle scarpe da ginnastica sporche di fango.

«Vuole farmi una fotografia o preferisce chiamare direttamente il medico? Ci sono i numeri telefonici lì sulla ricetta».

L'altro non rispose. Si voltò, scomparve per qualche manciata di secondi, si sentì lo squillo della cassa, il rumore di uno scontrino. Tornò scandendo il prezzo. Lui allungò la banconota.

Prese la confezione avvolta in un foglio di carta leggera. Aspettò che il ragazzo tornasse con il resto. «Grazie per la gentilezza» disse e si voltò.

Esili tronchi di pini secolari sfilavano nel cielo giallognolo infestato di caldo cittadino. L'aria soffocante dell'asfalto ancora impregnato di sole si mescolava agli odori dei campi aridi tra le case in costruzione. Quando via delle Vigne s'inclinò in discesa oltre l'ultima curva di pianura, lui allontanò il piede dall'acceleratore e accostò. Prese la confezione di medicinali in mano, infilò un dito fra i lembi della carta velina, la osservò, la posò di nuovo sul sedile accanto. Alzò gli occhi sul buio che copriva gli immensi campi di qua dal Tevere, il circo e Tor di Valle. Devi andare, disse, devi. Ripartì. La strada cominciò a scendere e la città apparve in una immensa pozzanghera nera.

È lì che andiamo, piccola. È lì, il capannone lo vedi? Vedi le luci? Accostò di nuovo alla pompa di benzina chiusa. Scese e andò a poggiarsi alla grata. Anche la Magliana era deserta. Oltre alla linea ferroviaria, il fiume disegnava l'immensa ansa e i ponti di servizio erano tralicci neri, braccia rachitiche e sfinite. Vedi le luci del circo? Accanto ci sono i cavalli. Vuoi andare ai cavalli? Un rivolo di vento attraversò l'aria pesante portando odore di gelsomini marci. Senti che buono quest'odore? È un profumo orientale. Rientrò in macchina e scese fino a riprendere la Magliana. Passò davanti alla Tavernaccia e al tempio degli Arvali. Controllò l'ora. Si chiuse sul volante. Ignorò il bivio a destra concentrandosi sui Cavalieri di Malta, ignorò le luminarie del Parco de' Medici, accelerò su via Rebecchini fino al raccordo.

***

«Altro doctor?»

«No, grazie mille» disse senza guardarla. Lei non si mosse. Lui tenne la mano sulla pagina plastificata, per qualche secondo rimase concentrato sulla figura, poi alzò lo sguardo.

«Mi deve dire?»

«No, grazie. Grazie, Victoria, grazie mille». Allungò la mano verso la tazza.

«Mi diceva ieri che oggi por la mattina».

La guardò fissa e tentò di parlare, invano.

«Che passa? Ieri mi diceva che da su amigo le ocurrió. Ah no lo so, eh! Voleva domandare, voleva, no lo so».

«Vede, ieri mi era venuto in mente. Luis mi chiedeva».

«Sì».

«Volevo sapere, Victoria, se si ricorda di me».

«Che mi dice? Claro che mi ricordo».

«Volevo dire: si ricorda la prima volta che mi ha visto?»

«Ah! Che mi dice? No lo so, eh! Sì, credo che sì».

«Quando?»

«Con Cesare, credo, a vedere el barco».

«Quel giorno che sono venuto a controllare la chiatta eppoi con Cesare abbiamo mangiato insieme qui da lei?»

«Sì, claro, e Cesare era contento. Molto vino, eh!» Lo guardò poggiando le mani sul tavolo. «Eso era?»

«Sì questo, scusi, Victoria, devo andare». Si alzò, finì la tazza di caffè e si mosse dal tavolo. La donna lo guardò senza dire nulla. Lui si fermò e tornò indietro, cercò di sorriderle, le sfiorò il braccio, le strinse il polso. «Mi scusi, Victoria, mi scusi tanto. Se lei ricorda una bambina piccola, qui. Vorrei sapere questo. Una bambina piccola qui. Più di tre anni fa. Forse la ricorda? Ci può pensare? Ma mi scusi. Scusi. Devo andare. Grazie del caffè. Arrivederci».

La donna rimase immobile.

Arrivò alla cloaca zuppo di sudore. Il sole basso già arroventava le rive del Tevere e il fiume era una melma che in qualche ora avrebbe ristagnato densa di odori marci.

«Huertas» gridò. «Sveglia sveglia». Saltellò scendendo dal viottolo che passava attraverso il canneto. Si affacciò sull'imboccatura del tubo di cemento, spinse sulla zanzariera. «Ehi, Luis, sono qui, svegliati, ti preparo un tè?» Vide l'uomo steso sul suo materasso, supino. Con un braccio lo salutava. «Sveglia sveglia». Afferrò il pentolino, lo riempì dalla tanica, lo mise sul fuoco e tirò fuori qualche rametto di stregonia dal barattolo portato il giorno prima. Alzò la fiamma. «Ehi, Huertas, arrivo. Stai meglio?» Aspettò che l'acqua cominciasse a bollire, ci buttò dentro i rametti, spense il fuoco, si stese sulla poltroncina, osservò in cielo due aerei che si abbassavano verso Fiumicino, poi prese la tazza e entrò nel tubo. «Ehi, ti vuoi svegliare?» disse gattonando verso il materasso. Quando gli fu davanti lo vide. Aveva gli occhi spalancati e la bocca aperta. Rimase immobile a guardarlo. Posò la tazza. Fece per avvicinare le mani al viso poi si ritrasse. Un braccio era rimasto piegato sul petto come se stesse cercando la gola. L'altro era ancora disteso verso la parete tondeggiante del tubo su cui si adagiava un fianco del materasso. Tra l'avambraccio e il bicipite, la plastica sottile della siringa assomigliava a un dardo scagliato e conficcato con la ferocia della perfetta efficienza. Tornò di fretta verso l'imboccatura del tubo, arraffò la borsa, estrasse la torcia, gattonò di nuovo verso il corpo e illuminò il letto, cercò attorno, trovò il tappino della siringa e nient'altro. Mosse impercettibilmente l'amico controllando ogni cosa, avvicinò il naso al braccio, poi puntò la torcia sulla siringa e muovendo leggermente il gomito vide il liquido scuro oleoso ballonzolare sul fondo. «Giulio» gridò. «Giulio». Si guardò attorno. Ogni cosa era in perfetto ordine come sempre nel tubo di Huertas. Tornò verso l'uscita della cloaca e nel sole lanciò un grido mostruoso: «Pezzo di merda infame, pezzo di merda infame». Fece due passi poi tornò indietro, richiuse la zanzariera, diede un calcio alla tanica rovesciandola e corse veloce calpestando la terra riarsa del viottolo verso il fiume. Al bivio della radura voltò di nuovo verso l'interno, si gettò tra i cisti altissimi e già secchi, si sentì graffiare, corse senza fermarsi ripetendo a bassa voce «pezzo di merda pezzo di merda pezzo di merda» e quando fu a due passi dalla baracca si fermò. Si guardò attorno, avanzò leggero, non c'era nessuno. Spinse sulla maniglia. Era chiuso. Cercò di guardare attraverso la feritoia e, dentro, la lama di luce non illuminava che terra. Percorse la strada indietro fino al molo. Era deserto. Il fiume scorreva lento. Si sedette all'ombra dei rovi che nascondevano in parte l'approdo, chiuse gli occhi.

Il suo viso è immerso in un cuscino di finte piume che lo asseconda nei lineamenti perfetti. Il colore della pelle e del cuscino si confondono e le ciglia corte interrompono la linea degli occhi chiusi, chiusi, grazie a questo cielo di vinti, chiusi. Le macchine attorno emettono un rumore sordo e io cerco di seguire questo rumore anziché il gorgoglio. Dal suo viso le cannule sembrano escrescenze impazzite, ma quello che mi rende folle sono le bolle che salgono attraverso le sue labbra violacee. Contemplo questo spettacolo mostruoso che pare stia sprofondando nel nulla di un cuscino. Non si può soffrire così, non si può soffrire così, non si può soffrire così. Ripeto, bisbiglio, resto immobile a bisbigliare senza mai fermarmi la stessa tiritera, la stessa canzone, la stessa cantilena, la stessa filastrocca, madre di tutte le filastrocche del mondo. Non si può soffrire così. Non si può soffrire così. I gorgoglii del respiro e delle bolle che salgono attraverso un corpo minuscolo rompono qualsiasi barriera di ciò che può essere chiamato a testimoniare dell'esistenza del mondo. Se esiste qualcosa dietro questa testa incavata nel cuscino bianco, questa testa nuda, magra, ossea, se esiste qualcosa deve uscire ora. Sono bolle di sapone, piccola mia, solo bolle di sapone. Le facciamo insieme? Le facciamo insieme? Dai, respira, respira bene, respira bene con me, senti come faccio io, ecco, respira così, adesso soffiamo insieme lì in mezzo e queste bolle diventano bolle di sapone, volano, volano, volano ovunque, scintillano, guardale, guarda come scintillano, sono bolle di sapone che volano per il mondo, finiscono in cielo, pensi che siano già finite in cielo, quando si rompono e si dissolvono? No, continuano a riformarsi come si trasformano ora, guardale, guarda quella, sembra quasi viola, e l'altra ha riflessi azzurri, come i capelli della bambolina che avevi, ti ricordi, sì, proprio lei, pensaci e intanto respira, respira piano, ma con forza, respira tranquillamente dai, certo, sei forte tu, fortissima, se respiri bene e trasformi queste bolle in bolle di sapone, avremo vinto per sempre, te lo prometto, giuro, giuro, giuro, credimi, non mi credi più? Non mi credi più? Te l'ho detto troppe volte che avremmo vinto definitivamente? Sì, l'ho detto troppe volte ma questa è l'ultima. Lo so che mi ascolti, lo so che mi ascolti anche se dormi, grazie al cielo di tutti noi vinti, tu dormi, piccola, ma so benissimo che sai quel che dico, sai che dico la verità, che se esiste qualcosa dietro di noi, dietro di te, qualcosa che è adesso l'orma nel cuscino della tua testolina perfetta, se esiste qualcosa, ecco, giuro, credimi, piccola, credimi, adesso sta passando dentro di te e attraverso le tue ginocchiette minuscole e forti, attraverso le caviglie prima, poi le ginocchiette, poi le tue perfette anche affilate, attraverso la pancina torturata e tutto il tuo corpo forte forte forte ecco che sta passando dentro di te e ti sta facendo vincere su tutto, su tutto, su tutto, ecco che le tue bolle di fatica diventano bolle di leggerezza, sì, non sprofondare, non cadere lì in quelle bolle, guarda, fidati, è un gorgoglio, un gorgoglio, tra poco diventa leggero, tutto si scioglie, passa il gorgoglio e le bolle diventano leggerissime e ti prometto che smetteremo di bere limone e di mangiare quelle cose che non ti piacciono e giuro giuro giuro per il cielo delle nostre bolle di sapone che non si dissolvono, giuro per il nostro cielo vinto che sarà tutto come prima, e sì, no, non tutto, ma che andremo sui pony, che torniamo al circo, che vediamo i lama, ma su, ma puoi pensare un attimo ai lama, i lama, i lama che vedemmo qui, te li ricordi i lama? Respira, respira forte, respira bene, sciogli il gorgoglio, dai, coraggio, lo so che mi senti, lo so che mi senti, lo so. «Signore, scusi un attimo, abbiamo bisogno di spazio». «Ma quale spazio?» «Qui un attimo, per favore, solo un attimo».

Sentì caldo, il sole scottava, bestemmiò e si tirò su. Che ore sono? Quanto hai dormito? Poco, dev'essere poco, pochissimo. Era accovacciato contro la filagna fradicia dell'acqua mossa dalle correnti notturne. Si guardò attorno. Il sole aveva appena oltrepassato la linea d'ombra del cespuglio di rovi. Cercò sul fiume. Tutto era fermo. S'incamminò di nuovo sul viottolo. Alla radura prese a destra e in pochi minuti era alla cloaca. Vide la tanica in mezzo al letto scavato fra il canneto e la collinetta riarsa. Sferrò un altro calcio. «Avevi ragione tu, amico mio? Hai fatto bene? Era il coraggio che a me mancava?» Afferrò la borsa, rovistò, riaprì la zanzariera, diede un'occhiata, entrò gattonando fino ai contenitori di plastica. Ne sollevò uno, aprì quello più in basso, tirò fuori la scatola e la infilò nella sua borsa, rimise tutto a posto, tornò indietro, richiuse la zanzariera e s'incamminò verso l'Anaconda.

La lancia era al suo posto. La vide fin dall'inizio, quando scavallò la collina per scendere nella valletta degli aironi. L'automobile era nel parcheggio. Tirò dritto verso casa di Cesare. Chiamò. Non c'era nessuno. Scese giù alla chiatta. Gridò. Apparve Victoria, le chiese se avesse visto Giulio. Rispose di no. Si gettò verso la torretta chiamando le ragazze e chiedendo di Giulio. Nessuno sapeva nulla. Cesare era per campi. Si sedette all'ombra davanti alla passerella dell'Anaconda con Victoria, Ieva e Helena che attorno continuavano a chiedergli cosa fosse successo. «Huertas è morto» disse alla fine. «Chiamatemi quando torna Cesare, è importante, è urgente, adesso io me ne vado a casa un attimo. Ho da fare». Si rialzò e senza guardarle saltellò sulla passerella. «Aspetta» disse Helena alzando il braccio. Lui non si voltò. «Aspetta, dottore, tu stai male» disse la ragazza. Victoria le fece una smorfia, la prese per mano e la portò dentro con sé.

«Signore, può uscire un attimo?»

«Perché? Perché? Dove credete che possa andare?»

«Il dottore può spiegarle. È qui fuori».

«Cosa vuole da me, il dottore? Cosa cazzo vuole da me, il dottore?»

«Venga, signor Snell, venga con me, la prego».

«Non la lascio da sola, non la lascio qui da sola».

«Solo un attimo, solo un attimo qui fuori, signor Snell, il dottore le deve parlare».

I tonfi della mano sul legno precedettero la voce roca e bassa.

«Apri, dottó, so' io».

Si tirò su dal letto, sentì ancora il suono della mano rachitica sul portellino. Fece tre passi, salì le scalette, agganciò con l'indice l'occhio metallico e lo trasse a sé, poi fece scivolare la tavola di legno. Cesare non disse nulla mentre entrava chinandosi sulle ginocchia semipiegate. Gli offrì il braccio e quello si appoggiò mentre si lasciava scivolare sull'ultimo gradino.

«Vuoi qualcosa, Cesare? Qualcosa da bere?»

«No».

«Siediti».

Prese due bicchieri e li poggiò sul tavolino davanti a una brocca piena di acqua e a una bottiglia verde senza etichetta. Si sedette anche lui.

«Racconta» fece il vecchio.

«Non c'è molto da raccontare».

«Era alla fine, quindi?»

«No».

«Ma se è morto».

«Chiedilo a tuo fratello come è morto».

«A Giulio?»

«A Giulio».

«Perché?»

«Chiedilo a lui».

«Che stai a di', dottó?»

«Gli ha facilitato il compito. Chiedilo a lui».

Cesare strinse il cappellaccio e lo tirò giù sulle orecchie calcandolo bene. «Sei sicuro?»

«Chiedilo a lui. E del resto dovresti conoscerli i suoi metodi, no? Io ora ho lasciato Luis così come l'ho trovato. Bisogna decidere che fare. Ma lo decidete voi».

«Tu che dici?»

«Io dico che avvertirò sua sorella come lui mi aveva sempre chiesto di fare».

«Quando?»

«Domani. Al più tardi domani dovrò andare».

«Domani è sabato».

«Domani è sabato e io andrò da sua sorella».

«Va bene. Quindi c'è poco da decidere».

«Non lo so».

«Dobbiamo chiamare la polizia».

«Non lo so».

«Nun sai un cazzo oggi, dottó?»

«No, non so un cazzo oggi, Cesare, non so un cazzo e non voglio sapere un cazzo».

«Bravo».

«Devo solo parlare con Giulio».

«Perché, dottó?»

«Devo».

«Sei incazzato?»

«No, non sono neanche incazzato, pensa».

«Ecco così va bene».

«Ma non perché debba andar bene, Cesare. Non sono incazzato perché non so nulla, lo capisci? Non so nulla. Non so un cazzo, un cazzo e un cazzo, ecco. Forse aveva ragione Huertas. Forse ha fatto bene Giulio. Questo è quello che mi chiedo. Voglio parlarci».

«Quando arriva te lo mando va bene?»

«Come volete».

«Ma bisogna andare alla cloaca e mettere a posto tutto».

«Sì».

«Mi aiuti?»

«Sì, ma prima voglio vedere Giulio».

«Va bene». Il vecchio si alzò. Senza dire altro, salì a fatica le scalette stringendo il corrimano. Le ginocchia vare formarono una specie di doppio arco, un ovale sbilenco attraverso cui splendeva il cielo denso di afa del mezzogiorno.

L'uomo alto e bianco, davanti a fogli bianchi, nell'alone latteo della stanza asettica e bianca, è chino e tiene la mano piegata sotto il mento corrucciato a studiare un'idea bianca come ghiaccio. Gli vado incontro. L'infermiera bianca è al mio fianco come se fosse già preoccupata dell'immenso bianco che è calato sul mondo.

Sul portellino stavolta echeggiarono colpi acuti. Si mosse e aprì senza guardare e disse «entra». Vide le impossibili lunghe gambe nude e si voltò di scatto. «Ma chi è? che fai?»

«Entro, lo hai detto tu».

«Ma credevo...»

«Cosa?»
«Credevo non fossi tu».
«E invece, dottore, sono io».
«Cosa fai?»
«Ti ho portato il pranzo. Te lo manda Victoria».
«Grazie, Helena, grazie».
«Ecco». Posò il pacchettino e rimase lì in piedi. «Come stai?»
«Bene, Helena, bene, grazie. Sono solo molto stanco».
«Sei più che stanco, dottore».
«Forse».
«Hai bisogno di qualcosa?»
«Ma no, davvero, sto bene. Siediti, dai, su, non preoccuparti».
«Non dire così. Non dovresti dirmi così. Io non ti chiedo nulla però...»
«Perché? Siediti, Helena. Non ho detto nulla di male».
«Ma non hai detto nulla di bene. Perché tu non vuoi, dottore, lo vedo. Non vuoi mai parlarmi. Hai altro in testa».
«Perché dici così?»
«Perché lo so. Non è mai il momento. Credi che non sia mai il momento. Però io sono qui, te lo dico sempre».
«Forse. Forse hai ragione, Helena, scusami».
«Non devi scusarti. Ti ho solo detto che se vuoi puoi parlare».
«Certo».
«O puoi anche non parlare. Perché penso che non ne hai voglia. Ma se vuoi. Io sono qui. Sono sempre qui, lo sai?»
«Grazie Helena, lo so». Le si avvicinò, le prese una mano, sorrise. «Puoi ringraziare Victoria per me? Io lo farò dopo. Grazie».
«Va bene. Dottore, domani sono fuori. Ho un lavoro importante. Forse sarò via per qualche giorno. Non so quanto precisamente».
«Perché non lo sai?»
«Perché è così».
La ragazza risalì le scalette in fretta.
Lui accostò subito il portellino, si sedette, aprì la busta. «Non è il tuo minestrone, piccola. Non è il minestrone magico che Victoria ha fatto per te» disse ridendo. «D'estate niente minestroni, ma verdure, verdure fresche, bollite, al vapore, o

come? Vediamo un po', eccole. Broccoli. Buonissimi. E qui invece che c'è?» Si sedette, posò un oggetto largo e tozzo come un barattolo sul tavolino. Lo mosse e sentì il liquido dentro. Lo sfilò dalla busta. Vide scintillare in riflessi scuri il foglio di alluminio compresso tutto attorno al barattolo. Con le unghie rosicchiate strappò brandelli di alluminio fino a denudare il barattolo di miele. Ma non c'era miele dentro. Un succo giallognolo ondeggiava e filamenti opachi si muovevano roteanti. Agguantò il barattolo e lo tenne fermo davanti agli occhi. Svitò il coperchio disegnato dai reticolati stilizzati di alveari. Annusò l'odore aspro e insopportabile, chiuse gli occhi, avvicinò il vetro alle labbra e lasciò che il succo di limone gli passasse attraverso la gola chiusa. Poi puntellò i gomiti sul tavolino, strinse le tempie e chiuse i pugni sotto gli occhi. Rimase così qualche secondo. Infine sollevò il volto, alzò le braccia, emise una specie di ruggito e ripeté: «Victoria, Victoria, mioddio Victoria» finché non riuscì a portare di nuovo il barattolo alle labbra per buttar giù il liquido e ingollarlo tutto d'un fiato.

Dalla torretta della chiatta, Helena vide il camioncino che scendeva sobbalzando fino al parcheggio. Si poggiò contro il vetro, dietro la tendina bianca. Lo sportello rosso della vettura aperto e pencolante eppoi le gambe di Giulio. Il camioncino riprese a muoversi, un riflesso del sole sbatté contro gli specchietti e si accese e si spense come un flash mentre la macchina tracciava una curva sul piazzale. Giulio si avviava già verso la chiatta ma un grido lo fermò. Rimase immobile girandosi verso il ballatoio della casa di Cesare. Il fratello scendeva giù tenendosi al corrimano. Blaterava qualcosa che non si poteva sentire. Giulio lo aspettò in silenzio. Cesare smanacciava nell'aria e quando gli fu vicino lo prese per le braccia e gli si mise di fronte al viso ripetendo qualcosa. Non gridava, non si sentiva nulla. Giulio muoveva la testa su un lato come un fantoccio. Dopo poco anche Giulio prese il fratello per le braccia, smise di ondeggiare, e disse qualcosa. Per qualche secondo rimasero immobili, poi lasciarono cadere le mani dalle braccia che stringevano reciprocamente, si separarono, e uno dietro l'altro si mossero verso l'Anaconda.

L'uomo bianco mi guarda e non dice nulla. Io lo guardo e non dico nulla. Lui allinea i fogli bianchi e li posa sulla scansia metallica poi solleva gli occhiali sulla fronte e si passa indice e pollice alla base del naso premendo sulla congiunzione delle ciglia. L'infermiera mormora: «Professore». Lui fa un cenno come a dire: «Silenzio, so benissimo tutto», e dal bianco asettico del suo mondo torna a osservarmi e esordisce: «Dunque» poi subito tace e riprende il fascicolo dei fogli e lo scartabella e estrae una cartellina su cui è scritto con un pennarello blu Snell Teresa.

Le pale del ventilatore giravano a velocità minima nel reticolato di ferro. Ogni giro era cadenzato da un rumore sordo. Giulio muoveva il bicchierino in tondo guardandolo fisso. Il dottore rimase lì a seguire la scena in attesa. Dopo qualche minuto, l'uomo fermò il bicchierino, sollevò lo sguardo e disse: «Estrai la spada e colpiscimi».

Il dottore lo guardò in silenzio.

«Estrai la spada e colpiscimi» ripeté Giulio.

«Finiscila».

«Non lo dico a te».

«No, a chi?»

«Sai come continua?»

«No».

«C'è sempre una spiegazione».

«Quale?»

«Quella di Abimèlech è la più giusta».

«Che dice?»

«Estrai la spada e colpiscimi perché non si dica che sono stato ucciso da una donna».

«Ho capito, ma non sono qui per colpirti, Giulio. Non sono qui per Huertas. È altro quel che voglio da te. Huertas, è stato lui a decidere, lo so. L'ho capito. Adesso voglio altro».

«Cosa allora?»

«Voglio sapere se ti ricordi la prima volta che ci siamo incontrati».

«Può darsi».
«Dimmelo».
«No».
«Ti ricordi di mia figlia?»
«Può darsi».
«Ti ricordi quel pomeriggio sul fiume, alla Pace dell'Anima?»
«Può darsi».
«Mi devi rispondere, Giulio. Devi farlo. Voglio saperlo, ora».
«Non posso dire cose ingiuste e non posso raccogliere ricordi a caso. Queste sono cose troppo importanti per lei, dottore».
«Appunto. E non darmi del lei».
«Non mi domandare di parlare invano».
«Allora tu pensaci. Io non ho mai dimenticato».
«Puoi dirmi cosa non hai dimenticato?»
«Non ha importanza. Sei tu, Giulio, che devi ricordare».
«Ho detto che ti risponderò. Ma dimmi tu cosa non hai mai dimenticato. Perché questa domanda è la domanda che volevi farmi da mesi. O da anni. Non è vero?»
«Forse».
«E allora?»
«Eravamo stesi dentro l'amaca di nylon che c'era una volta alla Pace dell'Anima. Dormivo, era il primo pomeriggio, e molte volte mi sono chiesto se avessi continuato a sognare. Ma non era così. Tu sei passato e hai parlato dei sogni. Io avevo appena sognato. Mia figlia dormiva. Eri tu, sono sicuro, quando ti ho rivisto, mesi dopo, ne sono stato subito sicuro. Passavi come un fantasma, non ti sei fermato. Mi hai chiesto di fare attenzione, poi hai detto che i sogni curano e che quella era la porta del giorno e della notte. Te lo ricordi?»
«Può darsi. Devo pensarci».
«I sogni curano. Cosa stava sognando Teresa? Tu sai cosa sognò quel giorno? Io non sono mai riuscito a chiederglielo. Lo capisci? Mi capisci?» Il dottore si alzò, spostò l'interruttore del ventilatore sulla forza massima e l'aria divenne vento assieme a un sibilo continuo. «Ma cos'era la porta e cos'era la cura? Questo devi dirmi. Era la cura che hai somministrato a Huertas? Era quella la cura?»
«Non posso dirlo, devo pensarci».
«E allora cosa? Devi rispondermi. Lo devi fare».

«Lo farò».

«Ora non puoi farlo?»

«Non posso parlare invano di questo. E credo che non saprò dirti con certezza quel che pensavo. È passato molto tempo, molti anni».

«Tre anni non sono tanti».

«Credevo di più».

«Tre anni e qualche spicciolo».

«Io sapevo di averti conosciuto ma non ne ero sicuro, dottore, devi scusarmi».

«Fai come credi».

«Devo pensare a quel che dici. Ci penserò. Ma non credo che tu sia nel giusto ora».

«Io so cosa mi è successo. So solo questo. E non credo che a te possa interessare. Fatti tuoi, i desideri che hai. Io voglio sapere soltanto di quel giorno, adesso, voglio sapere se ricordi, se c'era davvero un sogno o erano frasi dette a caso, come tu fai spesso. Perché tu fai così, vero? Voglio sapere se ci avevi visto dormire, se avevi aspettato lì e se te ne sei andato e dove? Ti cercai, quando Teresa si svegliò. Nessuno ti aveva visto in giro».

«Mi spiace».

«Non sono tornato qui per questo però».

«Lo so».

«Cosa sai?»

«Che non sei tornato per me e neppure come Huertas».

«Perché no?»

«Perché Huertas è venuto a morire».

«Forse. Io, Giulio, voglio sapere qualcosa. Pensa a quel che ti ho detto».

«Ci penserò dottore».

«Va bene, basta così, allora».

Giulio fece girare di nuovo il bicchierino sul tavolo e lo tenne fisso mentre la mano piegata in tondo costituiva la parete entro cui il bicchiere continuava nel suo sgangherato volteggio. Quando il bicchiere si fermò, fece per alzarsi. Con la mano che impugnava il bordo del tavolo, guardò il dottore: «Andiamo io e Cesare a mettere tutto a posto. Non c'è bisogno di te. Riposati, dottore. Ci vediamo presto».

Ascolto le parole bianche come fossero melassa bianca indistinta da cui emergono parole dissonanti. Non seguo nessun filo delle elucubrazioni metalliche che mi vengono somministrate da mesi come veleno. Ma quando sento tornare per la terza volta l'espressione «crisi respiratoria», alzo di scatto il viso verso il dottore e gli dico: «Basta, basta, le pare giusto? Lasciatela andare, lasciatela stare». L'uomo bianco mi guarda in silenzio con gli occhi bianchi eppoi sorride. È un sorriso lieve e bianco. «Questo no, signor Snell. Questo solo il buon Dio può deciderlo». «Cosa ha detto?» faccio e vedo l'infermiera che fa un passo verso di me. «Chi sarebbe il buon Dio?» chiedo. Lui allarga le braccia e ha un tremore. «Noi non possiamo sostituirci al Signore» dice. «Quindi volete farla soffrire così?» gli domando. E nell'attimo in cui lui accenna una smorfia bianca, l'infermiera mi sfiora un braccio mormorando qualcosa e allora io mi getto sul medico e lo prendo per la gola e grido: «Brutto pezzo di merda. E se fossi io il tuo porco dio? Se fossi io il buon porco dio, se io fossi il tuo Signore, il Signore tuo, se io fossi Dio, Dio, Dio!» L'uomo in terra è paonazzo e blatera urla soffocate, l'infermiera mi trattiene, qualcuno grida, poi due braccia mi afferrano e mi strappano di lì e un ragazzo mi dice: «Venga, signor Snell, venga, di corsa, lasci stare, non c'è tempo da perdere, venga con me» e allora sono improvvisamente vuoto e senza forze e sento che qualcosa nello stomaco mi sta aspirando via, guardo il giovane che conosco, un giovane che non è bianco e che continua a dirmi di andare con lui e mentre lo seguo ho voglia di vomitare e capisco che il buon porco è davvero arrivato.

***

«Ce la fai mo' a di' qualcosa o te stai zitto fino a stasera?»

Giulio non rispose. Bloccò la poppa della lancia alla bitta improvvisata su una filagna pencolante del moletto. Poi distese una gamba sul fianco, si abbassò su di essa, distese l'altra e, con le gambe larghe sulle tavole del molo, allungò il collo verso l'alto, raddrizzando la schiena.

«Che cazzo stai a fa'? Su, su, dai. Se dovemo sbrigà» grugnì Cesare.

«Conosci il sogno di Salomone?»

«Ma che cazzo me frega a me der sogno de Salomone. Ma porca, ma guarda, ma che me doveva capità? Ma me voi parlà a me, Giulio? Me voi parlà?»

Giulio si alzò di un tratto come un fenicottero che si solleva per spiccare il volo e seguì il fratello lungo il viottolo.

«Mica c'abbiamo tutto sto tempo. Tra un po' devo telefonà. Tu tornerai su?»

«No».

«Quindi parli, testa di cazzo?»

«Devo occuparmi delle cose degli amici».

«Ah ecco, bravo, mica c'avevi pensato? Ma me lo vuoi dire che cazzo hai pensato?»

«Ti concedo un cuore saggio e intelligente, come non ci fu prima di te, né sorgerà dopo di te».

«Ahó, mo' basta». Cesare si fermò. «Sto qua pe' le cazzate che hai fatto te, va bene? Mo' basta».

«Lasciami finire, fratello. È il sogno di Salomone. Ma neppure Salomone può avere memoria di tutto. Se avesse memoria probabilmente non chiederebbe solo intelligenza. Ma chissà. Lui chiede solo intelligenza per distinguere il bene e il male, ma se ricordasse non farebbe questo. Ho dimenticato, Cesare. Ho dimenticato. Dovevo togliere ogni prova. Ma forse ho dimenticato perché era giusto così. Era giusto che il dottore capisse».

«Ma tu credi che non capisca un cazzo, il dottore? Quello sa tutto, imbecille. Adesso basta. Te sei dimenticato 'sta cazzo de siringa e ci penso io, lì. Tu occupati delle cose tue, delle cose dei tuoi amici, anzi. Ché a me nun m'ariva un cazzo mai. Pezzi di merda».

Giulio saltellò e mentre ormai il bivio si apriva davanti ai loro occhi, disse: «Dovevo farlo, Cesare. Quell'uomo sapeva benissimo come andare incontro al suo sonno. Era qui per questo. Dovevo farlo. Il dottore non ne avrebbe avuto coraggio».

«Sei un grandissimo benefattore, Giulio. Dimmi una cosa? Quanto ci metterai lì, a liberare la tua capanna? Se 'sti stronzi ce vonno entrà io non posso fermarli, chiaro? Se faccio finta di niente so' cazzi».

«Non verranno mai da me. Si limiteranno al loro dovere di becchini».

«Fai come cazzo te pare, Giu'. Io te lo sto a di'. Fai come cazzo te pare. Ma se prendono il sentiero...»

«Non lo prenderanno mai. E comunque te l'ho già detto. Sono qui per questo. Farò come suggerisci. Obbedisco a te. Ognuno alle sue tende, Israele! Alla mia casa penserò io. Ci metterò un'oretta».

«Bravo» gli disse il fratello senza voltarsi.

Camminarono per un centinaio di metri ancora. Al bivio, Giulio scosse il fratello per la collottola e gli disse: «Fratello, tu non conosci il primo giudizio del re Salomone».

«No» fece Cesare voltandosi.

«Ci sono due madri e due bambini e uno dei due bambini muore. La madre del morto ruba il bambino vivo e la madre del vivo denuncia l'altra madre. Come riconoscere la madre del vivo se non perché è l'unica che vuole salvarlo?»

«Ci vediamo più tardi?»

«Ci vediamo domani» disse Giulio.

Cesare gli fece un cenno e si allontanò verso la cloaca. Mentre vide apparire le foglie ingiallite delle centinaia di canne appollaiate sul dosso che cavalcava la fogna mai completata, sentì un fischio lontano e un canticchiare gracido. Scosse la testa e tirò dritto. Il bianco asfittico piazzale polveroso che si apriva davanti all'ingresso del tubo fu percorso da un vento improvviso. Le maglie stese sullo spago che Huertas Castell aveva disposto su un fianco del suo patio svolazzarono. Cesare si fermò a guardarle e prima di avvicinarsi alla zanzariera sputò in terra e digrignò i denti: «Nun te serviranno più a un cazzo, mannaggia a Giuda Iscariota».

Le macchine percorsero la curva verso le sette. La volante della polizia apriva la strada all'ambulanza. Sul piazzale del parcheggio, i due uomini in divisa parlarono con Cesare, scrissero, annotarono, poi confabularono con i due dell'ambulanza, rientrarono in macchina, fecero una chiamata, chiusero le vetture e seguirono Cesare verso la grande chiatta. Bevvero un caffè. Lasciarono i due infermieri dentro e presero il viottolo con il vecchio e quando furono alla barca del dottore, rimasero sulla collinetta e lasciarono andare avanti Cesare.

«Perché la chiamano dottore?» gli chiesero quando si presentò con nome e cognome.

«Agli altri piace così».

«Forse perché è laureato?»

«Non credo».

«Ma lei è laureato?»

«Sì».

«In medicina?»

«No» disse lui.

Cesare tentò di intervenire ma l'uomo in divisa che faceva le domande lo interruppe con un gesto.

«Ma esercita sì o no? Il signore ci diceva che ha seguito l'uomo deceduto».

«L'ho aiutato. Ho fatto per lui le commissioni necessarie. Non posso esercitare nulla. Ho solo rudimenti».

«Dunque non è un medico?»

«No».

«E cosa fa?»

«Qui, ora, studio».

«Cosa studia?»

«Medicina».

«Ah, ecco. Studia da qualche parte, scusi? Segue dei corsi?»

«No».

«E il suo mestiere?»

«Ero archeologo».

«Ha smesso?»

«Sì».

«Dove faceva l'archeologo?»

«Dove si fa secondo lei?»

«Non lo so».

«Dirigevo scavi. Insegnavo all'università».

«Può darmi i suoi documenti?»

«Eccoli».

«Cosa fa qui?»

«Studio».

«E non ha un mestiere?»

«No».
«Come vive?»
«Vuole il mio conto in banca?»
«Non sia spiritoso».
«Sapete tutto di me. Basta fare una telefonata. Siete venuti qui altre volte. Vivo in questa chiatta. Ne ho il diritto. In quei documenti c'è ogni cosa».
«Era amico del defunto?»
«Lo conoscevo da quando è venuto qui».
«Ci ha detto il signore che conosce la sorella».
«No, non la conosco».
«Cosa allora?» fece l'uomo voltandosi verso Cesare.
«So chi è e dove vive» disse il dottore. «Huertas è venuto da queste parti perché era consapevole di quello che lo attendeva. Dunque ha lasciato a me i suoi voleri. Il suo volere, cioè. Devo parlare con la sorella. È quel che mi ha chiesto. Tutto qui».
«Quando pensa di chiamarla?»
«Aspettavo che veniste».
«E quando vorrebbe andare? Forse dovremmo farlo noi».
«Lo sapete voi se è fra i vostri compiti. Io aspettavo che veniste. E andrò da lei domattina».
«Bene. Che ha da fare adesso?»
«Leggevo».
«Che leggeva?»
«Vuole vedere il libro? È dentro, lì sul tavolo, si vede anche da qui».
«Non faccia lo spiritoso. Vuole venire con noi? Stiamo aspettando la barca dei colleghi. In macchina non si può andare».
«Dove mi chiedete di venire allora?»
«Alla chiatta» disse Cesare.
«Ma devo o voglio? Non ho capito».
«Sì, ci può seguire alla chiatta?» disse l'uomo. «Se vuole può portare il suo libro. Questo volevo dirle».
Si mossero tutti verso l'Anaconda.

Dopo mezzora si sentì una macchina che caracollava giù per la discesa. Victoria avvertì che due ragazzi si aggiravano sul piazzale attorno alle altre vetture. Uno degli uomini in divisa uscì e tornò dopo poco. «Due giornalisti. Ci vuole parlare lei, dottore?» disse ridendo. I ragazzi entrarono con gli occhi sgranati, si sedettero a un tavolo e Cesare andò da loro e chiese se volessero qualcosa da mangiare. Fecero segno di no. Dopo un'altra mezzora arrivò l'imbarcazione della polizia fluviale. Lunga, affusolata, la cabina di comando rialzata, velocemente ma senza far rumore si avvicinò alla chiatta. Cesare diresse le operazioni di attracco, i due infermieri montarono con la barella vuota, i poliziotti li seguirono. Era quasi il crepuscolo. Il dottore e i due reporter rimasero a riva. Il lungo barcone affusolato scivolò via silenzioso in direzione della cloaca. Il fiume era calmo e sull'acqua scura sembrava che un manto di vapore fluttuasse salendo dal mare.

Attorno alle dieci di sera l'imbarcazione riapparve. Si sentì prima il motore che stavolta ruggiva perdendo colpi mentre rallentava. I due cronisti si prepararono. Il dottore chiuse il libro e fece loro strada verso l'attracco. Da prua, la barella coperta da un lenzuolo appariva come un ingombro da trasloco.

«Credevo che fossi io a proteggerla, e invece era lei che proteggeva me» mormorò il dottore.

Uno dei due ragazzi si voltò e fece: «Cosa dice?»

Lui non rispose.

«Cosa ha detto, mi scusi?»

«Nada, no ha dicho nada». Victoria prese il ragazzo per mano e lo spinse da una parte.

Una luce fortissima si accese sul ponte di comando dell'imbarcazione e invase la chiatta accecandoli. Le operazioni di sbarco cominciarono.

Due

2 luglio 2016

La mano bianca apparve dietro il vetro della porta illuminata da uno schianto di luce solare. Non si voltò e rimase poggiato alla spalletta dell'attracco dove aveva appena fatto ritorno. Si sentiva ancora puzzo di cherosene e il motore della lancia sospeso sul filo oleoso del fiume spillava gocce cadenzandole sempre più lentamente. La porta si aprì mentre lui fischiava debolmente sul fiume.

«Helena» disse senza guardarla.

La ragazza rimase ferma sull'uscio.

«Hai già fatto, Helena? È presto per te. Dormivi? Ti ho svegliata?»

«No, non dormivo, ero quasi pronta, devo uscire presto oggi».

«Presto? Addirittura?»

«Sì, te l'ho detto, ho da fare, ma invece tu, dottore, come stai? vuoi un caffè? Mi fai compagnia?» disse lei e senza aspettare una risposta tirò dritto verso l'ingresso del salone.

La seguì. Dentro, le sedie erano accatastate sui tavoli e c'era odore di fumo. La ragazza salì i tre gradini, spinse la porta della cucina e la tenne aperta aspettandolo, poi si diresse verso i fornelli.

«Victoria?»

«È al mercato. Ma non ti preoccupare, dottore, è andata con Cesare, la macchina c'è».

«Non mi preoccupavo».

«Anzi, prima di andare, Victoria è venuta su e mi ha chiesto di avere tanta cura di te. È inutile che io finga, dottore. Vuoi spiegarmi qualcosa?»

«Non c'è nulla da spiegare. Mi fa piacere che tu abbia cura di me ma preferirei che non fosse perché lo chiede Victoria».

Lei non rispose, sbuffò sulla macchinetta del caffè, gliela porse perché la aprisse. Non lo guardò. Seguì solo le sue mani mentre stringevano i pezzi e li giravano l'uno sull'altro sbloccandoli. «Non essere antipatico con me. Non ce n'è bisogno».

«Non lo sono affatto, Helena. Cosa ti ha detto Victoria?»

«Nulla. Che tenevi tanto al tuo amico e basta. Altro non mi ha voluto dire, ha detto qualcosa su Giulio eppoi nient'altro».

«Cosa?»

«Che anche Giulio vuole bene a te, ma non ho capito».

«Giulio se n'è andato, ieri».

«In che senso? Che vuol dire: se n'è andato?»

«Vuol dire questo: se n'è andato prima che arrivasse la polizia. Non ho domandato di lui, però. So solo che non è ancora tornato».

«Ma lo fa spesso».

«Sì, Helena, lo fa spesso».

«E che c'entra Victoria?»

«Non lo so, non devi chiederlo a me. Forse ha parlato con Victoria, prima di andarsene. Se mi dici così, può darsi».

«E di cosa, dottore? Di cosa hanno parlato? Perché non mi spieghi?»

«Io non so di cosa abbiano parlato. Come faccio a dirtelo?»

«E tu stai così per il tuo amico o è successo qualcos'altro?»

«Così. Sto così. Ma non aver paura. Lo sapevamo tutti come sarebbe andata con Huertas, no? Dunque non c'è da avere neppure troppa pena. Il mio problema, adesso, Helena, è andare da sua sorella. Devo farlo. Devo tornare in città».

La ragazza non disse nulla, mosse il lungo braccio verso la macchinetta del caffè, sollevò il coperchio, osservò.

«Devo tornare in città. E sai quanto tempo è che non torno in città? Che non torno al centro di Roma?»

«Quanto?»

«Da quando sono qui».

La ragazza lo guardò mentre il caffè fumava e un odore dolce e amaro, di chicchi tostati, spezzati, ridotti in poltiglia eppoi passati attraverso un morbido acuto sforzo nell'acqua bollente, si diffuse nell'aria.

«Vuoi?» gli disse.

«No, grazie, sono uscito molto presto, stamattina».

«L'insonnia?»

«No. Sono andato a vedere se con calma trovavo qualcosa da Huertas che mi era sfuggito oltre a quel che avevo già preso, ma no, non c'era più nulla oltre ai suoi vestiti perfettamente ordinati e alle sue pentolacce. Lo sapevo. Lo immaginavo. Che poi Giulio stanotte deve essere ripassato di lì. Ma non importa. Anche perché in fondo volevo solo tornare a vedere la cloaca senza Luis, prima di andare da sua sorella. Ma insomma, Helena, non è questo. Tu non ci sei mai stata, alla cloaca, vero? Dovresti andarci. Se vuoi una volta ti porto con me. Sai, prima di tornare mi sono fermato davanti a quella che era la sua casa. Dal sentiero che scende al moletto, basta qualche centinaio di metri e nessuno direbbe che lì ha vissuto un uomo. Il sole era basso. L'aria era ancora fresca, era l'aria del mare. Non si sentiva nulla. Si è lontani da qualsiasi strada lì. C'era solo lo spettacolo della natura che copriva la cloaca abbandonata. Il prato secco sale verso una specie di duna uniforme che interra il tubo di cemento. Sul rialzo terroso c'è un canneto. E tutto sembrava quasi bianco. L'erba secca nel sole obliquo era bianca, la terra bianca e le canne coperte dalle loro foglie adesso secche erano bianche. E il cielo azzurro era decolorato al mattino e quasi bianco. Quella era una casa. Ma ora l'idea di andare in città e vedere la casa di sua sorella, no, non voglio, spero che mi lasci fuori, spero che non mi faccia entrare. Ho paura delle mura bianche, della pulizia delle case di città». Per un attimo rimase sovrappensiero, poi si voltò verso di lei e indicò la sua mano, quindi si scosse, si alzò e uscì dalla cucina.

Seduto al suo tavolo, guardò fuori il fiume, aprì il giornale, sentì la porta cigolare, e vide lei che si sedeva lì accanto e silenziosa, nella scia di odori che uscivano dalla cucina, poggiava sul tavolo le chiavi della macchina.

«Andiamo» fece lui alzandosi di scatto. «Accompagnami al parcheggio. Non ho bisogno di altro».

Scesero a riva, attraversarono il piazzale polveroso e già secco di sole, salirono le scalette all'ombra degli eucalipti e si ritrovarono di fronte alla macchina scintillante.

«Uscita dal bagno, la macchinetta?» rise il dottore.

«Se ne è occupato Cesare» disse lei.

«E anche Giulio vero?»

«Non essere duro, dottore, non esserlo» gli disse Helena. «Non serve più».

Vide scorrere sulla sinistra il bivio di via delle Vigne eppoi la Tavernaccia. Sotto alla tenda aperta sul terrazzo d'ingresso non c'era nessuno. Riprese la Magliana e avvicinandosi al ponte, rallentò, voltò a sinistra su via dell'Imbrecciato, superò via Salvatore Satta, vide il cartello penzolante, sempre penzolante e mai caduto, sulla rete divelta di via Campiglia Marittima, voltò a sinistra, accostò di fronte all'ingresso. Borgata Petrelli. Velocemente scese. In un movimento violento, spostò la tenda di perline e si fece avanti. La sala era vuota. Gli odori dalla cucina erano lievi. Alzò gli occhi verso la testa di cinghiale, osservò i tavoli, tornò indietro e senza neppure affacciarsi in cucina uscì, rientrò in macchina, guidò sul vicolo fino agli orti, osservò senza uscire i grandi pollai, lasciò che la vettura tracciasse una curva perfetta e si rimettesse in direzione contraria, ripassò di fronte all'ingresso, tirò dritto su via Campiglia Marittima in salita, vide due ragazze in bicicletta che scendevano veloci sulla via dissestata, si fece da parte rallentando, si sporse dal finestrino e non c'erano più, non c'era nessuno. Accese l'aria condizionata, guidò verso la Magliana Nuova, s'infilò fra i palazzoni che la costeggiavano fino a villa Bonelli, accostò davanti a una pescheria. Due uomini uscirono con pacchetti pieni. Si chinò sul volante. Agguantò la busta in cui aveva riposto gli averi di Huertas Castell e si concentrò a studiare la scatola che non aveva ancora aperto. «Solo quando sarai a Roma, dottore. Solo quando sarai finalmente a Roma». Slacciò il cordino con cui era chiusa. Dentro, vide un libriccino, delle penne, un pacchetto di cartoline e fotografie, documenti, buste da lettera consunte, una carta d'identità plastificata che ritraeva Huertas molto più giovane, in un bianco e nero sfumato, i capelli neri ondulati e la camicia aperta sul petto. Si girò fra le mani le fotografie. Ne estrasse una a caso e la osservò. Aveva perso colore, il rettangolo bianco in cui era inquadrata era consunto, tre ragazzi erano seduti su un muretto e dietro s'intravedeva un gruppo di adulti probabilmente estranei. In un'altra c'era una ragazza sorridente, di chissà quanti anni prima, seduta su una poltroncina di vimini e con l'aria trasognata e il mare dietro. C'erano cartoline spagnole e una grafia tondeggiante, cartoline tedesche con la stessa grafia tondeggiante. Non voleva leggere e non riusciva a leggere. Tutto era opaco attraverso il velo dello sguardo ovattato. Rimise assieme le foto. Si tirò indietro sul sedile. Sentì che qualcuno bussava: un vigile gli faceva segno di muoversi, spostarsi, non poteva restar lì in doppia fila. Rispose con un gesto e accese il motore. Guidò fino al semaforo asciugandosi gli occhi, voltò a destra, attraversò la Magliana, proseguì su Pian Due Torri, sbucò in alto dove la ciclabile costeggiava i campi di calcio eppoi le case occupate. Fermò la vettura, riprese in mano la scatola, agguantò il libretto, lo aprì. La grafia minuscola di Huertas aveva segnato i giorni, a partire da due anni prima. C'erano elenchi e riconobbe subito il corso degli eventi che raccontavano: intravide nomi di farmaci che lui stesso gli aveva prescritto, lesse una frase, in spagnolo, iniziava con «Hermana». Richiuse il libretto. Lo mise da una parte, di taglio, in verticale assieme alle foto e alle vecchie cartoline. Sollevò il pacchetto di buste e sciolse la fettuccia che lo teneva insieme. La prima busta era vergata da una scritta a pennarello e diceva «Banca». La seconda diceva «Pensione». La terza «Per il mio Dottore». La osservò bene. Non era sigillata, la aprì. Un'agendina e un foglio ripiegato in quattro. Sollevò il dorso dell'agenda e in caratteri malfermi stava scritto in stampatello: «El ingenioso hidalgo don Giulio de Mezzocammino en su búsqueda del oro negro». Scoppiò a ridere. «L'oro nero, vecchio Huertas, l'oro nero di Giulio e il suo attacco al deposito dell'Eni, vecchio Huertas! Un Don Chisciotte ecco cosa, un Don Chisciotte». Le pagine erano puntellate da brevissimi capitoli segnati in numeri romani. Lasciò cadere l'agendina, dunque estrasse il foglio e lo aprì. Sgranò gli occhi. Lesse, rilesse. Rimase immobile, poi emise un grido che assomigliava a un latrato. La mano tremante recitava: «Sei a Roma, dottore. Quel che abbiamo preso lo abbiamo lasciato. Quel che non abbiamo preso lo portiamo».

Guarda qui, guarda qui, guarda me, ti prego guarda me. Mi vedi? Mi vedi? Sono qui per te. Sono qui per te. Sono sempre stato qui per te. Respira, ti prego, respira, ti prego respira. Non lo sapevo, non lo sapevo, scusami, scusami. Non lo avevo capito. Scusami, perdonami, potrai mai perdonarmi? Non lo avevo capito, non lo avevo mai capito. Ho sbagliato tutto con te. Pensavo di essere qui per proteggerti. Ma eri tu che proteggevi me.

Arrivò a piazza della Radio senza accorgersene. Mentre imboccava il ponte dell'Industria si accorse delle case costruite sull'altra sponda, eppoi dei locali che avevano aperto per la strada di fronte alla Saccheria Sonnino. In fila al semaforo osservò vetrate scintillanti e lumi cromati e camerieri vestiti di nero che si affaccendavano. Voltò su via Ostiense, s'incolonnò verso la piazza, sbirciò la piramide come un'apparizione che emergeva da tempi impossibili, tirò dritto su viale Giotto, si fermò appena trovò un posto libero. Fuori, il caldo era mefitico. L'odore del cemento e dell'erba riarsa e delle mura romane. L'odore del traffico e degli aghi di pino secchi. L'odore dell'acqua su pavimenti e terra schiantati dal sole. Salì le scalette di via Giacomo Della Porta. Dietro un cancello, qualcuno nebulizzava acqua attraverso un tubo per rinfrescare un giardino o un cortile. La via era deserta e completamente assolata. Guardò da una parte e dall'altra, controllò i numeri civici e individuò immediatamente il villino che un tempo era stato la casa popolare. Huertas, eccola la tua maledizione – disse. Controllò il citofono, trovò il cognome. La famiglia romana che ti ha portato via la sorella, una famiglia di lavoratori tristi, dicevi così? Lavoratori in canottiera. Eccola, amico mio. Si guardò attorno. Alzò il dito, esitò. Riprese a camminare verso la piazza, facendo ciondolare la busta di plastica con la scatola di cartone. Bambini gridavano all'ombra dei pini immensi, donne si affaccendavano fuori da un alimentari, tende erano aperte sulle finestre serrate, motori di condizionatori avvelenavano la pace di San Saba. Tornò indietro. Spero che tu ci sia, maledetta – disse, mentre spingeva a lungo sul pulsante.

Una voce maschile rispose indispettita. «Sono un amico di Luis Huertas Castell, cerco sua sorella, c'è?»

La donna apparve sul portone con un'espressione indagatrice. Prima di scendere i gradini verso il cancelletto, disse: «Perché è qui?»

«Non può venire giù?»

«Non può dirmelo subito?»

«Preferirei parlarle con calma. Si fidi, signora. È una cosa importante».

«E non poteva venire Luis?»

«No, non può e non potrà più, signora. È per questo che sono qui».

La donna scese tenendosi al corrimano. Dietro al cancelletto si sporse e lo guardò e gli disse: «Mi vuol dire che Luis è morto?»

«Sì, signora, Luis è morto».

La vide immobile. Taceva guardandolo negli occhi.

«Ieri» continuò lui. «È morto ieri».

La donna non disse nulla.

«Ho delle cose da darle, qui» fece lui sollevando la busta. «E dovrei anche portarle un messaggio, una spiegazione».

«Spiegazione?» fece lei.

«Se aprisse, forse anche solo un attimo, potrei dirle».

Aveva gli occhi del fratello ma il resto doveva essere cambiato a tal punto da renderla ormai lontanissima da quello che era stata, dall'infanzia sul mare spagnolo e dalle cose che Luis raccontava, ogni tanto, come fossero eventi mai accaduti e solo fantasticati. Le feste con i fuochi in spiaggia e i balli e i canti e i nonni con cui erano cresciuti e la povertà e la felicità di bambini poveri ma a cui non mancava niente, né il mare, né il cibo, né il letto. Sentì lo scatto e si fece da parte, mentre la donna usciva e si richiudeva il cancelletto dietro e ci si poggiava di spalle.

«Luis è morto ieri. Se vuole vederlo è all'obitorio del Policlinico. La polizia lo ha fatto portare via nella notte. Sono gli accertamenti di rito ma nulla di strano. Luis voleva che io le parlassi».

«Poteva farlo lui, prima, quando poteva».

«No. Aveva scelto di non farlo. È per questo che sono qui. La scatola è quel che voleva le fosse dato. Dentro c'è anche qualcosa di grande valore».

«Sì eh?»

«Sì. Come forse sa, Luis aveva una pensione e tutto quel che è riuscito a mettere da parte ha voluto che andasse a lei».

La donna tacque, poi fece un gesto e lo guardò di nuovo.

«Credo però che tenesse di più a quel che io devo dirle anche se non so, forse le ha scritto, lo vedrà da sé, ma questo, intanto, io...»

«Questo cosa? Sentiamo».

«Vede, Luis stava molto male da tempo. Quando ha scoperto di non avere scampo, o forse quando ha immaginato che così fosse, perché sa non era mai davvero andato da specialisti, ma comunque, a un certo punto ha deciso di lasciare la città e i suoi amici e i suoi parenti. Non voleva pesare sulle vostre spalle, non voleva che doveste ancora faticare per lui. Non voleva essere visto così da voi. Ecco tutto. Mi ha chiesto di dirle se può riferire ai suoi amici. Non mi ha mai dato nessun nome, ma lei – stando a quel che mi diceva – sa tutto».

«E dove era andato?»

«Viveva vicino al Tevere, in una specie di baracca che si era costruito oltre il ponte di Mezzocammino. Era venuto lì per morire. Diceva che era come un indiano, che un indiano vecchio va a morire lontano e non vuole che i suoi parenti debbano occuparsene. Era appassionato a queste storie, avevate letto molto da ragazzini? Lui raccontava dei vostri libri e degli indiani. E ripeteva sempre questa storia per spiegarmi che vi aveva dato problemi e che non voleva darvene più».

La donna non rispose, aveva smesso di guardarlo, aveva abbassato la testa.

«Non devo dirle altro, signora. Questa è per lei». Le passò la busta, vide le mani stringere il pacchetto come se si richiudessero in seguito al comando di un meccanismo. Rimasero immobili l'uno di fronte all'altra ancora qualche secondo.

«Grazie allora» disse la donna in un soffio.

«Non so. Se avesse bisogno di altro, può chiamarmi. Vuole un numero telefonico?»

La donna si girò verso il cancello e inserì la chiave. La vide salire le scale con il pacchetto che ballonzolava al suo fianco prima di infilare un'altra chiave nella toppa del portone verde. Scomparve nel buio dell'androne senza voltarsi.

Attraversò il Tevere, costeggiò San Michele e s'infilò tra i vicoli. Parcheggiò. Scese nel caldo. Viale Trastevere sembrava una lunga esanime distesa di cemento e rotaie coperta dagli immensi platani attraverso cui il sole filtrava a tocchi densi come polpa. Su San Francesco a Ripa un vociare confuso ribolliva dai negozi aperti. Scrutò dentro al Norcino e tutto gli parve come una volta. Poi vide bar scintillanti, cartelli in colori sgargianti, fotografie di panini e cartoline. Tirò dritto, attraversò San Calisto, diede un'occhiata alla distesa di sedie sulla piazza diventata pedonale, i giornali aperti sotto al vecchio tendone verde. Santa Maria in Trastevere vuota. I ristoranti sbarrati nel chiuso dell'aria condizionata. Si affrettò fra banchi di chincaglieria. A Sant'Egidio allungò il passo, salì la breve scalinata e si affacciò sul chiostro del Museo di Roma. Pagò. La ragazza gli chiese se avesse bisogno di un'audioguida, scosse il capo e in fretta percorse il lato lungo del chiostro verso le scale interne, salì su, passò davanti alla stanza di Trilussa, percorse gli ultimi metri col fiato in gola e fu di fronte all'acquerello. I ragazzi erano lì. Il fiume era lì. Uno con la canna in mano, l'altro ilare con i gomiti contro la spalletta. Si chinò, lesse accuratamente. «Terrazza dei giardini della Farnesina». Si drizzò lanciando la testa indietro. Ecco dov'era – disse. Finita, morta, distrutta: Accademia dei Lincei, Lungotevere ormai. Guardò il ragazzo seduto con la canna in mano, si avvicinò al dipinto. L'espressione ambigua, efebica, ma non una ragazza, non una ragazzina. I piedi nudi. «Chi dorme nun pija pesci». La pergola cascante e un cielo caldo e biancastro. L'altro ragazzino di spalle. Nessuna risposta. Nessuna risposta. Si allontanò dal quadro, lo guardò nell'insieme e lo guardò senza più metterlo a fuoco eppoi si riavvicinò. Roma. Roma sul Tevere. Roma senza bastioni. La città immersa nel fiume. La città interamente sospesa sul fiume. Il fiume dominante. Il Tevere. Ecco. Chi dorme nun pija pesci. Si allontanò come un sonnambulo, scese giù, uscì, fece un cenno alla ragazza. Entrò a Ombre Rosse. Il locale era fresco, semivuoto, si sedette al banco, chiese una birra. Tirò fuori il portafogli, estrasse il foglietto consumato. Mentre il boccale freddissimo gli scivolava di fronte, chiese al ragazzo se fosse di lì, di Trastevere. Voleva un'informazione. Quello scosse il capo. «No. Ma vivo qui adesso» fece. «Qualsiasi cosa le serva».

«Cerco una donna che aveva un locale da queste parti, un po' di anni fa».

«Non credo di saperne nulla. Sto qui da un anno, io. Come si chiamava il locale?»

«Non lo so».

«Ah».

«So il nome della donna, però».

«E cioè?»

«Anna Ducrot. La conosce?»

«No, mi spiace, il nome non mi dice nulla».

Riprese a bere. Mangiò due noccioline. Aspettò finché la birra non cominciò a scaldarsi. Pagò e uscì fuori. Era quasi ora di pranzo. Percorse via della Scala zeppa di negozi e chincaglieria, bar minimalisti e paninoteche alla moda. Tra scritte pubblicitarie e cartelloni raffiguranti piatti romani in fotografia e tavolini con finte amatriciane in mostra, la porticina dell'antica vineria era quella di sempre. Entrò, chiese della signora Ducrot, la descrisse, e l'uomo scosse il capo. Non riforniva bar, lui, e il vecchio non veniva più. Solo la sera, ogni tanto. Gli disse che avrebbe dovuto chiedere al rifornitore di alcolici su viale Trastevere. Gli passò un cellulare già aperto sul numero telefonico. «Prego» fece. «Tanto non lo pago, è a contratto». Lui rise, afferrò il telefono e chiamò. Spiegò la storia. L'uomo lo guardava mentre lui ricominciava a descrivere la persona e ripeteva il nome «Anna Ducrot». Poi lo vide illuminarsi. «Ah sì?» diceva. «Certo. Vicolo de' Renzi. Certo. Grazie, grazie mille».

«L'ha trovata?»

«Dicono che aveva un locale piccolo ma famoso a vicolo de' Renzi».

«Qua dietro» fece l'uomo.

«Vado a vedere. Dice che adesso c'è un minimarket di un indiano».

«Certo, ho capito. Si chiamava, si chiamava, il locale, certo, me lo ricordo, ma il nome? Un nome inglese mi pare. Non mi viene in mente».

«Tornerà all'improvviso. I nomi tornano sempre all'improvviso. Se hanno un senso tornano sempre» disse.

«Certo».

«Vado. La ringrazio molto».

Il ragazzo orientale non conosceva la donna, ma non si fece problemi di alcun tipo, cercò tra i documenti sotto la cassa e gli diede un biglietto con l'indirizzo, perché ancora riceveva la sua posta. C'era una scritta a grandi caratteri: STARDUST. «Polvere di stelle» disse lui. Il ragazzo lo guardò. «Il nome del locale. Questo era il nome del locale?» Il ragazzo si chiuse nelle spalle. Lui uscì nel sole.

Guarirai, piccolina, guarirai presto e del tutto. Tu fidati di me e vedrai. Poi ascoltami, è Pasqua, questo è l'agnello, e quest'anno non piove. Lo sai che piove sempre a Pasqua? Ecco. Se non piove, è il segno, il segno perfetto. Una signora prima me lo ha detto. Forse era una maga? Sarà una maga? Magari una di quelle donne che sanno tutto, che vedono il futuro. Cosa ha detto? Ha detto questo. Che stavolta non piove. Che sarà una bellissima Pasqua e che presto starai talmente bene che andremo a vivere sul fiume. Come i ragazzini che vivevano qui tanti anni fa. Ti piacerebbe vivere sul fiume? Con mille animali, mille barche e ogni giorno una cosa nuova? Andiamo? Andiamo tu e papà? Lo sai? Lì sì che si pesca. Si dorme e si prendono pesci. Non è vero che chi dorme non piglia pesci. Fidati, regina, fidati. Si possono prendere i pesci anche dormendo. Ti piacerebbe vivere sul fiume?

Oltre la magnolia di piazza de' Renzi, voltò su vicolo del Piede, arrivò al civico e cercò sulla colonnina del citofono, tra le targhette segnate a mano, a macchina, staccate e riattaccate con lo scotch. Anna D. Passò il dito in su e in giù. Solo quello poteva essere. Anna D. Fece pressione, con delicatezza. Attese qualche decina di secondi eppoi riprovò. Spinse forte. Rispose una voce acuta.

«Hello».

«Salve, sono Ippolito Snell. È lei Anna?»

«Sorry?»

«Sì, salve, Anna Ducrot?»

«Sorry, don't speak italian, what are you looking for?»

«Anna, Anna Ducrot».

«Ah, you're looking for Anna, the owner?»

«Yes».

«Sorry, she's not here, I'm renting the place».

«You mean she's away? She's not in Rome?»

«I don't know actually, I only talked to her son once, I'm sorry».

«Ok, thank you, no worries, but do you have his telephone number?»

«I don't think I can give it to you, sir, I'm sorry».

Rimase poggiato contro il muro, osservò il viavai nella lavanderia a gettoni. All'ombra del vicolo un'aria fresca portava odore di fiori marci.

Lasciò aperte le portiere qualche minuto prima di rientrare in macchina, poi restò fermo in attesa al semaforo che dava su viale Trastevere. Non andare a sinistra, disse a un tratto. Non puoi più. Non vuoi più. Tutto quello che un uomo. Devi perché lo vuoi. Devi perché lo vuoi. Devi perché lo vuoi. Tutto quel che può un uomo. Tutto quel che un uomo può fare.

Al verde partì di scatto e voltò a destra, percorse il viale semivuoto. Passò sul fiume, guardò di sfuggita l'isola Tiberina, il manto erboso giallo, l'ospedale cinquecentesco e l'antichissimo culto di Asclepio, il serpente e il toro. Osservò il filo dell'acqua che ribolliva sullo scalino della riva destra. Via Arenula, Botteghe Oscure, piazza Venezia. Salì per via Nazionale ignorando i divieti. Fece due volte il giro di piazza della Repubblica sbirciando le novità sotto le esedre, poi prese via Cernaia, accostò prima che la via terminasse, scese al bar, chiese di fare una telefonata.

La ragazza rispose con stupore e felicità. Lui tentò di ricambiare e le disse subito che era nei dintorni e che sarebbe voluto passare di lì a pochi minuti. Le domandò se ci fosse qualcun altro, se non fosse un disturbo. Lei rassicurandolo gli spiegò che la signora era sempre sola e avrebbe mangiato fra mezzora, dunque, se voleva, poteva venire, era sempre il benvenuto. Poi, abbassando la voce in una tetra monocorde serietà, gli annunciò che la signora difficilmente lo avrebbe riconosciuto.

Guidò fino a Porta Pia. Le mura antiche sembravano zuppe di calore. La Nomentana che si apriva in una staffilata di semafori oltre lo slargo assolato era un intrico di rami, uno spiovente insostenibile tetto sopra alla rete del filobus.

Voltò su via dei Villini, parcheggiò nel primo spazio libero, pensò di passare dal gelataio, fece qualche metro indietro verso la Nomentana, si fermò, voltò su se stesso. Tirò dritto sul lato sinistro, costeggiando i palazzi lungo la linea d'ombra. Guardava il marciapiede e bisbigliava la filastrocca.

Quando sentì la vibrazione del citofono che apriva automaticamente il portone d'ingresso, fece pressione con la spalla e il fresco dell'androne lo investì. Era odore di marmo dei pavimenti, legno dei corrimano, ferro del reticolato entro cui passava l'ascensore, terra dei vasi inumiditi al mattino. Respirò mentre aspettava il clang dell'ascensore. Respirò mentre passava sul pianerottolo decorato da stampe di una Roma medievale e in rovina. Respirò quando varcò la porta d'ingresso e l'odore della casa e il fresco dell'aria condizionata lo accolsero. La ragazza gli fece spazio dissimulando un sorriso, lo guardò ripetendo «Signor Ippolito. Signor Ippolito», gli strinse la mano mentre lui le diceva che era contento di rivederla e che il tempo sul suo viso non sembrava passare mai. «Non è vero» mormorò lei mentre sorrideva ancora, poi indicò il salotto e disse che la signora era in poltrona, che aveva cercato di parlarle e spiegarle la visita ma non sembrava essersi resa conto di nulla. Gli disse che molto raramente ormai riusciva a chiamare col suo nome qualche amica. Che secondo il medico tutto era precipitato con le perdite e i dolori e che una depressione forse aveva spalancato la strada alla malattia. Altrimenti sarebbe andata più lentamente. Gli disse di prepararsi ma lui sorrise, ringraziò e si fece avanti. La grande stanza illuminata da lame di luce che tagliavano le linee delle tapparelle abbassate era in ordine perfetto. La tavola di legno scintillante era sgombra a parte l'angolo più vicino alla porta che dava sul corridoio: un sottopiatto di feltro davanti alla sedia dallo schienale imbottito, le posate d'argento e una salvietta di carta. Si voltò verso il salotto dominato dai divani coperti da panni bianchi come capitava ogni estate. Affondata nella poltrona sotto al gigantesco quadro, guardò la donna altera, ben vestita, dai capelli privi di riflessi azzurrini ora, e gli occhi perduti nel vuoto. Sopra di lei, il paesaggio agreste era la vera cornice, dentro la cornice di legno dorato, di un orizzonte coperto da un cielo blu estivo serale sui tetti del paese arroccato. Si avvicinò guardando il gregge e il pastore di spalle anziché i suoi occhi chiari spenti in una specie di cecità. Si chinò verso di lei e allungò la mano, aspettò che la donna gli porgesse la sua, sentì il palmo fresco e si avvicinò ancora per baciarla mentre respirava l'odore di colonia.

«Come sta signora?»

«Mario di nuovo qui?» disse lei.

«Sono qui, sì, signora, sono Ippolito».

«Ah, certo, sempre scherzi Mario, eh!»

«Non scherzo. Sono qui, signora, mi fa tanto piacere rivederla».

«Mario, oh, Mario, sempre il tuo modo di fare. Ricordi come stavamo bene? Siediti qui accanto a me. Vuoi che ti prepari qualcosa?»

«No, non ce n'è bisogno, grazie. Mi racconti di lei, invece. Come sta?»

«Ah come sto! Bene no? La mamma sta bene, il papà sta bene, tutti stanno bene. E tu Mario fai sempre scherzi. Se non te ne fossi andato quando era il momento».

«Quale momento?»

«Non era proprio il momento per andar via, no?» disse continuando a posare gli occhi su un punto imprecisato, a mezz'aria fra il pavimento e il soffitto di fronte a sé.

«Ma lei lo sa, dovevo andare».

«Dovere, dovere, certo che dovevi ma là là là».

«Dove là?»

«La sai quella canzoncina? Se una donna là là là, se una donna là là là... Mario, io non ti prenderei mai in giro, Mario, lo sai che sei l'unico. Se tutti poi potessimo, se tutti potessimo. Sarebbe bello no?»

«Cosa sarebbe bello?»

«Dove si finirà ora? Dove?»

«Dove?»

«Oh dove dove».

La ragazza arrivò sorridendo. Chiese al signor Ippolito se desiderasse qualcosa di fresco da bere e lui la ringraziò alzando il palmo della mano. Lei sorrise ancora, si avvicinò e disse alla signora che fra non molto avrebbe potuto mangiare.

«L'accompagno io a tavola» fece lui. «Signora, viene con me? Posso accompagnarla?»

«Oh, ma se si potesse. Se si potesse» disse lei.

Chinandosi al suo fianco, le mise un braccio sotto all'ascella e l'aiutò a sollevarsi. «La gamba le fa male?»

«Oh, no no. Grazie, grazie. Non si può».

«Certo che si può» fece lui.

Camminarono verso il tavolo lentamente.

«Si ricorda la filastrocca del berretto?» le domandò.

«Cosa dici, Mario mio?» fece lei.

«Cioetta cioetta. Se la ricorda?»

«Uh» disse la donna, abbassando la voce ormai bambinesca in frequenze sognanti «Cioetta cioetta ridamme la beretta. Come te posso da' la beretta se non me dai un pezzo de pane. El pane 'ndó lo vado a trovà? Vai dal fornaro e fattelo da'. Fornaro fornaro...»

Si allontanò mentre il flebile cantilenare era un saliscendi di acuti che ricordavano l'imperiosa chiara voce giovanile. In cucina, la ragazza era davanti a un brodo vegetale.

«Viene a trovarla qualcuno?» domandò.

«Il fratello, sempre. Sa com'è lui, signor Ippolito? Lo conosce, no? Tra le amiche, sono rimaste in poche, ormai. Ne viene qualcuna raramente. Lo vede come sta».

«Non mi chiami signor Ippolito, non ce n'è bisogno» disse e prese in mano le due scatole di farmaci posate sulla mensola. Le guardò, lesse, estrasse il bugiardino, poi domandò ancora: «Nessun altro è più venuto?»

«Be' sì, qualcuno».

«La figlia?»

La ragazza esitò e senza guardarlo disse: «Lei sa, signore, immagino».

«No, io non so».

«Lei non sa che è tornata?»

«No, non so nulla».

«Per pochi giorni. È ripartita subito. Non so neppure se l'abbia riconosciuta. Non posso dirlo».

«Che significa?»

«La signora era molto giù in quel periodo. Aveva appena cominciato questa nuova cura con cui poi è stata un po' meglio. E di fronte a sua figlia era immobile. La guardava senza dire nulla. Poi io non volevo disturbare. Solo che la signora Anna doveva rimanere una settimana e invece andò via dopo due o tre giorni. Credo che abbia cambiato il biglietto aereo e...»

«E non mi dica nulla. Vive lontano? Non me lo dica. Non voglio saperlo».

«Anche lei, signor Ippolito, vive lontano?»

«Anch'io vivo lontano. Non mi chiami signor Ippolito, per favore».

«Mi scusi».

Fece avanti e indietro davanti al grande tavolo della cucina. La ragazza grattava del parmigiano. «La stanza c'è ancora?» disse a un tratto e lei sollevò gli occhi senza parlare. «Intendo la stanza di Teresa. Ci sono ancora le sue cose?»

«Alcune, sì».

«Può farmi un favore, allora?»

«Certo».

«Nella cassettiera della scrivania, il terzo cassetto, se sono ancora lì, ci dovrebbero essere delle trottole. Potrebbe prendermele?»

«Ma lei non vuole andare?»

«No, grazie».

«Non si preoccupi. Vado io».

Seduto di fronte alla donna, immobile a scrutare il suo mistero, la imboccò. Ebbe voglia, all'improvviso, di far planare il cucchiaio in aria per raggiungere il porto, come si era abituato a fare molti anni prima, ma gli occhi opachi e azzurri non seguivano l'aeroplano in volo. La osservava. Teneva il volto piegato su un fianco e i capelli bianchi in parte quasi ingialliti scendevano delicatamente lungo il contorno di austerità e autorevolezza che un tempo avevano dominato nei tratti magri e severi. La bocca semiaperta, impegnata a masticare, a tratti emetteva mugolii e lui sentiva salire e scendere le tonalità. Provò a accennare qualche strofa ma non rispondeva, era come se non lo ascoltasse più. La spinse a bere e lei lo guardò con disgusto.

Alla ragazza arrivata con un piattino di mela grattata chiese se i colleghi si fossero mai fatti rivedere e quella scosse il capo. Osservò le mani veloci esperte infallibili che senza tentennare e senza sentimenti rifinivano il compito sulla frutta mentre lui si era poggiato contro lo schienale senza più voglia di dire altro. Infine si alzò, salutò sfiorando le mani lisce di quella che era stata sua suocera e, respirando l'odore della pelle corrotto dal pranzo, agguantò il pacchettino che gli aveva passato la ragazza e scese di nuovo in strada nel caldo torrido del sabato deserto.

Piazza Galeno era un forno. Si sporse sul grande viale completamente esposto al sole e si ritrasse, tornò alla macchina, guidò per poche centinaia di metri, voltò a destra su viale dell'Università e parcheggiò. La città era bloccata in una dimensione asfittica e deserta. Dall'altra parte della strada pochi scooter erano parcheggiati all'ingresso della Città Universitaria. Automobili passavano rarefatte. Studenti camminavano lungo il muro ombroso verso Neurologia. Superò la barra d'ingresso sotto la grigia costruzione dalle linee impossibili, entrò, chiese dove si trovasse la terza clinica chirurgica e l'uomo nel gabbiotto gli diede strane indicazioni, gesti che roteavano attraverso il fumo denso della sigaretta e parole che tornavano sull'edificio di Radiologia Centrale, vero punto di riferimento. Camminò lungo i vialetti laterali, l'asfalto divelto dalle radici degli immensi pini, crepe aperte su terra secca e aghi di pino secchi e aiuole bruciate. Costeggiò un baraccone posticcio adibito a bar, vide uomini seduti sotto una pergola a fumare in pigiama e pantofole, la pelle grigiastra quasi cachettica. Camminò tra cartacce, cestini traboccanti immondizia, vetture parcheggiate, ambulanze dismesse e camioncini di servizi vari, dal plasma al rifornimento di vivande. Non si fermò finché un infermiere gli indicò l'edificio e l'ingresso si aprì davanti ai suoi occhi. Dentro, era più fresco. Si sedette sulla panchina di una improvvisata sala d'attesa. Scrutò i manifesti attaccati al muro, le conferenze, i corsi, la prevenzione, foglietti vergati a mano di badanti che offrivano aiuto, numeri telefonici, stanze in affitto. Poi, mentre una signora elegante entrava e chiedeva di un certo dottore, si scosse, si alzò in piedi, disse che non sapeva nulla di lì e si scusò uscendo. Tornò verso l'atrio, oltrepassò una porta a vetri e prese le scale che scendevano nei sotterranei, seguendo l'indicazione scritta in pennarello CAMERA MORTUARIA.

Una donna lo fermò sulla porta d'ingresso. Gli chiese un documento e lo invitò a riportare i suoi dati su un foglio prestampato. Poi indicò una saletta attigua e gli chiese di aspettare.

Dopo mezzora la donna tornò. Ferma sulla porta lo guardava.

«Che succede?»

«Può venire, mi segua».

Oltre la vetrata, il corridoio era un grigio tetro tunnel di mura scrostate percorse da tubature cromate come vene artificiali di un essere mai nato.

«Ippolito Snell» disse l'ometto vestito di verde all'estremità opposta del corridoio.

«Sì».

«Un documento, per favore».

Glielo porse.

«Luis Huertas Castell ha chiesto».

«Sì».

«Venga con me».

Un improvviso freddo lo accolse. L'ometto passò attraverso barelle vuote accatastate su un lato della grande stanza, osservò i numeri sugli sportelli di ferro, contò, si chinò, tirò a sé.

«Ecco» disse, «prego».

Lui si fece avanti, mentre il tipo muoveva le mani grassocce sul lenzuolo e con la delicatezza che gli era rimasta lo sollevava fino al petto.

La luce al neon inondò il volto di Huertas Castell colorandolo di un verde metallico. L'ometto si fece da parte e scomparve alle sue spalle mentre lui avanzava verso l'amico e gli si inginocchiava accanto. «Avevi ragione tu, Luis» disse e alzò una mano e sfiorò la fronte fredda, le linee che la percorrevano profonde e ora come fossero solchi su una materia plastica. «Hai fatto tutto come dovevi. Ti avrei dovuto aiutare io. Mi spiace non averlo fatto ma io ero felice che tu fossi con noi».

Si mise una mano in tasca e strinse il pacchettino, lo sollevò osservandolo contro il soffitto bianco attraversato da crepe e fili polverosi di ragnatele ormai morte, lo aprì, tirò fuori una trottola dalle linee colorate e la lasciò ricadere dentro, ne estrasse un'altra tondeggiante e la lasciò di nuovo, poi trovò la trottola rossa. Si voltò. L'ometto era in un angolo, seduto, a sfogliare una rivista. Si tirò su e gli si avvicinò: «Mi dica, per favore, lì è dove verrà chiuso?»

«In che senso?»

«Dico: è quel che viene usato come bara. Sarà chiuso lì dentro? Così com'è?»

«Sì, generalmente è così. Se non vengono i parenti».

«Posso lasciare questa lì con lui? Pensa che si possa? Pensa che non andrà perduta?»

«Credo di no».

Tornò indietro. Posò la trottola accanto alla mano sinistra di Huertas e disse: «Addosso alla tua, Luis, addosso alla tua». Sfiorò le dita dure e giallastre e cercò di muoverle sul piccolo oggetto di legno. «Non verrà tua sorella, non verrà. Ma tu sei stato addosso alla tua, Huertas. Hai fatto quel che era giusto». Sollevò il lenzuolo e lo dispose di nuovo sul viso. Aspettò che l'ometto venisse a richiudere, poi afferrò il portafogli e gli mise in mano una banconota. «Faccia in modo che resti lì, per favore. È stato un uomo coraggioso». Il tipo lo guardò tentando un'espressione di complicità. Tornarono nel caldo. Sulla porta la donna aspettava di ricondurlo attraverso il decrepito lunare corridoio della morte.

Parcheggiò davanti alla chiesa di San Lorenzo fuori le Mura. Uscì e si piegò in due. Quasi cadde sull'asfalto infuocato. Qualcuno lo vide e gridò. Restò piegato in ginocchio finché non sentì una mano sulla spalla e allora alzò gli occhi sulla fioraia che gli domandava se avesse bisogno di qualcosa. Scosse il capo e le chiese dove fosse una fontanella. La donna lo prese sotto al braccio e lo accompagnò al nasone. «Grazie, signora, non c'è bisogno» le disse in un soffio. «Ho lo stomaco vuoto». Si chinò sotto al nasone. Attorno, steli tagliati di tulipani e rose formavano strane figure nell'odore forte della natura marcia. Bevve, si sciacquò la faccia, bevve ancora, si bagnò la nuca. «Grazie» disse di nuovo alla donna che era tornata a sedersi all'ombra del suo chiosco e lo osservava. Camminò lungo il muro dei vecchi garage e delle pompe funebri, fino a via dei Reti, entrò nella trattoria e chiese un piatto di formaggio, dell'insalata e un quartino di vino rosso. La pala del ventilatore girava appesa al controsoffitto marroncino, uno squallido domestico compensato tagliato da listarelle di legno marrone scuro. Dalla sala attigua, schiamazzi di tavolate in festa si mescolavano al tintinnio di posate. Il banco dominava la sala d'ingresso e tre tavoli da due erano allineati contro il muro, vuoti tranne il suo. Osservò il viavai dei due ragazzi che portavano piatti entrando e uscendo dalla cucina. Vide la signora, la proprietaria probabilmente, camminare con pigrizia dietro il banco. Avvicinò una caraffa al bocchettone poi lo guardò. «Un quartino ha detto?» Le fece segno di sì. Lei riempì la caraffa e uscì dal banco strascicando i piedi e gli poggiò di fronte il vino sfuso e l'acqua. Le fece un gesto, bevve, sgranocchiò un pezzo di pane. Arrivarono anche il formaggio e l'insalata, allora sedette per bene contro il muro e non guardò più nulla.

«Dottore, dottore, è lei».

Alzò gli occhi. L'uomo lo indicava aprendo le due mani. Avrà avuto quarant'anni. La fronte percorsa da linee appena accennate e i capelli corti, lo guardò senza dire nulla.

«Dottore. Lei è il dottore dell'Anaconda, no? Venni da voi a vedere gli ultimi anguillari. Pochi mesi fa».

Lui non rispose. Una donna dietro all'uomo esitava.

«Lei è il famoso dottore, no? Non si ricorda di me?»

«No, ora non saprei, come si chiama?»

«Lorenzo. Ero lì con un mio amico. Restammo fino a sera. Era novembre, gli ultimi scampoli di pesca, andammo con i due fratelli».

«Mi perdoni. Se siete andati con Cesare e Giulio io che c'entro?»

«Ci incontrammo. Abbiamo mangiato lì, un pranzo eterno, e siamo rimasti fino a sera, alla chiatta, non ricorda?»

«Forse qualcosa, mi scusi, ma viene tanta gente a pescare con i due fratelli».

«Capisco. Ma io ricordo lei. La sera, sa, ci ubriacammo un po', quel liquore terribile, c'erano ragazzi, una festa, un'atmosfera tesa».

«Ah! Sì, forse ricordo».

«Be' ma non si preoccupi. Come sta? Come stanno i due fratelli? Vorrei tornare. Ne ho parlato a tanta gente».

«Stanno bene, stanno bene, tutti bene».

«E lei? Non avrei immaginato di incontrarla qui, che strano! Viene spesso in questa trattoria?»

«No, no, è un caso. Sono andato a trovare un amico e, be', ecco, era qui vicino».

«Ah, ma senta, qui è un buon posto, sa? Ma aspetti. Eh, Carolina, vieni, questo è il dottore del fiume, ti ricordi?»

La donna si avvicinò. Magra, i tratti del viso duri e dolci, gli occhi chiari.

Lui si alzò. «Piacere, Ippolito Snell».

«Piacere, Carolina Sarlo».

«È un grande uomo, il dottore, Carolina».

«Medico? Di cosa?»

«No no, lasciamo stare. Vivo sul fiume. È lì che ci siamo incontrati».

«Dev'essere un posto magnifico» disse la donna.

«Venite, una volta, venite. Si mangia bene. Anche solo per mangiare».

«Ma forse sì, potremmo, Carolina» disse Lorenzo. «Si sieda dottore».

«Ah, ma volete accomodarvi? Prego. Sono solo».

«No, no, grazie, noi stiamo andando. Eravamo a tavola con amici, ma dobbiamo andare. I figli...»

«Ah, sì? Siete sposati? O, cioè, siete insieme?»

Si guardarono ridendo. «Siamo stati sposati, in effetti» disse Carolina.

«Poi, per fare i figli ci siamo lasciati» fece Lorenzo scoppiando a ridere. Prese la donna per la vita esile e con delicatezza la portò accanto a sé. «Mi capisce, dottore? Sono i flussi dell'amore, no? Sono flussi che attraversano il corpo, vero? Ho letto così».

«Non so, in verità. Non so se siano i flussi erotici che lo attraversano» disse. «Ma forse sì, forse lo attraversano».

«Bisogna lasciarli defluire. Io per amare Carolina ho dovuto lasciarla».

«Per favore, Lorenzo» disse lei. «Hai bevuto troppo».

«Ma no, dottore, in vino veritas, no?»

«Sì certe volte sì, ma non sempre» disse lui.

«La lasciamo in pace, magari ci rivedremo? Magari verremo a trovarla» disse la donna.

Lui le prese la mano e accennò un movimento con la testa. Lei lasciò che le sue dita bianche lo sfiorassero.

Li vide uscire dalla porta a vetri nel caldo infestato di cemento che lo stava aspettando da anni.

Chiese un Fernet, pagò, vide che l'orologio su cui troneggiava la marca di un caffè segnava le tre e venticinque minuti. La controra, disse. *Che cos'è la controra, piccola mia? È l'ora silente in cui tutto può accadere. È l'ora più bella per chi va cercando il mare. Vieni con me al mare? Scendiamo giù al mare? È l'ora in cui tutti riposano e noi andiamo a cercare tesori. Vieni con me a cercare tesori? Scenderemo lungo il fiume.*

L'ingresso monumentale della chiesa di San Lorenzo fuori le Mura era sbarrato. Proseguì su una via Tiburtina ombrosa e spettrale. Le cicale frinivano, grappoli sterminati invisibili fra cipressi e pini di cui si sentiva solo l'odore terroso da dietro le alte mura in tufo e travertino. Oltrepassò senza guardarla l'entrata in salita del Pincetto. Si strinse le orecchie con le palme delle mani, blaterò qualcosa, saltellò, tirò dritto velocemente verso i nuovi banchi dei fiori, si chinò davanti al nasone che gettava acqua continua in un secchio azzurro. Mentre beveva, un vecchio gli domandò se volesse comprare da lui e aprì la mano indicando gli scampoli di fiori inumiditi di continuo nella canicola del sabato. Lo ringraziò, sorrise esitando, bevve ancora, attraversò l'odore marcio di piante, steli, fiori abbandonati alla morte prematura, varcò l'ingresso monumentale, abbagliato dal sole sul viale d'ingresso. Il custode uscì dal bussolotto e indicò qualcosa e lui si fermò. «Fermata bus ogni quindici minuti» disse sistemandosi la giacca scura con strani galloni sui risvolti. «Bus?» gli chiese. «Un bus qui?» Quello lo guardò scuotendo la testa e facendosi più vicino. I galloni consumati brillarono debolmente sotto al sole. «Dice che c'è un bus?» ripeté lui. «Che significa bus? C'è un bus qui?» «Visita turistica. Grande Verano, grande. No turista lei?» «No» fece, eppoi gli domandò: «Ma da dove viene lei?» «Io di Romania. Non vuole guide?» Alzò la mano impugnando un ventaglio di dépliant. «No, grazie, grazie mille per la gentilezza, non mi servono». Si voltò, cercò l'ombra sul lato sinistro, percorrendo di nuovo il breve controviale squassato dalle radici dei pini. Tenne la testa bassa mentre superava il tempio evangelico.

Dicevano che le radici dei pini avrebbero fatto crollare la casa.

E perché perché come fanno?

Le radici dei pini sono fortissime. Questi due alberi erano diventati enormi, guarda, vedi quanto era grande il tronco, passaci una mano sopra, guarda, il tronco è più largo di te. Avevo sei anni, più o meno quarant'anni fa, capisci?

E perché perché, papo, la casa cade?

Ma la casa non cade. Guarda, vieni qui. Vedi come è bella grande? Loro però avevano paura che sarebbe caduta e hanno deciso di tagliare i pini.

E tu papo, tu papo?

Io non volevo, piccola, non volevo proprio, ma non potevo decidere io. Tu hai mai visto delle case che cadono per colpa dei pini? Le radici dei pini sconquassano i marciapiedi. Una volta a Roma ti porto in strade che sono tutte piene di bozzi, tutte storte, rotte, be' quelle sono le radici dei pini. Però le case intorno mica cadono.

E perché perché allora questa sì?

Eh ma che ne so. Ma adesso vieni qui. Non è importante che li abbiano tagliati, adesso. Quel che importa è che qui c'erano i pini e i pini sono nati come ti ho detto. Erano tre. Ti faccio vedere dove avevamo trapiantato il terzo? Quello che si mangiarono i cinghiali? Vuoi vedere?

Sssì.

Oppure no, scendiamo giù, scendiamo giù nel dirupo? Andiamo a trovare un posto dove pianteremo noi i pini? Andiamo? Non ci sono più le scale qui, faremo il giro, un lungo giro per scendere giù nel dirupo, verso il piccolo fiume, andiamo al fiume? Scendiamo giù al fiume?

Traversò la strada assolata all'altezza del tempietto egizio. Cercò altra ombra prima di oltrepassare il muro bianco. Si sedette. «Non suonare, ti prego, non suonare» disse a alta voce, non voglio sentirti, non voglio sentirti. Osservò gli steli bruciati di erba diradata che si moltiplicavano nelle aiuole terrose. Si passò la mano sulla fronte zuppa e cercò di rimanere immobile all'ombra. Un refolo d'aria sembrava infilarsi giù dal Pincetto. Corvi neri ballonzolanti e guardinghi piluccavano molliche, insetti e vermiciattoli tra i viali. Si sentivano soltanto ronzii e fruscii, oltre ai gorgoglii dei rubinetti aperti di continuo nelle fontane segnate da cartelli di acqua non potabile. Finché un grido non ruppe il silenzio. Era un grido mostruoso, come se strani animali lo avessero composto. Era un gracidio stonato e folle, conteneva una risata impazzita e un saliscendi gutturale devastante che tentava invano di soffocare il pianto. Voci confuse si moltiplicarono attorno al grido.

Si alzò, camminò verso il muro come attratto da un punto inconsistente nel bianco assolato della calce. Si sporse sul lato e vide i maledetti corridoi zeppi di fiori, milioni di finestre di marmo, dove l'eterno carillon era stato finalmente spento. «Hai smesso di suonare, hai smesso, finalmente» disse sottovoce mentre osservava il gruppo plastico formato da una donna trattenuta da due uomini. Era una donna di una trentina d'anni distesa in terra, protesa verso la piccola fotografia circolare infilata nel marmo come un occhio immobile e perduto, mentre ai suoi lati i due uomini tentavano di sollevarla. Il suo pianto adesso era diffuso e costante, era un lamento irrefrenabile. I capelli sparsi e la fronte contro il pavimento ricoperto da aghi di pino bruciati, le braccia abbandonate in avanti, protese verso i contorni del marmo incassato nello spazio e chiuso dalla calce, sembrava che le dita tentassero di strappare l'occhio della fotografia, pur di trovare un accesso dentro alla lapide. Attorno alla donna erano sparpagliati biglietti colorati e trenini, automobili, peluche, lettere. Lui si ritrasse dietro il muro dove riusciva a non vederla e si appoggiò. La voce della donna prese toni cantilenanti. «Voglio entrare, voglio entrare, voglio entrare». Gli uomini accanto dicevano qualcosa sottovoce che non era possibile capire. Cercava di ascoltarli e intanto si portò le mani sulle orecchie, poi si lasciò scivolare in terra e attese.

Dopo qualche minuto, sorretta dai due uomini, la donna apparve come un fantasma sul viale. La vide in posizione eretta, magra, giovane, il volto bianco e gli occhi vuoti. Forse hai la stessa età di Anna, disse lui. Forse sei come Anna, ma non è Anna che vuole entrare là dentro. Si alzò di scatto, voltò oltre al muro, diede un'occhiata alla lapide ricomposta, in basso, la prima fila sul pavimento, i giocattoli inseriti nel riquadro, protetti dalle intemperie. Arrivò fino al terzo corridoio, voltò, camminò fra le decine di occhi che lo scrutavano attraverso le lapidi dei loculi, colori, giocattoli, pupazzi, fiori, piante, odore di fiori marci. Il canto delle cicale salì come un muggito. Si voltò a destra scrutando il reticolato di marmo bianco punteggiato da milioni di colori. Ascoltò le onde e i mormorii degli animali devastati dal sole che si bagnavano fra le onde schiumose e cantavano come cicale incessanti, fermandosi tutte assieme alla risacca dell'onda eppoi riprendendo tutte assieme con il nuovo gonfiore del mare. Vide, tra i mille colori, il riquadro bianco, privo di orpelli, senza foto, senza nulla, solo il nome e le date. Un fiore secco posato lì davanti. Si avvicinò, sfiorò lo stelo. Immaginò la mano che lo aveva posato. S'inginocchiò.

Il mio amore per te è come la roccia eterna. Come il fiume eterno. Come tutto quello che sono io. Perché io non sono io. Io sono te. Io sono te. Io sono te, Teresa.

Tra mille teste che gridano, tra mille bambini ignoti che sono usciti dalle classi sento la sua mano che stringe la mia, poi s'indebolisce e l'abbandona. La vedo che mi sorride risucchiata dall'abbraccio dei compagni. Sui festoni che addobbano il corridoio, appesi da un muro all'altro, ci sono scritte sgargianti, lettere riempite da tratti di pennarello storti, scarabocchiati, disuniti. Sul primo striscione è scritto: «Bentornata Teresa, regina del Circo».

Si alzò in piedi e si avvicinò. Prese il pacchetto dalla tasca. Dispose tre trottole oltre allo stelo del fiore secco. Le fece girare, una dopo l'altra. «Addosso alla tua, Teresa, addosso alla tua» disse. Poi alzò la mano e si allontanò.

Tre

3, 4 luglio 2016

Appena sciolti, neri lividi invisibili, i due cani si gettarono di corsa lungo il sentiero. Scesero silenziosi seguendo le file di eucalipti che brillavano argentei nella notte, attraversarono l'immenso campo di terra riarsa scolpita da scavatrici abbandonate, percorsero come se lo avessero conosciuto da sempre il viottolo che s'infilava nel folto canneto, voltarono a destra, arrivarono davanti al capanno, si fermarono, annusarono, fecero un giro attorno alla palizzata interrata, ripresero a correre senza fermarsi la loro volata insensata e, mossi da un'arcaica guida, ricomparvero davanti al pickup. Le porte si aprirono, il fumo uscì dall'auto invadendo la fresca umidità notturna. Ansimavano pronti di fronte alle gambe dei padroni. Gli occhi, nella penombra che si schiudeva alla fine della notte, erano come puntini infuocati. Affiancarono i due uomini, si misero giù in attesa, le zampe anteriori erette in un'impassibile statuaria forma plastica. Le lingue brillavano come il manto nero dei muscolosi corpi sudati.

«Premio» disse uno dei due e passò le barrette da una mano all'altra avvicinandosi agli animali, poi con le braccia sospese, come un ballerino, si fece avanti e lasciò cadere le barrette nelle fauci aperte dei due molossi. Si sentirono le mandibole digrignanti e intanto l'uomo si voltò, fece un cenno e l'altro diede una scossa al gancio e il portello posteriore del pickup venne giù. Afferrò la massa di tubo nero arrotolata e chiusa da legacci plastificati, la sollevò e la infilò sulla spalla del compagno, poi prese l'altra massa di tubo, se la mise addosso, tirò giù due borsoni, li fece cadere in terra, richiuse lo sportello, premette un pulsante, e le quattro frecce s'illuminarono assieme al sibilo del sistema di allarme. Spinse uno dei borsoni verso il compagno, afferrò il suo, fischiò, i cani si rimisero in piedi in attesa, poi disse «via ora» e s'incamminarono lungo il sentiero, con le due bestie che trotterellavano nell'aria lattiginosa e fresca dell'alba.

Il piccolo molo apparve come una costruzione sbilenca sul filo dell'immobile melmosa acqua, quasi verde nel primo schiarirsi del cielo. «Guardatelo ora» disse Cesare ai tre ragazzi seduti a prua. «Attenti a come si muove». Il vecchio, alto e flessuoso come un giunco, si preparò alzando una gamba e, mentre la lancia voltava la prua controcorrente tracciando una linea curva regolare accanto alle filagne infilate sott'acqua, la lasciò ricadere arpionando l'approdo e spostando il peso sulle tavole sgangherate del molo. «Un movimento perfetto» disse il ragazzo mentre Cesare stringeva il manico del motore accelerando di nuovo. «Arrivederci» fece il vecchio statuario sul pontile portando una mano alla fronte. «Arrivederci Giulio» dissero i ragazzi. «Grazie per tutto quel che ci ha spiegato, grazie mille». Quello non rispose, si voltò e scomparve nella penombra. «Nun c'ha proprio voja d'esse gentile 'sto stronzo stamattina» disse Cesare. «Solo prediche da maestrino. Annamo. Continuamo a pescà noi». La lancia riprese a solcare le acque del fiume in direzione sud-ovest. All'orizzonte, la luce del sole spaccava la tenebra creando sottili lingue giallastre.

Vide i cani correre verso di lui quando comparve sulla radura bruciata. Aprì le braccia sventolandole come un enorme grigio uccello andando avanti leggero sulle punte. «Su nel cielo / torna l'alba / di una notte / senza te». I molossi abbaiarono scodinzolando e lui si chinò, attese, li prese per il collo e li strinse ai lati del volto. «Sei fuggita / tra la folla / dalla vita / senza me». Vide i due uomini immobili ai lati dell'ingresso del suo capanno. Si sollevò, carezzò il muso degli animali, canticchiò debolmente «ogni donna / che io incontro / nella notte / sembra te» poi tacque mentre le due mani si protendevano verso di lui, allora le strinse e biascicò «sembra te / sembra te / chiamo te / chiamo te». Alzò la lunga chiave nell'aria bianca e piroettando verso la serratura si lanciò. «A voi, miei prodi» disse. «Chi immagazzina d'estate è accorto. Chi dorme durante la mietitura si disonora». I due uomini sollevarono i borsoni e le matasse di tubo nero per deporle all'interno della baracca, poi uno di loro fece: «Caffè?» e Giulio sollevò le sopracciglia, accennò un passo di danza nell'oscurità fitta della baracca e ripetendo «Su nel cielo / torna l'alba...» si avventò sul mobilaccio d'angolo, si chinò, lo aprì e si voltò di scatto. «Fermi o siete morti» disse, poi si alzò e fece roteare nelle due mani una macchinetta del caffè e un fornelletto da campo. I due uomini scossero il capo: «Coglione». Si andarono a sedere fuori, contro la parete frontale della baracca e uno dei due passò a Giulio il pacchetto: «Ecco il tuo piccolo tesoro, vecchio» gli disse. «Fanne buon uso».

Attraversarono la macchia umida e quasi fredda. Un sibilo lontano accompagnava cinguettii dissonanti e disperate grida di gabbiani. I due uomini mormoravano qualcosa che lui non ascoltava, finché non si fermò di scatto e alzò le mani in un gesto eloquente. «Ora, silenzio» biascicò. «Che i cani non si avvicinino finché non lo dico io». I due uomini ridacchiarono. Lui si voltò di nuovo e li fulminò con lo sguardo. «Se volete torniamo alla baracca e al vostro pranzo penserete raccogliendo vermi». Tacquero entrambi. «Guardate» continuò lui allungando la testa oltre il canneto che s'immergeva quasi nel fiume. «Qui una volta venivamo, io e Cesare, a passare le giornate. Eravamo ragazzini. Poi una volta capitò una cosa che mi ha cambiato la vita. Ma voi non potreste capirlo». Con la mano nodosa scostò l'ultimo fascio di canne e sulla riva si aprì una specie di piattaforma di assi marce e quasi disintegrate nella terra umida. «Coraggio. Sembra distrutta ma la metto a posto ogni anno. Qui avvenne una cosa importante. Sarebbe inutile raccontarla a voi, escrementi dell'umanità. Venite qui, ora». Il filo dell'acqua, nella breve ansa in cui si trovavano, era piatto e immobile. La luce del mattino penetrava attraverso gli alberi della sponda opposta riverberandosi in sfumature giallognole sull'acqua. Il cielo non si era ancora schiarito e sembrava zuppo di un indefinibile colore saturo pronto a colare via in un baleno, risucchiato dal sole. «Tu stai qui pronto così. E tu qui. Appena do il via, tu cali la spada e tu agganci la bestia. I cani non servono. Ma siamo sicuri che sapranno tacere?» «Sicuri» borbottarono. «Non c'è niente da ridere» disse Giulio, estraendo il tozzo di pane secco e infilandolo in acqua. Appena si fu inzuppato, lo tirò su, lo infilò nella canna e lo sostenne in alto verso il centro del fiume. Poi con il bastone diede una botta sulla filagna che emergeva bruna dalle acque melmose e emise un fischio sottile e lunghissimo. Il Tevere rispose increspandosi. «Divino Scamandro. Così lo chiama il dottore» bisbigliò Giulio. «Riproviamo. Amico Tevere dacci oggi il nostro pane quotidiano». Diede due colpi sulla filagna e fischiò di nuovo un sibilo debole e apparentemente privo di forza ma costante. «Ecco». Indicò di fronte a sé. «Ecco, amici miei. Estote parati». Dal centro del fiume, due linee di acqua spezzata si allungarono divaricandosi dal puntino nero che veniva lentamente incontro alla riva. Giulio riprese a fischiare e a dare colpetti sulla filagna marcia mentre la canna tremava alta sull'acqua. Il muso scuro si delineò nel chiarore del mattino e lui agitò la canna, lasciò cadere il bastone, si chinò e tenendo la canna con due mani la trasse poco a poco verso di sé, aspettando che l'animale la inseguisse. «Vieni bella, vieni a me». La nutria sollevò il muso osservando la canna e il pane zuppo da cui spillavano gocce di liquido denso. Giulio lasciò che si avvicinasse e temperando il movimento della canna su quello della nutria obbligò l'animale a venirgli incontro alzandosi verso l'alto come una foca circense. I due uomini ai suoi lati erano immobili, una specie di figura scultorea, un eterno immoto gruppo dentro cui si muoveva Giulio. «Vieni a me. Vieni a me» disse ancora, eppoi mentre avvicinava la punta della canna al muso della nutria disse a alta voce: «Ora». La mazza cadde violenta sulla nuca dell'animale. Il rumore del cranio fracassato spezzò la quiete immobile e fu un trambusto di braccia che si avvicinavano al fiume, mentre Giulio con pochi passi si era ritratto alle spalle dei due uomini e osservava la scena con le braccia conserte e immobile, lui stavolta immobile, fermo, dritto come un fuso, senza fiatare. Quando i due uomini si tirarono su in piedi tenendo l'animale appeso a un gancio e già esanime, il vecchio aprì la bocca e sentenziò: «Della tua infame immondizia cercai di purificarti, e non ti lasciasti purificare. Non ti purificherò più dalla tua immondizia, finché non avrò acquietato la mia collera contro di te». Entrambi scoppiarono in una risata fragorosa. «Se famo un gran pranzo, Giu'. Se famo un gran pranzo». «Sapete come prepararla, vero?» disse il vecchio. «Io avrò da fare, stamattina. Non potrò aiutarvi».

Il dottore fu svegliato dal sole. Attraverso il canneto che percorreva il terrapieno sulla cloaca, il caldo della mattina afosa lo colpì. Con un gesto veloce sollevò la zanzariera in cui si era rinchiuso nella notte, una specie di tenda fuori dal grande tubo di cemento. Versò dell'acqua nella bacinella in cui Huertas si era lavato per quasi due anni interi, si sciacquò la faccia, prese la macchinetta del caffè, la preparò, la mise sul fornelletto e attese.

Lo sfiatato tremolante suono della sirena con cui Cesare chiamava suo fratello dalla lancia echeggiò dalla riva del fiume, accanto al moletto sgangherato, salì verso la baracca dove Giulio e i due uomini riposavano e verso la cloaca dove il dottore beveva il suo caffè. «Sono qui che ti aspetto, Giulio» disse il dottore mentre il suono tremava di nuovo dal fiume. «Tuo fratello se ne va, tu hai fatto quel che dovevi e io sono qui. Sono qui per te, Giulio. E il mio nome è Ippolito».

Giulio si alzò in piedi stiracchiandosi. I due uomini lo osservarono senza muoversi. «Quando vi sarete ripresi» disse lui «preparate la carne e cominciate il lavoro per rimettere tutto a posto. Sono stati giorni difficili».

«Che fai, ci dai ordini, vecchio?» disse uno dei due.

«Ho da fare, ora».

«Vai a far soldi col tuo tesoro?»

«Stupido essere inutile» disse lui. «Non sai quello che dici. Non mi muove il denaro».

«E perché ti porti appresso il tuo piccolo tesoro allora?»

«Per non lasciarlo a voi» disse lui. Aprì le braccia, le mosse sventolandole nell'aria, tirò su una gamba piegandola come un ballerino.

«Che fai, voli?»

«Idioti scarti umani. Ignorate ogni cosa» disse e muovendosi verso l'alto perse l'equilibrio, lasciò cadere in terra la gamba sollevata, riuscì a tenersi in piedi e bisbigliò: «Teste di cazzo, mannaggia a Cristo». Poi alzò il dito sui due uomini. «Non mi ritrarrò. Non avrò pietà né compassione. Arrivederci».

«Ciao vecchio, non spanartela tutta in vena» disse uno dei due ridendo.

«Idiota inetto, inutile escrescenza di una malattia chiamata uomo» bisbigliò lui e si mise a canticchiare.

«Su nel cielo / torna l'alba / di una notte / senza te». Il canto debole della voce singolarmente femminea si avvicinava. La cadenza delle parole si arrotolava sui passi in salita. Quando sbucò all'ingresso della cloaca, il dottore alzò un braccio e lui si fermò, scosse il capo, fece una risatina e avanzò sugli ultimi metri intonando le note finali: «Sembra te / sembra te / chiamo te / chiamo te».

«Ti aspettavo, Giulio».

«Mi sorprendi, dottore».

«Non mi aspettavi qui? Ho passato una discreta notte».

«Sei felice?»

«Non lo so, dipende da te».

«Vedrò di fare del mio meglio, allora» disse lui, sedendosi sulla poltroncina dell'automobile.

«Come sai, non può cambiare nulla».

«Forse» disse il vecchio, poi tacque guardando il cielo azzurro chiarissimo schiantato dal sole decolorato dall'afa.

«Vuoi bere qualcosa?»

«Non ne ho bisogno. Sono sazio di olocausti di arieti e del grasso dei vitelli. Volevo soltanto tornare ancora qui».

«Anch'io, Giulio. Ma non c'è nulla da vedere e lo sai. Hai già controllato tutto no? Le uniche cose a cui Huertas teneva le avevo prese io. Mi spiace. Avresti dovuto pensarci prima».

«Non accetti che io abbia fatto quel che il nostro amico chiedeva?»

«No, forse lo accetto, invece. Non lo so. Ancora non lo so. Ma non sono qui per questo. Mi pareva di avertene già parlato».

«Sei venuto a prendere qualcosa, allora?»

«Giulio, non fingere adesso. Non ce n'è bisogno. Sai benissimo che non c'è più nulla, qui. Lo sai da giorni».

«Non avrai visto in me l'impostore che non sono?»

«No. Lo so benissimo. Sei qui per altri affari e a me non importa. A me importa dei miei, di affari».

«Non ti capisco, stamattina, dottore».

«Dico, Giulio, che non m'importa nulla dei tuoi traffici. Dovresti saperlo, ormai».

«Quali traffici, dottore? Abbiamo forse mai condiviso esperienze?»

«Ah, ma non c'è bisogno di condividerle. E comunque Huertas mi ha raccontato molte volte di voi. Che credi? Per lui era molto divertente. Diceva che era davvero l'oro nero e che tu e i tuoi amici, con quest'ossessione dell'oro nero, avevate perso il senso della realtà».

«Non ti capisco, dottore».

«Giulio, non m'importa nulla. Non me ne è mai importato nulla. Credi che sia venuto qui per fare giustizia? Io, anzi, ho sempre pensato che tu avessi capito fin dall'inizio perché ero qui».

«E forse sì, dottore, forse sì».

«Quindi adesso smettiamola. A me non importa dei vostri furti. Huertas me ne parlava perché sapeva benissimo quanto poco me ne importasse. Sapeva che ci potevamo divertire. E lui si divertiva. Si è divertito molto nei suoi ultimi anni, qui, a seguire le tue gesta. Diceva che valevano un romanzo. Il tesoro in un deposito dell'Eni, figuriamoci. Diceva sempre: hanno trovato il tesoro in un deposito. Manca poco che ci sia scritto e lo considerano un tesoro da scoprire. Se la rideva. E non per prenderti in giro, Giulio. Per lui eri un eroe come Don Chisciotte. Ma basta parlare di questo. Insisto, davvero, a me non importa nulla di quel che fate lì. E non m'importa nulla dei tuoi amici zingari. Tu sei questo fiume. Tu hai a che fare con questo fiume come l'incarnazione del dio che è, nel bene e nel male. E quindi sai benissimo quanto io ti rispetti. E siccome più che altro hai intuito, siccome sei capace di intuire più che di vedere il futuro, sai benissimo che io voglio solo avere una risposta. Ti ricordi no? Hai detto che dovevi pensarci».

«Sì, me lo ricordo, dottore, ma non penso di avere molto da risponderti».

«Significa che non ricordi nulla?»

«In questi giorni, ho pensato bene a quello che mi hai raccontato. Ma devo darti una brutta notizia».

«Ossia?»

«Ossia, non posso dire di ricordare».

«Non puoi dire di ricordare».

«No, dottore».

«Non ti ricordi di me e della mia bambina» disse lui sgranando gli occhi. «Dormiva sul mio petto, dormiva sul mio petto e tu sei passato e hai sentenziato. Non te ne ricordi?»

«Qualcosa sì, qualcosa ricordo, dottore, ma non quel che mi hai chiesto».

«Cosa, allora? Cosa ti ricordi?»

«La verità è semplice, dottore. Avevo visto, quando sei arrivato, che arrivavi spinto da una enorme zavorra. Ci siamo abituati, negli anni, qui, a vedere persone e a riconoscerle. Abbiamo capito subito, io e Cesare, che non portavi sventure. Solo un'enorme zavorra. All'inizio non sapevo cosa e non pensavo di averti già visto. Più tardi nel tempo ho avuto l'impressione di averti già conosciuto ma devo ammettere, adesso, quel che ti ho detto: non ricordo molto di quel giorno. Ho passato del tempo a ripensarci e ti dirò, ma ora lasciami finire. Io non sapevo che eri tu quello che era arrivato all'Anaconda molto prima e nessuno qui lo sapeva. Passano tante persone, fra il ristorante e la pesca, lo sai. Non ci si può ricordare di tutti. Ho parlato con Victoria. Anche lei non sapeva nulla di te».

«L'ho capito, Giulio, non sapeva nulla lei e neppure tu».

«No, però, in questi anni, avevo qualche idea e pensavo e fantasticavo. E insomma, dottore, qualcosa avevo capito. Non ne ho mai parlato. Non sapevo in che maniera era andata e tu sai bene che sarebbe stato stupido chiedertelo. Ma insomma, non c'era bisogno di un indovino per capire qualcosa. Sai che tutte le tue fissazioni, le cose di cui non si poteva parlare, insomma, non c'era bisogno di un indovino. Ora, tutto questo non ha senso per te. Ora tu vuoi sapere il mistero di quel giorno, di quella mattina e questo è il mio dolore e la mia sofferenza: non c'è nessun mistero». Aprì i lunghi avambracci, distese le palme delle mani verso l'alto.

Lui lo guardò. «Nessun mistero».

«No, dottore. Sapevo che eri diventato dottore per necessità e sapevo che ti portavi dietro qualcosa che non si doveva chiedere e tu certo hai capito che mi è sempre piaciuto parlare con te, ma io ho letto solo un libro e su quel libro io ho passato tutta la vita, però è solo uno. Ho imparato tutto lì, ma non ho poteri, dottore, non ho nessun potere. Devo dirtelo, dottore».

«Qualche potere lo hai, Giulio».

«Tutti abbiamo qualche potere».

«E il tuo qual è? Tiralo fuori cristoddio. Non puoi dirmi di essere solo parole. Solo parole al vento».

«Non si perde niente nel vento. Ma forse tu hai voluto vederci qualcosa di più grande».

«Quindi sarei io, Giulio?»

«Non lo so».

«Sono stato io a vedere qualcosa in te?»

«Non solo in me. Sì, forse sì».

«Quindi non esiste nessun accesso alla verità attraverso i sogni, nessuna cura, nessuna porta del giorno e della notte, nessun angolo per la pace dell'anima, nulla, nulla e nulla, tutte parole».

«No, dottore, non esagerare. Io credo alle cose che dico. Ma chi s'illude è responsabile della sua illusione».

«Io dunque».

«Non so se ti sei mai illuso».

«Tutto è normale, quindi, qui, tutto è normale, l'orrida normalità, l'oscena realtà, anche tu».

«Non lo so, dottore. Non so cosa intendi per normale».

«E tu quindi che cosa conosci, Giulio?»

«Che cosa conosco? Questo fiume, da Mezzocammino al mare. Anzi, prima del mare. Fino al canale. E meglio da questa parte qui. Da questa parte conosco benissimo la riva e tutte le piante. E questo lo sai».

«E nient'altro?»

«Non è poco. Tu prendi in giro i miei traffici, così li chiami».

«E come dovrei chiamarli?»

«Ma tu non capisci davvero che io vivo solo per questo fiume. Dici che incarno il divino Scamandro? Ma sei tu che usi solo parole, solo parole e quelle che furono le tue conoscenze. Perché se veramente tu lo credessi, sapresti che io collaboro allo svuotamento dei giacimenti perché conosco l'unico vero pericolo. Tu non puoi averne un'idea dottore. Anni fa, molto prima che tu arrivassi qui, qualche povero mentecatto tentò di forzare il tesoro. Non avevano idea dei modi. C'è un modo in ogni azione. In questo caso, è necessario conoscere precisamente la maniera in cui è possibile sottrarre il tesoro senza che nessuno possa accorgersene. Si devono fare calcoli e si deve conoscere un equilibrio. Io ora collaboro a questo equilibrio perché è l'equilibrio della natura».

«Che mi stai dicendo, Giulio? Non m'interessa questo, ora».

«Non hai capito? Lasciami finire. Questi inetti ebeti che vennero a tentare il grande colpo, sai cosa combinarono? Non combinarono nulla per sé. Non riuscirono in nulla. Seppero solo svuotare nel fiume il deposito. Fortuna che allora il deposito era piuttosto contenuto. Eppure, per oltre un anno il petrolio ha affogato il fiume. Ecco quello di cui erano stati capaci».

«Ah! Quindi la tua è un'opera di salvaguardia dell'ecosistema».

«In parte, dottore. Non devi fare dell'ironia. In parte è così. Ma tu non sai e ora sei cieco. Sei accecato da qualcosa. Mi spiace che la morte del nostro amico spagnolo abbia generato tanto disordine. Io non volevo. Ma tu sai che è stato bene così».

«Forse. Te l'ho già detto».

«Dottore. Hai capito molte cose, ora. Hai capito questi luoghi più di quanto chiunque altro avrebbe mai immaginato. E allora forse ti potrei raccontare molte storie che non hai mai ascoltato e che io non ho mai avuto l'ardire di raccontare. Ne vuoi una?»

«No».

«Cosa vuoi allora?»

«Nulla. Non voglio nulla».

«D'accordo».

«Non ti ricordi di noi due alla Pace dell'Anima. Io non riesco a crederci. Ero convinto che tu sapessi, Giulio. Aspettavo. Per anni ho aspettato che tu mi raccontassi qualcosa, che arrivasse il momento, che le cose si sciogliessero da sé, senza anticipare nulla, senza chiedere mai nulla. E invece...»

«Dottore, non è vero. Devi capire. Devi capire. Io sono vecchio e dimentico. Dimentico anche quello che sto dicendo. Prima, per esempio, ho dimenticato. Tu non mi aiuti, non mi aiuti a seguire i miei ragionamenti. Prima volevo spiegarti che ho ripensato a tutto, in questi giorni, e qualcosa posso dirti. È l'immagine di voi due lì sull'amaca della Pace. Da qualche parte, quell'immagine è sempre rimasta. E quando resta un'immagine è importante. Io però non so se quel che ricordo ora dipende da te, dalle tue domande e da quel che mi ha detto Victoria. Io non so se avevo capito che la tua piccola stava male, dottore. Lei, Victoria, sì. Lei ricordava benissimo quell'uomo con la figlia. E anzi lei, Victoria, l'altro giorno era molto stupita, era agitata, non sapeva che fare, non sapeva che dire. Quando ha capito che eri tu, dopo così tanto tempo. Ho cercato di calmarla ma forse un giorno dovrai parlarle, dottore. È come se fosse cambiato tutto per lei, ma non so, non so se è come credo. Io devo dirti di me. E io non ricordo se avessi capito o meno che la tua bambina stava male e quel che ricordo è un'immagine di quiete, di dolcezza, di pace».

«E le porte del giorno e della notte?»

«I sogni guariscono. Questo è vero. Lo penserò sempre, dottore».

«Ma le porte del giorno e della notte sono le porte dell'aldilà, Giulio».

«Sognando ci spingiamo sul limite dell'aldilà, dottore. Ogni sogno raccontato nei libri dice la stessa cosa. E a questo io credo ancora».

«Va bene, Giulio, va bene, basta».

«So di averti deluso, dottore. Lo sapevo che sarebbe arrivato questo momento di delusione. Arriva sempre. Ma non pensavo che sarebbe arrivato così».

«Non sono deluso, Giulio».

«Sei quel che sei, dottore. Io ho sempre pensato bene di te. Vedi, lascia che io ti dica una cosa. Tu non sai perché Victoria è qui, vero? Non glielo hai mai domandato».

«No».

«Vedi? Pensi chissà cosa di quelli che chiami i miei traffici e i miei amici, ma non sai nulla. Di Victoria sai nulla? Lei è stata costretta a ricordare di te che venivi qui la prima volta. Ora tu devi sapere come è arrivata lei».

«Forse è vero. Forse avrei dovuto domandarglielo».

«Anche se glielo avessi domandato non so se avrebbe potuto dirtelo interamente. Te lo racconterò io. Io non temo il dottore. Io voglio bene al dottore».

«Cosa c'entra?»

«Victoria cucinava per le ragazze, parecchi anni fa. Le ragazze vivevano tutte nella casa di città dove lavoravano. Victoria non viveva con loro. Cucinava per loro. Lei viveva in un piccolo appartamento che un giorno prese fuoco. Perse tutto, Victoria. Non so se sia stata colpa sua o del marito, perché aveva un marito Victoria. Ma perse tutto e perse anche il marito perché dopo questo incidente che forse non fu un incidente, marito e moglie litigarono e lui non si fece vedere e, quando lo rivide, lei non voleva più avere a che fare con lui. Del marito a noi non importa nulla però. A noi importa che chi aiutò Victoria furono le ragazze, le ragazze, tutte le ragazze della casa. Non i padroni. Ma anche loro fecero qualcosa. Gli odiosi padroni, quelli che tu consideri miei amici zingari, bene, furono loro a suggerire a Victoria di venire qui, nel frattempo, perché ci conoscevano. Vedi? Vedi quanto bene ha generato il male? Furono loro a dirle di venire qui. E furono le ragazze a darle quel che avevano. Sembra una favola? Ti sembra una favola? È la realtà che tu dici di disprezzare. Le ragazze misero insieme, tutte quante, qualcosa dei loro averi. Parte dei soldi che facevano. E li diedero a Victoria perché potesse ricostruirsi la sua vita. Poi la sua vita, Victoria l'ha ricostruita qui. Non se n'è più andata da qui. E come sai anche alcune ragazze hanno voluto seguirla qui. E come sai è per Victoria e per la sua arte che un giorno Cesare pensò di aprire il ristorante. Ma questo non ti può interessare ora. Solo chi obbedisce alla natura sopravvive. Io seguo questa legge. Capisci? Capisci o no?»

L'uomo sulle sue gambe di giunco si alzò come una molla dalla poltroncina e distese le mani sul dottore. Lo prese per le spalle, lo scosse e quello si alzò guardandolo negli occhi. Per un attimo rimasero fermi, l'uno di fronte all'altro, nel caldo asfissiante, nell'umidità che saliva, nel frastuono di cicale che inondava il silenzio della cloaca.

«Abbiamo pregato abbastanza» mormorò il dottore.

«Andiamo?» disse Giulio.

«Andiamo».

***

L'immenso grigio ponte apparve come dondolante nel cielo blu del crepuscolo. Il dottore cercò di metterne a fuoco l'impossibile perimetro e sentì il braccio intorpidito sotto il fianco. Si spostò, l'amaca ondeggiava vistosamente e la mano segnata dai solchi delle corde di canapa gli apparve come un arto di cui non possedeva il controllo. Alzò il braccio e lo scosse, il formicolio attraversò la spalla, il bicipite, l'avambraccio. Unì le due mani, formò un triangolo unendo i pollici e gli indici e attraverso il triangolo inquadrò il ponte. Non hai sognato, disse. Nessun sogno è arrivato. Nessuna pace. Il mormorio costante del flusso diradato di automobili era un debole fragore mentre dall'Anaconda, di là dagli eucalipti pencolanti sul fiume, salivano suoni acuti lamentosi, una musica levantina accompagnata da voci roche e sfiatate. Si sollevò sui gomiti, infilò una mano in tasca, aprì la borsa di tabacco e girò una sigaretta, l'accese, si stese, contemplò il cielo che si faceva scuro e le traiettorie dei gabbiani che scendevano verso i tetti del Torrino. Hai dormito troppo, dottor Snell, disse. È ora di tornare. È ora di tornare.

Un filo elettrico era sospeso in curve discendenti tutto attorno alla grande chiatta. Lampadine colorate illuminavano l'oscurità incipiente della notte. Strumenti suonavano e voci cantavano in coro. Oltre la passerella, ragazzi sedevano in terra fumando. Lo videro sbucare all'improvviso dal buio della riva, risalendo i gradini che portavano alla Pace dell'Anima.

«Buonasera» disse lui.

«Salve» rispose una ragazza in piedi appoggiata alla spalletta.

La guardò. Una gamba piegata, i gomiti sul bordo, l'aria di disincanto. «Chi dorme nun pija pesci» le disse ridendo.

«Come?»

«Nulla. Che festa c'è stasera?»

«Un amico compie gli anni».

«E che musica è questa?»

«Musica greca, il festeggiato è greco, molti sono greci, compagni di università, suonano».

«E voi fumate hashish».

La ragazza rise. «Fa parte della tradizione».

Rise anche lui, tirò dritto e varcò la soglia.

Le tavolate erano zeppe di antipasti, birra e vino. L'aria fresca del fiume attraversava la sala. I ventilatori erano accesi. Sul lato del fiume, tre ragazzi erano piegati a suonare, raggomitolati attorno a una chitarra e due strumenti a corda dal manico stretto e la cassa oblunga.

Ieva gli venne incontro: «Finalmente, dottó. Ce voi aiutà?»

«Avete bisogno? Certo».

«No, ma scherzo. È che Helena sta fuori. Ho portato un'amica ma è nuova qui».

«Ho capito. Ma non vedo nessuno».

«Sta in cucina. Amica mia. Di Albania. Bellissima, dottó, bellissima» rise.

«Sono contento».

«Vie' dai, c'è un vino buono, l'hanno portato i ragazzi». Riempì il vassoio dei piatti vuoti, girò su se stessa e il dottore la seguì fino alla porta girevole della cucina.

Appena fu dentro, nel caldo asfissiante dei pentoloni che bollivano, Victoria sollevò la testa e la chinò di nuovo e mugugnò un saluto. L'amica di Ieva avanzò verso la porta con un vassoio su cui erano distribuiti piattini di olive e tre caraffe di vino.

«Il dottore» disse Ieva.

«Piacere» fece lui.

«Marina, ciao». Gli sorrise e spinse sulla porta per entrare in sala.

«Come posso aiutarvi, Victoria?»

«No, che, nada, nada, un vino, doctor, un vino».

«Te l'ho detto o no che è buono, molto buono, prendilo, dottó».

«Grazie». Afferrò il bicchiere dalle mani di Ieva, si avvicinò a Victoria e le strinse un braccio: «Cosa sta preparando di magnifico, Victoria?»

«Pulpo, pulpo, mire». Aprì un enorme pentolone dove polpi come crisantemi rossastri galleggiavano nell'acqua ormai tiepida. «Sta listo, ecco, ora lo tagliamo e qui c'è patata e cipolla e tutto insieme».

«Lo taglio io, Victoria».

«No, por favor, niente disturbo».

«Lo taglio io, Victoria. Non si preoccupi, mi lasci fare, sono capace, non sa quante volte ho fatto l'insalata di polpo». Le si avvicinò mentre anche Ieva usciva in sala. «Me lo lasci fare».

La donna lo guardò.

«Volevo dirle una cosa, Victoria».

«Sì».

«Volevo dirle che ogni volta sto bene qui con lei. Lo sa perché? Ogni volta, in questi anni, ho pensato a quanto mia figlia sarebbe stata felice di crescere qui. Crescere in questa cucina, a questi tavoli».

«Però cosa dice?» fece Victoria.

«Lo sa quel che dico. Il giorno che passammo qui fu bellissimo. È stato uno degli ultimi giorni indimenticabili. Anche se vorrei sempre poter vivere pure quelli che mi sembravano insopportabili. Anche se in questi anni avrei dato oro per poter rivivere anche i giorni insopportabili. Ma quella volta, qui. Lei, Victoria, deve saperlo, adesso. Non se lo ricorderà ma mia figlia chiese il riso, poi in cucina cambiò idea e volle il minestrone. Era maggio. Forse gli ultimi minestroni prima dell'estate. Che buono. I fagioli grandi e teneri come piacevano a mia figlia. Eppoi come sapeva giocare con Teresa. Quando la portò a vedere le nutrie. Lei fu magnifica e io sono qui anche per questo, Victoria. Non gliel'ho mai detto ma volevo ringraziarla. Non ne sono stato mai capace in questi anni, ma era quello che volevo. Spero che mi capisca. Spero che mi abbia capito. Non volevo offenderla, l'altro giorno. Volevo dirle questo».

«Ma cosa? Cosa? Io non...» La donna gli si avvicinò e lo abbracciò e scoppiò a piangere.

Adesso la sua amica mi si avvicina e mi dice qualcosa. Io bevo e alzo il bicchiere e brindo e le spiego che il mio nome è troppo significativo, si porta appresso troppe cose per essere pronunciato. È per questa ragione che mi fa piacere se nessuno qui lo usa. Lei si siede e le dico di bere un po' di questo vino freddo, perché in Grecia pare che questo vino qui venga servito freddo, almeno d'estate, bisogna proprio berlo freddo. Accetta e ascolta. Le spiego quel che mi hanno raccontato a una festa, una volta, proprio qui, una sera, studenti greci che suonavano la loro musica cantilenante e sentimentale, ossia che in questo vino loro sentono le cicale e che le cicale sono animali importantissimi. Che per sentire le cicale il vino dev'essere almeno fresco e che per restare fresco a lungo lo tengono in brocche metalliche. A un tratto, lei si volta. Teresa è arrivata senza che ce ne fossimo resi conto e ci guarda e domanda di cosa stiamo parlando. Io indico il vino e dico «il vino delle cicale» e lei sorride e entra in cucina chiamando Victoria. «Perché non le piace che la chiamino per nome?» mi domanda la ragazza. «Troppo significativo? In che senso? Posso chiederglielo? Teresa non vuole dirmelo. Dice solo che non le piace». La guardo sorridendo. «Non è che non mi piaccia» faccio io. «Forse la storia è lunga, perché appartiene a un passato che non tornerà più. Ma tu sai chi è Ippolito? Sai come gli vanno le cose? Lo avete studiato a scuola, no? Me lo ha detto Teresa. Ecco, e allora devi sapere anche un'altra cosa. Oltre alla storia che si racconta sempre sull'amore, quel che si dimentica è che nel nome di Ippolito ci sono i cavalli. Ippolito è uno che li ama i cavalli e che li sa far correre. Uno che li libera, i cavalli. Però poi lo sai come muore no? Sono i cavalli a ucciderlo».

La ragazza gli riempì il bicchiere e gli domandò: «Come si chiama lei? Perché la chiamano solo dottore?»

«Brindiamo?» disse senza guardarla.

«Non posso, lavoro. Che dottore è? Che cura?»

«Curo quel che posso» disse alzando il bicchiere. «Marina ti chiami, tu, vero? Non vuoi darmi del tu?»

«Certo».
«Sarai qui a lungo?»
«Non lo so. Perché?»
«Hai preso il posto di Helena?»
«Oggi sì. Finché torna».
«E quando torna?»
«Ma senti però io che ne so. Perché questo? Io devo lavorare».

Tornò a sedersi accanto ai suonatori e alla tavola dove gli avevano spiegato del vino e delle cicale, domandò il senso delle canzoni che suonavano. Gli dissero che era musica ribelle, una musica nostalgica, piena di dolore e di desiderio di rivalsa. Gli spiegarono la storia. La fuga, la lontananza da casa, la vita ai margini, il porto, il mare, l'hashish, la persecuzione delle autorità, gli amori impossibili, quelli tragici, quelli catastrofici. Gli dissero che erano voci di uomini dominanti ma che le vere dominatrici erano donne e che i migliori musicisti avevano sempre avuto donne con loro, donne forti e a volte quasi violente, ma mai noiose. Mentre echeggiava, tradussero per lui parola per parola una canzone in cui si esaltava uno dei temi più ricorrenti: l'amicizia fra uomini. C'era una donna che ostacolava questa amicizia. Ecco la peggior specie di donna. Il protagonista della storia veniva risucchiato da quella relazione eppoi rimpiangeva per sempre l'amore che un giorno aveva scartato, la donna dolce e forte, a tratti violenta e sarcastica, che però non lo aveva mai allontanato dalle sue amicizie di gioventù. Lui ascoltò senza parlare, brindò, riempì il bicchiere e brindò, gli riempirono i bicchieri e brindò, svuotò ogni bicchiere e brindò.

Quando Teresa torna a sedersi con noi, inizio a fare un discorso sugli amici e sulle amiche. Non so perché, ma mentre inizio a parlare penso che avrei fatto meglio a non dire nulla però non riesco a fermarmi. Ho un tono monocorde. Ripeto quanto sia grande la differenza fra l'amicizia maschile e quella femminile e, siccome loro mi domandano di raccontare tutto meglio, spiego che devono stare attente con i ragazzi, non bisogna mai spezzare le loro amicizie, perché l'amicizia virile è una cosa importante, molto importante. L'amica di Teresa ha qualcosa di caldo che le passa sul viso e mi chiede di parlare di più e io rido: «Di più, di più, di più. Questo deve bastarvi. Ci sono cose che non capiamo mai gli uni degli altri. Potrei passare ore e ore a raccontarvi quanto siano state importanti le mie amicizie. Ma la cosa decisiva è sapere che gli amici che restano, alla fine, sono quelli capaci di non lasciarsi portar via dalle donne che hanno scelto. Io ne ho uno e Teresa lo conosce bene. Si chiama Sergio. Vuoi conoscerlo? Dobbiamo invitarlo di nuovo qui all'Anaconda. Quando è venuto si è divertito molto, è stato benissimo. Ha amato anche lui il fiume. Ma che dico? Mi distraggo. Perché vi sto raccontando dell'amicizia virile? Mica me lo ricordo più». Si danno di gomito e ridono e mi dicono che Ippolito è un bel nome e che non è necessario farsi chiamare in un altro modo. La storia che hanno studiato a scuola non c'entra nulla con me. Cosa vogliono dirmi, mi chiedo. Forse a Teresa non basta tutto quello che vive qui? Forse vuole altro? Forse è in pensiero per me? No, non è questo, non può essere questo.

Si alzò barcollante e se ne uscì fuori. Vide Ieva che lo guardava ridendo. Vide la sua amica che serviva dolci alla lunga tavolata che si affacciava sulla riva. Davanti alla passerella non c'era nessuno. Si appoggiò alla spalletta. Guardò il filo dell'acqua nero. Accese una sigaretta. I suoni della chitarra e dei due strumenti dalle casse come carapaci di tartarughe sibilavano lascivia. Gettò un pezzo di pane nel fiume, poi un altro, poi un altro ancora. La corrente li portò via e scomparvero nel buio. Gettò il mozzicone e osservò la traiettoria della brace ardente nel nero della notte. Qual è l'arco della caduta delle tue sigarette, Ippolito? Hai ancora voglia di fare calcoli inutili, Ippolito, o ti è tornata fame?

Teresa esce fuori e mi dice che l'amica pensa molto bene di me, è curiosissima, vorrebbe farmi mille domande e ripete che sono una persona davvero straordinaria. «Forse lo dice per farti un favore. Magari solo perché mi sto ubriacando un'altra volta» le rispondo e lei scuote il capo, si passa i lunghi capelli da una parte e li carezza tenendo la testa reclinata su un fianco lisciandoli con entrambe le mani. «Come quando eri bambina» mormoro. «Sei un padre me-

raviglioso, lo sai?» «Non è vero, Teresa, sbagli». Insiste e le dico di no, no, no, le dico che non sono riuscito a fare quel che volevo, che non sono riuscito in nulla e che l'ho anche privata di sua madre, che sono stato io a privarla di sua madre. Lei non parla e io non riesco neppure più a guardarla. Tengo gli occhi nel fiume e sono pieno di dolore. «Dovevo capirla, tua madre. Dovevo capirla e invece pensavo solo a me, solo a me. Sono stato io, Teresa». «Non è vero» dice lei «non è vero, papo» e mentre dice così mi volto perché ha una voce stranissima, metallica, lontana, quasi sgraziata e finta e poiché voglio guardarla in faccia e sapere che sguardo ha, se è sincera o no, mi giro con tutto il pesante insensato corpo che mi porto appresso e non vedo che buio. Avanzo verso di lei e non c'è che buio. Tutto è nero. Mi sbraccio e tiro fendenti nell'aria pesante. La chiatta è vuota e silenziosa. Le luci sono spente e non c'è nessuno, non c'è nessuno, neppure la sua amica, neppure Victoria, nessuno, nessuno, nessuno. È il nulla del nulla che ha nullificato il mio nulla.

«Ha bisogno di qualcosa?» gli disse il ragazzo sulla porta. «Cerca qualcosa?»

Lo guardò come se fosse uscito dal nulla.

«Grazie, no, era, cioè, no, non ti preoccupare, grazie».

«Le dà fastidio la nostra musica?»

«No, affatto, no. Devo andare. Arrivederci».

«Arrivederci».

Attraversò la passerella, si spinse sulla riva arida e nella notte afosa infestata di umidità e fumo camminò ondeggiando verso casa.

***

Poco prima delle sei il sole fu coperto da una massa di nuvole grigiastre che si espansero e si compressero fino a invadere il cielo rendendolo livido. Un vento caldo percorse il fiume. Folate di elettricità ruppero la torrida quiete estiva. Prese un impermeabile, lo piegò su se stesso finché non fosse possibile impugnarlo in una sola mano, uscì, chiuse il lucchetto, passò di fronte all'Anaconda e vide luci accese in cucina e luci accese in cima alla torretta. La prefabbricata di Cesare era buia, invece. Superò il piazzale del parcheggio, voltò a sinistra sul sentiero che attraversava la valletta degli aironi, camminò velocemente costeggiando la rete del golf, raggiunse l'asfaltata sospesa sui campi bruciati tra i parcheggi del Village e gli uffici della compagnia telefonica. L'aria era pesante. Lontano, oltre l'aeroporto, lampi rompevano il manto uniforme del cielo. Passò sotto alla Roma-Fiumicino, s'inoltrò verso gli uffici della Technip, guardò dentro senza fermarsi, non vide movimenti, uscì dalla strada tagliando attraverso il parco del Castello della Magliana, passò sotto alla ferrovia, attraversò via della Magliana aspettando le automobili che rallentavano alla curva, e s'inoltrò per la strada desolata che si perdeva fra i campi e la tetra recinzione, tra buche, detriti, materassi abbandonati, immondizia, resti di plastica bruciata. In pochi minuti fu all'ingresso del campo. Era zuppo di sudore. Qualcuno gridò «dottore» e lui accennò un saluto, un uomo dai baffi spioventi gli fece segno che poteva entrare e ragazzini lo accerchiarono e correndogli attorno lo seguirono fino alla baracca di Milan. La luce era accesa. Bussò. La tendina si aprì e il viso scuro scavato comparve e gli occhi neri scintillarono e una specie di sorriso deformò l'espressione del volto e la tendina si richiuse e la porta si aprì.

Dentro, ventilatori sgangherati giravano e l'odore di fumo riempiva le stanze. Milan indicò la poltrona e lui si sedette riversando la testa all'indietro.

«Sono felice di vederti, dottore».

«Anch'io».

«Giorni difficili?»

«Neanche troppo, Milan, neanche troppo».

«Ho preferito non venire».

«Hai fatto bene».

«Non era salutare, vero?»

Lui annuì e gli raccontò di Giulio, di Cesare, della polizia. Infine tirò fuori la pagina di un giornale, l'aprì e la distese sul tavolino davanti al divano.

«È uscito solo su un giornale spagnolo, pensa. E guarda».

Il titolo riempiva la sommità della pagina: *Muerte en la tuberia del olvido*. La foto ritraeva l'ingresso della cloaca e, di profilo, Giulio, seduto sulla poltroncina, lo sguardo perso nel vuoto.

«Figlio di puttana» disse Milan.

«Lascia perdere Giulio e leggi. Luis ne sarebbe felice».

Milan afferrò il giornale e si sedette e a tratti recitò a voce alta i passi dell'articolo che raccontava di Huertas, della sua scelta di morire lontano dalla famiglia e dell'amico che aveva vissuto mesi con lui, Giulio, l'amico ora rimasto solo, l'unico che lo aveva accudito negli ultimi tempi.

«Era lì quando la polizia è andata sul posto» gli spiegò il dottore. «I cronisti lo hanno raggiunto lì. È una bella fotografia non trovi? Eppoi in parte è vero, Milan. Sappiamo benissimo come stanno le cose, certo, ma in parte è vero. E io sono felice che Huertas almeno in patria abbia avuto il riconoscimento che gli spettava».

Milan posò il giornale sul tavolo e sorrise, tirò fuori una sigaretta battendo con indice e medio sul pacchetto morbido, l'accese sfregando un cerino.

«La sorella lo sa?»

«Sono andato io, il giorno dopo, le ho portato quel che Luis voleva. Ma aveva ragione lui: non è una donna simpatica. Forse lo è stata, forse da ragazzina lo è stata. Oggi però non più».

«Ma lo sa del giornale?»

«Ah be', non ne ho idea. Difficile che legga giornali spagnoli, per quel che ho visto. Certo io non glielo porterò. A me lo ha dato stamattina Victoria. Uno dei due ragazzi venuti l'altro giorno era passato. Pare che ai quotidiani italiani la storia non interessasse. In Spagna sì, invece. E comunque questo lo tengo io. Non lo porto a sua sorella. Non m'interessa. Non è stata gentile, non ha fatto domande. E dire che l'ho avvertita. Le ho detto anche che la scatola conteneva qualcosa di valore. Non so. Forse, se un giorno cercasse di sapere di più del fratello, ma non credo, non ha neppure voluto un numero telefonico. No, questo lo tengo io».

«Giusto, dottore, giusto».

«Sono felice per Luis. La sua storia è qui».

«E anche quella di Giulio».

«Ma non m'importa, davvero, Milan, cosa importa? C'è altro che importa invece. Giulio ha molte facce e anche per questo sono venuto. Devi aiutarmi».

«Oh no, dottore, no».

«E invece sì. Aspetta a dire di no».

«Aspetto».

«Con Giulio ho parlato stamattina. Te lo racconterò. Ma adesso, tutto questo non ha niente a che vedere con quel che lui fa lì sul fiume, o forse non completamente. E comunque non importa. C'è altro. Hai tempo? È presto. Fra poco pioverà. Aspettiamo che spiova. Hai fame?»

Nello spiazzo terroso contro la recinzione che si allargava verso i prati dei Cavalieri di Malta, sotto la tettoia di lamiera, gli odori di carne alla brace salivano in spire di fumo. Due ragazzetti si esercitavano con le fisarmoniche e i bambini sciamavano finché non cadde la prima pioggia. Lampi lacerarono il cielo ottuso di nubi dense: sfavillii di elettricità bianco platino accompagnati immediatamente dal fragore di tuoni che erano come giganteschi palazzi crollati, esplosioni al rallentatore, rovine di città implose. Nel silenzio improvvisamente pieno del ticchettio impazzito di acqua che veniva giù, latrati di cani si confusero con pianti di bambini, poi altri lampi e altri tuoni e acqua violenta a scodellate. Attraverso la giuntura approssimata fra la tettoia di lamiera e quella di eternit a copertura della grande baracca delle feste, l'acqua cominciò a infilarsi rimbalzando sulle giacche degli uomini immobili a fumare. Le fisarmoniche furono ritirate dentro la baracca. Fuori rimasero solo pochi vecchi e quando divenne impossibile restar lì, Milan riempì un piatto di plastica con pezzi di pollo ormai pronto e spinse il dottore a correre via con lui. «Un *déjà-vu*» disse il dottore. Milan non lo ascoltò.

Gettarono ai lati dell'ingresso le buste di plastica nera con cui si erano coperti nella corsa fra le pozzanghere che già si allungavano in mostruose forme per tutto il campo. Entrarono sgrullandosi via la pioggia, si tolsero le scarpe, si lasciarono cadere sul divano. Faceva caldo. Odori di spezie sembrava avessero impregnato i tappeti e il divano e il soffitto macchiato di umidità. Milan versò del vino, mangiarono in silenzio, si pulirono le bocche unte mentre la pioggia batteva a ritmo più blando sul tetto della baracca. Quando le ossa spolpate riempirono i piatti, si pulirono approssimativamente, brindarono, Milan tirò fuori la bottiglia senza etichetta di liquido trasparente e la posò sul tavolo, preparò la macchinetta del caffè, s'infilò in bocca una sigaretta e l'accese e mentre il dottore girava una cartina attorno al suo tabacco, gli chiese di parlare.

«Niente, Milan, mi devi solo portare dove lavora Helena».

«Ah!» Milan scoppiò a ridere.

«Perché ridi?»

«Semplice. Questione semplice» disse lui.

«Non devi fare nulla, tu, Milan. Solo portarmi lì o dirmi come posso andarci».

«E perché?»

«Perché sì. Ho deciso».

«Hai deciso».

«Forse ci avevo pensato altre volte ma adesso ho deciso».

«Bene».

«Mi aiuti?»

«Certo. Però, scusa, non capisco: non è meglio aspettare che torni a casa?»

«No. Non torna da due giorni. C'è un'amica di Ieva adesso. Una ragazza che si chiama Marina».

«Ecco. Pensi che non tornerà più? Sbagli se pensi così, dottore».

«Non penso niente. Non credo che non torni. Ma è oggi che devo andare. Basta. Ho deciso così. È oggi che devo andare. Se puoi aiutarmi bene. Altrimenti, non preoccuparti, capisco: troverò un altro modo».

«E cosa fai? Lo chiedi a Giulio?»

«Ti ho detto che non mi interessa quel che fa Giulio lì con i suoi amici zingari. Oggi ho parlato con lui. Mi ha detto molte cose. Alcune, fuori dalla sua follia grottesca, hanno completato il quadro che mi ha portato qui. O forse mi ha spinto proprio la sua follia grottesca? Non lo so. E comunque non importa. Non mi frega del petrolio, dei suoi mercanteggiamenti, dei sacchetti di eroina che distribuisce qua e là. Non m'importa nulla e lo sai. Non ce l'ho neppure con gli amici tuoi».

«Non sono amici miei. E io preferirei non andare da loro».

«Non devi venire da loro. Devi dirmi dov'è. Non l'ho mai voluto sapere. Ora sì».

«Va bene».

«Andiamo?»

«Dobbiamo aspettare. È troppo presto ora. Ma dimmi una cosa. Poi vai lì e che fai?»

«Lo vedrò».

«E che vedrai?»

«Non lo so».

«Va bene, come vuoi tu. Mettiamoci comodi. È molto presto. Che ore sono? Devo trovare una macchina. Vado a chiederla. E tu cerca una camicia là dentro. Non puoi andare vestito così».

Uscirono che erano le nove passate. Guidarono sulla Magliana e si fermarono a mangiare. Lasciarono la Mercedes scintillante a piazza della Madonna di Pompei, camminarono sul ciglio della strada buia fino ai gradini della Tavernaccia. Presero posto a un tavolo sulla veranda vuota, il dottore si affacciò sulla porta, vide il figlio della proprietaria e gli fece segno che si era seduto fuori. Aveva smesso di piovere ma le strade erano allagate. Le nere metalliche moribonde braccia dei ponti di servizio sul Tevere brillavano di pioggia nel cielo giallognolo. Il Leonardo Express passò sferragliando. Il traffico serale si era già esaurito. La città, nonostante il temporale, si andava svuotando per il fine settimana. Aspettarono di ordinare qualcosa. La signora Ada non c'era. La tavolata accanto alla loro si riempì. Una famiglia inondò di voci la veranda. Lui spiegò a Milan che negli scantinati della Tavernaccia c'era un tempio romano antico, il tempio degli Arvali, gli spiegò delle cerimonie per la fertilità dei campi, i banchetti proprio lì sotto a dove si banchettava ora, e i giochi circensi e le corse dei cavalli giù verso il Tevere, proprio dalle parti in cui si fermava ogni anno il circo e dove ora c'era l'ippodromo.

«Il circo?» fece Milan. «Parli del circo dottore? E dell'ippodromo? Non hai mai voluto farlo. Che è successo?»

«Sono posti straordinari» disse lui guardando nel vuoto.

Milan restò in silenzio.

«Le feste degli Arvali erano qui sotto, in questa gigantesca ansa del Tevere rimasta chissà come disabitata. Quando arriva il circo, qui sotto, è come per le feste antiche. Nulla è mai cambiato. Nulla è mai cambiato».

«Ne sai molto, dottore» disse Milan.

«Era il mio lavoro. È stato il mio lavoro per venticinque anni».

«Eppoi?»

«Eppoi sono qui e qui resterò» disse.

«Quindi non è la fine ora?» fece Milan.

«Quale fine?»

«Helena».

«Milan, no, non è la fine, perché dovrebbe essere la fine? Siamo solo all'inizio invece».

Aspettarono l'amaro. Alle dieci e mezza furono pronti a ripartire. L'aria era più fresca, dopo la pioggia. Gli odori di terra bagnata e gelsomino marcio inondavano la città.

A piazza Meucci, parcheggiarono.

«Non so cosa vuoi fare, dottore, ma per la macchina è meglio restare qui».

S'incamminarono sul lungotevere in silenzio, poi Milan indicò un viottolo che scendeva giù verso una stradina dissestata. Saltellarono sulla roccia scivolosa ridendo come due ragazzini in fuga. Il vicolo era illuminato da luci gialle e l'asfalto bagnato rifletteva i fari delle automobili che passavano in alto sul vialone. Andarono avanti come automi, in silenzio, senza guardarsi, per un centinaio di metri eppoi Milan si fermò. Gli disse che era dietro l'angolo: a metà della strada, sulla destra avrebbe trovato un portone di ferro nero. Bastava suonare. Lui sarebbe tornato indietro. Non aveva più bisogno, no? Si strinsero la mano, si vennero incontro, con il braccio sinistro si presero la spalla eppoi si allontanarono in silenzio.

Camminò con le mani in tasca sul marciapiede. Una luce bianca fredda era accesa sopra alla porta murata nella facciata del palazzo come una cassaforte e un uomo era fermo lì accanto a fumare. Si fecero un cenno. «Buonasera» disse quello.

«Salve» rispose lui e fece pressione sul campanello.

L'uomo gli si avvicinò e gli disse: «Sa come fare? È già stato qui, no?»

«No» disse lui.

«Aspetti, allora».

Nel frattempo si aprì lo spioncino rettangolare e l'uomo affacciandosi fece un gesto e la porta si aprì. «Il signore è nuovo» disse alla ragazza. «Spiegagli tutto».

«Grazie» disse lui mentre la ragazza gli faceva segno di entrare.

La porta si richiuse alle loro spalle. «Prego» disse la ragazza indicando davanti a sé. Era una sala dalle mura bianche. In fondo c'era una porta simile a quella d'ingresso. Sul fianco un bancone metallico. La ragazza passò dietro al bancone, gli disse quanto doveva pagare per l'ingresso, gli passò un biglietto che valeva come consumazione al bar. Spiegò che la discrezione e le buone maniere erano necessarie, altrimenti il personale avrebbe provveduto accompagnandolo all'uscita. Gli spiegò che poteva anche salire al piano superiore ma doveva prima trovare un accordo. Disse che era cambiato tutto dai tempi del «Degrado» e che adesso nel locale si dovevano rispettare attentamente le regole. Lui ringraziò e fece per entrare. «Buon divertimento» disse lei, premendo un pulsante sotto al tavolo e aprendo elettronicamente il portoncino nero.

In mezzo alla grande sala centrale c'era un bancone circolare illuminato debolmente. Due uomini vestiti di nero si affaccendavano attorno a bicchieri da cocktail, fettine di limone e arancio, ghiaccio, bocchettoni di birra, maniglie da cui sgorgavano fiotti di acqua tonica o cocacola. Seggiolini di ferro alti e sottili disposti lungo il perimetro del bancone erano occupati da uomini ben vestiti che sorseggiavano e fumavano. L'aria era torbida. Attorno alla sala si aprivano stanze nel muro screpolato, come caverne. Non c'era luce nelle stanze e non si vedevano che ombre. Si sentivano mormorii e risate e rumori diffusi. Si affacciò su una saletta illuminata debolmente dal segnale dell'uscita di emergenza. Una ragazza lo affiancò, gli mise un braccio attorno alla vita e disse: «Entra, amore, vieni, vuoi bere qualcosa, mi offri qualcosa?»

«Sono appena arrivato, mi scusi» fece lui ritraendosi.

«E non vuoi stare un po' con me? Non vuoi presentarti? Come ti chiami?»

«Ippolito, piacere».

«Ippolito, che bel nome, mi piace, non l'avevo mai sentito».

«E lei, come si chiama?»

«Ehi, amore, puoi darmi del tu».

«Come ti chiami?»

«Stella».

«E di dove sei?»

«Di Romania».

«Stai bene qui?»

«Molto bene, amore, e adesso che ti ho incontrato ancora di più».

«Sì, grazie, però mi scusi, sono ancora, sì, sono appena arrivato. Bevo una cosa. Grazie».

«Un bacino, Ippolito». La ragazza gli si avvicinò, lo baciò sulla guancia e salutò.

Le sorrise e si avviò verso il banco, si sedette su una seggiola, chiese un whisky, tirò fuori la borsa del tabacco e si arrotolò una sigaretta.

Uomini andavano e venivano, ragazze comparivano, sorrisi scintillavano sotto le luci del bancone e vestitini succinti, costumi, gambe, seni, capelli, profumi dolciastri inondavano la sala. Smangiucchiò noccioline e bevve e svuotò il bicchiere e ne chiese un altro e intanto si alzò e camminò verso il bagno. Il puzzo di piscio lo assalì. Dietro alle porte chiuse si sentivano fruscii, ticchettii, respiri. I pisciatoi attaccati alle pareti erano un ricettacolo di sigarette e il pavimento era una lurida uniforme pozzanghera. Fece in fretta. Mentre si lavava le mani, da una porta vide uscire due uomini che si assestavano il collo della camicia, si passavano le mani sul volto stringendo l'osso nasale. Uscì dal cerchio di luce al neon e dal puzzo immondo e tornò al banco, afferrò il suo bicchiere, pagò, poi chiese al barman se le donne fossero tutte lì e quello si strinse nelle spalle, indicò i bicchieri e gli disse: «Queste sono le mie donne, amico». Lui gli rispose con un gesto sorridendo e bevve e intanto si sentì abbracciare e si voltò e una ragazza alta e scura gli si fece vicina e gli disse: «Amore, sei qui solo soletto? Non vuoi un po' di compagnia?»

«Come ti chiami?» le chiese subito. «Io sono Ippolito. Il mio nome è Ippolito».

«Ah che bel nome. Io sono Ebru. Mi offri qualcosa, amore?»

«Forse».

«Perché forse?»

«Sto cercando una ragazza, magari puoi aiutarmi».

«No, amore, che vuol dire?»

«Vuol dire che sto cercando una ragazza».

«Vuoi mettermi nei guai?»

«Ma no, è una ragazza molto bella. Vorrei rivederla. Quali guai?»

«E quindi che mi offri? Uno champagne?»

«Vediamo se sai chi è e se la conosci».

«Va bene, amore, dimmi tutto. Come si chiama?»

Mentre aspettava, prese un altro whisky e si alzò. C'erano slot machine in un angolo della sala e giochi elettronici e tre ragazze erano lì davanti a inserire monete. Mentre passava allungarono le mani aperte, gli chiesero qualche spiccio e lui s'infilò le mani in tasca e le tirò fuori vuote. Non lo guardarono mentre si spingeva oltre il loro angolo in una delle stanze buie. Lasciò che gli occhi si abituassero alla penombra. Vide tre uomini in piedi di spalle a lui. Guardavano davanti a sé. C'era una donna seduta sul divanetto e un uomo in piedi di fronte al suo volto, i calzoni abbassati. Tornò indietro. Uscì alla luce del bar, si sedette di nuovo e vide Ebru che tornava. Era raggiante. Gli disse che Helena era su ma lei non aveva potuto parlarle. Comunque era su e non sarebbe scesa, quindi probabilmente avrebbe potuto incontrarla lui stesso se fosse salito. Non era difficile. Poteva andare con lei. Invece di pagarle lo champagne le avrebbe pagato il minimo, una mezzora. Dopo, sarebbe stato libero di rimanere nel privé e probabilmente avrebbe trovato la sua Helena. Le rispose che andava bene. Lei gli offrì la mano e lo portò con sé verso una porticina illuminata da un neon blu. Le scale erano ripide. In cima, dietro un banco, una donna riempiva un cruciverba. Lui si sporse a osservare le parole che s'intrecciavano a matita, tra quadratini neri e numeri minuscoli, i rebus accanto e le dita grassocce della donna strozzate da anelli dorati che si mossero nervosamente.

«Allora che fa? Paga o vuole giocare?» gli disse la donna cantilenante e annoiata.

«Mi piacerebbe finire il cruciverba con lei» le rispose mentre apriva il portafogli.

«Se vuole, dopo, le faccio vedere come l'ho finito ma mi sa che non avrà più voglia». Scoppiò a ridere. Passò alla ragazza una chiave e un pacchettino.

«Non creda» disse lui allontanandosi. «Non creda».

Percorsero un corridoio di luci rosa. La ragazza inserì la chiave e lo fece entrare.

Dentro, l'odore di detersivo sembrava rifrangersi sulle superfici bianche. Luci azzurrognole si riflettevano sugli specchi delle pareti e del soffitto. Il materasso era coperto da una plastica. La musica era bassa. In un angolo c'era una poltroncina. Nell'angolo opposto, lavandino e bidet.

«Vuoi sederti?» disse lei. «Vuoi una sigaretta?»

«Le ho». Bevve, tirò fuori il tabacco.

«Aspettiamo che passi del tempo o vuoi stare con me?» disse lei avvicinandosi.

«Sei molto bella» fece, «ma devo aspettare».

«Sei sicuro?»

«Sì» disse. «Grazie. Ero qua per aspettare e adesso ho aspettato abbastanza. Sarebbe sbagliato non aspettare fino alla fine».

La porta massiccia e dai rilievi dorati si aprì in un cigolio.

«Mi hai fatto chiamare?» disse lei entrando.

L'uomo era seduto dietro la scrivania e le fece segno di avvicinarsi. Alzò gli occhi e li riabbassò, indicò la poltroncina, continuò a seguire un breve elenco, poi vergò il fondo del foglio con una sigla svolazzante e lo spostò da una parte.

«Siediti Helena» disse e intanto afferrò una cornucopia di argento scintillante e la depose sopra i fogli. «Come stai?»

«Bene».

«Tutto a posto con questi coglioni?»

«Sì, mi pare di sì».

«Sta andando tutto bene, sì, mi sa anche a me» disse l'uomo e intanto diede una spinta alla scrivania e fece ruotare la poltrona in cui affondava, si mise in bocca una sigaretta, l'accese, impugnò un telecomando e il monitor si illuminò. «Mi sa anche a me» ripeté osservando la scena. C'era una grande stanza nel bianco e nero sgranato. «Guarda come sono stanchi» disse.

Helena non parlò.

«Vuoi qualcosa da bere?»

«No grazie» gli rispose.

«Fra poco è finito il lavoro, credo, potrai andare».

«Aspetto che partano, no?» disse lei. «Così avevamo detto».

«No, ho deciso di cambiare programma» fece lui. Posò la sigaretta fumante sul bordo di un posacenere di cristallo, si portò le mani alle tempie, passò le dita sui ricciolini che gli pendevano dietro le orecchie.

«Come vuoi tu».

«Prima però devo domandarti una cosa».

«Dimmi».

«Ti trovi bene, adesso, qui?»

«Certo. Lo sai».

«Vuoi andartene?»

«Perché me lo domandi? Non capisco».

«Tu, Helena, puoi fare come credi. Mi piacerebbe che me lo dicessi prima, però».

«Non ti capisco».

«Neanch'io» disse lui. Ruotò di nuovo sulla poltrona, riprese il telecomando e spinse su un bottone, spinse di nuovo, spinse ancora e ancora, finché non s'illuminò sgranato il salottino del bar al piano superiore.

«Il dottore» disse lei e si avvicinò e si ritrasse.

«Il tuo amico. L'amico di Giulio. L'amico di tutti i senza speranza. Non ho niente contro di lui. Ma che è venuto a fare? Vuole salvarti, forse?»

«Ma no. Che farà? Non lo so. Da quanto è lì?»

«Ti aspetta da un po', non troppo. Non ha dato fastidio a nessuno. Beve. Si guarda intorno. È gentile. Sembra un tipo gentile. Non lo avevo mai visto. Me ne parlavano e basta. Sempre bene. Sempre bene. E devo ammettere che è educato. L'ho seguito per un po' di tempo. Fuma il suo tabacco. Beve. Non fa nulla. Aspetta te».

«Che ne sai che aspetta me?»

«Lo so. Cercava te, giù. Lo abbiamo fatto salire con Ebru, la turca. Volevo vedere cosa succedeva. E non succede nulla. Tu non lo sapevi che sarebbe venuto?»

«Il dottore? Ma di che parli? Perché dovrei saperlo?»

«Vorrà qualcosa da te? Me lo racconterai?» Spense il monitor e si girò, fumò e sorrise. «Vai, Helena, ho cambiato idea, puoi andare subito. Se ti cerca quell'uomo ci saranno dei motivi. Giulio anche ne parla sempre bene. E forse ha ragione».

Helena si alzò. Fece un cenno con la testa ma davanti a lei l'uomo si era già voltato di nuovo verso la pacchiana argentea cornucopia. L'aveva sollevata in aria e ora sembrava scrutarne l'enigma sfiorando con l'unghia del mignolo i rilievi della frutta e dei fiori. La salutò senza guardarla.

Helena attraversò un corridoio in penombra, bussò a una porta, sentì la voce e rispose, penetrò nella grande anticamera, prese le chiavi, entrò in una piccola stanza ben illuminata, si spogliò, passò in bagno, si sedette sul sedile di marmo della doccia, rimase ferma a riposare sotto l'acqua calda scrosciante, poi uscì, si asciugò, aprì il suo armadio, estrasse il vestito bianco e lo indossò.

Lo vide da lontano, seduto dove era prima, il bicchiere in mano distratto a inseguire qualcosa che lei non avrebbe potuto immaginare.

«Helena» le disse alzandosi in piedi.

«Dottore. Che fai qui?»

«Sono venuto a trovarti».
«Non dovevi venire, lo sai».
«E invece dovevo, Helena. Ti do fastidio?»
«Non dai fastidio a me, dovresti saperlo».
«Do fastidio al prode Acheloo?»
«Che dici?»
«Do fastidio alla divinità che tutto vede e tutto sa?»
«Come parli, dottore? Ti sei trasformato? Imiti Giulio?»
«Lascia stare Helena» disse lui. «Scherziamo un po'. Io non do fastidio a nessuno. E non mi interessa nessuno. Sono venuto per te. Devi lavorare ancora? Puoi venire via con me?»
«Posso. Per loro è meglio che io venga via. Ti conoscono già».
«Certo, lo immagino. È quel che dicevo. Ma non è questo il punto. Io non sono qui per nessun motivo estraneo a te. Ti è chiaro? Mi hai detto molte volte di venire».
«Ma non qui».
«E cosa cambia? Sono qui perché oggi non c'eri e dunque eccomi».
«Andiamo allora».
«Andiamo».
«Non insieme dottore. Aspetti dieci minuti qui, finisci il tuo whisky, poi esci e vai a destra e subito nel vicolo a destra. Ci vediamo lì».
«Va bene».
«Come sei venuto? Non hai macchine no?»
Lui alzò il bicchiere e disse. «Salute, Helena».
«Chiamo un taxi» disse lei e sorrise.

Dentro la macchina, nel freddo dell'aria condizionata, ho l'impressione che sia un'altra. Ha un profumo di piante primaverili, come di muschio. Dico al conducente di portarci sulla via del Mare, all'altezza dell'Ippodromo. «Andiamo a piedi su per il ponte, va bene?» le mormoro. A piazza Meucci, il taxi rimbalza sull'asfalto ritorto e spezzato da gigantesche radici di pini e lei mi viene addosso. «Addosso alla tua» faccio io indicando il cielo giallognolo su cui s'intravedono livide le fronde dei pini fradici e le passo un braccio intorno alla vita. Non dice nulla, poi sulla Magliana fa: «Perché tutto questo?» e io le spiego che i pini non fanno cadere le case, che le radici dei pini sono possenti ma non fanno cadere le case, poi le dico che è una storia lunga e magica e gliela racconterò presto.

Il taxi accostò e li lasciò sul ciglio della strada deserta. Mentre lui pagava, il tassista lo osservò e gli fece un cenno indicando la donna. «Non si preoccupi» disse lui. «Grazie. Buonanotte». Camminarono per una cinquantina di metri in salita. Il fiume comparve sotto di loro quando furono in cima alla stradina di servizio. Si affacciarono. Come ritratto in una nuvolaglia violacea, verso il centro della città si estingueva ormai l'estenuante infaticabile sforzo della pioggia. Ripresero a camminare, voltarono subito dopo il ponte e scesero giù per il viottolo che tagliava i tornanti della sterrata fino al parcheggio. I gabbiani urlavano furiosamente dai prati del golf. Il fiume scorreva potente. Passarono sotto alla macchia di cisto e dal terrapieno della baracca di alluminio – un profilo che nella notte appariva ormai deformato dalla pergola per la vite costruita l'ultimo giorno di Huertas – scesero verso la sua chiatta.

«Ippolito» dice lei. «Davvero posso chiamarti per nome?»

Gli disse di star tranquillo, che era sempre così, che non doveva prendersela e che per lei era importante, tutto quello, come poche altre cose. Gli disse di riposare, ora, di non preoccuparsi per lei, che era ora di dormire, che adesso dovevano dormire, che era notte fonda, era il momento di dormire. Si strinse a lui da dietro. E mentre Ippolito blaterava ancora qualche frase sconnessa, Helena gli ripeté di star tranquillo perché lei era lì con lui, lo strinse, lo strinse forte, gli disse a mezza bocca, sospirando, che era notte, era notte fonda, e dovevano solo dormire. Dovevano solo dormire e riposare. Adesso erano al caldo.

Nota dell'autore

Il 3 maggio 2009, Pietro Romanelli mi invitò a mangiare in una chiatta sul Tevere all'estremità occidentale di Roma. La chiatta si chiamava Anaconda. E Anaconda si chiamava la trattoria che per qualche mese vi fu arrangiata da chi gravitava attorno a quei luoghi, ossia gli ultimi anguillari di Roma. Decisi subito di ambientare su quel breve tratto di fiume il romanzo che avrei scritto appena possibile, per raccontare una storia che ancora non conoscevo e che – è necessario sottolinearlo – nulla ha a che fare con l'Anaconda né con realtà a me direttamente note (le coincidenze, se ce ne fossero, sono quindi del tutto casuali). Fra le righe di questo romanzo è giusto invece riconoscere alcuni debiti. La storia di Lampo, il cane viaggiatore di Campiglia (una storia vera), è apparsa in un libro: *Lampo, il cane viaggiatore*, di Elvio Barlettani (La Bancarella, Piombino, 2014). La storia di Juan e il cane nero è una favola di Nicolás Schuff, *Juan y el perro* (*Compañía animal*, Pearson, Madrid, 2012). Infine, i versi che compaiono nel corsivo del quinto capitolo della seconda parte sono tratti dal poema di Parmenide (prevalentemente nella traduzione di G. Cerri). Delle restanti citazioni, implicite o esplicite, non credo invece sia necessario indicare in questa sede la provenienza.

Indice

Finito di stampare nel mese di febbraio 2017
per conto di Adriano Salani Editore s.u.r.l.
da Grafica Veneta S.p.A., Trebaseleghe (PD)
Printed in Italy